Bestsellers

Ken Follett

LA CRUNA DELL'AGO

Traduzione di Riccardo Calzeroni

ARNOLDO MONDADORI EDITORE

Titolo dell'opera originale
Storm Island
7 edizioni Omnibus
3 edizioni Oscar Mondadori
I edizione Bestsellers Oscar Mondadori settembre 1985
XX ristampa Bestsellers Oscar Mondadori gennaio 1998

Il nostro indirizzo internet è:
http://www.mondadori.com/libri

Ringrazio Malcolm Hulke
per l'incommensurabile aiuto
generosamente prestatomi.

PREFAZIONE

All'inizio del 1944 il Servizio Segreto tedesco stava mettendo insieme le prove sulla presenza di una gigantesca armata nel sud-est dell'Inghilterra. Gli aerei da ricognizione ritornavano con le foto di baracche e campi di aviazione, e di flottiglie di navi nella baia di Wash; fu visto il generale George S. Patton, nei suoi inconfondibili calzoni rosa da cavallerizzo, che portava a spasso il suo bulldog bianco; nella zona furono captate tracce di un'intensa attività via radio, segnalazioni fra reggimenti; dalle spie tedesche in Gran Bretagna giungevano messaggi di conferma.

Non esisteva nessuna armata, naturalmente. Le navi erano false sagome di gomma e di legno, le baracche non erano più reali di uno scenario cinematografico; Patton non aveva un solo uomo al suo comando; i segnali radio non avevano nessun significato; le spie erano agenti che facevano il doppio gioco.

Lo scopo era di trarre il nemico in inganno, facendogli credere che un'invasione sarebbe arrivata dal Pas de Calais, in modo che lo sbarco in Normandia del D-Day avesse il vantaggio della sorpresa.

Si trattava di una messinscena colossale, quasi impossibile. Migliaia di persone letteralmente contribuivano a perpetrare l'inganno. Sarebbe stato un miracolo se nessuna delle spie di Hitler ne fosse mai venuta a conoscenza.

C'erano queste spie? A quel tempo la gente pensava di essere circondata da quella che allora veniva chiamata la Quinta Colonna. Dopo la guerra si diffuse il mito che gli agenti dell'MI5 le avessero tolte di circolazione entro il Natale del 1939. In effetti – e questa pare la verità – dovevano essere molto poche: gli uomini dell'MI5 le catturarono quasi tutte. Ma ne bastava una...

Sappiamo che i tedeschi videro i segni che dovevano vedere nell'East Anglia. Sappiamo anche che sospettarono l'inganno. E sappiamo pure che tentarono in ogni modo di scoprire la verità.

Fin qui è storia, e non ho rivelato nessun fatto che non sia già contenuto nei libri di storia. Quel che segue è fantasia romanzesca.

Malgrado tutto, io credo che qualcosa del genere deve essere successa...

Camberley, Surrey
Giugno 1977

LA CRUNA DELL'AGO

« I tedeschi furono ingannati quasi del tutto – solo Hitler vide giusto, ed esitò a far valere il suo presentimento... »

A.J.P. TAYLOR
Storia dell'Inghilterra 1914-1945

PARTE PRIMA

I

Era stato l'inverno più freddo degli ultimi quarant'anni. I villaggi nella campagna inglese erano isolati dalla neve, e il Tamigi era gelato. Un giorno di gennaio il treno da Glasgow per Londra arrivò a Euston con ventiquattro ore di ritardo. La neve e l'oscuramento contribuivano a rendere pericolosi i viaggi in auto: gli incidenti stradali erano raddoppiati, e la gente raccontava barzellette su come era più rischioso guidare una Austin Sette per Piccadilly di notte che attraversare con un carro armato la linea Sigfrido.

Poi, venne la primavera, e fu splendida. I palloni di sbarramento galleggiavano maestosi nell'azzurro splendente del cielo, e i soldati in permesso amoreggiavano per le vie di Londra con ragazze in abiti sbracciati.

La città non aveva molto l'aspetto della capitale di una nazione in guerra. C'erano dei segni, naturalmente; ed Henry Faber, pedalando dalla stazione di Waterloo in direzione di Highgate, li notò: mucchi di sacchetti di sabbia davanti agli edifici pubblici importanti, rifugi Anderson nei giardini suburbani, manifesti di propaganda sull'evacuazione e le precauzioni anti-aeree. Faber guardava tutte queste cose – era un osservatore molto più attento della media degli impiegati delle ferrovie. Vedeva frotte di bambini nei parchi, e ne concluse che l'evacuazione era stata un fallimento. Annotava il numero delle automobili che circolavano tranquillamente a dispetto del razionamento della benzina; e teneva conto dei nuovi modelli annunciati dalle case automobilistiche.

Sapeva cosa significava il massiccio afflusso di lavoratori per il turno di notte in fabbriche dove, fino a pochi mesi prima, c'era stato a stento lavoro per il turno di giorno. Ma, soprattutto, registrava il movimento delle truppe sulla rete ferroviaria d'Inghilterra: tutte le pratiche passavano dal suo ufficio. Si poteva imparare molto dalle pratiche. Quel giorno, per esempio, aveva timbrato un'infornata di moduli che lo indussero a pensare che venisse allestita una nuova Forza di Spedizione. Era quasi certo che avesse un effettivo di 100.000 uomini, e fosse destinata alla Finlandia.

C'erano dei segni, sì; ma c'era qualcosa di buffo in tutto quanto. Gli show della radio ironizzavano sulla pedanteria dei regolamenti di guerra, la gente cantava nei rifugi anti-aerei, e donne alla moda portavano le maschere antigas in contenitori confezionati in sartoria. Non si faceva che parlare della Barbosa Guerra. Era un fatto troppo grande e banale nello stesso tempo, come uno spettacolo al cinema. Tutti gli allarmi aerei, senza eccezioni, erano risultati falsi.

Faber aveva un diverso punto di vista... ma, in effetti, era anche una persona diversa.

Diresse la bicicletta in Archway Road, piegandosi un po' in avanti per affrontare la salita, con le lunghe gambe che pompavano senza posa come i pistoni di una locomotiva. Era ben messo per la sua età, trentanove anni, anche se in proposito mentiva; mentiva in quasi tutte le cose, per precauzione.

Cominciò a sudare mentre si arrampicava su per la collina verso Highgate. La casa dove viveva era una delle più alte di Londra, e proprio per questo aveva scelto di viverci. Era una casa di mattoni dell'epoca vittoriana, l'ultima di una fila di sei. Le case erano alte, strette e buie, come le menti degli uomini per i quali erano state costruite. Ognuna aveva tre piani e un seminterrato con l'ingresso per la servitù... gli inglesi della classe media nel diciannovesimo secolo insistevano per avere un ingresso per la servitù, anche se non avevano servi. Faber era cinico nei confronti degli inglesi.

Proprietario del numero sei era stato il signor Harold Garden, della "Garden's tea and Coffee", una piccola azienda fallita durante la grande depressione. Avendo vissuto secondo il principio che l'insolvenza è un peccato mortale, dopo la bancarotta al signor Garden non era rimasta altra scelta che morire. La casa fu tutto quello che lasciò in eredità alla vedova, la quale fu poi costretta a prendere dei pensionanti. Era contenta di essere un'affittacamere, anche se l'etichetta del suo ambiente sociale la obbligava a fingere di vergognarsene un po'. Faber aveva una camera all'ultimo piano con un abbaino. Abitava lì dal lunedì al venerdì, e diceva alla signora Garden che passava il fine settimana da sua madre a Erith. In realtà, il sabato e la domenica aveva un'altra affittacamere a Blackheath che lo chiamava signor Baker e credeva che facesse il commesso viaggiatore di una ditta di articoli di cancelleria e passasse tutta la settimana in viaggio.

Percorse con la bicicletta il vialetto del giardino sotto lo sguardo accigliato delle alte finestre del salotto. Poi la mise nel capanno e la legò col lucchetto alla falciatrice – la legge vietava di lasciare i veicoli incustoditi. Le patate da semina nei vasi tutt'intorno al capanno stavano germogliando. La signora Garden aveva sostituito le sue aiuole di fiori con verdure per contribuire allo sforzo bellico.

Faber entrò in casa, appese il cappello all'attaccapanni, si lavò le mani e andò a prendere il tè.

Tre degli altri pensionanti erano già a tavola: un giovane foruncoloso dello Yorkshire che stava tentando di farsi arruolare; un commesso viaggiatore in dolciumi, stempiato e dai capelli color sabbia; e un ufficiale di marina a riposo che doveva essere, Faber ne era convinto, un depravato. Faber rivolse a tutti un cenno di saluto e si sedette.

Il commesso viaggiatore stava raccontando una barzelletta. « Così il capo-squadriglia dice: "Sei tornato presto!" e il pilota si volta e risponde: "Sì, ho buttato giù i volantini a pacchi, non andava bene?", e allora il capo-squadriglia fa: "Santo Dio, potevi ferire qualcuno!". »

L'ufficiale di marina fece una risata chioccia, e Faber sorrise. La signora Garden entrò con la teiera. « Buona sera, signor Faber. Abbiamo cominciato senza di lei... spero che non se ne abbia a male. »

Faber spalmò uno strato sottile di margarina su una fetta di pane integrale, e per un momento morì dalla voglia di una grossa salsiccia. « Le patate da semina sono pronte da piantare » le disse.

Faber bevve in fretta il suo tè. Gli altri stavano discutendo se Chamberlain dovesse essere licenziato e sostituito da Churchill. La signora Garden, ogni volta che esprimeva un parere, guardava subito dopo in direzione di Faber per vedere la sua reazione. Era una donna sciatta, piuttosto grassoccia. Aveva all'incirca l'età di Faber, ma si vestiva come se fosse molto più giovane, e questo gli faceva pensare che avesse voglia di un altro marito. Lui si teneva fuori dalla discussione. La signora Garden accese la radio. Gracchiò un po', poi un annunciatore disse: « Questo è il servizio nazionale della BBC. *"Ecco di nuovo quell'uomo!"* ».

Faber aveva già sentito lo show. Era imperniato regolarmente su una spia tedesca di nome Fung. Si scusò e salì nella sua stanza.

La signora Garden era rimasta sola dopo la trasmissione: l'ufficiale di marina era andato in un pub insieme col commesso viaggiatore, e il giovane dello Yorkshire, che era un fervente religioso, si era recato a una riunione di preghiera. Si sedette in salotto con un bicchierino di gin, guardando le tende dell'oscuramento e pensando al signor Faber. Desiderava che non passasse tanto tempo nella sua stanza. Lei aveva bisogno di compagnia, e lui era proprio il tipo di compagnia che le ci voleva.

Questi pensieri la facevano sentire colpevole. Per alleviare il senso di colpa si mise a pensare al signor Garden. I suoi ricordi erano familiari ma sfuocati, come la vecchia pellicola di un film dalle tacche consumate e il sonoro confuso; anche se poteva facilmente ricordare cosa voleva dire averlo lì con lei nella stanza, le era difficile immaginare la sua faccia, o i vestiti che poteva indossare, o come avrebbe commentato le notizie del giorno sulla guerra. Era un uomo piccolo e molto attento alla propria eleganza, di gran successo negli affari quando la fortuna gli sorrideva e un vero disastro nella sfortuna, riservato in pubblico e insaziabilmente affettuoso a letto. Lo aveva amato molto. Parecchie donne si sarebbero ritrovate nelle stesse condizioni se la guerra avesse mai fatto il suo corso veramente. Si versò un altro bicchiere.

Il signor Faber era un tipo tranquillo – quello era il guaio. Sembrava privo di qualsiasi vizio. Non fumava, il suo alito non sapeva mai di alcol, e passava tutte le sere in camera sua ad ascoltare la musica classica alla radio. Leggeva molti giornali e faceva lunghe passeggiate. Le dava l'impressione che fosse molto intelligente, nonostante il suo lavoro umile: i suoi contributi alla conversazione in salotto erano sempre un tantino più lucidi di quelli di qualsiasi altro. Sicuramente avrebbe potuto trovare un posto migliore, se avesse voluto. Sembrava negarsi le possibilità che meritava.

Lo stesso valeva per il suo aspetto. Era un uomo ben fatto: alto, piuttosto massiccio di spalle, senza un filo di grasso, con le gambe lunghe. E aveva un viso forte, con la fronte alta e la mascella lunga e gli occhi di un azzurro brillante; non bello, come il viso di un divo del cinema, ma del tipo che piaceva alle donne. Tranne che per la bocca... era piccola e sottile, e questo le faceva pensare che potesse essere crudele. Il signor Garden era stato incapace di qualsiasi crudeltà.

Eppure, a prima vista, Faber non era il tipo d'uomo che una donna avrebbe guardato due volte. I pantaloni del suo vecchio abito liso non erano mai stirati – ci avrebbe pensato lei e anche volentieri, ma lui non glielo aveva mai chiesto – e portava sempre un impermeabile frusto e un berretto da scaricatore di porto. Non aveva baffi, e si tagliava i capelli corti ogni quindici giorni. Era come se volesse passare inosservato.

Aveva bisogno di una donna, non c'era dubbio su questo. Per un attimo lei si chiese se potesse essere quel che si dice un effeminato, ma scartò subito l'idea. Aveva solo bisogno di una moglie che lo spronasse a curarsi di più e a essere più ambizioso. E lei di un uomo che le facesse compagnia e che... be', facesse anche l'amore. Tuttavia non si era mai fatta avanti. A volte si sarebbe messa a urlare dalla frustrazione. Eppure era sicura di essere attraente. Si guardò allo specchio mentre si versava un altro gin. Aveva un viso grazioso, bei capelli ricci; e per un uomo c'era di che saziarsi in lei... Ridacchiò a quel pensiero. Doveva essere un po' sbronza. Sorseggiò il liquore e si chiese se non dovesse fare lei la prima mossa. Il signor Faber era un timido, cronicamente timido. Impotente non era – poteva giurarlo dallo sguardo dei suoi occhi nelle due occasioni in cui l'aveva vista in camicia da notte. Forse avrebbe potuto vincere la timidezza di lui con la sfacciataggine. Cosa aveva da perdere? Cercò di immaginarsi il peggio, tanto per vedere come sarebbe stato. Suppose che la respingesse. Be', sarebbe stato imbarazzante – persino umiliante. Sarebbe stato un duro colpo al suo orgoglio. Ma non era necessario che qualcun altro venisse a sapere cosa era successo. Lui avrebbe dovuto semplicemente andarsene.

Al pensiero di un rifiuto scartò l'intero progetto. Si alzò lentamente in piedi, pensando: "No, non sono una sfacciata". Era ora di andare a dormire. Se avesse bevuto un altro po' di gin a letto, sarebbe riuscita a prender sonno. Portò la bottiglia di sopra.

La sua camera da letto era sotto a quella del signor Faber, e mentre si svestiva sentiva benissimo la musica di violino trasmessa dalla sua radio. Indossò una camicia da notte rosa, con una scollatura ricamata – e nessuno che l'ammirasse! – e bevve l'ultimo bicchiere. Si chiese che aspetto avesse il signor Faber svestito. Doveva avere lo stomaco piatto, peli intorno ai capezzoli e probabilmente gli si vedevano le costole, perché era magro. Forse aveva il sedere piccolo. Ridacchiò di nuovo, pensando: "Sono una svergognata".

Si portò da bere a letto e prese il libro, ma faceva troppa fatica a mettere a fuoco le righe. Inoltre, il racconto del vicario l'aveva stancata. Le storie di amori sfortunati erano belle finché si era perfettamente soddisfatte col proprio marito, ma a una donna occorreva qualcosa di più di quanto poteva offrirle Barbara Cartland. Sorseggiò il gin, e desiderò che il signor Faber spegnesse la radio. Era come cercare di dormire a un tè danzante!

Poteva, naturalmente, pregarlo di spegnere. Guardò la sveglia accanto al letto: le dieci passate. Poteva indossare la vestaglia intonata alla camicia da notte, ravviarsi solo un po' i capelli, infilarsi le pantofole molto eleganti, con un disegno di rose, e salire di corsa le scale, fino al pianerottolo di sopra, dopodiché bussare leggermente alla porta. Lui avrebbe aperto, forse con indosso solo il pigiama, e poi l'avrebbe guardata con lo stesso sguardo che le aveva lanciato quando l'aveva vista in camicia da notte mentre andava in bagno...

« Vecchia stupida » si disse a voce alta. « È solo una scusa per andare su. »

Ma poi che bisogno aveva di scuse? Era una persona adulta, in casa sua, e in dieci anni non aveva incontrato nessun altro uomo che le andasse bene, e che diavolo!, aveva bisogno di sentire qualcuno forte, duro e peloso sopra di lei, che le stringesse i seni ansimandole nell'orecchio e aprendole le cosce con le sue mani grandi e carnose. L'indomani i tedeschi avrebbero potuto lanciare le bombe asfissianti e loro sarebbero tutti morti avvelenati soffocando e rantolando, e lei avrebbe perduto anche l'ultima occasione.

Così scolò il bicchiere, si alzò dal letto, indossò la vestaglia, si ravviò solo un po' i capelli, s'infilò le pantofole e prese il mazzo di chiavi, nel caso che lui avesse chiuso la porta e non potesse sentirla bussare per via della radio.

Sul pianerottolo non c'era nessuno. Trovò le scale al buio. Fece per saltare lo scalino che scricchiolava, ma inciampò sulla passatoia allentata e la calpestò pesantemente; tuttavia nessuno sembrò sentire, così andò su e batté piano alla porta. La provò con delicatezza. Era chiusa a chiave.

La radio fu abbassata, e il signor Faber chiese: « Sì? ».

Parlava bene: senza inflessioni dialettali, o straniere – niente, solo una garbata voce neutra.

Lei fece: « Posso dirle una parola? ».

L'uomo parve esitare, poi rispose: « Sono svestito ».

« Anch'io » ridacchiò lei, e aprì la porta con il duplicato della chiave. Lui stava in piedi di fronte alla radio con una specie di cacciavite in mano. Era in pantaloni ma senza camiciola. La sua faccia era bianca e sembrava spaventato a morte. Lei entrò e si chiuse la porta alle spalle non sapendo cosa dire. Improvvisamente ricordò una battuta di un film americano e disse: « Vi andrebbe di offrire un drink a una ragazza sola? ». Era una frase stupida, naturalmente, perché sapeva che lui non teneva liquori in camera, e lei non era certo vestita per uscire; ma suonava seducente.

Parve ottenere l'effetto desiderato. Senza parlare, l'uomo le si avvicinò lentamente. Aveva davvero peli intorno ai capezzoli. Lei fece un passo avanti, e si trovò nelle sue braccia, chiuse gli occhi e alzò il viso, lui la baciò, e lei si mosse lievemente fra le sue braccia, poi sentì un terribile, spaventoso, intollerabile dolore tagliente alla schiena e allora aprì la bocca per urlare.

Aveva sentito il tonfo sulle scale. Se la donna avesse aspettato un altro minuto, avrebbe avuto tempo di riporre la radio trasmittente nella valigia e il libro dei codici nel cassetto e non ci sarebbe stato bisogno di ucciderla. Ma prima che potesse cancellare le prove aveva sentito la chiave nella serratura, e quando lei aveva aperto la porta aveva già in mano lo stiletto.

Ma la donna si era mossa leggermente fra le sue braccia, e Faber le aveva mancato il cuore alla prima pugnalata. Le aveva cacciato le dita in gola per fermare il suo grido. Sferrò un altro colpo, ma lei si mosse di nuovo e la lama colpì una costola ferendola solo superficialmente. Il sangue stava uscendo a fiotti e allora capì che non sarebbe stato un assassinio pulito, non lo era mai quando si mancava il primo colpo.

La donna si stava agitando troppo per essere uccisa con una pugnalata, ora. Tenendole le dita in bocca, le serrò la mascella col pollice e le spinse la testa indietro contro la porta. Il capo sbatté contro il legno con un colpo sordo, e in quel momento desiderò di non aver abbassato la radio. Ma come avrebbe potuto prevedere tutto questo?

Esitò prima di ammazzarla, perché sarebbe stato molto meglio se fosse morta sul letto – meglio per la copertura che stava già prendendo forma nella sua mente – ma non poteva essere sicuro di farla tacere tanto a lungo. Stringendo più forte la mascella, le tenne ancora la testa contro la porta e passò lo stiletto in un ampio squarcio circolare che le lacerò quasi tutta la gola, perché lo stiletto non era un'arma da taglio e la gola non era il bersaglio più congeniale a Faber.

Balzò indietro per evitare il primo orribile fiotto di sangue, poi fece di nuovo un passo avanti per afferrare la donna prima che cadesse sul pavimento. Cercando di non guardarle il collo, la trascinò adagiandola sul letto.

Aveva già ammazzato prima, perciò conosceva la reazione: arrivava puntualmente insieme alla sensazione di essere in salvo. Andò al lavandino nell'angolo della stanza e l'aspettò lì. Poteva vedere la propria faccia nel piccolo specchio da barba.

Era bianca, e aveva gli occhi fissi. Si guardò e pensò: "Assassino". Poi vomitò.

Quando tutto fu passato si sentì meglio. Poteva continuare il lavoro, ora. Sapeva cosa doveva fare: i dettagli gli erano venuti in mente anche mentre la stava uccidendo.

Si sciacquò la faccia, si lavò i denti, e pulì il lavandino. Poi si sedette al tavolo accanto alla radio. Scorse il taccuino, trovò il punto e cominciò a trasmettere in codice. Era un messaggio lungo, riguardo a una forza di spedizione per la Finlandia, che aveva lasciato a metà quando era stato interrotto. Era scritto in linguaggio cifrato. Quando ebbe finito lo firmò: "saluti a Willi ".

Ripose accuratamente il trasmettitore nell'apposita valigia e mise il resto delle sue cose in una seconda valigia. Si tolse i pantaloni e cancellò con una spugna le macchie di sangue, poi si lavò tutto.

Alla fine guardò il cadavere.

Riusciva a sopportarne la vista, ora. C'era la guerra e loro erano nemici: se non l'avesse uccisa, lei avrebbe causato la sua morte. La donna rappresentava una minaccia, e l'unico sentimento che provava ora era il sollievo per lo scampato pericolo. Non avrebbe dovuto spaventarlo.

Tuttavia, quanto gli restava ancora da fare era disgustoso. Le aprì la vestaglia e sollevò la camicia da notte, fino alla vita. Aveva le mutande. Le lacerò in modo che i peli del pube fossero visibili. Povera donna: voleva solo sedurlo. Ma non avrebbe potuto farla uscire senza che lei vedesse il trasmettitore; e la propaganda inglese aveva messo la gente in guardia contro le spie – fino al ridicolo: se l'Abwehr avesse avuto tutti gli agenti che sbandieravano i giornali, l'Inghilterra avrebbe già perduto la guerra.

Fece un passo indietro e la guardò, piegando la testa di lato. C'era qualcosa che non andava. Cercò di pensare come un maniaco sessuale. "Se fossi pazzo di desiderio per una donna come la Garden, e l'avessi ammazzata unicamente per poter fare il mio comodo con lei, cosa farei dopo?"

Naturale: un maniaco di questo genere avrebbe voluto guardarle i seni. Faber si piegò sul cadavere, afferrò la scollatura della camicia e la strappò fino alla vita. I grossi seni ricaddero di lato.

Il medico della polizia avrebbe scoperto ben presto che non era stata violentata, ma Faber non lo giudicò un particolare importante. Aveva seguito un corso di criminologia a Heidelberg, e sapeva che molti stupri non venivano consumati fino in fondo. Oltre a tutto non se la sentiva di spingere l'inganno fino a quel punto, nemmeno per la patria. Non era un SS. Alcuni di loro avrebbero fatto la fila per violentare un cadavere... Scacciò il pensiero dalla mente.

Si lavò di nuovo le mani e si vestì. Era quasi mezzanotte. Avrebbe aspettato un'ora prima di uscire: era più sicuro.

Si sedette a pensare a cosa era andato storto.

Non c'era dubbio che aveva commesso un errore. Se la copertura fosse stata perfetta, sarebbe stato completamente al sicuro. E se fosse stato completamente al sicuro nessuno avrebbe scoperto il suo segreto. La signora Garden l'aveva scoperto – o meglio, l'avrebbe fatto se fosse vissuta un po' più a lungo – perciò non era stato completamente al sicuro, e quindi la copertura non era perfetta, dunque aveva commesso un errore.

Avrebbe dovuto mettere un catenaccio alla porta. Meglio passare per un inguaribile timido che avere padrone di casa con duplicati di chiavi che si aggirano in vestaglia di notte.

Questo era l'errore più visibile. Ma, al fondo, l'inconveniente era che, come scapolo, era troppo piacente. Lo pensò con irritazione, non con orgoglio. Sapeva di essere un bell'uomo, attraente, e che non c'era nessuna ragione apparente perché dovesse essere solo. Si mise a pensare a una copertura che spiegasse la cosa senza favorire gli approcci di tutte le signore Garden di questo mondo.

Doveva essere capace di trovare l'ispirazione nella sua reale personalità. Perché era solo? Si agitò inquieto: gli specchi non gli piacevano. La risposta era semplice. Era solo a causa della sua professione. Se c'erano delle ragioni più profonde non voleva saperle.

Avrebbe dovuto passare la notte all'aperto. Highgate Wood sarebbe andato bene. La mattina avrebbe portato le valigie al deposito della stazione, poi l'indomani sera sarebbe andato nella sua stanza a Blackheath.

Si sarebbe affidato alla sua seconda identità. Non aveva molta paura di essere preso dalla polizia. Il commesso viaggiatore che occupava la stanza di Blackheath durante il fine settimana era molto diverso dall'impiegato delle ferrovie che aveva ucciso la sua padrona di casa. L'uomo di Blackheath era espansivo, volgare e appariscente. Portava cravatte vistose, pagava da bere a tutti e si pettinava in modo diverso. La polizia avrebbe fatto circolare la descrizione di un piccolo scalcagnato pervertito che non avrebbe fatto paura a una mosca fintanto che non fosse stato assalito dalla libidine, e nessuno avrebbe guardato due volte il prestante commesso viaggiatore in abito a righe, che naturalmente era il tipo da essere eccitato più o meno in permanenza, ma che non avrebbe avuto bisogno di ammazzare le donne per vedere i loro seni.

Doveva prepararsi un'altra identità – ne teneva sempre almeno due. Aveva bisogno di un lavoro nuovo, documenti incensurati: passaporto, carta d'identità, tessera annonaria, certificato di nascita. Era tutto così rischioso. Dannata signora Garden. Perché non si era ubriacata come al solito per dormire?

Era l'una. Faber dette un'ultima occhiata in giro per la stanza. Non era preoccupato di lasciare tracce – ovviamente le sue impronte digitali erano per tutta la casa, e a nessuno sarebbe venuto il dubbio su chi fosse l'assassino. Né provò nessuna sensazione nell'abbandonare il posto che era la sua casa da due anni: non aveva mai pensato a essa come a una casa. Non aveva mai pensato a nessun luogo come a una casa. Avrebbe sempre ricordato quello come il posto dove aveva imparato a mettere un catenaccio alla porta.

Spense la luce, prese le valigie, e scivolò giù per le scale fuori della porta nella notte.

II

Enrico II fu un re fuori del comune. In un'epoca in cui il termine "visita volante" non era stato ancora coniato, si spostava continuamente tra Inghilterra e Francia con tale rapidità che lo si credeva dotato di poteri magici; una leggenda che lui comprensibilmente si guardò bene dello sfatare. Nel 1173 – o in giugno o in settembre, a seconda delle fonti indirette che si preferiscono – arrivò in Inghilterra e ripartì per la Francia così velocemente che nessun scrittore contemporaneo ne trovò la minima traccia. Più tardi gli storici scoprirono la nota spese relativa al viaggio nel bilancio reale. A quel tempo il regno era minacciato dagli attacchi dei suoi figli all'estremo nord e sud – il confine della Scozia e il sud della Francia. Ma quale fu precisamente lo scopo della visita? Chi vide? Perché tenne tutto segreto, quando la leggenda della sua magica velocità valeva un'armata? Che cosa concluse?

Questo era il problema che angustiava Percival Godliman nell'estate del 1940, quando le armate di Hitler avevano spazzato in lungo e in largo i campi della Francia come una falce, e gli inglesi si erano riversati fuori dal collo di bottiglia di Dunkerque in una sanguinosa rotta.

Il professor Godliman ne sapeva più sul medioevo di qualsiasi altro contemporaneo. Il suo libro sulla Morte Nera aveva destato scalpore in ogni congresso di medievalisti; diventato anche un bestseller, era stato pubblicato in edizione tascabile da Penguin. Con questi precedenti si era dedicato allo studio di un periodo leggermente più antico e ancora più intricato.

Alle 12 e 30 di una splendida giornata di giugno a Londra, una segretaria trovò Godliman curvo su un manoscritto illuminato, che stava faticosamente traducendo dal latino medievale, mentre prendeva appunti nella sua ancor meno leggibile scrittura. Alla segretaria, che aveva progettato di fare colazione nel giardino di Gordon Square, non piaceva la stanza del manoscritto perché sapeva di morte. Ci volevano troppe chiavi per entrarvi, come se fosse stata una tomba.

Godliman stava in piedi davanti al leggio, appollaiato su di una gamba sola come un uccello, e un riflettore posto in alto gli illuminava crudamente la faccia: avrebbe potuto essere il fantasma del monaco che aveva scritto il libro, intento a una fredda veglia sulla sua preziosa cronaca. La ragazza si schiarì la gola e aspettò che lui la notasse. Era basso, sui cinquanta, aveva le spalle tonde e la vista debole, e indossava un abito di tweed. La ragazza sapeva che poteva tornare perfettamente lucido, una volta distolto al suo medioevo. Tossì di nuovo e disse: « Professor Godliman? ».

L'uomo alzò lo sguardo e quando la vide, sorrise. Ora non assomigliava più a un fantasma, ma piuttosto a un padre stravagante.

« Salve! » esclamò in tono sorpreso, come se avesse appena incontrato il suo vicino di casa nel bel mezzo del deserto del Sahara.

« Mi aveva chiesto di ricordarle che deve andare a colazione al Savoy col colonnello Terry. »

« Ah, sì. » Tirò fuori l'orologio dalla tasca del panciotto e lo scrutò. « Se ci vado a piedi, sarà meglio che esca subito. »

Lei annuì. « Le ho portato la maschera antigas. »

« Com'è premurosa! » Sorrise di nuovo, e lei decise che era proprio simpatico. Le prese la maschera e disse: « Ci vuole il soprabito? ».

« Non l'aveva stamattina. Fa abbastanza caldo. Devo chiudere a chiave dopo che è andato via? »

« Grazie, grazie. » Infilò il taccuino nella tasca della giacca e uscì.

La segretaria si guardò intorno, rabbrividì e lo seguì.

Il colonnello Andrew Terry era uno scozzese dalla faccia rossa, rinsecchito da tutta una vita di fumatore incallito, con i radi capelli biondo-scuro abbondantemente imbrillantinati.

Godliman lo trovò, in abiti civili, a un tavolo d'angolo del Savoy Grill. C'erano tre mozziconi di sigarette nel portacenere. Si alzò in piedi per stringergli la mano.

Godliman disse: « Giorno, zio Andrew ».

Terry era il fratello minore della madre.

« Come va, Percy? »

« Sto scrivendo un libro sui Plantageneti. »

« I tuoi manoscritti sono ancora a Londra? Mi sorprende. »

« Perché? »

Terry accese un'altra sigaretta. « Portali in campagna in caso di bombardamenti. »

« Dovrei? »

« Metà della National Gallery è stata stipata in un buco maledettamente grande da qualche parte sottoterra su nel Galles. Il giovane Kenneth Clark ha avuto uno scatto molto più veloce del tuo. Forse faresti bene a filartela anche tu già che ci sei. Non credo che ti siano rimasti molti studenti. »

« È vero. » Godliman prese la carta del menù dal cameriere e disse: « Niente aperitivi. »

Terry non guardò il suo menù. « Sul serio, Percy, come mai sei ancora in città? »

Gli occhi di Godliman sembrarono rischiararsi, come l'immagine su uno schermo quando il proiettore è bene a fuoco, quasi che dovesse pensare per la prima volta da quando era entrato. – È giusto che partano i bambini, e le istituzioni nazionali come Bertrand Russell. Ma per me, be', sarebbe un po' come fuggire e lasciare gli altri a lottare per te. Capisco che non è un ragionamento rigorosamente logico. È una questione sentimentale, non logica.

Terry sorrise, del sorriso di chi ha visto soddisfatta la propria aspettativa. Ma lasciò cadere l'argomento e guardò il menù. Dopo un momento esclamò: « Buon Dio! Il pasticcio alla Lord Woolton ».

Godliman fece un largo sorriso. « Sono sicuro che si tratta sempre di patate e verdure. »

Quando ebbero ordinato, Terry continuò: « Che cosa pensi del nostro nuovo Primo ministro? ».

« Quell'uomo è un asino. Ma in fondo, anche Hitler è uno stupido, guarda un po' come si comporta. E tu che ne dici? »

« Possiamo vivere con Winston. Almeno è un tipo bellicoso. »

Godliman inarcò le sopracciglia. « Possiamo? Sei rientrato nel gioco? »

« Non l'ho mai lasciato del tutto, sai. »

« Ma avevi detto... »

« Percy, non crederai sul serio a tutti i funzionari di un ministero che dicono di non lavorare per l'esercito? »

« Dannazione. E per tutto questo tempo... »

Arrivò la prima portata, e attaccarono una bottiglia di Bordeaux bianco. Godliman mangiò salmone in scatola e sembrava pensieroso.

Alla fine Terry disse: « Stai pensando all'ultima impresa? ».

Godliman annuì. « Giorni di gioventù. Tempi terribili. » Ma il suo tono era malinconico.

« Questa guerra è completamente diversa. I miei uomini non vanno dietro le linee nemiche a contare i bivacchi come hai fatto tu. Be', lo fanno, ma questa volta è l'aspetto meno importante del lavoro. Oggigiorno basta ascoltare la radio. »

« Non trasmettono in codice? »

Terry si strinse nelle spalle. « I codici si possono decifrare. Francamente, veniamo a sapere tutto quello di cui abbiamo bisogno di questi tempi. »

Godliman lanciò un'occhiata intorno, ma non c'era nessuno a portata d'orecchio, e non spettava a lui dire a Terry che parlare incautamente costa vite umane.

Terry continuò: « In realtà il mio lavoro consiste nell'assicurarmi che loro non abbiano le informazioni di cui hanno bisogno su di noi ».

Entrambi presero pasticcio di pollo per secondo. Non c'era manzo sul menù. Godliman si fece silenzioso, ma Terry proseguì il discorso.

« Canaris è un tipo strano, sai. Ammiraglio Wilhelm Canaris, capo dell'Abwehr. L'ho incontrato prima che incominciasse il putiferio. Ama l'Inghilterra. La mia opinione è che non sia troppo entusiasta di Hitler. Ad ogni modo, sappiamo che gli è stato ordinato di allestire un'operazione di spionaggio in grande stile contro di noi, in vista dell'invasione – ma non sta concludendo molto. Abbiamo arrestato il loro agente migliore in Inghilterra il giorno dopo lo scoppio della guerra. È nel carcere di Wandsworth, ora. Sono persone inutilizzabili, le spie di Canaris. Vecchie donnacce di bordello, fascisti fanatici, criminali di mezzatacca... »

Godliman esclamò: « Senti, vecchio mio, questo è troppo ». Tremava leggermente, con un misto di rabbia e di incredulità. « Tutta questa roba è segreta. Non voglio saperne nulla! »

Terry rimase imperturbabile. « Vuoi qualcosaltro? » gli offrì. « Io prenderò un gelato al cioccolato. »

Godliman si alzò. « Penso di no. Tornerò al mio lavoro, se non ti dispiace. »

Terry lo guardò con freddezza. « Il mondo può aspettare la tua rivalutazione dei Plantageneti, Percy. C'è una guerra in corso sulla terra, ragazzo mio. Voglio che tu lavori per me. »

Godliman lo fissò per un lungo istante. « E cosa dovrei fare io sulla terra? »

Terry fece un sorriso feroce.

« Dare la caccia alle spie. »

Tornando a piedi verso il college, Godliman si sentiva depresso malgrado il bel tempo. Avrebbe accettato l'offerta del colonnello Terry: questo era certo. Il suo paese era in guerra, una guerra giusta; e se era troppo vecchio per combattere, era ancora abbastanza giovane per dare una mano.

Ma il pensiero di lasciare il suo lavoro – e per quanti anni? – lo deprimeva. Amava la storia, ed era completamente assorbito nell'Inghilterra medievale dalla morte della moglie, dieci anni prima. Gli piaceva dipanare misteri, scoprire tenui tracce, risolvere contraddizioni, smascherare menzogne, propaganda e miti. Il suo nuovo libro sarebbe stato il migliore sull'argomento scritto negli ultimi cent'anni, e non ce ne sarebbe stato uno uguale per un altro secolo. Quell'opera condizionava la sua vita da tanto tempo che il pensiero di abbandonarla era quasi irreale, non meno difficile da digerire della scoperta di essere orfani e di non avere nulla a che fare con quelli che si è sempre chiamati madre e padre.

L'allarme aereo interruppe bruscamente i suoi pensieri. Considerò la possibilità di ignorarlo: tanta gente lo faceva ormai, e dal college erano solo dieci minuti di strada a piedi. Ma non aveva nessun vero motivo di tornare al suo studio – sapeva che per quel giorno non avrebbe più lavorato. Così si affrettò a scendere in una stazione della metropolitana e si unì alla massa compatta della folla londinese giù per le scale e poi verso il sudicio marciapiede. Stava in piedi vicino al muro, fissando un manifesto dei dadi di Borril, e pensava: "Ma non si tratta solo di quello che mi lascio alle spalle".

Ritornare nel gioco lo deprimeva. C'erano alcuni aspetti che gli piacevano in quel lavoro: l'importanza delle piccole cose, il valore della semplice intelligenza, la meticolosità, le ipotesi. Ma odiava il ricatto e la falsità, l'inganno, la disperazione, e il fatto di pugnalare il nemico alle spalle.

La folla sul marciapiede stava aumentando.

Godliman si sedette finché c'era ancora spazio, e si trovò schiacciato contro un uomo in divisa di conducente d'autobus. L'uomo sorrise e disse: « Oh, essere in Inghilterra, ora che c'è l'estate. Sa chi l'ha detto? ».

« Ora che là è aprile » lo corresse Godliman. « Era Browning. »

« Avevo sentito che era Adolf Hitler » disse l'autista. Una donna che gli era vicino squittì con una risata, e l'uomo le rivolse la sua attenzione. « E sa che cosa dice lo sfollato alla moglie del contadino? »

Godliman non ascoltò più. Si ricordò di un aprile in cui aveva provato una tremenda nostalgia per l'Inghilterra, mentre stava rannicchiato sopra un alto ramo di un platano, e scrutava attraverso una gelida foschia una vallata francese da dietro le linee tedesche. Non riusciva a vedere niente se non vaghe ombre scure, anche con il cannocchiale, e stava per scivolare giù e camminare per un miglio o più, quando dal nulla erano sbucati tre soldati tedeschi ed erano venuti a sedersi sotto l'albero a fumare. Dopo un po' avevano tirato fuori le carte e si erano messi a giocare, e il giovane Percival Godliman aveva capito che avevano trovato il modo di sottrarsi ai propri doveri e che si sarebbero fermati lì per tutto il giorno. Era rimasto sull'albero, muovendosi appena, finché aveva incominciato a tremare con i muscoli intirizziti e doloranti per i crampi, e si sentiva la vescica come se dovesse scoppiare. Allora aveva estratto la rivoltella e aveva sparato a tutti e tre, uno dopo l'altro, dritto nelle loro teste rasate. E tre persone che ridevano e imprecavano e si giocavano la paga, avevano semplicemente cessato di esistere. Era la prima volta che uccideva, e tutto ciò che riuscì a pensare fu: "Solo perché dovevo pisciare".

Godliman cambiò posizione sul freddo cemento del marciapiede e lasciò che il ricordo sbiadisse lontano. Arrivò una ventata calda dal tunnel e sopraggiunse un treno. La gente che scese trovò posto e si fermò ad aspettare. Godliman prestò attenzione alle voci.

« Avete sentito Churchill alla radio? L'abbiamo ascoltato al "Duca di Wellington". Il vecchio Jack Thornton piangeva. Quella stupida vecchia canaglia... »

« Da quel che posso capire il figlio di Kathy è in una casa signorile e ha un proprio servitore in livrea! Il mio Alfie invece munge le vacche... »

« Non trovavo più sul menù il filetto da tanto tempo che ne avevo dimenticato il sapore... il comitato del vino aveva previsto l'arrivo della guerra e ne ha comprato una scorta di ventimila dozzine di bottiglie, grazie a Dio. »

« Sì, un bel matrimonio, del resto che senso c'era ad aspettare quando non si sa che cosa ci riserba il domani? »

« È la primavera, 'ma, mi dice lui, e ne mettono al mondo uno ogni anno... »

« È di nuovo incinta, sai... sì, tredici anni dall'ultima volta... Credevo di aver scoperto qual era il motivo! »

« No, Peter non è mai tornato da Dunkerque. »

L'autista gli offrì una sigaretta. Godliman rifiutò e tirò fuori la pipa. Qualcuno cominciò a cantare.

Una guardia dell'oscuramento passando urlò.
"Ma, tira giù quella persiana
guarda che cosa fai vedere", e noi
gridammo "Non importa". Oh!
su le ginocchia mamma Brown...

La canzone si diffondeva attraverso la folla finché tutti si misero a cantarla. Anche Godliman si unì, sapendo che la sua era una nazione che stava perdendo la guerra e cantava per nascondere la propria paura, come un uomo che fischietta passando vicino a un cimitero di notte; sapendo che l'affetto improvviso che provava per Londra e i londinesi era un sentimento effimero, simile all'isteria della folla; diffidando della voce interiore che gli diceva: "Ecco, questo è ciò che provoca la guerra, questo è ciò per cui vale la pena di combattere"; sapendo tutto questo, ma non curandosene, perché per la prima volta in tanti anni sentiva quel completo, fisico fremito di cameratismo e gli piaceva.

Quando suonò il cessato allarme tutti uscirono cantando su per le scale e fuori nella strada, e Godliman trovò una cabina telefonica e chiamò il colonnello Terry per chiedergli fra quanto tempo poteva cominciare.

III

La piccola chiesa di campagna era antica e molto suggestiva. Un muretto a secco racchiudeva un cimitero dove crescevano fiori selvatici. La chiesa era là – be', almeno in parte – dall'ultima volta che la Gran Bretagna era stata invasa, quasi un millennio prima. Il muro della navata a nord, spesso un metro buono e attraversato solamente da due strette finestre, poteva ricordare quell'ultima invasione; era stata costruita quando le chiese erano luoghi di rifugio fisico oltre che spirituale, e le piccole finestre della volta tonda erano più adatte a lanciare frecce fuori che a lasciare entrare la luce del Signore. In effetti, i volontari della difesa locale avevano preparato piani dettagliati per usare la chiesa se e quando l'attuale banda di criminali europei avesse attraversato il Canale.

Ma nessun stivale risuonò sul pavimento del coro in quell'agosto del 1940; non ancora. Il sole risplendeva attraverso le finestre dai vetri colorati che erano sopravvissute agli iconoclasti di Cromwell e all'ingordigia di Enrico VIII, e il soffitto risuonava delle note di un organo che non si era ancora arreso al tarlo e alle ingiurie del tempo.

Fu una bella cerimonia. Lucy era vestita di bianco, naturalmente; e le sue cinque sorelle facevano le damigelle d'onore in abiti color albicocca. David indossava l'alta uniforme da ufficiale di volo della Royal Air Force, tutta fresca e nuova perché era la prima volta che la portava. Cantarono il salmo 23, "Il mio pastore è il mio Signore", sul motivo di *Crimond*.

Il padre di Lucy appariva fiero, come un uomo nel giorno

in cui la propria figlia maggiore e più bella sposa un bel ragazzo in uniforme. Era un agricoltore, ma era tanto tempo che non sedeva su un trattore: dava in affitto la sua terra da coltivare e con il ricavato allevava cavalli da corsa, anche se quell'inverno il pascolo sarebbe finito sotto l'aratro e sarebbero state piantate patate. Malgrado fosse molto più signorile di un agricoltore, tuttavia aveva la pelle di uno che sta all'aria aperta, il torace ampio, e le grosse mani tozze tipiche della gente di campagna. La maggior parte degli uomini su quel lato della chiesa gli somigliavano molto: uomini dal torace robusto, con facce arrossate, che preferivano gli abiti di tweed e le scarpe grosse agli abiti eleganti.

Anche le damigelle d'onore avevano un po' la stessa aria rude; erano ragazze di campagna. Ma la sposa era come la madre. I suoi capelli, di un rosso scuro, erano lunghi e folti, lucenti e splendidi, e aveva occhi color ambra ben distanziati sul volto ovale; e quando guardò il vicario con quello sguardo limpido e diretto, e disse: « Lo voglio » con quella voce ferma e chiara, il vicario sobbalzò e pensò: « Mio Dio, lo vuole davvero! ». Il che era un pensiero insolito per un vicario nel bel mezzo di un matrimonio.

Anche il gruppo di familiari dall'altra parte della navata avevano una certa somiglianza tra di loro. Il padre di David era un avvocato: il suo cipiglio permanente era un'affettazione professionale, e nascondeva un carattere allegro. (Era stato maggiore dell'esercito nell'ultima guerra, e pensava che tutte quelle storie sulla RAF e la guerra aerea erano una moda che sarebbe passata presto). Ma nessuno somigliava a lui, neppure suo figlio che ora in piedi all'altare stava promettendo di amare la moglie fino alla morte, che poteva non essere tanto lontana, Dio non volesse. No, tutti assomigliavano alla madre di David, che sedeva accanto al marito, con i capelli quasi neri, pelle scura e lunghe gambe sottili.

David era il più alto di tutti. Aveva superato il record di salto in alto l'anno prima all'università di Cambridge. Era anche troppo bello per un uomo – la sua faccia sarebbe apparsa femminea, se non fosse stato per l'ombra scura e resistente di una barba ispida. Si radeva due volte al giorno. Aveva ciglia lunghe e sembrava intelligente, e lo era, e sensibile, il che non era vero.

Era un quadro idilliaco: una bella coppia di giovani felici, figli di due solide, agiate famiglie tipiche della spina dorsale della società inglese, che si sposavano in una chiesa di campagna nella più smagliante estate che l'Inghilterra potesse loro offrire.

Quando furono proclamati marito e moglie, entrambe le madri avevano gli occhi asciutti, entrambi i padri piangevano.

Baciare la sposa era un'usanza barbara, pensò Lucy mentre un altro paio di labbra di mezza età e bagnate di champagne le imbrattavano il collo. Probabilmente discendeva dalle usanze ancora più barbare del buio medioevo, quando era permesso farlo a tutti gli uomini della tribù... in ogni caso, era ora di diventare civili e abbandonare quella orrenda commedia.

Si era immaginata che non le sarebbe piaciuta questa parte della cerimonia. Amava lo champagne, ma non andava matta per le cosce di pollo o i grumi di caviale sulle fette di pane tostato e freddo; come non si entusiasmava per i discorsi e le fotografie e le freddure sulla luna di miele, insomma... Ma avrebbe potuto essere peggio. Se fossero stati in tempo di pace il papà avrebbe affittato la Albert Hall.

Finora nove persone le avevano detto: "Siate felici" e un invitato a malapena più originale aveva augurato: "Che nessun pericolo possa turbare il vostro nido". Lucy aveva stretto innumerevoli mani e aveva fatto finta di non sentire battute tipo: "Non mi dispiacerebbe essere nel pigiama di David stanotte". David aveva fatto un discorso in cui aveva ringraziato i genitori di Lucy per avergli dato la figlia, quasi che lei fosse un oggetto inanimato da essere impacchettato nel raso bianco e offerto al pretendente più meritevole. Il padre di Lucy era stato abbastanza banale da dire che non aveva perduto una figlia ma guadagnato un figlio. Era tutto così terribilmente falso, ma lo si faceva per i propri genitori.

Un lontano zio sbucò dalla direzione del bar, ondeggiando leggermente, e Lucy soffocò un brivido. Lo presentò al marito. « David, questo è zio Norman. »

Lo zio Norman strinse calorosamente la mano di David. « Bene, ragazzo mio, quando prendi servizio? »

« Domani, signore. »

« Come, niente luna di miele? »

« Solo ventiquattro ore. »

« Ma hai appena finito il corso di addestramento, ho sentito. »

« Sì, e avrei potuto volare anche prima, sa. Ho imparato a Cambridge. Inoltre, con tutto quel che succede, non si possono risparmiare i piloti. Penso che già domani volerò. »

Lucy mormorò: « David, non dirai sul serio » ma fu ignorata.

« Su quale aereo? » chiese lo zio Norman con l'entusiasmo di uno scolaro.

« Lo Spitfire. Ne ho visto uno ieri. È un bell'aquilone. » David aveva scrupolosamente fatto suo tutto il gergo della RAF: aquiloni e macinini e il bere e aerei nemici alle due in punto. « Ha otto mitragliatrici, fa trecentocinquanta miglia, e vira in uno spazio ristrettissimo ».

« Meraviglioso, meraviglioso. Voi ragazzi butterete certamente giù dal piedestallo la Luftwaffe, vero? »

« Ieri ne abbiamo fatti fuori sessanta contro undici dei nostri » disse David, con un sincero orgoglio come se li avesse abbattuti lui. « Il giorno prima, quando hanno fatto una puntata nello Yorkshire, abbiamo rispedito quei porci in Norvegia con la coda tra le gambe... e non abbiamo perso un solo aquilone! »

Lo zio Norman strinse la spalla di David col fervore di un ubriaco. « Mai » citò pomposamente « tanti furono debitori di tanto a così pochi. L'ha detto Churchill l'altro giorno. »

David tentò una smorfia di modestia. « Doveva riferirsi ai conti della mensa. »

Lucy detestava il modo in cui si banalizzavano la carneficina e la distruzione. Disse: « David, dovremmo andare a cambiarci, ora ».

Si diressero su due macchine separate a casa di Lucy. Sua madre l'aiutò a togliersi l'abito da sposa e disse: « Ora, mia cara, non so assolutamente cosa ti aspetti stanotte, ma dovresti sapere... ».

« Oh, mamma, non essere assurda » la interruppe Lucy. « Arrivi con dieci anni di ritardo per insegnarmi le cose della vita. Siamo nel 1940, sai! »

Sua madre arrossì leggermente. « Molto bene, cara » rispose dolce. « Ma se c'è qualcosaltro di cui vuoi parlare, più tardi... »

A Lucy venne in mente che dire certe cose costava alla madre uno sforzo considerevole, e si pentì della sua brusca risposta.

« Grazie » disse. Toccò la mano della madre. « Lo farò. »

« Vedi tu, allora. Chiamami se hai bisogno di qualcosa. » Baciò la figlia sulla guancia e uscì.

Lucy sedette alla toilette in sottoveste e cominciò a spazzolarsi i capelli. Sapeva molto bene che cosa l'aspettava quella sera. Sentì una languida vampata di desiderio mentre ricordava.

Era stata una seduzione ben congegnata, sebbene allora non le fosse venuto in mente che David potesse aver studiato ogni mossa in anticipo.

Era successo in giugno, un anno dopo che si erano conosciuti al Gled Reg Ball.

Si vedevano ogni settimana da quella volta, e David aveva passato parte delle sue vacanze di Pasqua con i genitori di Lucy. Alla madre e al padre piaceva: era bello, intelligente e distinto, e proveniva dalla loro stessa classe sociale. Il padre pensava che fosse un po' troppo dogmatico, ma la madre replicava che la gente di campagna andava dicendo questo degli studenti da seicento anni, mentre lei pensava che David sarebbe stato gentile con la moglie, il che, alla lunga, era la cosa più importante. Così, in giugno Lucy andò a casa di David per il fine settimana.

La casa era una copia vittoriana di una residenza di campagna del diciottesimo secolo, una villa dalla forma quadrata con nove stanze e una terrazza panoramica. Ciò che colpì Lucy fu il pensiero che la gente che aveva piantato il giardino doveva sapere che sarebbero tutti morti molto prima che le piante fossero giunte a maturità.

L'atmosfera era molto distensiva, e loro due bevevano birra in un pomeriggio assolato. Fu allora che David le disse che era stato accettato per il corso ufficiali nella RAF, insieme con quattro compagni del club di volo dell'università. Desiderava diventare un pilota di caccia.

« So volare molto bene » disse « e avranno bisogno di gente se la guerra va per le lunghe... dicono che si vincerà o si perderà nel cielo, stavolta. »

« Non hai paura? » chiese lei.

« Per niente » rispose. Poi si coprì gli occhi con la mano e disse: « Sì, ce l'ho ».

Pensò che era coraggioso, e gli strinse la mano.

Un po' più tardi si infilarono i costumi da bagno e andarono giù al lago. L'acqua era limpida e fredda, ma il sole era ancora forte e l'aria era calda. Sguazzarono allegramente, come se sapessero che quella era la fine dell'adolescenza.

« Sei una buona nuotatrice? » le chiese.

« Migliore di te! »

« Benissimo. Ti sfido fino all'isola. »

Lei si fece ombra agli occhi per vedere attraverso il sole. Rimase in quell'atteggiamento per un minuto, facendo finta di non sapere quanto fosse desiderabile col costume da bagno bagnato, le braccia sollevate e le spalle tese all'indietro. L'isola era una piccola lingua di terra coperta di cespugli e alberi distante circa duecento metri, in mezzo al lago.

La ragazza abbassò le mani, gridò: « Andiamo! », e partì di filato in un crawl veloce.

David vinse, naturalmente, con le sue lunghe braccia e gambe. Lucy si trovò in difficoltà quando era ancora a una quarantina di metri dall'isola. Si mise a nuotare a rana ma era troppo stanca anche per quello, e dovette girarsi sulla schiena e galleggiare. David, che era già seduto sulla riva e ansimava per lo sforzo, scivolò di nuovo in acqua e nuotò fino alla ragazza. Si fermò dietro di lei, la prese sotto le braccia, nella corretta posizione di salvataggio, e la spinse lentamente verso terra. Le sue mani erano proprio sotto i seni.

« È molto divertente » disse, e lei ridacchiò malgrado l'affanno.

Dopo un po' soggiunse: « Penso di potertelo dire, ora ».

« Che cosa? » ansimò lei.

« Il lago è profondo un metro e mezzo. »

« Imbroglione! » Si divincolò dalle sue braccia, schizzando acqua e ridendo, e si alzò in piedi.

David la prese per la mano e la guidò fuori dall'acqua e attraverso gli alberi. Indicò una vecchia barca di legno a remi, che marciva capovolta sotto un biancospino. « Da ragazzo di solito remavo fin qui, portandomi dietro una delle pipe di papà, una scatola di fiammiferi, e una presa di tabacco in un cartoccio. Questo è il posto dove venivo a fumare. »

Erano in una radura, completamente circondata da cespugli. Il tappeto erboso sotto i loro piedi era pulito e morbido. Lucy si lasciò cadere a terra.

« Ritorneremo a nuoto adagio » disse David.

« Non ne parliamo neppure » replicò lei.

Lui si sedette e la baciò, poi la spinse dolcemente all'indietro, finché non fu sdraiata. Le accarezzò un fianco e le baciò la gola, e lei trattenne a malapena un fremito. Quando lui posò una mano dolcemente, trepidante, sulla morbida rotondità tra le sue gambe, lei si inarcò all'insù, desiderando che lui premesse più forte. Poi gli avvicinò la faccia alla sua e lo baciò con la bocca socchiusa e umida. Le mani di David andarono alle bretelline del costume facendole scivolare giù dalle spalle. Lei disse: « No ».

David affondò la faccia tra i suoi seni. « Lucy, per favore. »

« No. »

La guardò. « Potrebbe essere la mia ultima occasione. »

Lucy rotolò lontano da lui e si alzò. Poi, per via della guerra, e dello sguardo supplichevole sulla giovane faccia arrossata di David, e per via dell'ultima vampata di desiderio che non si placava, Lucy si tolse il costume con un movimento rapido, e si levò la cuffia da bagno così che i capelli rosso scuro le ricaddero sulle spalle, e si inginocchiò davanti a lui, prendendogli la faccia con le mani e guidando le sue labbra ai seni.

Perse la verginità senza dolore, con entusiasmo, e solo un po' troppo in fretta.

Il sapore della colpa rendeva il ricordo più piacevole, anziché meno. Se era stata una seduzione ben architettata, allora lei era stata una vittima consenziente, per non dire bramosa, specialmente alla fine.

Cominciò a indossare il completo da viaggio. Lo aveva stupito un paio di volte, quel pomeriggio sull'isola: una quando aveva voluto che le baciasse i seni, e di nuovo quando lo aveva guidato dentro con le mani. A quanto pareva, cose simili non accadevano nelle letture di David. Come la maggior parte delle sue amiche, Lucy leggeva D. H. Lawrence per informarsi sul sesso. E credeva nella sua coreografia, anche se diffidava delle immagini troppo chiassose: le cose che i suoi personaggi facevano l'uno all'altro sembravano belle, ma non fino a quel punto; lei non si aspettava trombe, tuoni e fulmini e clamore di cembali al suo risveglio sessuale.

David si era dimostrato un po' più ignorante; ma era stato delicato, e aveva preso piacere dal suo piacere, e Lucy era sicura che quello era l'importante.

Era successo soltanto un'altra volta da quel giorno. Esattamente una settimana prima del loro matrimonio avevano fatto l'amore di nuovo, ed era anche stata la causa del loro primo litigio.

Quella volta era successo a casa di Lucy, di mattina, dopo che tutti erano usciti. Lui era andato in camera sua in vestaglia ed era entrato nel suo letto. Lei stavolta cambiò quasi idea sulle trombe e i cembali di Lawrence. David era uscito dal letto subito dopo.

« Non andare » gli disse Lucy.

« Potrebbe entrare qualcuno. »

« Correrò il rischio. Torna a letto. » Era calda, assonnata e in uno stato di languore, e lo voleva accanto a sé.

David si era rimesso la vestaglia. « Mi rende nervoso. »

« Non lo eri cinque minuti fa. » Allungò la mano verso di lui. « Vieni qui e stenditi accanto a me. Voglio arrivare a conoscere il tuo corpo. »

« Mio Dio, come sei volgare. »

Lucy lo guardò per vedere se stava scherzando, e quando capì che faceva sul serio, divenne furiosa. « Cosa diavolo vuol dire? »

« Non... non sei una signora! »

« Che stupidaggini stai dicendo... »

« Ti comporti come una... una sgualdrina. »

Lucy si precipitò fuori dal letto, nuda e furiosa, con i bei seni ansanti dalla rabbia. « Cosa ne sai tu delle sgualdrine? »

« Nulla! »

« E delle donne? »

« So come dovrebbe comportarsi una vergine. »

« Io so... lo ero... finché non ti ho incontrato... » Sedette sul bordo del letto e scoppiò in lacrime.

Quella fu la fine della lite, naturalmente.

David la circondò con le braccia e disse: « Scusami, scusami, scusami. Anche tu sei la prima per me, e non so cosa aspettarmi; mi sento confuso... Voglio dire, nessuno ti insegna nulla su queste cose, no? »

Lei tirò su col naso e fece di sì con la testa, e le venne in mente che ciò che lo innervosiva veramente era la consapevolezza che fra otto giorni doveva salire su un fragile aereo e combattere per la sua vita sopra le nuvole; così lo perdonò, e lui le asciugò le lacrime, e tornarono a letto e si tennero stretti per farsi coraggio.

Lucy aveva parlato del litigio alla sua amica Joanna, dicendo che era per via di un abito che David trovava sguaiato. Joanna aveva replicato che le coppie litigano sempre prima del matrimonio, generalmente la notte prima: era l'ultima possibilità di provare la forza del loro amore.

Era quasi pronta ora. Si esaminò in uno specchio. L'abito aveva un taglio vagamente militare, con spalle squadrate e spalline, ma la camicetta sotto era molto femminile. I capelli le ricadevano in riccioli sotto l'elegante cappellino tondo. Non sarebbe stato bene andarsene vestita sontuosamente, almeno non quell'anno; tuttavia sentiva di aver raggiunto quel tipo di svelta praticità, ma non priva di fascino, che stava diventando rapidamente di moda.

David l'aspettava all'ingresso. La baciò e disse: « Sei uno splendore, signora Rose ».

Tornarono al ricevimento per salutare tutti, prima di partire per Londra dove avrebbero passato la notte al Claridge's; poi David avrebbe proseguito per Biggin Hill e Lucy sarebbe tornata a casa. Avrebbe abitato con i genitori: e avrebbe usato il cottage durante la licenza di David.

Ci fu un'altra mezz'ora di strette di mani e baci, poi salirono in macchina. Certi cugini di David avevano addobbato per l'occasione la sua MG scoperta con barattoli e un vecchio stivale legati con lo spago al paraurti, inondato di confetti i predellini e scarabocchiato "oggi sposi" su tutta la carrozzeria con del brillante rossetto rosso.

Partirono sorridendo, e agitando le mani verso il gruppo degli invitati riuniti sulla strada dietro di loro. Un miglio più avanti si fermarono e tolsero tutte le cianfrusaglie dalla macchina.

Era quasi buio quando si rimisero in viaggio. L'auto aveva i fari mascherati per l'oscuramento, ma David guidava lo stesso molto veloce. Lucy si sentiva felice.

David disse: « C'è una bottiglia di champagne nello sportellino del cruscotto ».

Lucy lo aprì e trovò lo champagne e due bicchieri accuratamente avvolti nella carta velina. Era ancora abbastanza gelato. Il tappo saltò con un forte botto, come uno sparo nella notte. David accese una sigaretta mentre Lucy versava lo champagne.

« Arriveremo tardi per la cena » disse lui.

« Cosa t'importa? » Lei gli porse il bicchiere.

Era troppo stanca e dopo aver bevuto le venne sonno. La macchina sembrava andare terribilmente veloce. Lasciò che David bevesse quasi tutto lo champagne. Lui si mise a fischiare *St. Louis Blues.*

Guidare sulle strade d'Inghilterra con l'oscuramento faceva uno strano effetto. Si sentiva la mancanza delle luci a cui non si era mai fatto caso prima della guerra: luci nelle verande delle villette e alle finestre delle fattorie, luci sopra i pinnacoli delle cattedrali e le insegne delle locande, e – più di tutto – quel bagliore luminoso, all'orizzonte, delle migliaia di luci di una città vicina. Anche se si fosse potuto vedere, non c'erano cartelli stradali da guardare: erano stati tolti tutti per confondere i paracadutisti tedeschi che si aspettavano da un giorno all'altro. (Solo pochi giorni prima i contadini della Midlands avevano trovato paracadute, radio e cartine; ma siccome non c'erano impronte di piedi che portassero lontano dagli oggetti, si era concluso che non era atterrato nessuno, e che il tutto era stato un vano tentativo nazista di seminare il panico tra la popolazione.) David, in ogni caso, conosceva la strada per Londra.

Risalirono una lunga collina. La piccola auto sportiva arrivò agilmente in cima. Lucy fissava con gli occhi semichiusi il buio davanti a loro. La discesa era ripida e serpeggiante. Lucy sentì il rumore lontano di un camion che si avvicinava.

Le gomme della MG stridevano mentre David abbordava velocemente le curve. « Mi sembra che tu corra troppo » disse Lucy, dolcemente.

La parte posteriore della macchina sbandò sulla sinistra. David scalò di marcia, temendo di usare il freno nel caso sbandasse ancora. Sul lato opposto, si intravedevano i cespugli alla luce fioca dei fari oscurati. Ci fu un'altra curva brusca, sulla destra, e David sentì scappare nuovamente la parte posteriore della macchina. Il tornante sembrava non finire mai. La piccola auto slittò di lato e girò su se stessa di centottanta gradi finendo sull'altra carreggiata in senso contrario; poi continuò a girare nella stessa direzione.

Lucy gridò: « David! ».

La luna sbucò all'improvviso, e loro videro il camion. Arrancava su per la salita a passo di lumaca, soffiando sbuffi di fumo denso, argentei al chiaro di luna, dal cofano a forma di naso. Lucy intravide la faccia del guidatore, persino il berretto di panno e i baffi, e la bocca spalancata dal terrore mentre pestava sui freni.

L'auto stava andando di nuovo in avanti, ora. C'era appena lo spazio per schivare il camion, se David avesse potuto riprenderne il controllo. Cercò di raddrizzare il volante e dette un colpo di acceleratore. Fu un errore.

La macchina e il camion cozzarono frontalmente.

IV

Le spie appartengono agli stranieri: gli inglesi hanno il Military Intelligence. Come se questo eufemismo non bastasse, lo abbreviarono in MI. Nel 1940 l'MI faceva parte del ministero della guerra. Si spandeva come la gramigna – non c'era da stupirsi – e le sue diverse sezioni venivano chiamate per numero: l'MI9 provvedeva alle vie di fuga per i prigionieri di guerra nell'Europa occupata fino ai paesi neutrali; l'MI8 intercettava le trasmissioni radio nemiche, e valeva più di sei reggimenti; l'MI6 mandava agenti in Francia.

Fu nell'MI5 che il professor Percival Godliman entrò nell'autunno del 1940. Si presentò al ministero della guerra a Whitehall in una fredda mattina di settembre dopo una notte passata a domare incendi per tutto l'East End: il Blitz era al culmine e lui faceva parte del servizio ausiliario antincendio.

Il Military Intelligence era diretto dai militari in tempo di pace, quando – secondo Godliman – lo spionaggio era soprattutto una questione da professionisti; ma ora trovò che era popolato di volontari, e fu lieto di scoprire che metà della gente che lavorava nell'MI5 era di sua conoscenza. Il primo giorno incontrò un avvocato iscritto al suo stesso club, uno storico d'arte con cui era stato al college, un archivista della sua università e il suo scrittore preferito di romanzi gialli.

Fu introdotto nell'ufficio del colonnello Terry quella stessa mattina alle dieci. Terry era là già da parecchie ore. C'erano due pacchetti vuoti di sigarette nel cestino della carta straccia.

Godliman disse: « Devo chiamarti "Signore", ora? ».

« Non facciamo tante storie qui, Percy. "Zio Andrew" andrà bene. Siediti. »

Nello stesso tempo, però, c'era in Terry un piglio che non aveva mostrato quando avevano pranzato al Savoy. Godliman notò che non sorrideva, e la sua attenzione continuava ad andare a una pila di rapporti non letti sulla scrivania.

Terry guardò l'orologio e disse: « Bene, ti metterò brevemente al corrente... finirò la lezione che avevamo iniziato a colazione ».

Godliman sorrise: « Questa volta non mi darò tante arie ».

Terry accese un'altra sigaretta.

Le spie di Canaris in Inghilterra erano gente fasulla. (Terry riprese come se la loro conversazione fosse stata interrotta cinque minuti invece che tre mesi prima). Dorothy O'Grady era stato un caso tipico: l'avevano presa mentre tagliava i fili del telefono dell'esercito sull'isola di White. Scriveva lettere in Portogallo con quel genere d'inchiostro simpatico che si può comprare in qualsiasi cartoleria.

Una nuova ondata di spie era arrivata in settembre. Il loro compito era di fare una ricognizione del territorio inglese in vista dell'invasione: indicare spiagge adatte agli sbarchi, campi e strade che potevano servire agli alianti carichi di truppe, trappole anticarro, blocchi stradali, e sbarramenti di filo spinato.

Anche questa gente sembrava mal scelta, raccogliticcia, poco addestrata e ancor meno equipaggiata. Tipici erano stati i quattro che erano arrivati la notte fra il due e il tre di settembre: Meier, Kieboom, Pons e Waldberg. Kieboon e Pons erano atterrati all'alba vicino a Hythe, ed erano stati arrestati dal soldato semplice Tollervey della fanteria leggera di Somerset, che li aveva pescati in mezzo alle dune di sabbia sporchi e arrotolati come tanti würstel.

Waldberg in effetti era riuscito a mandare un segnale ad Amburgo: ARRIVATO BENE, DOCUMENTI DISTRUTTI. PATTUGLIA INGLESE A 200 METRI DALLA COSTA. SPIAGGIA CON RETICOLATI E TRAVERSINE FERROVIARIE A UNA DISTANZA DI 50 METRI. NIENTE

MINE. POCHI SOLDATI. BUNKER NON FINITO. STRADA NUOVA. WALDBERG.

Chiaramente non aveva idea di dove fosse, e non aveva neanche un nome in codice. Quanto poco fosse preparato lo dimostrava il fatto che non sapeva nulla della legislazione inglese sulle licenze: si presentò infatti in un pub alle nove del mattino a chiedere un quarto di sidro.

(Godliman scoppiò a ridere, ma Terry gli disse: « Aspetta... ora viene il bello ».)

Il padrone disse a Waldberg di tornare alle dieci. Gli suggerì, anche, di andare a visitare nel frattempo la chiesa del villaggio. E Waldberg, c'era da non crederci, era tornato alle dieci in punto, trovando due poliziotti in bicicletta pronti ad aspettarlo.

(« È come un copione di "Ecco di nuovo quell'uomo" » disse Godliman).

Meier era stato trovato poche ore dopo. Altri undici agenti tedeschi erano stati catturati nelle settimane successive, la maggior parte poche ore dopo aver messo piede sul suolo inglese. Quasi tutti erano destinati alla pena di morte.

(« Quasi tutti? » chiese Godliman. Terry rispose: « Sì. Un paio sono stati consegnati alla sezione B-1 (a). Tornerò sull'argomento fra un minuto. »)

Altri erano atterrati in Irlanda. Uno era Ernst Weber-Drohl, un famoso acrobata che aveva due figli illegittimi in Irlanda e che aveva fatto il giro dei caffè concerto come "L'uomo più forte del mondo". Era stato arrestato dalla Garda Siochana, multato per tre sterline e consegnato alla B-1 (a).

Un altro era stato Herman Goetz che, paracadutato per sbaglio nell'Ulster invece che nell'Eire, venne derubato dall'Ira, si buttò nudo nel Boyne e alla fine inghiottì la pillola suicida. Aveva una pila con su scritto "made in Dresda".

(« Se è così facile prendere questi pasticcioni » disse Terry, « come mai arruoliamo cervelloni come te per acciuffarli? » « Per due motivi. Primo: non abbiamo modo di sapere quanti non ne abbiamo presi. Secondo: quel che conta è cosa ne facciamo di quelli che non impicchiamo. È qui dove entra in gioco la B-1 (a). Ma per spiegartelo devo risalire al 1936. »)

Alfred George Owens era un ingegnere elettrotecnico di una

società che aveva alcune commesse governative. Aveva visitato la Germania parecchie volte nel corso degli anni '30, e di sua iniziativa aveva passato all'ammiragliato varie informazioni di carattere tecnico raccolte laggiù. Alla fine il servizio segreto della marina lo trasferì all'MI6, che cominciò a impiegarlo come un vero agente. L'Abwehr lo prese al suo servizio all'incirca nello stesso periodo, come l'MI6 scoprì quando intercettarono una sua lettera spedita a un noto indirizzo di copertura dei tedeschi. Era chiaro che si trattava di un uomo assolutamente privo di senso della lealtà: voleva solo fare la spia. Gli inglesi lo chiamavano Snow; i tedeschi lo chiamavano Johnny.

Nel gennaio del 1939, Snow ricevette una lettera contenente istruzioni per l'uso di una radio trasmittente e un biglietto del deposito bagagli alla stazione Vittoria.

Venne arrestato il giorno dopo lo scoppio della guerra, e lui e la sua radio trasmittente (che aveva prelevato, dentro una valigia, presentando il biglietto al deposito bagagli) furono rinchiusi nella prigione di Wandsworth. Johnny continuò a comunicare con Amburgo, ma adesso tutti i messaggi erano scritti dalla sezione B-1 (a) dell'MI5.

L'Abwehr lo mise in contatto con altri due agenti tedeschi in Inghilterra, che furono immediatamente catturati. Avevano con sé anche un codice e dettagliate istruzioni radio per lui, tutte cose di un valore inestimabile.

A Snow seguirono Charlie, Rainbow, Summer, Biscuit e alla fine un piccolo esercito di spie nemiche, tutte in regolare contatto con Canaris, tutte apparentemente degne di fede per lui, in realtà tutte controllate dal servizio di controspionaggio britannico.

A quel punto, l'MI5 cominciò a intravedere una straordinaria e allettante prospettiva: con un pizzico di fortuna, si poteva controllare e manipolare l'intera rete dello spionaggio tedesco in Inghilterra.

« Trasformare agenti in doppi agenti invece di impiccarli presenta due vantaggi fondamentali » concluse Terry. « Dal momento che il nemico crede che le sue spie siano ancora attive, non cerca di rimpiazzarle con altre che potrebbero sfuggirci. E, dal momento che siamo noi a fornire le informazioni che le spie riferiscono ai loro capi, possiamo ingannare il nemico e disorientare i suoi strateghi. »

« Potrebbe non essere facile » disse Godliman.

« Certamente no. » Terry aprì una finestra per far uscire il fumo delle sigarette e della pipa. « Per funzionare, il sistema deve essere praticamente perfetto. Se qui ci fosse un numero consistente di veri agenti, le loro informazioni contraddirebbero quelle degli agenti doppi e l'Abwehr sentirebbe puzza di bruciato. »

« Sembra tremendamente eccitante » disse Godliman. La sua pipa si era spenta.

Terry sorrise per la prima volta quel mattino. « Qui ti diranno che è un lavoro duro, ore e ore, nervi tesi, frustrazione... ma sì, naturalmente è eccitante. » Guardò l'orologio. « Ora desidero farti conoscere un giovane brillante, membro del mio staff. Ti accompagno nel suo ufficio. »

Uscirono dalla stanza, salirono alcune scale e percorsero vari corridoi.

« Si chiama Frederick Bloggs, e l'abbiamo pescato da Scotland Yard. Era un ispettore della sezione speciale. Se hai bisogno di braccia e gambe, usa le sue. Di grado qui gli sarai superiore, ma non lo farei pesare troppo... non è nelle nostre abitudini. Credo che non ci sia bisogno di dirtelo. »

Entrarono in una stanzetta spoglia che si affacciava su un muro bianco. Non c'era nessun tappeto. Alla parete era appesa la fotografia di una bella ragazza e sull'attaccapanni c'erano un paio di manette.

Terry disse: « Frederick Bloggs, Percival Godliman. Vi lascio soli ».

L'uomo dietro la scrivania era biondo, tarchiato e di bassa statura – il minimo sufficiente per entrare nella polizia, pensò Godliman. La cravatta era un pugno in un occhio, ma la sua faccia era simpatica e aperta, con un sorriso affascinante. La stretta di mano fu energica.

Disse: « Senti, Percy, stavo facendo un salto a casa per colazione, perché non vieni con me? Mia moglie prepara una buonissima salsiccia con patatine fritte. » Aveva un marcato accento londinese.

Salsicce e patatine non erano il piatto preferito di Godliman, ma accettò. Camminarono per Trafalgar Square e presero un autobus per Hoxton. Bloggs disse: « Ho sposato una ragazza meravigliosa, ma non ha una cucina per buongustai. Mangio salsicce e patatine tutti i giorni ».

L'East End fumava ancora per l'incursione aerea della notte precedente. Oltrepassarono gruppi di pompieri e di volontari intenti a scavare tra le macerie, a gettare acqua sui fuochi quasi spenti, e a sgombrare le strade dai detriti. Videro un vecchio portare fuori una radio di valore da una casa semidistrutta.

Godliman si mise a parlare. « Così daremo la caccia alle spie insieme. »

« Ci proveremo, Percy. »

L'abitazione di Bloggs era una casetta di tre stanze in fila, esattamente uguale a tutte le altre lungo la strada. I giardinetti davanti erano stati tutti adibiti per coltivare verdure. La signora Bloggs era la ragazza graziosa della foto alla parete dell'ufficio. Aveva un'aria stanca. Bloggs disse: « Guida l'ambulanza durante i bombardamenti. Vero, amore? ». Era orgoglioso di lei. Si chiamava Christine.

« Ogni mattina quando torno a casa mi chiedo se la troverò ancora » disse lei.

« Da notare che è della casa che si preoccupa, non di me » disse Bloggs.

Godliman prese una medaglia da un astuccio sopra la mensola del caminetto. « Come se l'è guadagnata? »

Christine rispose: « Fred ha strappato di mano il fucile a un bandito che stava rapinando l'ufficio postale ».

« Siete veramente una coppia » disse Godliman.

« Sei sposato, Percy? » chiese Bloggs.

« Sono vedovo. »

« Mi dispiace. »

« Mia moglie è morta di tubercolosi nel 1930. Non abbiamo mai avuto bambini. »

« Nemmeno noi, per ora » disse Bloggs. « È meglio di no finché il mondo è in questo stato. »

Christine esclamò: « Oh, Fred, cosa può interessargli! ». E andò in cucina.

Per mangiare sedettero intorno a un tavolo quadrato al centro della stanza. Godliman fu colpito da questa coppia e dalla scena domestica, e si trovò a pensare alla sua Eleonora. Il che era insolito: da alcuni anni non si lasciava più prendere dal sentimento. Forse i nervi si stavano risvegliando, alla fine. La guerra faceva strani scherzi.

La cucina di Christine era francamente spaventosa. Le salsicce erano bruciate. Bloggs le affogò sotto la salsa Ketchup, e Godliman fece accuratamente altrettanto.

Quando tornarono a Whitehall, Bloggs mostrò a Godliman lo schedario di agenti nemici non identificati che si ritenevano ancora attivi in Inghilterra.

C'erano tre fonti di informazione su questa gente. La prima erano i registri di immigrati del ministero dell'Interno. L'ufficio passaporti era da tempo un braccio del Military Intelligence, ed esisteva una lista – risalente all'ultima guerra – di stranieri che erano entrati nel paese ma non ne erano ripartiti né erano stati registrati sotto altre voci, come decesso o naturalizzazione. Allo scoppio della guerra, erano comparsi tutti davanti a tribunali che li avevano classificati in tre gruppi. All'inizio vennero internati solo gli stranieri del gruppo "A"; ma entro il luglio 1940, dopo alcune campagne allarmistiche di stampa, anche quelli dei gruppi "B" e "C" furono messi fuori circolazione. Rimaneva solo un piccolo numero di immigrati impossibili da individuare, ed era logico presumere che alcuni di questi fossero spie.

I loro documenti erano nello schedario di Bloggs.

La seconda fonte era costituita dalle trasmissioni radio. La sezione C dell'MI8 controllava le onde radio ogni notte, registrava tutto ciò che non era con certezza di provenienza inglese, e lo passava alla Scuola governativa dei codici e dei cifrari. Questo istituto, recentemente trasferito da Berkeley Street di Londra in una casa di campagna a Bletchley Park, non era affatto una scuola, ma un insieme di campioni di scacchi, musicisti, matematici e appassionati di parole crociate, persuasi che se un uomo poteva inventare un codice, un altro poteva decifrarlo. I segnali che partivano dall'Inghilterra e che non potevano appartenere a nessuno dei servizi britannici, venivano classificati come presunti messaggi delle spie.

I messaggi decifrati erano nello schedario di Bloggs.

Infine c'erano gli agenti doppi; ma la loro importanza era più ipotetica più che effettiva. I messaggi diretti a loro dall'Abwehr avevano avvertito dell'arrivo di parecchi agenti, e avevano smascherato una spia residente – la signora Matilde Krafft di Bournemouth, che aveva spedito denaro a Snow per posta e che, di conseguenza, era stata imprigionata nel carcere di Holloway. Ma i doppi agenti non erano stati in grado di rivelare l'identità né di localizzare quel genere di spie professioniste che lavoravano in silenzio e che sono infinitamente più preziose per un servizio segreto. Nessuno dubitava della loro esistenza. C'erano delle tracce: qualcuno, per esempio, aveva portato dalla Germania la radio trasmittente di Snow e l'aveva depositata al deposito della stazione Vittoria perché lui la ritirasse. Ma sia l'Abwehr sia la spia stessa stavano troppo attente per essere prese in trappola dagli agenti doppi.

Comunque, le tracce erano annotate nello schedario di Bloggs. Altre fonti erano in via di sviluppo: gli scienziati stavano lavorando a migliorare i metodi di triangolazione (il punto direzionale delle radio trasmittenti); e l'MI6 stava cercando di riorganizzare le reti di agenti in Europa che si erano sfasciate sotto la marea delle armate di Hitler.

Quelle poche informazioni che c'erano, si trovavano nello schedario di Bloggs.

« A volte può essere esasperante » disse a Godliman. « Guarda questo. »

Tirò fuori dallo schedario una lunga intercettazione radio riguardante piani inglesi per una forza di spedizione in Finlandia. « Questa è dei primi dell'anno. Le informazioni sono impeccabili. Avevano cercato di individuarlo quando si era interrotto a metà, senza nessuna ragione apparente... forse era stato disturbato. Aveva ripreso pochi minuti più tardi; ma aveva già finito prima che i nostri ragazzi avessero la possibilità di inserirsi. »

Godliman osservò: « Cos'è questo "saluti a Willi"? ».

« È una cosa importante » disse Bloggs. Stava accalorandosi. « Ecco uno stralcio di un altro messaggio, abbastanza recente. Guarda. "Saluti a Willi". Questa volta c'è stata una risposta. Indirizzata a *Die Nadel.* »

« L'Ago. »

« Si tratta di un professionista. Guarda i suoi messaggi: succinti, essenziali; ma dettagliati e senza ambiguità. »

Godliman esaminò il frammento del secondo messaggio. « Sembra che parli degli effetti dei bombardamenti. »

« Senza dubbio ha girato per l'East End. Un professionista, un vero professionista. »

« Cos'altro sappiamo su *Die Nadel*? »

L'espressione di giovanile energia di Bloggs crollò comicamente. « È tutto qui, mi dispiace. »

« Il suo nome in codice è *Die Nadel,* si firma "saluti a Willi", e ha delle buone informazioni... tutto qui? »

« Purtroppo sì. »

Godliman si sedette sul bordo della scrivania e fissò fuori dalla finestra. Sul muro del palazzo di fronte, sotto un davanzale decorato, poteva vedere il nido di una martora domestica.

« Su questa base, che possibilità abbiamo di catturarlo? »

Bloggs si strinse nelle spalle. « Su questa base, nessuna. »

V

È per posti come questo che è stata inventata la parola "desolato".

L'isola è un ammasso di roccia a forma di "J" che s'innalza cupa nel mare del Nord. Sulla carta è disegnata come un mezzo manico di un bastone da passeggio rotto; parallela all'equatore ma molto più a nord; col manico curvo e rotto verso Aberdeen, e col moncone spezzato, seghettato, che punta minacciosamente in direzione della lontana Danimarca. L'isola misura una decina di miglia di lunghezza. Lungo la maggior parte della costa le scogliere spuntano dal freddo mare senza la gentilezza di una spiaggia. Irritate da questa asprezza le onde si abbattono sulla roccia con furia imponente; diecimila anni di ingiurie del tempo che l'isola ignora impunemente.

Nella parte concava della "J" il mare è più calmo, perché lì si è procurato una accoglienza più gentile. Le maree hanno trascinato dentro la conca tanta di quella sabbia e alghe, detriti di legno, ciottoli e conchiglie, che ora, ai piedi della scogliera prima del mare, c'è una specie di spiaggia a mezzaluna.

Ogni estate la vegetazione in cima alla scogliera fa cadere un pugno di semi sulla spiaggia, come un ricco può lanciare gli spiccioli ai mendicanti. Se l'inverno è mite e la primavera arriva presto, un po' di semi mettono radici debolmente; ma non sono mai abbastanza robusti per fiorire e diffondere a loro volta i propri semi, e così di anno in anno la spiaggia sopravvive per elemosina.

Sulla terra, la terra vera e propria, tenuta al riparo dal mare dalle scogliere, cresce invece e si moltiplica un po' di verde. La vegetazione è fatta per la maggior parte di erbacce, sufficienti appena a nutrire le poche pecore ossute, ma abbastanza robuste per trattenere il terriccio sul fondo roccioso dell'isola. Ci sono dei cespugli, tutti spinosi, che fanno da tana ai conigli; e persino una macchia di intrepide conifere sul versante sottovento della collina nell'estremo lato est.

La terra più alta è dominata dall'erica. Ogni pochi anni l'uomo – sì, perché ci vive anche un uomo – dà fuoco all'erica, in modo che ricresca l'erba e le pecore possano venire a pascolare; ma dopo un paio di anni l'erica ritorna, Dio solo sa da dove, e scaccia le pecore finché l'uomo non la brucia di nuovo.

I conigli stanno lì perché ci sono nati; le pecore perché ce le hanno portate; e l'uomo per prendersi cura delle pecore; gli uccelli invece ci sono perché amano l'isola. Ce ne sono centinaia di migliaia: pispole selvatiche dalle lunghe gambe che fanno pip-pip-pip quando si librano in aria e pi-pi-pi quando scendono in picchiata come uno Spitfire lanciato all'assalto di un Messershmidt nell'ombra; cornacchie, che l'uomo vede raramente ma la cui presenza è testimoniata dal gracchiare che lo tiene sveglio di notte; corvi, avvoltoi, gabbiani e tantissimi paperi; e un paio di aquile reali a cui l'uomo spara a vista, perché sa – senza curarsi di quello che gli possono dire i naturalisti e gli esperti di Edimburgo – che esse piombano addosso agli agnelli vivi e non solo alle carcasse di quelli morti.

Il più frequente visitatore dell'isola è il vento. Viene soprattutto da nord-est, dalle regioni popolate di fiordi, ghiacciai e iceberg; portando spesso con sé doni sgraditi di neve, raffiche di pioggia e una gelida nebbia; qualche volta invece arriva a mani vuote, solo per ululare e urlare e scatenare un inferno, sradicando i cespugli, piegando gli alberi e agitando l'intemperante oceano in un parossismo di schiuma rabbiosa. Non ha mai pace, il vento; e questo è il suo errore. Se venisse di tanto in tanto, potrebbe prendere l'isola di sorpresa e provocare dei veri danni; ma siccome c'è quasi sempre, essa ha imparato a viverci insieme. Le piante mettono radici in profondità, e i conigli si nascondono nel folto delle macchie, gli alberi crescono curvi dando le spalle alle raffiche, gli uccelli fanno il nido al riparo delle creste del terreno, e la casa dell'uomo è solida e squadrata, costruita con una maestria che conosce questo vento da tempi immemorabili.

La casa è fatta di grosse pietre grigie e tegole d'ardesia grigia, il colore del mare. Ha finestre piccole, porte solide e un caminetto incorniciato in legno di pino. Sorge in cima a una collina sulla punta est dell'isola, vicino al troncone seghettato del bastone da passeggio rotto. Domina la collina come una corona, imbattibile contro il vento e la pioggia, non per sfida ma per consentire all'uomo di vedere le pecore.

C'è un'altra casa, molto simile, a dieci miglia di distanza sul lato opposto dell'isola, vicino a quella specie di spiaggia; ma non ci vive nessuno. Una volta ci abitava un altro uomo. Pensava di saperne più dell'isola; e pensava di poter piantare avena, patate e allevare vacche. Lottò per tre anni col vento, col freddo e il suolo prima di ammettere che aveva torto. Quando se ne andò, nessuno aveva voluto la sua casa.

L'isola è un posto duro. Ci resistono solo cose dure: rocce dure, erbaccia, pecore ossute, uccelli selvatici, case solide e uomini forti. Cose dure e fredde, e crudeli, aspre e aguzze, accidentate, lente e decise; fredde, dure e spietate come l'isola stessa.

È per posti come questo che è stata inventata la parola "desolato".

« Si chiama Isola della Tempesta » disse Alfred Rose. « Credo che ti piacerà. »

David e Lucy Rose sedevano a prua della barca da pesca e guardavano le distese increspate del mare. Era una bella giornata di novembre, fredda e ventosa, ma serena e asciutta. Un pallido sole faceva scintillare le onde.

« La comprai nel 1926 » continuò papà Rose « quando pensavo che stesse per arrivare la rivoluzione e che avremmo avuto bisogno di qualche luogo per nasconderci dalla classe lavoratrice. È il posto ideale per una convalescenza. »

A Lucy tanto entusiasmo sembrava sospetto, ma dovette

ammettere che il posto appariva bello: tutto era ventoso, naturale e incontaminato. E poi la nuova sistemazione faceva al caso loro. Dovevano staccarsi dai genitori e ricominciare da capo la loro vita matrimoniale; e non c'era senso a trasferirsi in una città per essere bombardati, quando nessuno di loro era in grado di dare più un vero aiuto; poi il padre di David era saltato fuori a dire che possedeva un'isola al largo della Scozia, ed era sembrato troppo bello per essere vero.

« Sono padrone anche delle pecore » disse papà Rose. « I tosatori vengono ogni primavera dalla terra ferma e la lana frutta abbastanza per pagare Tom McAvity. Il vecchio Tom è il pastore. »

« Quanti anni ha? » chiese Lucy.

« Buon Dio, deve averne... oh, una settantina, credo. »

« Immagino che sia un tipo strano. »

La barca entrò curvando nella baia, e Lucy poté vedere due piccole figure sul pontile: un uomo e un cane.

« Strano? Non più di quanto lo sia un uomo che vive solo da vent'anni. Parla col cane. »

Lucy si rivolse al marinaio della barca. « Ogni quanto viene a trovarlo? »

« Ogni quindici giorni, signora. Porto a Tom le provviste, che non sono molte, e la sua posta, che è anche meno. Datemi anche voi la vostra lista, ogni lunedì, e se è roba che si trova ad Aberdeen ve la porterò. »

Spense il motore e lanciò una corda a Tom. Il cane abbaiava e girava intorno tutto eccitato. Lucy mise un piede sul parapetto della barca e saltò sul molo.

Tom le prese la mano. Aveva una faccia color del cuoio e una pipa di erica bianca col coperchio. Era più basso di lei, ma grosso e tarchiato, e sprizzava salute. Portava la più pelosa giacca di tweed che lei avesse mai visto, con un maglione fatto a mano, un berretto a scacchi e stivali dell'esercito. Il suo naso era gigantesco, rosso e pieno di venuzze. « Piacere di conoscerla » le disse educatamente, come se la sua fosse stata l'ennesima visita di quel giorno invece che la prima faccia umana che vedeva da quattordici giorni.

« Ecco la tua roba, Tom » disse il marinaio, e gli porse due scatole di cartone. « Niente uova stavolta, ma c'è una lettera da Devon. »

« Sarà di mia nipote. »

Lucy pensò: "Questo spiega il maglione".

David era ancora sulla barca. Il marinaio si fermò dietro di lui e disse: « È pronto? ».

Tom e papà Rose si piegarono verso la barca per aiutare, e tutti e tre insieme sollevarono David nella sua sedia a rotelle e la posarono sul pontile.

« Se non me ne vado subito, dovrò aspettare altri quindici giorni per il prossimo autobus » disse quindi il signor Rose, con un sorriso. « La casa è stata ben sistemata, vedrete. La vostra roba è già lì. Tom vi mostrerà dov'è ogni cosa. » Baciò Lucy, strinse la spalla a David e dette la mano a Tom. « Godetevi un po' di mesi di riposo e di intimità, ristabilitevi completamente e poi tornate: vi aspettano tutti e due lavori importanti da fare in guerra. »

Non sarebbero tornati, Lucy lo sapeva; non prima della fine della guerra: ma non l'aveva detto a nessuno.

Papà Rose risalì sulla barca, che partì facendo una brusca svolta. Lucy agitò la mano finché non sparì dietro il capo.

Tom spingeva la sedia a rotelle, così Lucy portò i suoi pacchi. Tra la fine del molo e la cima della scogliera c'era una lunga, ripida e stretta passerella che saliva in alto sopra la spiaggia come un ponte. Lucy avrebbe faticato a spingere fin su la sedia a rotelle, ma Tom ci riuscì senza sforzo apparente.

La casetta era perfetta.

Era piccola e grigia, riparata dal vento da un leggero rialzo del terreno. Tutti gli stipiti erano dipinti di fresco, e un cespuglio di rose selvatiche cresceva davanti alla porta. Pennacchi di fumo si alzavano dal camino e venivano trascinati via dalla brezza. Le strette finestre guardavano verso la baia.

Lucy esclamò: « Mi piace! ».

L'interno era stato pulito, arieggiato, e dipinto, e c'erano folti tappeti sui pavimenti di pietra. La casa aveva quattro stanze: da basso, una cucina rimodernata e un soggiorno con un caminetto di pietra; di sopra due camere da letto. Una parte della casa era stata ristrutturata con cura per allestire un moderno impianto idraulico, con un bagno sopra e un ampliamento della cucina sotto.

Tom disse: « C'è qualcosa nel fienile che voglio mostrarvi ».

Era un capannone, non un fienile. Nascosto a ridosso dietro la casa, e dentro c'era una jeep nuova smagliante.

« Il signor Rose dice che è stata adattata in modo che la possa guidare il giovane signor Rose » disse Tom. « Ha il cambio automatico, l'acceleratore e il freno sono a mano. È ciò che ha detto. » Sembrava ripetere le parole a pappagallo, come se non sapesse molto bene cosa erano cambio, freno e acceleratore.

Lucy commentò: « Non è eccezionale, David? ».

« Straordinario. Ma dove dovrei andare? »

Tom disse: « Può sempre venire a trovarmi per fumare insieme la pipa e bere un goccetto di whisky. Non vedevo l'ora di avere di nuovo dei vicini ».

« Grazie » fece Lucy.

« Questo è il generatore » disse Tom, girandosi e indicandolo. « Io ne ho uno uguale. Mettete il combustibile qui dentro. Produce corrente alternata. »

David disse: « È strano... di solito i piccoli generatori sono a corrente continua ».

« Sì. Io non so bene la differenza, ma mi hanno detto che questo è più sicuro. »

« È vero. Una scarica di questo potrebbe scagliare uno dall'altra parte della stanza, ma la corrente continua lo ucciderebbe. »

Rientrarono in casa. Tom disse: « Be', vorrete sistemarvi; e io devo occuparmi delle pecore, così vi saluto. Ah! dimenticavo: in caso di emergenza, posso mettermi in contatto con la terra ferma via radio ».

David restò sorpreso: « Ha una radio trasmittente? ».

« Sì » rispose Tom fiero. « Sono un avvistatore di aerei nemici del Royal Observer Corps. »

« Ne ha mai avvistato uno? » chiese David.

Lucy mostrò la sua disapprovazione per il sarcasmo nella voce del marito, ma Tom sembrò non notarlo. « Non ancora » replicò.

David disse: « Buona fortuna ».

Quando Tom se ne fu andato Lucy osservò: « Vuole solo fare il suo dovere ».

« Tutti noi vorremmo fare il nostro dovere » ribatté David aspro. E questo, rifletté Lucy, era il guaio. Fece cadere l'argomento, e guidò il marito invalido dentra la loro nuova casa.

Quando a Lucy era stato chiesto di andare all'ospedale psichiatrico, aveva immediatamente pensato che David avesse avuto lesioni al cervello. Non era così: « Tutto quello che non va nella sua testa è un brutto livido sulla tempia sinistra » aveva detto la psicologa. E aveva continuato: « Tuttavia, la perdita di entrambe le gambe comporta un trauma, e non si può dire che effetto avrà sul suo stato mentale. Desiderava moltissimo fare il pilota? ».

Lucy rifletté: « Aveva paura, ma penso che al tempo stesso lo desiderasse tantissimo ».

« Bene, avrà bisogno di tutta la rassicurazione e il sostegno che lei è capace di dargli. E di pazienza, anche: una cosa è certa, sarà pieno di risentimento e irascibile per un po'. Ha bisogno d'amore e di riposo. »

Tuttavia, durante i primi mesi sull'isola sembrò non volere né l'uno né l'altro. Non faceva l'amore con lei; forse perché stava aspettando che le ferite guarissero completamente. Ma nemmeno si riposava. Si buttò a capofitto nell'allevamento delle pecore, correndo su e giù per l'isola nella sua jeep con la sedia a rotelle dietro. Costruì degli steccati lungo i tratti di scogliera più pericolosi; sparò alle aquile, aiutò Tom ad addestrare un nuovo cane quando Betsy cominciò a diventare cieco, e diede fuoco all'erica; e in primavera stette fuori tutte le notti per aiutare a far nascere gli agnelli. Un giorno segò un vecchio e grosso pino vicino alla casetta di Tom, e passò quindici giorni a scortecciarlo, tagliandolo in tanti pezzi e accostandoli dietro la casa come legna da ardere. Provava gusto nel duro lavoro manuale. Aveva imparato a legarsi saldamente con una cinghia alla sedia per tenere il corpo ancorato mentre adoperava un'ascia o un maglio. Intagliò un paio di clave e si esercitava con quelle per ore quando Tom non trovava nient'altro da fargli fare. I muscoli delle braccia e della schiena gli si gonfiarono in maniera esagerata, come se fosse stato un culturista.

Si rifiutava recisamente di lavare i piatti, preparare da mangiare o pulire la casa.

Lucy non era infelice. Aveva avuto paura che il marito potesse sedersi davanti al fuoco tutto il giorno a rimuginare sulle sue disgrazie. Il modo con cui lavorava era un po' preoccupante perché era così ossessivo, ma per lo meno non vegetava.

Gli disse del bambino a Natale.

Quella mattina lei gli regalò una sega a benzina, e lui una pezza di seta. Tom venne per pranzo, e mangiarono un'oca selvatica a cui aveva sparato. David accompagnò a casa l'ospite dopo il tè, e quando ritornò, Lucy aprì una bottiglia di brandy.

Poi disse: « Ho un altro regalo per te, ma non puoi aprirlo fino a maggio ».

Lui rise: « Di che diavolo stai parlando? Quanto brandy hai bevuto mentre ero fuori? ».

« Aspetto un bambino. »

La fissò e tutto il buon umore gli scomparve dalla faccia.

« Dio, ci mancava anche questa. »

« David! »

« Accidenti... Quando diavolo è successo? »

« Questo non è troppo difficile da immaginarsi, no? » rispose lei aspra. « Deve essere stato la settimana prima del matrimonio. È un miracolo se è sopravvissuto all'incidente. »

« Sei andata dal dottore? »

« E quando? »

« Allora come fai a essere sicura? »

« Oh, David, non essere così noioso. Lo so perché le mestruazioni sono cessate, i capezzoli mi fanno male, di mattina vomito e il seno è molto più grosso di quanto sia normalmente. Se mi guardassi qualche volta, ne saresti sicuro anche tu. »

« Va bene. »

« Cos'hai? Credevo che saresti stato contento! »

« Oh, certo. Forse avremo un figlio, e poi lo porterò a spasso e giocheremo a pallone insieme e lui crescerà aspettando di essere come suo padre, l'eroe di guerra, un fottuto zimbello senza gambe! »

« Oh, David, David » sospirò lei. Si inginocchiò di fronte alla sedia a rotelle. « David, non la prendere così. Ti rispetterà. Ti guarderà con ammirazione perché avrai nuovamente ricostruito la tua vita, e perché puoi fare il lavoro di due uomini da quella sedia, e perché sopporti la tua menomazione con coraggio e forza d'animo. »

« Non assumere quel tono condiscendente » sbottò lui. « Parli come un prete. »

Lucy si alzò. « Non fare come se fosse colpa mia. Anche gli uomini possono prendere delle precauzioni, sai. »

« Non si possono prendere delle precauzioni contro camion invisibili durante l'oscuramento. »

Era una scusa stupida e debole, ed entrambi lo sapevano, così Lucy non disse niente.

Tutta la scena natalizia le sembrò miseramente banale, ora: le decorazioni di carta colorata alle pareti, l'albero nell'angolo, e gli avanzi dell'oca in cucina che aspettavano di essere gettati via – nulla di tutto questo aveva a che fare con la sua vita. Cominciò a chiedersi che cosa stava facendo su quell'isola desolata con un uomo che sembrava non amarla, in attesa di un bambino che lui non voleva. Perché non avrebbe dovuto... perché no... be', potuto... Poi capì che non aveva nessun altro posto dove andare, nient'altro da fare della sua vita, nulla se non essere la signora Lucy Rose.

Alla fine David disse: « Be', vado a letto ». Si diresse nell'ingresso e si trascinò fuori dalla sedia e su per le scale a ritroso. Lo sentì strisciare sul pavimento, sentì il cigolio del letto mentre si issava su, sentì i suoi abiti sbattere nell'angolo della stanza mentre si spogliava, poi sentì l'ultimo gemito delle molle mentre si sdraiava e tirava su le coperte sopra il pigiama.

E ancora lei non si decideva a piangere.

Guardò la bottiglia di brandy e pensò: "Se adesso la bevo tutta, e faccio un bagno, forse domattina non sarò incinta".

Pensò a questo per un bel po' di tempo, finché arrivò alla conclusione che la vita senza David e l'isola e il bambino sarebbe stata ancora peggiore, perché sarebbe stata vuota.

Così non pianse, e non bevve il brandy, e non lasciò l'isola; invece salì di sopra e andò a letto, e si sdraiò sveglia accanto al marito che dormiva, ascoltando il vento e cercando di non pensare, finché i gabbiani cominciarono a stridere, e una grigia alba piovosa spuntò sul mare del Nord e riempì la piccola camera da letto di una fredda e cruda luce argentea, e poi alla fine si addormentò.

Una specie di pace subentrò in lei a primavera, come se tutte le minacce fossero state rimandate a dopo la nascita del bambino. Quando si sciolse la neve di febbraio, piantò i fiori e verdura nel fazzoletto di terra tra la porta di cucina e il fienile, senza credere veramente che sarebbero cresciuti. Pulì la casa da cima a fondo e disse a David che se voleva che fossero di nuovo fatte le pulizie prima di agosto, avrebbe dovuto pensarci lui. Scrisse alla madre, lavorò molto a maglia e ordinò per posta pacchi di pannolini. Loro le proposero di andare a casa a partorire, ma lei sapeva che se ci fosse andata non sarebbe mai più tornata indietro. Fece lunghe passeggiate sulla brughiera, con un libro di uccelli sotto il braccio, finché il suo corpo divenne troppo pesante per spingersi così lontano. Teneva la bottiglia di brandy in una credenza che David non apriva mai, e ogni volta che si sentiva depressa andava a guardarla e si ricordava di quello che per poco non aveva perduto.

Tre settimane prima del tempo previsto per il parto, andò con la barca ad Aberdeen. David e Tom la salutarono dal molo. Il mare era così agitato che sia lei che il marinaio temettero che potesse partorire prima di raggiungere la terraferma. Entrò in ospedale ad Aberdeen, e quattro settimane dopo riportò il bambino a casa con la stessa barca.

David ignorava quasi tutto. Pensava probabilmente che le donne partorissero con la stessa facilità delle pecore. Non conosceva il dolore delle contrazioni, e quella terribile, insopportabile spinta finale, e la sofferenza dopo, il dispotismo delle infermiere saccenti che proibivano a una madre di toccare il suo bambino perché non era svelta, efficiente, pratica e sterilizzata come loro; lui l'aveva solo vista partire incinta e tornare con un bel bambino pieno di salute, fasciato di bianco, e aveva detto:

« Lo chiameremo Jonathan. »

Aggiunsero Alfred, per via del padre di David, e Malcolm per quello di Lucy, e Thomas per il vecchio Tom; ma loro lo chiamavano Jo, perché era troppo piccolo per chiamarlo Jonathan, figuriamoci poi Jonathan Alfred Malcolm Thomas Rose. David imparò a dargli il biberon, a fargli fare il ruttino e a cambiargli il pannollino, occasionalmente lo teneva persino in grembo, ma il suo interessamento era lontano e distaccato. Aveva un atteggiamento pratico, come le infermiere; per lui non era come per Lucy. Persino Tom era più vicino al bambino di David. Lucy non lo lasciava fumare nella stanza se c'era il bambino, e il giovanottone invecchiato si teneva in tasca la grossa pipa di erica col coperchio per ore e faceva le moine al piccolo Jo, o lo guardava mentre scalciava con i piedini, o aiutava Lucy a fargli il bagno. Lei gli ricordava gentilmente che forse stava trascurando le pecore. Tom rispondeva che non avevano bisogno che lui le guardasse mentre mangiavano – preferiva vedere mangiare Jo. Fece un sonaglino da un pezzo di legno e lo riempì di piccoli sassi tondi; e fu contentissimo la prima volta, quando Jo lo afferrò e lo agitò senza che nessuno glielo avesse insegnato.

E per tutto quel tempo David e Lucy non facevano ancora l'amore.

Prima c'erano state le ferite di lui, poi lei era stata incinta e dopo il parto era seguita la convalescenza; ma ora non c'erano più motivi.

Una notte Lucy disse: « Sono tornata normale, ora ».

« Cosa vuoi dire? »

« Dopo il bambino. Il mio corpo è di nuovo normale. Sto bene. »

« Ah, mi fa piacere. » E si girò dall'altra parte.

Lei faceva in modo d'andare a letto insieme, perché la potesse vedere in camicia da notte, ma lui le voltava sempre la schiena.

Mentre erano distesi nel dormiveglia, si muoveva sfiorandolo con la mano, la coscia o il seno: un invito apparentemente casuale, ma inequivocabile. Non riceveva mai risposta.

Era fermamente convinta che in lei non c'era nulla di anormale. Non era una ninfomane: non desiderava semplicemente il piacere, ma voleva goderlo con David. Era sicura che, se anche ci fosse stato un altro uomo sotto la settantina sull'isola, non avrebbe avuto tentazioni. Non era una sgualdrina affamata di sesso, ma una moglie affamata d'amore.

La crisi arrivò in una di quelle notti in cui erano distesi supini, fianco a fianco, entrambi svegli ad ascoltare il vento fuori e i piccoli rumori di Jo nella camera accanto. A Lucy sembrò che fosse venuto il momento che lui si decidesse a fare l'amore o chiarisse una buona volta perché non voleva; sentiva che il marito avrebbe evitato di affrontare il problema finché non l'avesse costretto; e che se lei non lo costringeva subito, sarebbe vissuta chissà per quanto ancora in quella penosa incomprensione.

Perciò Lucy gli posò un braccio sopra le cosce e aprì la bocca per parlare... e quasi gridò per l'emozione nello scoprire che aveva un'erezione. Dunque poteva farlo! E lo voleva, altrimenti perché... Chiuse trionfante la mano intorno all'evidenza del suo desiderio, e scivolando più vicino al marito, sussurrò: « David! ». Lui le afferrò il polso, spingendole via la mano e si girò dall'altra parte.

Ma questa volta lei non accettò il rifiuto in un silenzio succube. Disse: « David, perché no? ».

« Cristo! » Lui tirò via le coperte, scese dal letto, afferrò la trapunta con una mano e si trascinò fino alla porta.

Lucy sedette sul letto e gli urlò: « Perché no? ».

Jo si mise a piangere.

David tirò su i pantaloni vuoti del pigiama tagliato, indicò la bianca pelle grinzosa dei moncherini, e disse: « Ecco perché no! Ecco perché no! ».

Scivolò da basso per dormire sul divano, e Lucy andò nella camera accanto per consolare Jo.

Ci volle molto tempo per calmarlo e farlo riaddormentare, probabilmente perché lei stessa aveva tanto bisogno di conforto. Il bimbo assaggiò le lacrime sulle sue guance, e lei si chiese se avesse una vaga idea di cosa significavano. Le lacrime non erano una delle prime cose che un bambino impara a capire? Non riusciva a decidersi a cantargli la ninna nanna, né a mormorare con una certa serenità che tutto andava bene; così lo tenne stretto e lo coccolò, e quando l'ebbe calmato col suo calore e il suo contatto, il piccolo si addormentò nelle sue braccia.

Lo mise nel lettino e rimase in piedi a guardarlo per un po'. Non c'era motivo di tornare a letto. Sentiva David russare profondamente giù in soggiorno... doveva aver preso delle pillole forti; altrimenti il solito vecchio dolore lo avrebbe tenuto sveglio.

Lucy aveva bisogno di andar via lontano da lui; dove non potesse né vederlo né sentirlo, dove il marito non potesse trovarla per qualche ora anche se l'avesse voluto. S'infilò i pantaloni e un maglione, un capotto pesante e stivali, scese in silenzio al piano di sotto e andò fuori, nella notte.

C'era una nebbia turbinante, un freddo umido e tagliente, il genere di tempo preferito dall'isola. Si tirò su il colletto del cappotto, pensò di tornare dentro a prendere una sciarpa, ma poi decise di no. Sguazzò lungo il sentiero fangoso, accettando volentieri le folate di nebbia in gola, perché i piccoli disagi del tempo le facevano dimenticare il più grosso tormento dentro di lei. Raggiunse la cima della scogliera e discese con cautela la ripida e stretta passerella, posando i piedi attentamente sulle assi sdrucciolevoli. Arrivata in fondo saltò sulla sabbia e camminò verso il mare.

Il vento e l'acqua stavano disputando l'eterna lotta, il vento che si accaniva a tormentare le onde e il mare che sibilava e spumeggiava infrangendosi contro la terra, tutti e due destinati a litigare in eterno perché l'uno non poteva stare calmo finché c'era l'altro, né il vento aveva alcun posto diverso dove andare.

Lucy camminò lungo la sabbia dura, lasciando che il frastuono e le intemperie le riempissero la testa, finché arrivò alla fine della spiaggia in una punta aguzza dove l'acqua incontrava la scogliera; allora si girò e tornò indietro. Passeggiò lungo la riva tutta la notte. Verso l'alba, improvvisamente, un pensiero le si affacciò alla mente: "È il suo modo di essere forte".

Così com'era, il pensiero non era troppo d'aiuto, e il suo significato era come racchiuso dentro un pugno serrato. Ma ci rifletté su per un po' e il pugno si aprì per rivelare quella che sembrava una piccola perla di saggezza nascosta nel palmo: perché forse la freddezza di David verso di lei era coerente col suo voler tagliare gli alberi, svestirsi da solo, guidare la jeep, lanciare clave, e venire a vivere su una fredda isola del mare del Nord...

Non aveva detto quella volta... "suo padre, l'eroe di guerra, uno zimbello senza gambe...?" Doveva dimostrare qualcosa, qualcosa che sarebbe sembrata banale se tradotta in parole; qualcosa che avrebbe potuto fare come pilota sui caccia, ma che ora doveva fare con alberi, steccati e clave, e una sedia a rotelle. Non gli era stato permesso di affrontare la prova, ma lui voleva poter dire: "Ce l'avrei fatta comunque, guardate come sono capace di soffrire".

Era stata un'ingiustizia crudele, spietata e disumana: aveva avuto coraggio, e aveva sopportato le ferite, ma non poteva esserne orgoglioso. Se un Messerschmidt gli avesse portato via le gambe, la sedia a rotelle sarebbe stata come una medaglia, un simbolo di coraggio. Ma ora, per tutta la vita, avrebbe dovuto dire: "È stato durante la guerra... ma no, non ho mai visto un'azione, è stato un incidente d'auto. Avevo già fatto l'addestramento e sarei andato a combattere, proprio il giorno dopo, avevo visto il mio aquilone, era una bellezza, e sarei stato coraggioso, lo so..."

Sì, era il suo modo di essere forte. E forse anche lei sarebbe riuscita ad essere forte. Poteva trovare la maniera di rattoppare il relitto della propria vita in modo che riprendesse a veleggiare. David una volta era stato buono, gentile e affettuoso, e lei ora poteva imparare ad aspettare con pazienza mentre lui lottava per diventare ancora l'uomo che era stato. Sarebbe riuscita a trovare nuove speranze, nuove cose per cui vivere. Altre donne avevano trovato la forza di far fronte alle privazioni, alle case bombardate, ai mariti nei campi di prigionia.

Raccolse un sasso, tirò indietro il braccio, e lo lanciò verso il mare con tutta la forza. Non vide né lo sentì cadere: forse se n'era andato per sempre, girando intorno alla terra come un satellite in una storia di fantascienza.

Gridò: « Sarò forte anch'io! ».

Poi si girò e cominciò a salire la passerella verso casa. Era quasi ora per la prima pappa di Jo.

VI

Assomigliava a una villa signorile; e, fino a un certo punto, lo era: una grande casa, su un terreno di sua proprietà, nella verdeggiante città di Wohldorf, a nord, appena fuori Amburgo. Avrebbe potuto essere la dimora di un proprietario di miniere, o di un ricco importatore, o di un industriale. Invece apparteneva all'Abwehr.

Doveva il suo destino alle caratteristiche climatiche – non locali, ma quelle di trecento chilometri a sud est, a Berlino, dove le condizioni atmosferiche erano inadatte per le comunicazioni radio con l'Inghilterra.

Era una villa solo al pianoterra. Di sotto c'erano due enormi rifugi di cemento e attrezzature radio per il valore di parecchi milioni di marchi del Reich. I sistemi elettronici erano stati messi a punto da un certo maggiore Werner Trentmann, che aveva fatto un ottimo lavoro. Ogni sala aveva venti piccoli comodi posti di ascolto insonorizzati, occupati dagli operatori radio che sapevano riconoscere una spia dal modo in cui batteva i messaggi, come se si trattasse di riconoscere la calligrafia della propria madre su un foglio.

L'impianto ricevente era stato costruito con apposite caratteristiche, perché i trasmettitori che inviavano i messaggi erano progettati per comunicazioni rapide e concise piuttosto che potenti. Per lo più erano piccoli apparecchi chiamati Klamotten, messi a punto dalla Telefunken per conto dell'ammiraglio Wilhelm Canaris, il capo dell'Abwehr.

Quella notte le onde radio erano relativamente calme, così

tutti seppero quando *Die Nadel* si mise in comunicazione. Il messaggio fu preso da uno degli operatori più anziani. Batté il segnale "ricevuto", trascrisse in fretta il messaggio, staccò il foglio dal taccuino e andò al telefono. Lo lesse sulla linea diretta col quartier generale dell'Abwehr al Sophien Terrace, ad Amburgo, poi ritornò in cabina per fumare.

Offrì una sigaretta al collega più giovane della cabina accanto, e tutti e due stettero in piedi insieme per alcuni minuti, addossati alla parete, a fumare.

Il più giovane disse: « C'è qualcosa? ».

L'uomo più anziano si strinse nelle spalle. « C'è sempre qualcosa quando chiama. Ma non molto, questa volta. La Luftwaffe ha mancato di nuovo la cattedrale di St. Paul. »

« Nessuna risposta per lui? »

« Quello non è uno che aspetta risposte. È un bastardo indipendente, ecco cos'è. Lo è sempre stato. L'ho addestrato io nelle comunicazioni radio, sai: e alla fine, era convinto di saperne più di me. »

Il giovane rimase intimidito. « Hai conosciuto *Die Nadel*? »

« Oh, sì » rispose il veterano, scuotendo la cenere.

« Com'è? »

« Come compagno di bevute, non è più spassoso di un pesce lesso. Credo che le donne gli piacciano, di nascosto, ma quanto a tracannare qualche boccale di birra con gli amici... be', scordatelo. Tuttavia, è il migliore agente che abbiamo. »

« Veramente? »

« Senz'altro. Qualcuno dice che è anche la migliore spia. Si racconta che abbia passato cinque anni a escogitare il modo di entrare nel NKVD in Russia e che alla fine fosse diventato uno dei più fidati aiutanti di Stalin... Non so se è vero, ma ne sarebbe capacissimo. Un vero professionista. E il Führer lo sa. »

« Hitler lo conosce? »

Il vecchio annuì. « Una volta voleva vedere tutti i messaggi di *Die Nadel*. Non so se lo voglia ancora. Non che farebbe qualche differenza per *Die Nadel*. Nulla impressiona quell'uomo. Sai una cosa? Guarda tutti allo stesso modo: come se stesse pensando il modo di ammazzarti appena fai una mossa sbagliata. »

« Sono contento che non sia toccato a me addestrarlo. »

« Ha imparato subito, questo bisogna dirlo. »

« È stato un buon allievo? »

« Il migliore. Lavorava ventiquattro ore al giorno, poi da quando ha imparato il mestiere, non si è più degnato nemmeno di dirmi buongiorno. È già tanto che si ricordi di salutare Canaris. Si firma sempre "saluti a Willi". Ecco quanto si preoccupa della gerarchia. »

Finirono le sigarette, le gettarono sul pavimento, e le pestarono con i piedi. Poi il vecchio tirò su le cicche e se le mise in tasca perché non era permesso fumare nel rifugio. Le radio erano ancora silenziose.

« Sì, non vuole usare il suo nome in codice » continuò il vecchio. « Glielo ha dato Von Braun, e non gli è mai piaciuto. Ricordi quella volta... no, era prima che venissi qui... Braun gli ordinò di andare al campo d'aviazione di Farnborough, nel Kent. La risposta arrivò veloce come un lampo: "Non c'è nessun campo d'aviazione a Farnborough, nel Kent. Ce n'è uno a Farnborough, nell'Hampshire. Fortunatamente la geografia della Luftwaffe è migliore della tua, coglione". Proprio così. »

« Mi sembra giusto. Quando facciamo degli sbagli mettiamo a repentaglio la loro vita. »

Il vecchio si accigliò. Era lui che dispensava giudizi simili, e non gli piaceva che il suo pubblico intervenisse con opinioni personali. « Forse » borbottò controvoglia.

« Ma perché non gli piace il suo nome in codice? »

« Dice che ha un significato, e che una parola in codice con un significato può perdere un uomo. Von Braun non volle saperne. »

« Un significato? Stiletto? Cosa vuol dire? »

Ma in quel momento la radio del vecchio operatore mandò un segnale, l'uomo ritornò in fretta nella cabina e la spiegazione non venne mai.

PARTE SECONDA

Il [illegible] [illegible] [illegible] [illegible], [illegible] [illegible] [illegible] [illegible] [illegible] [illegible] [illegible] [illegible] vasistem [illegible] [illegible]
[illegible] [illegible] [illegible] [illegible] [illegible] [illegible]
arrivati [illegible] [illegible] [illegible] il [illegible] [illegible] [illegible] [illegible] del [illegible] [illegible] [illegible] [illegible] [illegible] [illegible] [illegible] [illegible] [illegible]

[illegible] avevano [illegible] [illegible] tutti [illegible] [illegible] [illegible] [illegible] il [illegible] [illegible] [illegible] la [illegible] [illegible] [illegible] [illegible] [illegible] [illegible] [illegible] [illegible] [illegible] [illegible] Mac [illegible] [illegible] di [illegible] [illegible] questa [illegible] [illegible] [illegible] [illegible] [illegible] [illegible] [illegible] [illegible] [illegible] mentre di [illegible] [illegible] [illegible] dovesse [illegible] [illegible].

Aveva [illegible] [illegible] [illegible] una [illegible] professionale, l'altra [illegible] personale.

La ragione professionale era che [illegible] [illegible] era un vecchio [illegible] [illegible] [illegible] 1887 [illegible] [illegible] [illegible] a un [illegible] [illegible] [illegible] [illegible] [illegible] [illegible] [illegible] [illegible] [illegible] [illegible] [illegible] in mano una [illegible] si sarebbero [illegible] [illegible]:

« Qual è il [illegible] di oggi? »

« [illegible] Re [illegible] »

Poi, [illegible] [illegible] di non essere seguiti, [illegible] [illegible] che il [illegible] [illegible] "molto edificante." [illegible] [illegible] avrebbe detto [illegible] dispiace non [illegible] [illegible] [illegible].

VII

Il messaggio infastidì Faber, perché lo costringeva ad affrontare dei problemi che aveva sempre evitato.

Quei maledetti di Amburgo si erano assicurati che gli fosse arrivato. Lui aveva mandato il segnale di chiamata, e loro invece del consueto "Ricevuto – procedete" avevano risposto: "Recarsi appuntamento uno".

Faber aveva a sua volta dato il segnale di ricevuto, trasmesso il suo rapporto e riposta la trasmittente nella valigia. Poi con la bicicletta aveva lasciato Erith Marshes – la sua nuova identità di copertura era quella di un ornitologo – e si era messo in viaggio per Blackheath. Mentre pedalava per tornare al suo ristretto appartamentino di due locali, si chiedeva se dovesse obbedire all'ordine.

Aveva due ragioni per disubbidire: una di tipo professionale, l'altra di carattere personale.

La ragione professionale era che "appuntamento uno" era un vecchio codice predisposto da Canaris nel lontano 1937. Significava che doveva andare davanti a un certo negozio tra Leicester Square e Piccadilly Circus per incontrare un altro agente. Si sarebbero riconosciuti perché entrambi tenevano in mano una Bibbia, e si sarebbero detti velocemente:

« Qual è il versetto di oggi? »

« Uno Re tredici. »

Poi, se erano certi di non essere seguiti, avrebbero convenuto che il versetto era "molto edificante." In caso contrario, uno avrebbe detto: « Mi dispiace, non l'ho ancora letto ».

Poteva darsi che il negozio non esistesse neanche più, ma non era questo che preoccupava Faber. Pensava che Canaris molto probabilmente aveva dato il codice alla maggior parte di quei pasticcioni dilettanti che avevano passato la Manica nel 1940 ed erano finiti nelle braccia dell'MI5. Faber sapeva della loro cattura perché le impiccagioni erano state largamente pubblicizzate, senza dubbio per rassicurare il pubblico che si stava facendo qualcosa contro la Quinta Colonna. Certamente prima di morire avevano vuotato il sacco, per cui ora il servizio britannico con ogni probabilità conosceva il vecchio codice d'appuntamento. Se avevano intercettato il messaggio di Amburgo, quel negozio doveva fin d'ora brulicare di giovani inglesi con la Bibbia in mano ed esercitati a dire "molto edificante" con un lieve accento tedesco.

L'Abwehr aveva gettato al vento la professionalità fin dai giorni euforici in cui l'invasione sembrava tanto vicina. Faber da allora non aveva più fiducia in quelli di Amburgo. Non diceva dove viveva, si rifiutava di comunicare con gli altri agenti in Inghilterra, cambiava continuamente la frequenza delle trasmissioni radio senza curarsi se così interferiva con il segnale di qualcun altro.

Se avesse sempre ubbidito ai suoi capi, non sarebbe sopravvissuto così a lungo.

A Woolwich, Faber fu inghiottito dalla marea di altri ciclisti, per la maggior parte donne, che si riversavano fuori dai cancelli della fabbrica di munizioni alla fine del turno di giorno. La loro allegria malgrado la stanchezza gli ricordò la ragione personale che aveva per disubbidire: la sua parte – pensò – stava perdendo la guerra.

Certamente non la stavano vincendo. Russi e americani si erano alleati, l'Africa era perduta, gli italiani erano crollati; gli alleati dovevano invadere la Francia quell'anno, il 1944.

Faber non voleva rischiare la sua vita per niente.

Arrivò a casa e mise via la bicicletta. Mentre si lavava la faccia, si rese conto che, contro ogni logica, in realtà voleva andare all'appuntamento.

Era un rischio assurdo, corso per una causa persa, ma non vedeva l'ora di andarci. E per la semplice ragione che provava un'indicibile noia. Le trasmissioni di routine, lo studio degli uccelli, la bicicletta, i tè delle pensioni: erano quattro anni che non sperimentava più qualcosa di lontanamente simile all'azione. Pareva non correre alcun pericolo, e questo lo rendeva nervoso, perché si immaginava dei pericoli invisibili. Era tanto più contento quanto più spesso poteva intravedere una minaccia e agire per neutralizzarla.

Sì, sarebbe andato all'appuntamento. Ma non nel modo in cui si aspettavano loro.

C'era ancora folla nel West End di Londra, nonostante la guerra; Faber si chiese se era così anche a Berlino. Comprò una Bibbia alla libreria di Hatchard a Piccadilly, e la fece scomparire nella tasca interna del soprabito. Era una giornata mite e umida, con una pioggerella intermittente, e Faber portava l'ombrello.

L'appuntamento era fissato o tra le nove e le dieci di mattina o tra le cinque e le sei del pomeriggio, e l'intesa era di recarsi là tutti i giorni finché non fosse comparso l'altro. Se nessun contatto avesse avuto luogo per cinque giorni consecutivi, bisognava andarci a giorni alterni per altre due settimane. Dopo di che, si rinunciava.

Faber arrivò a Leicester Square alle nove e dieci. L'agente era già lì, davanti al tabaccaio, con una Bibbia rilegata in nero sotto il braccio, che fingeva di ripararsi dalla pioggia. Faber lo distinse con la coda dell'occhio e passò oltre, a testa bassa. L'uomo era giovane, con baffi biondi e l'aria ben nutrita. Indossava un impermeabile nero a doppio petto, e stava leggendo il "Daily Express" e masticando una chewing-gum. Il tipo non gli era familiare.

Quando Faber passò per la seconda volta sul lato opposto della strada, notò l'altro. Un tipo basso e tarchiato, con indosso il trench e il cappello floscio cari ai poliziotti inglesi in borghese, fermo dentro l'atrio di un palazzo di uffici, che guardava dal vetro della porta la spia davanti al negozio dall'altra parte della strada.

C'erano due possibilità. Se l'agente ignorava di essere stato scoperto, Faber non aveva che da farlo allontanare dal luogo dell'appuntamento e seminare il pedinatore. Tuttavia c'era l'alternativa che l'agente fosse stato catturato e che l'uomo davanti al negozio fosse un sostituto, nel qual caso né a lui né al pedinatore doveva essere consentito di vedere in faccia Faber.

Si immaginò il peggio, e pensò al modo di affrontarlo.

Nella piazza c'era una cabina telefonica. Faber vi entrò e mandò a memoria il numero. Poi cercò sulla Bibbia il versetto Uno - Re - Tredici, strappò via la pagina e scarabocchiò a margine: "Andare alla cabina telefonica in piazza".

Tornò indietro e fece un giro per le strade dietro la National Gallery finché trovò un ragazzetto di dieci o undici anni, seduto su un gradino che tirava sassi nelle pozzanghere.

Faber disse: « Conosci il tabaccaio in piazza? ».

Il ragazzo rispose sguaiatamente: « Sììì ».

« Ti piace il chewing-gum? »

« Sììì. »

Faber gli dette la pagina strappata della Bibbia. « C'è un uomo sulla porta del tabaccaio. Se gli dai questa, lui ti darà il chewing-gum. »

« Bene » disse il ragazzo. Si alzò in piedi. « Questo tizio è uno yankee? »

Faber rispose anche lui: « Sììì ».

Il ragazzo corse via e lui lo seguì.

Quando si avvicinò all'agente, Faber si infilò nel portone del palazzo di fronte. Il pedinatore era ancora lì, intento a guardare dietro i vetri. Faber gli si piantò davanti, al di qua della porta, bloccandogli la vista della scena sul lato opposto della strada, e aprì l'ombrello. Finse di non riuscirci e continuò ad armeggiare. Vide l'agente dare qualcosa al ragazzo e allontanarsi. Smise con la commedia dell'ombrello e si incamminò nella direzione opposta a quella presa dall'agente. Si guardò alle spalle e vide il pedinatore correre fuori in strada in cerca dell'agente scomparso.

Faber si fermò alla cabina telefonica più vicina e fece il numero di quella nella piazza. Ci vollero alcuni minuti. Alla fine una voce bassa disse: « Pronto? ».

Faber chiese: « Qual è il versetto d'oggi? »

« Uno Re Tredici. »

« Molto edificante. »

« Sì, vero. »

Questo stupido non ha idea di che guai sta passando, pensò Faber. Poi a voce alta disse: « Be'? ».

« Devo vederla. »

« È impossibile. »

« Ma io devo! » Nella sua voce c'era una nota che a Faber sembrò vicina alla disperazione. « Il messaggio viene da molto in alto... capisce? »

Lui finse di esitare. « Bene, allora. Incontriamoci fra una settimana sotto l'arco alla Euston Station alle nove di mattina. »

« Non si può fare prima? »

Faber appese e uscì. A passi veloci, girò due angoli e sbucò in vista della cabina telefonica nella piazza. Vide l'agente che camminava in direzione di Piccadilly. Nessuna traccia del pedinatore. Faber lo seguì.

L'uomo entrò nella stazione della metropolitana a Piccadilly Circus e prese un biglietto per Stockwell. Faber calcolò al volo che ci sarebbe potuto arrivare per una via più diretta. Uscì dalla stazione, camminò in fretta fino a Leicester Square e prese un treno della Northern Line. L'agente avrebbe dovuto cambiare a Waterloo, dov'era diretto il treno di Faber; perciò lui sarebbe arrivato a Stockwell prima, o al massimo insieme con lo stesso treno.

Faber, in effetti, dovette aspettare venticinque minuti fuori dalla stazione di Stockwell prima di veder comparire l'agente. Lo seguì di nuovo. L'uomo entrò in un caffè.

Nelle vicinanze non c'era l'ombra d'un posto dove poter aspettare plausibilmente per un po' di tempo: né vetrine da guardare, né panchine per sedersi o giardini dove passeggiare, né fermate di autobus o file di taxi o edifici pubblici. Era un sobborgo squallido e deserto. Faber dovette camminare su e giù per la strada, con l'aria sempre di andare da qualche parte, arrivando fin dove perdeva di vista il caffè e poi ritornando sul lato opposto, mentre l'agente se ne stava seduto nel locale caldo a bere tè e mangiare toast.

Uscì dopo mezz'ora. Faber lo pedinò per una serie di strade residenziali. L'agente sapeva dove andare, ma non aveva fretta: camminava come uno che stava tornando a casa senza aver nulla da fare per il resto della giornata. Non si guardava alle spalle, e Faber pensò: un altro dilettante.

Alla fine entrò in una casa, una delle povere, anonime e insignificanti case di camere ammobiliate usate dappertutto dalle spie. Sul tetto c'era un abbaino: quella doveva essere la stanza dell'agente, la più adatta alla ricezione della radio.

Faber camminò oltre, scrutando il lato opposto della strada. Sì... là. Un movimento rapido dietro una finestra in alto, un lembo di giacca e cravatta, un volto indagatore rientrato nell'ombra: gli avversari erano arrivati anche lì. L'agente doveva essere andato all'appuntamento il giorno prima lasciandosi seguire fino a casa dall'MI5... a meno che, naturalmente, non fosse anche lui dell'MI5.

Faber girò l'angolo e percorse la strada parallela contando le case. Quasi all'altezza del posto in cui era entrato l'agente, c'era dietro lo scheletro distrutto dal bombardamento di quella che una volta era stata una coppia di casette unite. Bene.

Mentre tornava indietro verso la stazione, provava un fremito di eccitazione. Il suo passo si era fatto più scattante, il cuore batteva un po' più forte, e si guardava intorno con un luccichio di interesse negli occhi. Andava bene. La partita era cominciata.

Si vestì di nero quella notte: berretto di lana, un maglione a collo alto sotto un giubbotto d'aviatore in pelle, pantaloni infilati nelle calze, scarpe dalla suola di gomma; tutto nero. Sarebbe stato quasi invisibile, nella notte di Londra sotto l'oscuramento.

Pedalò per le vie silenziose con le luci schermate, tenendosi alla larga dalle strade principali. Era mezzanotte passata, e non vide nessuno in giro. Lasciò la bicicletta a meno di mezzo chilometro dalla destinazione, legandola con la catena allo steccato di un giardino di un pub.

Si diresse non alla casa dell'agente, ma alle rovine bombardate della strada accanto. Si inoltrò attentamente in mezzo alle macerie del giardino, entrò nella porta sventrata e attraversò la casa fino al retro. Era buio fitto. Una pesante coltre di nubi basse nascondeva la luna e le stelle. Faber dovette camminare piano a tentoni con le mani in avanti.

Giunto alla fine del giardino, saltò sopra la siepe e attraversò i due giardini successivi. In una delle case un cane abbaiò per un minuto. Il giardino della casa con le camere ammobiliate era incolto. Faber mise il piede dentro un cespuglio di more e inciampò. Le spine gli graffiarono la faccia. Chinò la testa per passare sotto un filo del bucato – quel po' di luce che c'era gli aveva consentito di vederlo in tempo.

Trovò la finestra della cucina e tirò fuori dalla tasca un piccolo arnese con una lama a forma di cucchiaio. Lo stucco intorno al vetro era vecchio e scrostato, e già veniva via a pezzi. Dopo venti minuti di silenzioso lavoro, estrasse il vetro dall'intelaiatura e lo posò delicatamente sull'erba. Accese una torcia e fece luce nel vano vuoto per assicurarsi che non ci fossero ostacoli rumorosi sul suo cammino, e poi si calò dentro.

La casa buia puzzava di pesce bollito e di disinfettante. Faber aprì la serratura della porta sul retro – una precauzione per riservarsi una rapida fuga – prima di addentrarsi nell'atrio. Fece lampeggiare la torcia velocemente, una sola volta. Nell'istante di luce intravide un corridoio piastrellato, una specie di tavolo, che avrebbe dovuto aggirare, una fila di cappotti sull'attaccapanni e una scala, sulla destra, ricoperta da una passatoia.

Salì silenziosamente le rampe di scale.

Era a metà del pianerottolo della seconda rampa quando vide la luce sotto la porta. Una frazione di secondo più tardi ci fu un colpo di tosse asmatico e il rumore di uno sciacquone. Faber raggiunse la porta con due balzi e si appiattì contro la parete.

La luce inondò il pianerottolo quando la porta si aprì. Faber fece scivolare lo stiletto da sotto la manica. Un vecchio uscì dal gabinetto e attraversò il pianerottolo, lasciando la luce accesa. Giunto davanti alla sua camera, grugnì, si voltò e tornò indietro.

Deve avermi visto, pensò Faber. Strinse il manico dell'arma.

Il vecchio teneva gli occhi socchiusi rivolti al pavimento. Poi li alzò per tirare la cordicella della luce, e Faber per poco non lo uccise... ma l'uomo annaspò cercando l'interruttore, e

Faber capì che era così assonnato che praticamente dormiva in piedi.

La luce si spense, il vecchio si trascinò fino al letto e Faber riprese a respirare.

C'era una porta sola alla fine della seconda rampa di scale. Faber la provò con cautela. Era chiusa a chiave.

Tirò fuori dalla tasca del giubbotto un altro arnese. L'acqua che riempiva lo sciacquone coprì il rumore di Faber mentre scassinava la serratura. Aprì la porta e rimase in ascolto.

Poté sentire un respiro profondo e regolare. Fece un passo dentro la stanza. Il suono proveniva dall'angolo opposto, ma non riusciva a vedere nulla. Attraversò la camera nel buio pesto lentamente, tastando l'aria davanti a sé prima di ogni passo, finché arrivò accanto al letto.

Aveva la torcia nella mano sinistra, lo stiletto pronto nella manica e la mano destra libera. Accese di colpo la torcia, afferrando l'uomo che dormiva alla gola, in una ferrea morsa.

Gli occhi dell'agente si spalancarono, pieni di terrore, ma senza che potesse emettere alcun suono. Faber salì a cavalcioni sul letto e si sedette sopra di lui. Poi mormorò: « Uno Re Tredici » e allentò la stretta.

Gli occhi dell'uomo scrutavano nella luce della torcia, cercando di vedere la faccia di Faber. Si massaggiò il collo nel punto dove la sua mano lo aveva stretto.

Faber sibilò: « Sta' fermo! ». Piantò la torcia davanti agli occhi dell'agente, e con la mano destra sfoderò lo stiletto.

« Non vuole lasciarmi alzare? »

« Ti preferisco a letto, dove non puoi fare nessun altro danno. »

« Danno? Quale altro danno? »

« Sei stato visto a Leicester Square, ti sei fatto seguire da me fin qui, e anche questa casa è sorvegliata. Dovrei fidarmi di te? »

« Mio Dio, mi dispiace. »

« Perché ti hanno mandato? »

« Il messaggio doveva essere consegnato personalmente. Gli ordini vengono direttamente dal Führer. » L'agente si interruppe.

« Be'? Che ordini? »

« Io... io devo essere sicuro che lei sia veramente lei. »

« Come puoi essere sicuro? »

« Devo vederla in faccia. »

Faber esitò, poi diresse la torcia verso se stesso, per un attimo. « Soddisfatto? »

« *Die Nadel* » ansimò l'uomo.

« E tu chi sei? »

« Maggiore Fredrich Kaldor, al suo servizio, signore. »

« Allora dovrei chiamarti io signore. »

« Oh no, signore. L'hanno promosso due volte, in sua assenza. Ora è tenente colonnello. »

« Non hanno niente di meglio da fare ad Amburgo? »

« Non è contento? »

« Sarei contento se potessi tornare indietro e schiaffare il maggior Von Braun a lavare latrine. »

« Posso alzarmi, signore? »

« No assolutamente. E se il maggiore Kaldor stesse languendo nella prigione di Wandsworth, e tu fossi un sostituto, pronto a lanciare qualche genere di segnale ai tuoi amici che stanno spiando dalla casa di fronte? »

« Ah! Be'... »

« Allora... quali sono questi ordini di Hitler in persona? »

« Signore, il Reich crede che ci sarà un'invasione in Francia quest'anno. »

« Brillante, molto brillante. Va' avanti. »

« Credono che il generale Patton stia ammassando il primo Gruppo d'Armata degli Stati Uniti nella parte dell'Inghilterra chiamata East Anglia. Se si tratta della forza di invasione, ne consegue che attaccheranno dal Pas de Calais. »

« Logico. Ma io non ho visto nessun segno di quest'armata di Patton. »

« C'è qualche dubbio ai vertici di Berlino. L'astrologo del Führer... »

« Cosa? »

« Sì, signore, ha un astrologo, che gli raccomanda di difendere la Normandia. »

« Mio Dio. Le cose vanno così male laggiù? »

« Riceve anche un sacco di consigli pratici. Personalmente io credo che il Führer usi l'astrologo come una scusa quando pensa che i generali sbaglino ma non può controbattere i loro argomenti. »

Faber sospirò. Aveva temuto notizie come queste. « Continua. »

« Il suo incarico è di calcolare la consistenza del Gruppo d'Armata: numero di soldati, artiglieria, appoggio aereo... »

« So valutare un esercito, grazie. »

« Naturalmente. » Fece una pausa. « Ho ordini di sottolineare l'importanza della missione, signore. »

« E l'hai fatto. Dimmi: le cose vanno così male a Berlino? »

L'agente esitò, poi disse: « No, signore. Il morale è alto, la produzione di munizioni è in aumento ogni mese, la gente sputa sui bombardieri della RAF... ».

« Basta così » lo interruppe Faber. « Posso sentire la propaganda alla mia radio. »

Il giovane rimase in silenzio.

Faber disse: « Hai qualcos'altro da dirmi? Di ufficiale, intendo? ».

« Sì. Per tutta la durata della missione lei avrà una speciale via di scampo. »

« La credono davvero così importante? » osservò Faber.

« Un U-boat sarà a sua disposizione nel mare del Nord, dieci miglia a est di una città chiamata Aberdeen. Basta che lo chiami sulla sua normale frequenza radio ed emergerà in superficie. Appena lei o io avremo comunicato ad Amburgo che gli ordini le sono stati passati, la via sarà pronta. Il sottomarino si troverà là ogni venerdì e lunedì dalle sei del pomeriggio fino alle sei di mattina. »

« Aberdeen è una grossa città. Hai dei punti esatti di riferimento? »

« Sì. » L'agente gli fornì dei dati e Faber li mandò a memoria.

« È tutto, maggiore? »

« Sì, signore. »

« E che piani hai riguardo a quei signori dell'MI5 della casa di fronte? »

L'agente si strinse nelle spalle. « Dovrò fargliela in barba. »

Faber pensò: Promette male. « Quali sono le tue istruzioni, dopo aver visto me? Hai una via di fuga? »

« No. Mi devo recare in un posto chiamato Weymouth e rubare una barca con cui tornare in Francia. »

Non era affatto un piano quello. Dunque, pensò Faber, Canaris sapeva come sarebbe andata a finire. Molto bene.

« E se ti prendono gli inglesi, e ti torturano? » domandò.

« Ho la pillola per suicidarmi. »

« E l'userai? »

« Certamente. »

Faber lo guardò. « Credo anch'io di sì » disse. Abbassò la mano sinistra sul torace dell'agente e vi premette con tutto il suo peso, come se avesse voluto farlo sprofondare giù nel letto. In quel modo poteva sentire esattamente dove finiva la cassa toracica e dove cominciava la pancia. Conficcò la punta dello stiletto proprio sotto le costole e la spinse in su verso il cuore.

Gli occhi dell'uomo si dilatarono in un attimo di terrore cieco. Un grido gli salì alla gola ma non ne uscì. Il suo corpo ebbe un sussulto. Faber spinse lo stiletto un centimetro più in su. Gli occhi si richiusero e il corpo si afflosciò.

Faber disse: « Hai visto la mia faccia ».

VIII

« Credo che sia sfuggito alla nostra sorveglianza » disse Percival Godliman.

Frederick Bloggs fece un cenno di assenso, e aggiunse: « È colpa mia ».

Il ragazzo sembrava stanco, pensò Godliman. Aveva quell'aspetto da quasi un anno, da quella notte in cui avevano tirato fuori il cadavere stritolato della moglie da sotto le macerie della loro casa bombardata a Hoxton.

« Non m'interessa stabilire la colpa » affermò Godliman. « Il fatto è che è successo qualcosa a Leicester Square in quei pochi secondi in cui hai perduto di vista Blondie. »

« Pensi che ci sia stato il contatto? »

« È possibile. »

« Quando lo abbiamo ripescato di nuovo in Stockwell, ho pensato che quel giorno avesse lasciato perdere. »

« In questo caso sarebbe tornato all'appuntamento ieri e oggi. » Godliman stava componendo delle figure con i fiammiferi sulla scrivania, un passatempo usato per pensare che si era trasformato a poco a poco in un'abitudine. « Ancora nessun movimento nella casa? »

« Niente. È là dentro da quarantotto ore. » Bloggs ripeté: « È colpa mia ».

« Non essere monotono, vecchio mio » disse Godliman. « È stata una mia decisione quella di lasciarlo andare, in modo che ci conducesse da qualcun altro; e sono ancora convinto che era la mossa giusta. »

Bloggs sedeva immobile, l'espressione assente, le mani nelle tasche dell'impermeabile. « Se il contatto è avvenuto, non dovevamo indugiare ad acciuffare Blondie e a scoprire qual era la sua missione. »

« In quel modo avremmo perso qualunque possibilità di arrivare attraverso Blondie a qualcuno che rappresenta veramente un pericolo. »

« La decisione spetta a te. »

Godliman aveva fatto una chiesa con i fiammiferi. Rimase a fissarla per un attimo, poi tirò fuori mezzo penny dalla tasca e lo lanciò. « Croce » osservò. « Gli diamo altre ventiquattro ore. »

L'affittacamere era un irlandese repubblicano di Lisdoonvarna, contea di Clare, che nutriva la segreta speranza che i tedeschi vincessero la guerra e di conseguenza liberassero "l'isola di smeraldo" dall'oppressione inglese. Zoppicava a causa dell'artrite e si aggirava per la vecchia casa, riscuotendo le pigioni settimanali e pensando a quanto avrebbe guadagnato se gli fosse stato consentito di aumentare quelle pigioni secondo il loro vero valore di mercato. Non era ricco – possedeva due case, questa e una più piccola in cui abitava. Era perennemente di malumore.

Al primo piano bussò alla porta del vecchio. Questo inquilino era sempre contento di vederlo. Probabilmente era contento di vedere qualsiasi persona. Il vecchio disse: « Salve, signor Riley, gradisce una tazza di tè? ».

« Non ho tempo oggi. »

« Oh, be'. » Il vecchio gli consegnò il denaro. « Mi immagino che abbia visto la finestra della cucina. Non c'è più il vetro. Ho coperto il buco con la tendina dell'oscuramento, ma naturalmente è rimasto lo spiffero. »

« Chi l'ha mandato in frantumi? » chiese il padrone di casa.

« È una cosa strana, non è rotto. Sta solo appoggiato là sull'erba. Penso che lo stucco ormai vecchio si sia sbriciolato. Lo aggiusterò io stesso, se riesce a pescare un po' di stucco. »

Vecchio scemo, pensò l'affittacamere. Ad alta voce disse: « Non le è venuto in mente per caso che potessero volerla derubare? ».

Il vecchio parve sbalordito. « Non l'ho mai pensato. »

« A qualcuno manca roba di valore? »

« Nessuno mi ha detto niente. »

L'affittacamere andò alla porta. « Va bene, darò un'occhiata quando vado giù. »

Il vecchio lo seguì fuori. « Non credo che ci sia il nuovo arrivato, su di sopra » disse. « Non sento nessun rumore da un paio di giorni. »

L'affittacamere arricciò il naso. « Questo tizio ha l'abitudine di cucinare in camera sua? »

« Non saprei, signor Riley. »

I due uomini salirono le scale. Il vecchio disse: « È molto silenzioso se è là dentro ».

« Comunque, sta cucinando e dovrò farlo smettere. C'è una puzza tremenda.

L'affittacamere bussò alla porta. Non ci fu risposta. Allora aprì ed entrò, e il vecchio lo seguì.

« Bene, bene, bene » disse il vecchio sergente cordialmente. « Spero che il morto sia uno solo. »

Stava in piedi sulla porta, osservando la camera. « Ha toccato niente, irlandese? »

« No » replicò l'affittacamere. « E mi chiamo signor Riley. »

Il poliziotto ignorò la precisazione.

« Non dev'essere morto da tanto, però. Ho sentito puzze peggiori. » Il suo colpo d'occhio abbracciò il vecchio cassettone, la valigia sul tavolo basso, il quadrato scolorito del tappeto, le tendine scure sulla finestra dell'abbaino, e il letto disfatto nell'angolo. Non c'era nessun segno di lotta.

Si chinò sopra il letto. La faccia del giovane era serena, le mani strette sul petto. « Si direbbe un attacco di cuore se non fosse così giovane. » Non c'era nessuna bottiglietta vuota di sonnifero che indicasse un suicidio. Prese un portafoglio di cuoio da sopra il cassettone e guardò il contenuto. C'era una carta d'identità e una tessera annonaria, oltre a un piccolo mazzetto di banconote.

« I documenti sono a posto e non è stato derubato. »

« Era qui da solo una settimana o giù di lì » arrischiò l'affittacamere. « Non so quasi nulla di lui. Veniva dal Galles del nord per lavorare in fabbrica. »

Il sergente osservò: « Se era così in buona salute come sembra, avrebbe dovuto essere sotto le armi ». Aprì la valigia sul tavolo. « Per tutti i diavoli, cos'è questa roba? »

L'affittacamere e il vecchio si erano spinti dentro la stanza ora. L'affittacamere osservò: « È una radio » nello stesso momento in cui il vecchio diceva: « Sta sanguinando ».

« Non tocchi quel corpo! » esclamò il sergente.

« Ha un coltello nella pancia » insistette il vecchio.

Il sergente sollevò con cautela le mani del morto dal petto scoprendo una piccola macchia di sangue raggrumato. « Stava sanguinando » corresse. « Dov'è il telefono più vicino? »

« Cinque porte avanti » gli rispose l'uomo.

« Chiudete questa stanza e restate fuori finché non torno. »

Il sergente lasciò la casa e bussò alla porta del vicino per telefonare. Aprì una donna. « Buon giorno, signora. Posso usare il suo telefono? »

« Prego, entri. » Gli mostrò il telefono su una mensola nell'ingresso. « Cos'è successo... qualcosa di interessante? »

« Un inquilino è morto in una camera ammobiliata in questa strada » le rispose il sergente mentre componeva il numero.

« Assassinato? » domandò la donna spalancando gli occhi.

« Questo lo diranno gli esperti. Pronto? Il commissario capo Jones, per piacere. Qui è Canter. » Si rivolse alla donna: « Posso chiederle di fare un salto in cucina mentre parlo col mio superiore? ».

Lei andò, con disappunto.

« Pronto, capo. Qui c'è un cadavere con una ferita da coltello e una radio portatile. »

« Qual è l'indirizzo, sergente? »

Il sergente Canter glielo disse.

« Sì, è proprio quello che stavamo sorvegliando. Questo è un lavoro per l'MI5, sergente. Vai al numero quarantadue e riferisci alla squadra di sorveglianza quello che hai trovato. Io informerò il loro capo. Vai. »

Canter ringraziò la donna e attraversò la strada. Era molto eccitato: questo era il suo secondo omicidio in trentun anni di servizio nella polizia metropolitana, e per di più c'era anche coinvolto lo spionaggio. Poteva ancora sperare di diventare ispettore.

Bussò alla porta del numero quarantadue: si aprì e dentro c'erano due uomini.

Il sergente Canter disse: « Siete gli agenti segreti dell'MI5? ».

Bloggs arrivò contemporaneamente all'uomo della sezione speciale, l'ispettore investigativo Harris, che aveva conosciuto ai tempi di Scotland Yard. Canter mostrò loro il corpo.

Si soffermarono per un momento a guardare la faccia serena del giovane con i suoi baffi biondi.

Harris disse: « Chi è? ».

« Il nome in codice è Blondie » rispose Bloggs. « Riteniamo che sia stato paracadutato un paio di settimane fa. Abbiamo intercettato un messaggio radio rivolto a un altro agente per organizzare un appuntamento. Conoscendo il codice siamo stati in grado di sorvegliare l'incontro. Speravamo che Blondie ci portasse all'agente locale, qualcuno senz'altro molto più pericoloso. »

« E cos'è successo qui? »

« Mi venga un accidente se lo so! »

Harris guardò la ferita sul petto dell'agente. « Uno stiletto? »

« Qualcosa del genere. Un lavoro molto pulito. Sotto le costole e su fino al cuore. Un colpo solo. »

« Ci sono modi peggiori per morire. »

Il sergente Canter disse: « Volete vedere come ha fatto a entrare? ».

Li guidò da basso in cucina. Videro lo stipite della finestra e il vetro intatto posato sull'erba.

Canter disse: « Anche la serratura della camera da letto è stata scassinata ».

Si sedettero al tavolo di cucina e Canter preparò un tè. Bloggs disse: « È successo la notte dopo che io l'ho perso a Leicester Square. Ho rovinato tutto ».

Harris lo consolò: « Nessuno è perfetto ».

Bevvero il tè in silenzio, per un po'. Poi Harris disse: « Be', e come te la passi? Non ti si vede più a Scotland Yard ».

« Ho da fare. »

« Come sta Christine? »

« È morta sotto un bombardamento. »

Harris spalancò gli occhi.

« Mi dispiace molto. »

« E tu, tutto bene? »

« Ho perso mio fratello in Nord Africa. Avevi conosciuto Johnny? »

« No. »

« Era ancora un ragazzo. Un bevitore come nessun altro. Passava tutto il tempo a ubriacarsi e non pensava a sposarsi... be', pazienza, oggi le cose vanno a finire così. »

« Quasi tutti hanno perduto qualcuno. »

« Se sei libero, fa' un salto da noi a pranzo una domenica. »

« Grazie, ora lavoro anche la domenica. »

Harris annuì. « Allora, quando ne hai voglia. »

Un agente investigativo fece capolino dalla porta e si rivolse a Harris. « Possiamo cominciare a raccogliere le prove, capo? »

Harris guardò Bloggs.

« Io ho finito » disse Bloggs.

« Bene, ragazzo, fai pure » disse Harris all'agente.

Bloggs continuò: « Supponiamo che sia avvenuto dopo che l'ho perso, e che si sia messo d'accordo con l'agente locale perché venisse qui. Quest'ultimo può aver sospettato una trappola... si spiegherebbe perché è entrato dalla finestra e ha scassinato la serratura. »

« Un bastardo maledettamente sospettoso » osservò Harris.

« Forse è per questo che non l'abbiamo mai preso. Comunque, arriva nella stanza di Blondie e lo sveglia. Ora sa che non è una trappola, giusto? »

« Giusto. »

« Allora perché ha ammazzato Blondie? »

« Forse hanno litigato. »

« Non c'è nessun segno di lotta. »

Harris aggrottò la fronte sopra la tazza vuota. « Forse si è accorto che Blondie era sorvegliato, e ha avuto paura che noi acciuffassimo il ragazzo e gli facessimo sputare l'osso. »

Bloggs disse: « Un bastardo tremendamente spietato. »
« Forse è per questo che non l'abbiamo mai preso. »

« Entra. Siediti. Ho appena ricevuto una telefonata dall'MI6. Hanno destituito Canaris. »
Bloggs entrò, si sedette e disse: « È una notizia buona o cattiva? ».
« Pessima » disse Godliman. « Arriva nel momento peggiore possibile. »
« Posso sapere perché? »
Godliman lo guardò attraverso le fessure degli occhi, poi rispose: « Credo che tu debba sapere. In questo momento abbiamo quaranta agenti doppi che trasmettono ad Amburgo false informazioni sui piani alleati per invadere la Francia ».
Bloggs fece un fischio. « Non sapevo che la faccenda fosse così grossa. Immagino che gli agenti doppi dicano che sbarcheremo a Cherbourg, mentre invece punteremo su Calais, o viceversa. »
« Qualcosa del genere. A quanto pare, nemmeno io devo sapere i particolari. Comunque non me li hanno detti. Ora però tutta l'operazione è in pericolo. Conoscevamo Canaris; sapevamo di averlo messo nel sacco; avremmo potuto continuare a ingannarlo. Il nuovo capo invece potrebbe diffidare degli agenti del predecessore. C'è di più: abbiamo avuto delle defezioni da parte tedesca, elementi che avrebbero potuto tradire l'Abwehr una volta qui, se non fossero già stati smascherati. Ecco un'altra ragione per cui i tedeschi possono cominciare a sospettare dei nostri agenti doppi. »
« Poi c'è la possibilità di una fuga di notizie. Migliaia di persone letteralmente ormai sono a conoscenza del nostro sistema di doppio gioco. Ci sono agenti doppi in Islanda, Canada e Ceylon. La rete del doppio gioco si estende anche al Medio Oriente.
« E abbiamo commesso un grosso sbaglio l'anno scorso, rimpatriando in Germania un certo Erich Carl. In seguito abbiamo scoperto che era una spia dell'Abwehr, autentica, e mentre era nel campo di internamento sull'isola di Mau potrebbe aver saputo di due agenti doppi chiamati Mutt e Jeff, e forse di un terzo di nome Tate.

« Perciò ora camminiamo su una lastra di vetro. Se una spia appena appena decente dell'Abwehr in Inghilterra viene a sapere di "Fortitude" – così si chiama in codice l'operazione trappola – tutta la nostra strategia sarà messa in pericolo. Senza fare della retorica, potremmo perdere questa fottuta guerra. »

Bloggs soffocò un sorriso: ricordava un tempo in cui il professor Godliman non conosceva neanche il significato di certe parole.

Il professore continuò: « Quelli del Ventesimo Comitato mi hanno detto chiaramente che vogliono da me l'assicurazione che l'Abwehr non ha spie decenti in Inghilterra ».

« La settimana scorsa saremmo stati quasi certi che non ce ne sono. »

« Ora sappiamo che ce n'è almeno una. »

« E ce la siamo lasciati scappare via tra le dita. »

« Perciò ora dobbiamo ritrovarla. »

« Non so » disse Bloggs cupamente. « Non sappiamo in che parte del paese operi, non abbiamo la più pallida idea di che aspetto abbia quell'uomo. È troppo furbo per farsi localizzare col sistema della triangolazione mentre trasmette – altrimenti l'avremmo beccato già da un pezzo. Non sappiamo nemmeno il suo nome in codice. Da dove possiamo cominciare? »

« Dai delitti insoluti » rispose Godliman. « Vedi, una spia deve per forza infrangere la legge. Falsificare documenti, rubare benzina e munizioni, sfuggire ai posti di blocco, entrare in zone vietate, scattare fotografie e, quando viene scoperto, uccidere anche. Prima o poi qualcuno di questi reati sarà catalogato dalla polizia, se la spia opera da un po' di tempo. Esaminando attentamente gli schedari dei delitti insoluti dall'inizio della guerra, troveremo le tracce. »

« Non ti rendi conto che la maggior parte dei delitti restano insoluti? » obiettò Bloggs dubbioso. « Gli schedari riempiranno la sala dell'Albert Hall. »

Godliman si strinse nelle spalle. « Allora, restringiamo il campo a Londra, e cominciamo con gli assassinii. »

Trovarono quello che cercavano proprio al primo giorno d'indagini.

La fortuita scoperta fu fatta da Godliman, che all'inizio non ne capì neanche il significato.

Gli era capitato fra le mani l'incartamento relativo all'assassinio di una certa Una Garden, ad Highgate, nel 1940. La donna era stata assalita e sgozzata in un raptus di libidine, anche se non violentata. Ne avevano trovato il corpo nella camera del suo inquilino, e l'autopsia aveva rivelato un considerevole tasso di alcol nel sangue. Il quadro appariva abbastanza chiaro: i due si erano dati appuntamento, poi lui aveva voluto andare più in là di quanto lei era disposta a concedergli, avevano litigato, lui l'aveva uccisa, e l'assassinio aveva spento la sua libidine. Ma la polizia non aveva mai rintracciato l'inquilino.

Godliman stava quasi per passare al caso successivo: le spie non si lasciano andare ad atti di violenza sessuale. Ma essendo abituato a indagare meticolosamente sul passato, il professore lesse parola per parola, e così scoprì che le ferite della sfortunata signora Garden, sia alla schiena sia quella fatale alla gola, erano state inferte con uno stiletto.

Godliman e Bloggs erano seduti attorno a un tavolo nell'archivio della vecchia Scotland Yard. Godliman porse l'incartamento a Bloggs: « Mi pare che ci siamo ».

Bloggs lo scorse e disse: « Lo stiletto ».

Presero in consegna l'incartamento e percorsero a piedi la breve distanza fino al ministero della guerra. Quando tornarono nella stanza di Godliman, trovarono sulla scrivania un messaggio decifrato. Il professore lo lesse casualmente, poi batté un pugno sul tavolo dall'eccitazione. « È lui! »

Anche Bloggs lesse: « Ordini ricevuti. Saluti a Willi ».

« Ti ricordi? » disse Godliman. « *Die Nadel*? »

« Sì » rispose Bloggs, esitando. « L'Ago. Ma non vedo il nesso. »

« Pensaci bene! Uno stiletto è come un ago. È lo stesso uomo: l'assassino della signora Garden, tutti quei segnali del 1940 che non riuscivamo a localizzare, l'appuntamento con Blondie... »

« Possibile. » Bloggs era pensieroso.

« Posso anche dimostrarlo » aggiunse Godliman. « Ricordi il messaggio a proposito della Finlandia che mi mostrasti il primo giorno che arrivai qui? Quello che era stato interrotto? »

« Sì. » Bloggs andò allo schedario per cercarlo.

« Se la memoria non mi inganna, la data di quella trasmissione è la stessa dell'omicidio... e scommetto che l'ora della morte coincide con l'interruzione. »

Bloggs controllò sulla scheda. « Corrispondono tutte e due. »

« Ecco! »

« Opera a Londra da almeno cinque anni, e siamo arrivati a lui soltanto ora » rifletté Bloggs. « Non sarà facile prenderlo. »

Godliman improvvisamente assunse un'espressione feroce. « Può darsi che sia abile, ma non quanto me » disse freddamente. « Lo inchioderò a quel fottuto muro. »

Bloggs rise di cuore. « Mio Dio, come sei cambiato, professore. »

« E tu non ti accorgi che è la prima volta che ridi da un anno a questa parte? » fece Godliman.

IX

La barca con i rifornimenti girò intorno al capo ed entrò scoppiettando nella baia dell'Isola della Tempesta sotto un cielo azzurro. A bordo c'erano due donne: una era la moglie del marinaio – lo avevano richiamato alle armi e ora lei aveva preso il suo posto – e l'altra era la madre di Lucy.

Quando scese dalla barca, la mamma aveva indosso un abito molto pratico, una giacca di taglio maschile e una gonna corta sopra le ginocchia. Lucy la strinse con un forte abbraccio.

« Mamma! Che sorpresa! »

« Ma ti avevo scritto. »

La lettera infatti era col resto della posta sulla barca – la mamma aveva dimenticato che la corrispondenza arrivava all'Isola della Tempesta solo una volta ogni quindici giorni.

« Questo è mio nipote? Ma è quasi un ometto! »

Il piccolo Jo, ormai di quasi tre anni, si voltò timido e si nascose dietro la gonna di Lucy. Era bruno di capelli, grazioso e alto per la sua età.

La mamma disse: « Non è tutto suo padre? »

« Sì » Lucy annuì. C'era una nota di rammarico nella sua voce. « Starai gelando... andiamo su a casa. Dove hai preso quella gonna? »

Raccolsero i rifornimenti del droghiere e cominciarono a risalire la passerella verso la cima della scogliera. La mamma chiacchierava mentre camminavano. « È la moda, cara. Si risparmia sulla materia prima. Ma dalle nostre parti non fa così freddo come qui. C'è un tale vento! Penso di aver fatto bene a lasciare la valigia sul molo... tanto nessuno la può rubare! Jane si è fidanzata con un soldato americano... un bianco, grazie a Dio. Viene da un posto chiamato Milwaukee, e non mastica chewing-gum. Non è bello? Mi restano solo altre quattro figlie da maritare ora. Tuo padre è capitano della Riserva, te l'avevo detto? Sta alzato metà della notte a pattugliare le terre demaniali aspettando i paracadutisti tedeschi. Il magazzino dello zio Stephen è stato bombardato. Non so cosa farà, è un "atto di guerra" o che so io... »

« Non correre, mamma, hai quindici giorni per mettermi al corrente » rise Lucy.

Arrivarono a casa. La madre disse: « Non è un amore? ». Entrarono. « È proprio un amore qui! »

Lucy depositò sua madre al tavolo di cucina e si mise a preparare il tè. « Tom porterà su la valigia. Tra poco sarà qui per pranzo. »

« Il pastore? »

« Sì. »

« È lui allora che trova dei lavori da fare a David? »

Lucy rise. « Al contrario. Sono sicura che ti dirà tutto lui stesso. Non mi hai ancora detto come mai sei qui. »

« Mia cara, era tempo che ti vedessi. So che non siamo gente da fare viaggi inutili, ma una volta in quattro anni non è poi così strano, ti pare? »

Sentirono la jeep di fuori, e un attimo dopo entrò David sulla sedia a rotelle. Baciò la suocera e presentò Tom.

Lucy disse: « Tom, ti puoi guadagnare il pranzo di oggi andando a prendere la valigia della mamma. Lei ti ha portato i rifornimenti del droghiere. »

David si stava scaldando le mani alla stufa. « Fa freddo oggi. »

Mamma domandò: « Stai prendendo sul serio l'allevamento di pecore, allora? ».

« Il gregge si è raddoppiato rispetto a tre anni fa » le disse David. « Mio padre non si è mai preoccupato troppo dell'allevamento su quest'isola. Ho recintato la cima della scogliera per nove chilometri, ho migliorato il pascolo, e ho introdotto moderni metodi di allevamento. Non solo abbiamo più pecore, ma ogni animale ci dà più carne e lana. »

« Immagino che Tom faccia il lavoro materiale e tu dia gli ordini » disse la mamma saggiando il terreno.

David rise. « Facciamo alla pari, mamma. »

C'era rognone per pranzo, e i due uomini mangiarono montagne di patate. La mamma si complimentò per le buone maniere a tavola di Jo. Più tardi David accese una sigaretta e Tom si riempì la pipa.

Poi la mamma disse: « Quello che voglio sapere davvero è quando mi darete un altro nipotino ». Fece un sorriso malizioso.

Ci fu un lungo silenzio.

« Be', penso che sia meraviglioso il modo in cui David reagisce » aggiunse alla fine la mamma.

« Sì » fece Lucy, e di nuovo nella sua voce ci fu una nota di disappunto.

Le due donne stavano camminando in cima alla scogliera. Il vento era calato al terzo giorno della visita di mamma, ed era abbastanza sopportabile per uscire. Avevano preso con loro Jo, vestito con un maglione da pescatore e un cappotto di pelo. Si fermarono in cima a un'altura per guardare David, Tom e il cane condurre un branco di pecore. Lucy poteva leggere sulla faccia della madre una lotta interiore mentre la curiosità gareggiava con la discrezione. Decise di risparmiare alla mamma lo sforzo di chiedere.

« Lui non mi ama » disse Lucy.

La mamma diede una rapida occhiata per assicurarsi che Jo non potesse sentire. « Sono sicura che non è un guaio così terribile, cara. Gli uomini dimostrano il loro amore in diversi modi... »

« Mamma, non siamo marito e moglie... nel vero senso della parola... da quando siamo sposati. »

« Ma...? » La donna indicò Jo con un cenno.

« È successo una settimana prima del matrimonio. »

« Oh! Oh, cara. » La mamma era rimasta allibita.

« Sarà colpa dell'incidente? »

« Sì, ma non come pensi tu. Non è niente di fisico. È solo che lui non vuole. » Lucy stava piangendo piano, le lacrime le colavano giù per le guance abbronzate.

« Ne avete parlato? »

« Ho cercato, mamma, ma che devo fare? »

« Forse col tempo... »

« Sono quasi quattro anni! »

Ci fu una pausa. Si incamminarono attraverso l'erica, sotto un debole sole pomeridiano. Jo rincorreva i gabbiani. La mamma disse: « Io ho quasi lasciato tuo padre, una volta ».

Fu Lucy, ora, a restare allibita. « Quando? »

« Fu subito dopo la nascita di Jane. A quel tempo non stavamo tanto bene economicamente, lo sai... Papà lavorava ancora per suo padre, e c'era la crisi. Io ero incinta per la terza volta in tre anni, e mi immaginai tutta una vita votata solo ad aver bambini e a far quadrare il bilancio, e nient'altro che interrompesse la monotonia. Poi scoprii che lui si vedeva con una vecchia fiamma, Brenda Simmonds. Non l'hai mai conosciuta, se ne andò a Basingstoke. Improvvisamente mi domandai per che cosa mi stavo arrabattando, e non seppi trovare una risposta soddisfacente. »

Lucy aveva ricordi vaghi e confusi di quel tempo: suo nonno con un paio di baffi bianchi; suo padre in versione più magra; i pasti con tutta la famiglia nella grande cucina della fattoria; un sacco di risate, di sole e di animali. Anche allora però il matrimonio dei suoi genitori le era parso rappresentare un appagamento totale, una stabilità serena. Chiese: « Come mai non l'hai fatto? Perché non sei andata via, voglio dire? ».

« Oh, non usava a quei tempi. Non c'erano tutti questi divorzi, e una donna non riusciva a trovare lavoro. »

« Le donne fanno tutti i tipi di lavoro, ora. »

« Li facevano anche nell'altra guerra, ma poi tutto tornò come prima appena arrivò un po' di disoccupazione. Credo che accadrà lo stesso stavolta. Gli uomini pensano sempre per prima cosa a se stessi, sai. »

« E sei contenta di essere rimasta. » Non era una domanda.

« Le persone della mia età non dovrebbero mettersi a sentenziare sulla vita. Ma in tutta la mia vita non ho fatto altro che accontentarmi, e lo stesso vale per la maggior parte delle donne che conosco. La fermezza appare sempre come un sacrificio, ma di solito non lo è. Comunque, non ti darò consigli. Non li accetteresti, e se li accettassi me ne faresti una colpa, immagino. »

« Oh, mamma. » Lucy sorrise.

La madre disse: « Torniamo indietro? Mi sembra che siamo andate abbastanza lontano per oggi ».

Una sera in cucina Lucy disse a David: « Vorrei che mamma restasse altre due settimane, se le fa piacere ».

La madre era di sopra a mettere a letto Jo e a raccontargli una storia.

David disse: « Non vi bastano due settimane per sezionare la mia personalità? ».

« Non essere stupido, David. »

Si avvicinò a lei con la sua sedia a rotelle. « Vuoi dire che non parlate di me? »

« È naturale che parliamo di te... sei mio marito. »

« Che cosa le dici, allora? »

« Perché ti preoccupa tanto? » domandò, Lucy, intenzionalmente. « Di che cosa ti vergogni? »

« Va' all'inferno, non ho nulla di cui vergognarmi. Non piacerebbe a nessuno che la propria vita privata diventasse il pettegolezzo di un paio di donne chiacchierone. »

« Noi non spettegoliamo di te. »

« Che cosa le dici? »

« Come sei permaloso. »

« Rispondi alla mia domanda. »

« Dico che voglio lasciarti, e lei cerca di convincermi a non farlo. »

David girò su se stesso con la sedia e si allontanò. « Dille di non disturbarsi per me. »

Lucy gridò: « Cosa vorresti dire? ».

Lui si fermò. « Io non ho bisogno di nessuno, hai capito? Posso arrangiarmi da solo. Sono autosufficiente. »

« E io? » replicò lei sommessamente. « Forse io ho bisogno di qualcuno. »

« Per far cosa? »

« Per amarmi. »

La madre scese, e captò l'atmosfera. « Si è addormentato subito » disse. « Gli si sono chiusi gli occhi prima che Cenerentola andasse al ballo. Andrò a fare un po' di bagagli, per non lasciare tutto a domattina. » Salì di nuovo.

« Non cambierà mai, David? » disse Lucy.

« Non capisco di cosa parli. »

« Potremo mai essere... come siamo stati prima del matrimonio? »

« Le mie gambe non ricresceranno più, se è questo che vuoi dire. »

« Oh, Dio, lo sai che non me ne importa nulla? Voglio solo essere amata. »

David si strinse nelle spalle. « Questo è affar tuo. » Uscì prima che lei si mettesse a piangere.

La mamma non restò altri quindici giorni. Lucy l'accompagnò giù al pontile il giorno dopo. Pioveva forte, e tutte e due avevano l'impermeabile. Rimasero in silenzio aspettando la barca, e guardando la pioggia picchiettare la superficie del mare. La mamma teneva in braccio Jo.

« Le cose cambieranno, col tempo, vedrai » disse. « Quattro anni non sono nulla in un matrimonio. »

Lucy rispose: « Non credo che lui cambierà, ma non mi resta altro che affidarmi al destino. C'è Jo, e la guerra, e l'invalidità di David... come faccio a partire? ».

La barca arrivò, portando stavolta tre scatole del droghiere e cinque lettere. Fuori c'era maretta. La madre di Lucy sedette nella piccola cabina. Agitarono le mani finché la barca non girò dietro il capo. Lucy si sentì molto sola.

Jo cominciò a piangere. « Non voglio che la nonna vada via! »

« Neanch'io » disse Lucy.

X

Godliman e Bloggs camminavano fianco a fianco lungo il marciapiede di una strada di negozi devastata dai bombardamenti. Formavano una strana coppia: il professore curvo, sparuto come un uccello, con gli occhiali dalle spesse lenti e la pipa, che non vedeva dove andava e camminava a passi corti e rapidi; e l'aiutante più giovane, dai piedi piatti, biondo e risoluto, col suo impermeabile da investigatore e il melodrammatico cappello: una vignetta cui mancava solo la didascalia.

Godliman stava dicendo: « Penso che *Die Nadel* abbia buoni appoggi ».

« Perché? »

« Solo così si spiega come possa essere tanto indisciplinato impunemente. Poi c'è quella sigla, "saluti a Willi". Deve riferirsi a Canaris. »

« Pensi che sia amico di Canaris? »

« È amico di qualcuno... forse uno ancora più potente di quel che era Canaris. »

« Ho la sensazione che questo ci possa portare a qualcosa. »

« Le persone che godono di buoni appoggi generalmente hanno fatto queste conoscenze fra i compagni di classe, o all'università o alla scuola di guerra. Guarda là. »

Erano davanti a un negozio: dove una volta c'era stata la vetrina di cristallo, si spalancava un enorme buco vuoto. Un cartello dipinto a mano e inchiodato allo stipite diceva: "Ancora più aperto del solito".

Bloggs rise e disse: « Ne ho visto un altro davanti a un

commissariato di polizia bombardato: "State tranquilli. Siamo ancora aperti" ».

« È diventata in piccolo una nuova forma d'arte. »

Ripresero a camminare. Bloggs disse: « E se *Die Nadel* fosse stato a scuola con qualche pezzo grosso della Wermacht? ».

« La gente ha sempre delle foto prese a scuola. Giù nel seminterrato a Kensington – in quella casa dove aveva sede l'MI6 prima della guerra – Midwinter ha una collezione di migliaia di fotografie di ufficiali tedeschi: foto di scuola, feste alla mensa, parate, strette di mano con Adolf, foto di giornali... di tutto. »

« Capisco » disse Bloggs. « Così, se hai ragione tu e *Die Nadel* ha frequentato in Germania l'equivalente di Eton e Sandhurst, probabilmente abbiamo una sua fotografia. »

« Quasi di sicuro. Le spie sono notoriamente allergiche alla macchina fotografica, ma non si diventa spie finché non si è adulti. Sarà un *Die Nadel* in edizione giovanile quello che troveremo negli archivi di Midwinter. »

Scavalcarono un gigantesco cratere aperto davanti a un negozio di barbiere. Il negozio era intatto, ma la tradizionale colonnina a strisce bianche e rosse era in frantumi sul marciapiede. Il cartello sulla vetrina avvertiva: "Ci hanno fatto barba e capelli – vieni dentro e fatteli anche tu".

Bloggs disse: « Come lo riconosceremo? Nessuno l'ha mai visto ».

« Sì, l'hanno visto. Alla pensione della signora Garden ad Highgate lo conoscono molto bene.

La casa di stile vittoriano si ergeva su una collina sovrastante Londra. Era stata costruita in mattoni rossi e, pensò Bloggs, sembrava in collera per i danni che stava causando Hitler alla sua città. Era alta; un buon posto per trasmettere via radio. *Die Nadel* doveva aver abitato all'ultimo piano. Bloggs si chiese quali segreti la spia avesse trasmesso ad Amburgo da quella casa nei giorni bui del 1940. I punti di riferimento topografici delle fabbriche di aeroplani e delle acciaierie, i particolari delle difese costiere, i pettegolezzi politici, le maschere antigas, i rifugi Anderson e i sacchi di sabbia, il morale degli inglesi, i rapporti sui danni dei bombardamenti: "Ben fatto, ragazzi, avete colpito Christine Bloggs finalmente"... I suoi pensieri si interruppero.

La porta fu aperta da un uomo anziano in giacca nera e pantaloni a righe.

« Buon giorno. Sono l'ispettore Bloggs di Scotland Yard. Vorrei scambiare due parole con il padrone di casa, per piacere. »

Bloggs vide un lampo di paura negli occhi dell'uomo, poi sulla porta apparve una giovane donna che disse: « Entri, prego ».

L'ingresso piastrellato odorava di cera per pavimenti. Bloggs appese cappello e cappotto a un attaccapanni. Il vecchio sparì nella profondità della casa, e la donna condusse Bloggs in un salotto. Era arredato in modo costoso, in uno stile opulento e antiquato. Su un carrello c'erano bottiglie di whisky, gin e sherry: erano tutte intatte. La donna si sedette su una poltrona a disegni floreali e accavallò le gambe.

Bloggs domandò: « Come mai quel signore anziano ha paura della polizia? ».

« Mio suocero è un ebreo tedesco. Venne qui nel 1935 per sfuggire a Hitler, e nel 1940 l'avete messo in un campo di concentramento. Sua moglie si è suicidata a quella prospettiva. È stato appena rilasciato dall'isola di Man. Ha ricevuto una lettera del re con tante scuse per l'inconveniente che gli è capitato. »

Bloggs disse: « Noi non abbiamo campi di concentramento ».

« Invece li abbiamo inventati proprio noi. In Sudafrica. Non lo sapeva? Ci teniamo tanto alla nostra storia, ma a volte ne dimentichiamo certi pezzetti. Siamo molto bravi a chiudere gli occhi di fronte ai fatti spiacevoli. »

« Forse è proprio così. »

« Come? »

« Nel 1939 chiudemmo gli occhi di fronte allo spiacevole fatto che non potevamo vincere una guerra con la Germania... e guardate quello che è successo. »

« È ciò che dice anche mio suocero. Lui non è cinico come me. Cosa possiamo fare per Scotland Yard? »

A Bloggs era piaciuto il breve scambio di idee, e ora tornò

a malincuore a occuparsi di lavoro. « Si tratta di un omicidio commesso quattro anni fa. »

« Da tanto tempo! »

« Forse sono venuti alla luce degli indizi nuovi. »

« Ne ho sentito parlare, naturalmente. La proprietaria precedente fu uccisa da un inquilino. Mio marito acquistò la casa dall'esecutore testamentario... la donna non aveva eredi. »

« Io voglio rintracciare gli altri inquilini di quel tempo. »

« Bene. » L'ostilità della donna era scomparsa, ora, e la sua faccia intelligente mostrava lo sforzo della concentrazione. « Quando arrivammo, ce n'erano tre che erano stati qui prima del delitto: un ufficiale di marina in pensione, un commesso viaggiatore, e un giovanotto dello Yorkshire. Il giovane si è arruolato nell'esercito... ci scrive ancora. Il commesso viaggiatore è stato richiamato ed è morto in mare. Lo so perché due delle sue cinque mogli sono rimaste in contatto con noi! E il comandante è ancora qui. »

« Ancora qui! » Finalmente un po' di fortuna. « Vorrei vederlo, per piacere. »

« Certo. » La donna si alzò. « È molto vecchio. L'accompagno in camera sua. »

Salirono per le scale coperte dalla passatoia al primo piano. « Mentre voi parlate, mi leggerò l'ultima lettera del ragazzo nell'esercito. » Bussò alla porta. La sua affittacamere non avrebbe fatto tanto, pensò con amarezza Bloggs.

Una voce gridò: « È aperto » e lui entrò.

Il comandante era seduto accanto alla finestra con una coperta sulle ginocchia. Indossava una giacca di maglia, camicia e cravatta, e portava gli occhiali. Aveva capelli sottili, baffi grigi, e una pelle cascante e rugosa su un volto che una volta doveva essere stato volitivo. La sua stanza era il rifugio di un uomo che viveva di ricordi: c'erano due quadri di velieri, un sestante, un telescopio, e una sua fotografia di quando era ragazzo, a bordo del *Winchester* di Sua Maestà.

« Guardi là » disse senza girarsi. « Mi spieghi come mai quel tizio non è in marina. »

Bloggs si diresse alla finestra. Fermo sul bordo della strada davanti alla casa c'era un furgoncino a cavalli del fornaio, il vecchio cavallo teneva il muso affondato nel sacchetto del fieno mentre venivano fatte le consegne. Quel "tizio" era una donna con corti capelli biondi vestita in pantaloni. Aveva anche un seno magnifico. Bloggs rise. « È una donna in pantaloni » disse.

« Santo cielo, davvero? » Il comandante si girò. « Non si può mai dire di questi tempi. Una donna in pantaloni! »

Bloggs si presentò. « Abbiamo riaperto il caso di un delitto commesso qui nel 1940. Penso che lei abitasse in questa casa nello stesso periodo del principale indiziato, un certo Henry Faber. »

« Proprio così! In che cosa posso aiutarla? »

« Ricorda Faber? »

« Perfettamente. Era un uomo alto, coi capelli scuri, un tipo che parlava bene, tranquillo. Piuttosto squallido, però... a giudicarlo dalle apparenze, ci si sarebbe sbagliati sul suo conto. Non mi era antipatico. Mi sarebbe piaciuto conoscerlo meglio, ma lui non lo permetteva. Doveva avere all'incirca la sua età. »

Bloggs trattenne un sorriso: spesso la gente lo considerava più vecchio semplicemente perché era un investigatore.

Il comandante aggiunse: « Sono sicuro che non è stato lui. Ne so qualcosa sui caratteri; non si può comandare una nave senza imparare, e se quello era un maniaco sessuale, allora io sono Hermann Goering ».

Improvvisamente Bloggs associò la bionda in pantaloni con lo sbaglio sulla sua età, e la conclusione che ne trasse fu sconfortante. Disse: « Sa, farebbe sempre bene a chiedere di vedere la tessera di riconoscimento della polizia ».

Il comandante fu leggermente colto di sorpresa. « Be', allora me la faccia vedere. »

Bloggs aprì il portafoglio e lo piegò per mettere in mostra la fotografia di Christine. « Ecco. »

Il comandante la studiò per un momento, poi commentò: « Molto rassomigliante ».

Bloggs sospirò. Il vecchio era quasi completamente cieco. Si alzò. « È tutto, per ora » disse. « La ringrazio. »

« Mi cerchi pure, in qualsiasi momento. Per qualunque cosa possa fare. Non sono di molto aiuto all'Inghilterra di questi tempi... per essere scartati dalla Riserva bisogna essere proprio malconci, sa. »

« Arrivederci. » Bloggs uscì.

La donna era da basso nell'atrio. Porse a Bloggs una lettera. « L'indirizzo è un numero postale delle forze armate » disse. « L'uomo si chiama Parkin. Non vi sarà difficile scoprire dove si trova attualmente. »

« Sapeva che il comandante non sarebbe stato di nessun aiuto » commentò Bloggs.

« Lo immaginavo. Ma una visita gli riempie la giornata. » Gli aprì la porta.

D'impulso Bloggs disse: « Verrebbe a pranzo con me? ».

Un'ombra passò sul viso della donna. « Mio marito è ancora sull'isola di Man. »

« Mi spiace... pensavo... »

« Fa lo stesso. Sono lusingata. »

« Volevo convincerla che non siamo la Gestapo. »

« Lo so che non lo siete. Ma una donna sola si inasprisce. »

Bloggs disse: « Ho perso mia moglie sotto i bombardamenti. »

« Allora lei sa quanto si può odiare. »

« Sì » disse Bloggs. « So quanto si può odiare. » Scese le scale. La porta si richiuse dietro di lui. Fuori aveva cominciato a piovere.

Stava piovendo anche allora. Bloggs era in ritardo quella sera. Si era trattenuto a esaminare del nuovo materiale con Godliman. Ora si stava affrettando, per poter passare almeno mezz'ora con Christine prima che lei prendesse servizio sull'ambulanza. Era buio, e l'incursione aerea era già cominciata. Le cose che vedeva Christine di notte erano così terribili che aveva smesso di parlarne.

Bloggs era orgoglioso della moglie, molto orgoglioso. La gente con cui lavorava diceva che valeva più di due uomini. Correva di qua e di là per Londra nell'oscuramento, guidando come un veterano, prendendo le curve su due ruote, fischiettando e dicendo battute mentre la città andava in fiamme intorno a lei. La chiamavano "la temeraria". Bloggs sapeva la verità: era terrorizzata, ma non voleva farlo vedere.

Lo sapeva perché vedeva i suoi occhi al mattino, quando si alzava e lei veniva a letto; quando era indifesa e tutto era finito per alcune ore. Sapeva che non era temerarietà, ma coraggio il suo, e ne era orgoglioso.

Pioveva più forte quando era sceso dall'autobus. Si calò il cappello e tirò su il bavero. A un chiosco comprò le sigarette per Christine: si era messa a fumare negli ultimi tempi, come tante altre donne. Il negoziante gliene dette solo cinque, per via del razionamento. Le mise in un portasigarette di bachelite di Woolworth.

Un poliziotto lo fermò e gli chiese la carta d'identità: altri due minuti persi. Gli passò davanti un'ambulanza, simile a quella che guidava Christine; un camion di frutta requisito e verniciato di grigio.

Cominciò a sentirsi nervoso mentre si avvicinava a casa. Le esplosioni risuonavano più vicine, e sentiva chiaramente il rumore degli aerei. Sull'East End si stava abbattendo un altro inferno quella sera: avrebbe dormito nel rifugio Morrison. Ci fu un'altra grandissima esplosione, terribilmente vicina; affrettò il passo, quella sera avrebbe dovuto anche cenare nel rifugio.

Svoltò nella sua strada e vide le ambulanze e le autobotti dei pompieri. Si mise a correre.

La bomba era caduta sul loro lato della strada, verso la metà. Doveva essere stato vicino a casa sua. "Cristo, noi no... no!!"

Il tetto era stato centrato in pieno e la casa era letteralmente rasa al suolo. Lui si fece largo in mezzo alla folla di gente, vicini, pompieri e volontari. « Mia moglie è salva? È fuori? È ancora dentro? »

Un pompiere lo guardò con compassione. « Nessuno è uscito di là, amico. »

I soccorritori stavano cercando tra le macerie. Improvvisamente uno di loro gridò: « Quaggiù! ». Poi disse: « Maledizione, è Bloggs la temeraria! ».

Frederick si precipitò nel punto dov'era l'uomo. Christine era sepolta sotto un enorme pezzo di muro. La faccia spuntava fuori: aveva gli occhi chiusi.

Il soccorritore gridò: « Una gru, ragazzi, passate parola ».

Christine gemeva e si agitava.

Bloggs disse: « È viva! ». Si inginocchiò accanto a lei e mise le mani sotto il pezzo di muro.

Il soccorritore. « Non riuscirai a sollevarlo, figliolo. »

Il pezzo di muro si alzò.

Il soccorritore disse: « Accidenti, ti ammazzerai » poi anche lui si piegò per aiutarlo.

Dopo aver sollevato di un mezzo metro il muro, s'infilarono sotto con le spalle. Il peso ora non schiacciava più Christine. Si unì un terzo uomo, poi un quarto. E tutti insieme fecero forza.

Bloggs disse: « La tirerò fuori ».

Arrancò carponi nello stretto cunicolo, e la prese tra le sue braccia.

Qualcuno gridò: « Porca miseria, sta franando ».

Bloggs sgusciò da sotto, tenendosi Christine stretta al petto. Appena fu fuori, i soccorritori lasciarono andare il muro e fecero un balzo indietro. Il muro ricadde a terra con un tonfo pauroso. In quell'attimo Bloggs si rese conto del peso che aveva schiacciato Christine, e seppe che sarebbe morta.

La trasportò sull'ambulanza, che partì immediatamente. Lei aprì gli occhi ancora una volta prima di morire, e mormorò: « Dovrai vincere la guerra senza di me, amore ».

A distanza di un anno, ora, mentre scendeva giù a piedi da Highgate verso Londra distesa in basso, e sul suo volto la pioggia si mescolava di nuovo alle lacrime, pensò che la donna nella casa della spia aveva detto una grande verità: si può odiare.

In guerra i ragazzi diventano uomini, e gli uomini diventano soldati e i soldati vengono promossi; ecco perché Billy Parkin, di diciotto anni, che avrebbe dovuto fare l'apprendista nella conceria del padre a Scarborough, fu scambiato dall'esercito per un giovane di ventun anni; fu promosso sergente e gli fu dato l'incarico di guidare la sua pattuglia in avanscoperta attraverso un caldo, secco bosco verso un polveroso paese italiano dalle case bianche.

Gli italiani si erano arresi ma i tedeschi no, ed erano proprio i tedeschi che stavano difendendo l'Italia contro l'invasione anglo-americana. Gli alleati avanzavano in direzione di Roma, e per la pattuglia del sergente Parkin voleva dire una lunga camminata.

Sbucarono fuori dal bosco in cima a una collina, e si distesero a terra bocconi per guardare giù verso il paese. Parkin prese il binocolo e disse: « Che cosa non darei per una fottuta tazza di fottuto tè ». Aveva imparato a ubriacarsi, a fumare, e ad andare a donne, e ora il suo linguaggio era come quello di qualsiasi soldato. Non andò oltre nella sua invocazione.

Alcuni paesi erano difesi e altri no. Parkin la giudicava una buona tattica da parte dei nemici: non sapendo quali erano i paesi indifesi, era costretto ad avvicinarsi con cautela e la prudenza faceva perdere del tempo.

Il fianco della collina offriva scarso riparo – appena pochi cespugli – e il paese si stendeva ai suoi piedi. C'erano alcune casupole bianche, un fiumiciattolo con un ponte di legno, poi il grosso delle case riunite intorno alla piccola piazza con il municipio e la torre dell'orologio. Dall'alto della torre si aveva una buona mira fino al ponte: se c'era il nemico, doveva essere nascosto nel municipio. Alcune figure lavoravano nei campi vicini: Dio solo sapeva chi erano. Potevano essere dei veri contadini o una delle tante bande in circolazione: fascisti, mafiosi, partigiani, corsi, comunisti... o persino tedeschi. Era impossibile sapere da che parte sarebbero stati fin tanto che non si cominciava a sparare.

Parkin disse: « Va bene, caporale ».

Il caporale Watkins scomparve nel bosco e riemerse, cinque minuti più tardi, sulla sudicia strada che portava al paese, con indosso un cappello da civile e un vecchio sporco mantello sopra l'uniforme. Incespicava, più che camminare, e sopra le spalle aveva un fagotto che poteva essere qualunque cosa, da un mazzo di cipolle a un coniglio morto. Raggiunse l'estremità più vicina del paese e sparì nel buio di una casa bassa.

Dopo un attimo uscì. Stando addossato al muro, dove non poteva essere visto dal paese, guardò in direzione dei soldati in cima alla collina e agitò la mano: una, due, tre volte.

La pattuglia s'inerpicò giù per il pendio verso il paese.

Watkins disse: « Tutte le case sono vuote, sergente ».

Parkin annuì. Non significava nulla.

Si mossero attraverso le case fino alla riva del fiume. Parkin disse: « Tocca a te, Smiler. Attraversa a nuoto il Mississippi qui ».

Il soldato scelto "Smiler" Hudson ammucchiò il suo equipaggiamento in una pila ordinata, si tolse elmetto, stivali e tuta, e scivolò nello stretto corso d'acqua. Riemerse sulla sponda opposta, si arrampicò sull'argine, e sparì tra le case. Questa volta bisognò aspettare più a lungo: c'era una zona più vasta da controllare. Alla fine Hudson tornò indietro attraverso il ponte di legno. « Se sono là, stanno ben nascosti » disse.

Il caporale si rivestì e la pattuglia attraversò il ponte entrando in paese. Si tennero ai lati della strada mentre si dirigevano verso la piazza. Un uccello si alzò in volo da un tetto facendo trasalire Parkin. Qualcuno degli uomini aprì con un calcio qualche porta mentre passavano. Non c'era nessuno.

Si fermarono all'inizio della piazza. Parkin indicò il municipio. « Sei andato là dentro, Smiler? »

« Sì, signore. »

« Sembra che il paese sia nostro, allora. »

« Sì, signore. »

Parkin fece un passo in avanti per attraversare la piazza, e allora scoppiò il finimondo. Ci fu una scarica di fucili, e i proiettili piovvero tutt'intorno a loro. Qualcuno urlò. Parkin stava correndo a zig-zag, a testa bassa. Watkins, davanti a lui, gridò per il dolore e si afferrò una gamba: Parkin lo tirò su di peso. Una pallottola gli rimbalzò sibilando sull'elmetto. Raggiunse correndo la casa più vicina, si slanciò contro la porta e cadde dentro.

La sparatoria cessò. Parkin azzardò un'occhiata fuori. Un uomo giaceva ferito nella piazza: Hudson. Giustizia sommaria era fatta. Hudson si mosse, e un proiettile solitario roteò nella piazza. Dopo l'uomo non si mosse più. Parkin esclamò: « Fottuti bastardi ».

Watkins si stava facendo qualcosa alla gamba, bestemmiando. Parkin disse: « La pallottola è ancora dentro? ».

Watkins urlò: « Ohi! » poi fece una smorfia e sollevò qualcosa. « Non più. »

Parkin guardò fuori di nuovo. « Sono nella torre » disse. « Non ci dev'essere molto spazio. Non possono essere in tanti. »

« Possono sparare, però. »

« Sì. Ci hanno inchiodato. » Parkin aggrottò la fronte. « Hai dei fuochi d'artificio? »

« Sì. »

« Diamo un'occhiata. » Parkin aprì lo zaino di Watkins e tirò fuori la dinamite. « Eccola. Preparami una miccia di dieci secondi. »

Gli altri erano nella casa dalla parte opposta della strada. Parkin chiamò: « Ehi! ».

Una faccia fece capolino nel vano della porta. « Sergente? »

« Vado a tirare un pomodoro. Quando grido, copritemi. »

« Bene. »

Parkin accese una sigaretta. Watkins gli porse il pacco di dinamite. Parkin gridò: « Fuoco! ». Accese la miccia con la sigaretta, corse in strada, tirò indietro il braccio, e lanciò la bomba contro la torre dell'orologio. Poi si tuffò di nuovo dentro la casa, con il fuoco dei suoi uomini che gli rimbombava nelle orecchie. Una pallottola sfiorò lo stipite della porta, e una scheggia lo colpì sotto il mento. Sentì esplodere la dinamite.

Prima che potesse guardare, qualcuno dall'altra parte della strada gridò: « Centro! ».

Parkin uscì fuori. La vecchia torre era crollata. Un rintocco risuonò senza senso mentre la polvere si posava sulle macerie.

Watkins disse: « Giochi anche a cricket? Era un tiro maledettamente buono ».

Parkin camminò fino al centro della piazza. Dai resti che c'erano tutt'intorno dedussero che ci fossero stati tre tedeschi. Disse: « La torre era abbastanza malconcia, ad ogni modo. Probabilmente sarebbe caduta se avessimo starnutito tutti insieme ». Si allontanò. « Un altro giorno, un altro dollaro. » Era un modo di dire in uso tra gli Yankee.

« Sergente? La radio. » Era l'operatore radio-trasmittente.

Parkin tornò indietro e prese l'apparecchio portatile. « Sergente Parkin. »

« Maggiore Roberts. Sei esonerato dal servizio attivo a partire da questo momento, sergente. »

« Perché? » Il primo pensiero di Parkin fu che avessero scoperto la sua vera età.

« L'alto comando ti vuole a Londra. Non mi chiedere spiegazioni perché non le so. Passa le consegne al caporale e ritorna alla base. Un'automobile ti verrà incontro sulla strada. »

« Sì, signore. »

« Gli ordini dicono anche che per nessun motivo devi rischiare la pelle. Intesi? »

Parkin fece un largo sorriso, pensando alla torre dell'orologio e alla dinamite. « Intesi. »

« Bene. In marcia. Fortunato bastardo. »

Tutti l'avevano chiamato "ragazzo", ma l'avevano conosciuto prima che si arruolasse nell'esercito, pensò Bloggs. Non c'erano dubbi che fosse un uomo, ora. Aveva il passo sicuro e deciso, si guardava intorno con fierezza, ed era rispettoso pur essendo disinvolto in compagnia degli ufficiali superiori. Bloggs sapeva che mentiva sull'età, l'aveva capito non dal suo aspetto o dal modo di fare, ma da certi minimi indizi che comparivano tutte le volte che si accennava all'età – indizi che a Bloggs, esperto in interrogatori, non potevano sfuggire.

Il giovane si era divertito quando gli avevano detto che doveva solo guardare delle fotografie. Ora, dopo tre giorni passati nella sudicia cantina di Midwinter a Kensington, il divertimento se n'era andato ed era subentrata la noia. Quel che lo irritava di più era il divieto di fumare.

La situazione era ancora più seccante per Bloggs, che doveva star seduto a guardarlo.

A un certo punto, Parkin disse: « Non avreste dovuto richiamarmi dall'Italia per collaborare su un assassinio di quattro anni fa, che poteva aspettare benissimo la fine della guerra. Queste foto, inoltre, sono quasi tutte di ufficiali tedeschi. Se si tratta di qualcosa su cui devo tenere la bocca chiusa, è meglio che me lo diciate subito ».

« È una cosa su cui devi tenere la bocca chiusa » disse Bloggs.

Parkin tornò a esaminare le foto.

Erano tutte vecchie, in gran parte ingiallite e sbiadite. Molte erano ritagliate da libri, riviste e giornali. Ogni tanto Parkin prendeva in mano la bellissima lente che Midwinter gli aveva premurosamente fornito, per scrutare più da vicino una minuscola faccia in un gruppo; e ogni volta che succedeva, il cuore di Bloggs si metteva a correre, per rallentare solo quando Parkin rimetteva giù la lente e passava alla foto successiva.

Andarono a pranzo in un pub vicino. La birra era leggera, come quasi dappertutto in tempo di guerra, tuttavia a Bloggs sembrò il caso di limitare a un litro la razione del giovane Parkin... da parte sua, ne avrebbe bevuti almeno tre.

« Il signor Faber era un tipo tranquillo » disse Parkin. « Non si sarebbe detto che se la portava in camera. Intendiamoci, la padrona di casa non era brutta. E ci stava. Ripensandoci, credo che avrei potuto farmela anch'io, se avessi saputo come arrivarci. A quell'epoca avevo solo... diciott'anni. »

Mangiarono pane e formaggio, e Parkin mandò giù una dozzina di cipolline sotto aceto. Tornando indietro, sostarono davanti alla casa mentre Parkin fumava un'altra sigaretta.

« In effetti » continuò « era un tipo piuttosto grosso, di bell'aspetto, uno che parlava bene. Ma pensavamo tutti che valesse poco perché vestiva sempre male, andava in giro in bicicletta e non aveva soldi. Non escludo che avrebbe potuto essere tutta un'abile finzione. » Alzò le sopracciglia con aria interrogativa.

« Avrebbe potuto essere » disse Bloggs.

Quel pomeriggio Parkin trovò non una, ma tre foto di Faber.

Una di queste risaliva solo a nove anni prima.

E il signor Midwinter aveva il negativo.

Henrik Rudolph Hans von Müller-Güder (« Chiamiamolo semplicemente Faber » disse Godliman con una risatina) era nato il 26 maggio 1900 in un paese chiamato Oln, nella prussia occidentale. La famiglia paterna discendeva da generazioni di solidi proprietari terrieri della regione. Suo padre era il secondogenito; così come Henrik. Tutti i secondogeniti diventavano ufficiali dell'esercito. Sua madre, figlia di un alto ufficiale del Secondo Reich, era nata e cresciuta per essere la moglie di un aristocratico, e lo era diventata.

A tredici anni Henrik era andato alla scuola di cadetti di Karlsruhe, nel Baden; un paio d'anni dopo passò alla più prestigiosa accademia di Gross-Lichterfeld, vicino a Berlino. Due istituzioni, entrambe, molto dure e rigide dove la personalità degli allievi veniva plasmata a base di staffilate, bagni gelati e cibi cattivi. Tuttavia Henrik imparò l'inglese e il francese e fece studi storici, ottenendo la promozione con la media più alta dall'inizio del secolo. C'erano solo altri tre punti degni di nota nella sua carriera scolastica: un freddo inverno si era ribellato all'autorità, al punto di fuggire di notte dalla scuola e farsi più di 200 chilometri a piedi per arrivare a casa della zia; durante un'esercitazione aveva spezzato il braccio all'istruttore di lotta; e fu fustigato per insubordinazione.

Prestò brevemente servizio come cadetto portabandiera nella zona neutrale di Friedrichsfeld, vicino a Wesel, nel 1920; nel 1921 seguì simbolicamente un corso di addestramento ufficiali alla Scuola di Guerra di Metz, e nel 1922 ricevette la nomina di sottotenente.

(« Che espressione avevi usato? » chiese Godliman a Bloggs. « Ah, sì, l'equivalente tedesco di Eton e Sandhurst. »)

Negli anni successivi aveva viaggiato per servizio in una mezza dozzina di posti, come chi era destinato a entrare nello Stato maggiore. Continuò a distinguersi come atleta, specializzandosi nella corsa a lunga distanza. Non allacciò nessuna amicizia stretta, né si sposò, e si rifiutò di entrare nel partito Nazional Socialista. La sua promozione a tenente fu alquanto ritardata da un imprecisato incidente riguardante la gravidanza della figlia di un tenente colonnello del ministero della difesa, ma alla fine arrivò, intorno al 1928. La sua abitudine di parlare agli ufficiali superiori come se fossero suoi pari finì per essere accettata e perdonata in lui, che era allo stesso tempo un promettente giovane ufficiale e un aristocratico prussiano.

Alla fine degli anni '20 l'ammiraglio Wilhelm Canaris aveva fatto amicizia con lo zio di Henrik, Otto, il fratello maggiore del padre, e trascorso molte vacanze nella tenuta di famiglia a Oln. Nel 1931 vi fu ospite Adolf Hitler, non ancora cancelliere della Germania.

Nel 1933 Henrik venne promosso capitano, e andò a Berlino con compiti non specificati. Quella era l'epoca dell'ultima fotografia.

Da allora, stando ai dati ufficiali, era come se avesse cessato di esistere.

« Il resto possiamo immaginarlo » disse Percival Godliman. « L'Abwehr gli fornisce un ampio addestramento: radiotrasmissioni, codici, preparazione di cartine, furti con scasso, ricatti, sabotaggio e assassinii "puliti". Arriva a Londra intorno al 1937, con un largo margine di tempo a disposizione per crearsi una solida copertura – forse due. La sua istintiva propensione alla solitudine viene affinata dalle regole dello spionaggio. Quando scoppia la guerra, si ritiene autorizzato a uccidere ». Guardò la fotografia sulla scrivania. « È un bell'uomo. »

Era una foto della squadra di podisti del decimo Hanoverian Jager Battalion. Faber stava al centro e reggeva una coppa. Aveva la fronte alta, con i capelli rasati, il mento lungo, e la bocca piccola incorniciata da baffetti sottili.

Godliman passò la fotografia a Billy Parkin. « È cambiato molto? »

« Sembra un po' più vecchio, ma questo potrebbe dipendere... dal modo di atteggiarsi. » Studiò attentamente la fotografia. « Ora ha i capelli più lunghi ed è senza baffi. » Rimise la foto sulla scrivania. « Ma è sicuramente lui. »

« Nella sua scheda ci sono altri due elementi, semplici ipotesi » disse Godliman. « La prima è che potrebbe essere entrato nei servizi segreti nel 1933... si avanza sempre questa ipotesi quando le tracce di un ufficiale cessano senza nessuna ragione apparente. La seconda si riallaccia alla voce, non confermata da alcuna fonte attendibile, secondo cui sarebbe stato per alcuni anni intimo consigliere di Stalin, sotto il nome di Vasily Zankov. »

« Incredibile » esclamò Bloggs. « Non posso crederci. »

Godliman si strinse nelle spalle. « Una cosa è certa: qualcuno ha convinto Stalin a liquidare il fior fiore del suo Stato maggiore negli anni in cui Hitler salì al potere. »

Bloggs scosse la testa e cambiò argomento. « Dove ci può portare tutto questo? »

Godliman rifletté. « Prendiamo in forza con noi il sergente Parkin. È il solo che conosciamo ad avere visto veramente *Die*

Nadel. Inoltre, sa troppe cose per rischiare di rimandarlo al fronte: potrebbe essere catturato e interrogato, e così mandare a monte tutto quanto. Poi facciamo una bella ristampa della foto e incarichiamo un esperto ritoccatore di infoltire i capelli e cancellare i baffi. Dopo potremo distribuire le copie. »

« Vogliamo dare un allarme generale? » chiese Bloggs, dubbioso.

« No. Per ora, andiamoci piano. Se pubblichiamo la cosa sui giornali, lui avrà modo di saperlo e sparirà. Limitiamoci a distribuire la foto alla polizia per il momento. »

« È tutto? »

« Credo di sì. A meno che tu non abbia un'altra proposta. »

Parkin si schiarì la gola. « Signore? »

« Sì. »

« Io veramente preferirei tornare alla mia unità. Non sono tagliato per il lavoro amministrativo, non so se mi spiego. »

« Non hai alternative, sergente. A questo punto del conflitto, un paese italiano in più o in meno non fa differenza. ma questo Faber, invece, potrebbe farci perdere la guerra. »

XI

Faber era andato a pesca.

Stava disteso sul ponte di una barca di dieci metri, godendosi il sole primaverile e navigando lungo il canale a circa tre nodi. Con una mano reggeva pigramente il timone, mentre teneva l'altra posata sulla canna da pesca che si trascinava la lenza nell'acqua dietro la barca.

Non aveva preso nulla per tutto il giorno.

Oltre che pescare, osservava gli uccelli... tutte e due cose lontane dai suoi interessi (era costretto a imparare un sacco di cose su quei maledetti uccelli) ma che gli servivano come scusa per portare il binocolo. Quel giorno aveva già visto il nido di un martin pescatore.

Alla darsena, a Norwich, erano stati molto contenti di affittargli la barca per due settimane. Gli affari andavano male: erano rimaste solo due barche ormai, e una non era stata più usata dall'epoca di Dunkerque. Faber aveva mercanteggiato sul prezzo, solo per salvare la forma. Alla fine gli avevano dato in più un armadietto di provviste in scatola.

Poi aveva comprato l'esca in un negozio vicino; l'attrezzatura per pescare se l'era portata da Londra. Gli dissero che avrebbe avuto bel tempo e gli augurarono buona pesca. Nessuno si sognò di chiedergli la carta d'identità.

Finora, tutto bene.

Il difficile doveva ancora venire. Perché valutare l'entità di un'armata non era affatto facile. Prima di tutto, bisognava trovarla.

In tempo di pace sarebbero stati d'aiuto i segnali stradali che l'esercito stesso avrebbe provveduto a mettere. Ma all'inizio della guerra erano stati tolti tutti, non solo i segnali militari ma quelli di qualunque altro posto.

La soluzione più semplice sarebbe stata mettersi in macchina e seguire il primo veicolo dell'esercito che capitava fino a destinazione. Faber, però, non aveva un'automobile; era quasi impossibile per un civile prenderne una a nolo; e anche ammesso di ottenerla, non si sarebbe trovata la benzina. Senza contare che un civile che fosse andato in giro in macchina per la campagna seguendo camion dell'esercito e curiosando intorno alle basi militari sarebbe stato sicuramente arrestato.

Per questo aveva pensato alla barca.

Alcuni anni prima, quando non era ancora proibito vendere carte geografiche, Faber aveva scoperto che la Gran Bretagna aveva migliaia di chilometri di vie d'acqua interne. La rete di fiumi naturali era stata ingrandita durante il secolo diciannovesimo da una ragnatela di canali artificiali. In certe zone il numero delle vie d'acqua uguagliava quello delle strade. Il Norfolk era una di queste regioni.

La barca presentava molti vantaggi. Su una strada un uomo doveva andare sempre in qualche direzione: su un fiume, navigava e basta. Dormire dentro un'auto parcheggiata, destava sospetti: dormire in una barca ormeggiata era più naturale. Le vie d'acqua erano solitarie. E chi aveva mai sentito di un posto di blocco lungo un canale?

C'erano anche degli svantaggi, però. Campi d'aviazione e baraccamenti per le truppe dovevano essere vicini alle strade, mentre non era previsto l'accesso via acqua. Faber era costretto a esplorare la campagna di notte, lasciando la barca ormeggiata e arrampicandosi su per le colline alla luce della luna, percorrendo tra andata e ritorno una sessantina di chilometri durante i quali ciò che stava cercando poteva facilmente sfuggirgli, per l'oscurità o semplicemente perché non aveva abbastanza tempo per controllare ogni chilometro quadrato di terreno.

Al ritorno, un paio d'ore dopo l'alba, in genere dormiva fino a mezzogiorno e poi ripartiva fermandosi solo di rado per salire su una collina vicina e dare un'occhiata al panorama. Quando incontrava delle chiuse, fattorie isolate e locande sulle rive, parlava con la gente, nella speranza di scoprire le tracce di una presenza militare. Ma finora non ne aveva trovata nessuna.

Cominciava a chiedersi se quella era la zona giusta. Aveva cercato di mettersi nei panni del generale Patton, facendo questo ragionamento: se volessi invadere la Francia ad est della Senna partendo da una base nell'ovest dell'Inghilterra, dove piazzerei questa base? Nel Norfolk, logicamente: grandi distese di campi solitari, molte radure pianeggianti per gli aerei, il mare vicino per l'imbarco e la partenza. E il Galles era un posto ideale per radunare una flotta. Tuttavia, i suoi ragionamenti potevano essere sbagliati per motivi che gli erano ignoti. Presto avrebbe dovuto considerare l'opportunità di una rapida puntata dall'altra parte del Paese in una nuova regione: forse le maremme attorno a Cambridge.

Una chiusa si presentò davanti a lui, e Faber cambiò le vele per rallentare. La barca scivolò delicatamente dentro la chiusa e batté piano contro la porta. La casa del guardiano era sull'argine. Faber si portò le mani a coppa davanti alla bocca e lanciò un grido di richiamo. Poi si accinse ad aspettare. Aveva imparato che i guardiani delle chiuse erano una razza a cui non si poteva far fretta. Inoltre era l'ora del tè, e a quell'ora era difficile smuoverli del tutto.

Una donna uscì sulla porta di casa e gli fece cenno di avvicinarsi. Faber agitò la mano in segno di risposta, poi saltò sull'argine, legò la barca e andò alla casa. Il guardiano era in maniche di camicia seduto al tavolo di cucina. Disse: « Non ha fretta, vero? ».

Faber sorrise. « No, affatto. »

« Versagli una tazza di tè, Mavis. »

« No, grazie » disse Faber educatamente.

« Su via, l'abbiamo appena fatto. »

« Grazie. » Faber si mise a sedere. La piccola cucina era ariosa e pulita, e il tè gli fu servito in una graziosa tazza di porcellana cinese. »

« È in vacanza a pescare? » chiese il guardiano della chiusa.

« Per pescare e osservare gli uccelli » rispose Faber. « Ho

intenzione di ormeggiare la barca quanto prima e passare un paio di giorni a terra. »

« Oh, sì. È meglio che vi teniate lungo il lato opposto del canale, allora. Da questa parte è zona riservata. »

« Davvero? Non sapevo che ci fosse un'area dell'esercito nei dintorni. »

« Certo, comincia a poco meno di un chilometro da qui. Se sia dell'esercito non saprei. A me non lo dicono. »

« Be', immagino che non ci sia bisogno di saperlo » disse Faber.

« Già. Beva, su, e poi la farò passare dalla chiusa. Grazie per avermi lasciato finire il tè. »

Uscirono di casa, e Faber tornò alla barca e la slegò. La porta dietro di lui si chiuse lentamente, e poi il guardiano aprì la cataratta. La barca a poco a poco si abbassò insieme col livello dell'acqua nella chiusa, e allora l'uomo aprì la porta di fronte.

Faber spiegò le vele e partì. Il guardiano della chiusa salutò con la mano.

Si fermò di nuovo quattro miglia più avanti e ormeggiò la barca al tronco di un albero sulla riva. Mentre aspettava che cadesse la notte fece un pasto a base di salsicce in scatola, biscotti secchi e una bottiglia d'acqua. Si vestì di nero, mise nello zaino binocolo, macchina fotografica e una copia del volume *Gli uccelli rari dell'East Anglia*, si infilò in tasca la bussola e prese la torcia. Era pronto.

Spense la lanterna controvento della barca, chiuse a chiave la porta della cabina e saltò sulla riva. Dopo aver consultato la bussola alla luce della torcia, si inoltrò nella boscaglia che fiancheggiava il canale.

Camminò verso sud rispetto alla barca per quasi un chilometro, finché non si imbatté nella recinzione. Era alta due metri e mezzo, di rete metallica, sormontata dal filo spinato. Tornò indietro nel bosco e salì su un alto albero.

Il cielo era coperto da nuvole sparse, e la luna appariva a sprazzi intermittenti. Dietro la recinzione si stendeva l'aperta campagna, in lieve salita. Faber aveva già fatto questo tipo di lavoro prima, a Biggin Hill, Aldershot, e in tante altre zone militari per tutto il sud dell'Inghilterra. C'erano due servizi di guardia: una pattuglia mobile intorno al perimetro di recinzione, e sentinelle fisse presso le installazioni.

L'una e le altre potevano essere evitate agendo con pazienza e precauzione.

Faber scese giù dall'albero e tornò alla recinzione. Si nascose dietro un cespuglio, in attesa.

Doveva sapere quando passava di là la pattuglia mobile. Se non fosse passata entro l'alba, sarebbe semplicemente tornato la notte seguente. Se era fortunato, sarebbero passati di lì tra poco. Calcolò dalle dimensioni dell'area recintata che dovevano fare un solo giro completo ogni notte.

Fu fortunato. Poco dopo le dieci sentì il suono pesante dei passi, e tre uomini gli marciarono accanto dall'altra parte della rete.

Cinque minuti dopo Faber scavalcò la recinzione.

S'incamminò verso sud: quando tutte le direzioni sono uguali, la cosa migliore è andare avanti in linea retta. Non usò la torcia. Si tenne vicino alle siepi e agli alberi quando poté, ed evitò le alture dove la sua sagoma sarebbe potuta risaltare contro la luce improvvisa della luna. La campagna rada era un insieme confuso di nero, grigio e argento. Il terreno sotto i piedi era molliccio, come se vi fossero stati degli acquitrini nelle vicinanze. Una volpe attraversò di corsa un campo davanti a lui, con la velocità di un levriero e la grazia di un gatto.

Erano le 23 e 30 quando incontrò le prime tracce di attività militare. Delle tracce ben strane, per la verità.

Alla luce della luna vide, un paio di centinaia di metri circa più avanti, parecchie file di costruzioni a un piano disposte con l'inconfondibile precisione delle baracche dell'esercito. Si buttò a terra immediatamente, ma già dubitando della realtà di quello che aveva appena visto: perché non c'erano luci né rumori.

Rimase disteso per dieci minuti, aspettando qualche segno che spiegasse quel mistero, ma non successe nulla. Ci fu solo un tasso che zampettò vicino, lo vide e scappò via.

Faber si trascinò avanti carponi.

Quando fu vicino capì che le baracche non solo non erano occupate, ma neanche finite. Si trattava, per la maggior parte, di tetti sorretti dai quattro pali d'angolo. Alcune avevano anche un muro.

Un rumore improvviso lo fece arrestare: la risata di un uomo. Stette immobile a guardare. Un fiammifero si accese e si spense nel buio, lasciando due puntini rossi in uno dei gusci incompiuti: guardie.

Faber si tastò lo stiletto nella manica, poi ricominciò a strisciare dirigendosi verso la parte del campo lontana dalle sentinelle.

I gusci delle baracche non avevano pavimenti né fondamenta. Nessuna traccia intorno di veicoli da costruzione, di carriole, betoniere, pale o mattoni. Un sentiero fangoso si allontanava dall'accampamento, attraverso i campi, ma l'erba di primavera stava crescendo nei solchi: non era stato usato molto di recente.

Era come se qualcuno avesse deciso di sistemare lì diecimila uomini e poi avesse cambiato idea poche settimane dopo l'inizio dei lavori.

Tuttavia c'era qualcosa in quel posto che non combaciava con questa spiegazione.

Faber fece un giro intorno, piano, stando all'erta nel timore che le sentinelle si mettessero in testa di uscire in perlustrazione. C'era un gruppo di veicoli militari al centro del campo. Ma erano vecchi e arrugginiti, ed erano stati smontati – nessuno aveva il motore né alcun pezzo interno. Ma se qualcuno si era messo a demolire vecchi veicoli, perché non si era portato via anche le carcasse?

I gusci che avevano un muro erano nelle prime file e i muri davano sul lato esterno. Era come lo scenario di un film, non come un cantiere in costruzione.

Ormai, concluse Faber, aveva appreso tutto quello che poteva sapere da quel posto. Andò al confine est del campo, poi si accovacciò carponi e strisciò lontano finché non fu fuori vista dietro una siepe. Fatto mezzo chilometro, si fermò a guardare indietro dalla sommità di un'altura. Ora sembrava esattamente di nuovo un campo di baracche.

Il barlume di un'idea si formò nella sua mente. Si dette tempo per rifletterci meglio.

La terra era ancora relativamente pianeggiante, solo un po'

ondulata. C'erano tratti di boscaglia e macchie paludose che Faber sfruttò a proprio vantaggio. Una volta dovette fare un lungo giro intorno a un lago, la cui superficie pareva uno specchio argentato sotto la luna. Udì il lamento di un gufo e guardando in quella direzione notò in lontananza un fienile abbandonato.

Sette chilometri dopo, vide il campo d'aviazione.

C'erano più aerei lì di quanti immaginava ne avesse tutta la Royal Air Force. C'erano Pathfinders, per lanciare razzi luminosi, Lancaster e B17 americani per bombardare le linee di difesa, Hurricane, Spitfire e Mosquito da ricognizione e mitragliamento: aeroplani a sufficienza per un'invasione.

I carrelli, senza eccezione, affondavano tutti nel terriccio molle, e gli apparecchi erano immersi nel fango fino alle carlinghe.

Anche lì né luci né rumori.

Faber usò il sistema di prima, si distese pancia a terra e strisciò verso gli aeroplani finché non localizzò le guardie. Al centro del campo d'aviazione c'era una piccola tenda. Il debole chiarore di una lampada filtrava attraverso il telo. Due uomini, forse tre.

A mano a mano che Faber si avvicinava, gli aerei sembravano appiattirsi, come se fossero stati schiacciati.

Raggiunse il più vicino e lo toccò, sbalordito. Era un pezzo di compensato spesso poco più di un centimetro, con la sagoma di uno Spitfire e verniciato con tinta mimetica, legato al terreno da una fune.

Tutti gli altri aerei erano identici.

Ce n'erano più di un migliaio.

Faber si alzò in piedi, sbirciando con la coda dell'occhio la tenda, pronto a buttarsi a terra al minimo segnale di movimento. Camminò tutt'intorno al falso campo di aviazione, guardando le sagome di caccia e bombardieri, collegandolo alle baracche da film e restando sconvolto al pensiero delle implicazioni di quello che aveva scoperto.

Sapeva che se continuava nell'esplorazione avrebbe incontrato altri campi come quello, altre baracche costruite a metà. Se fosse andato nel Galles avrebbe trovato anche una flotta di cacciatorpediniere e navi per il trasporto truppe, sempre di compensato.

Una messinscena in grande: minuziosa, costosa e sfacciata. Naturalmente, forse non avrebbe potuto trarre in inganno a lungo l'occhio di un osservatore. Ma non era fatta per ingannare osservatori a terra.

Doveva essere vista dal cielo.

Anche un aereo da ricognizione a bassa quota equipaggiato con le più moderne macchine fotografiche e le pellicole più veloci, sarebbe tornato indietro con fotografie che mostravano senza ombra di dubbio un enorme concentramento di uomini e di mezzi.

Non c'era da stupirsi che lo Stato maggiore prevedesse una invasione a est della Senna.

Dovevano esserci altri elementi che contribuivano all'inganno, arguì. Gli inglesi sicuramente avevano fatto riferimento al primo Gruppo d'Armata degli Stati Uniti nelle loro comunicazioni, usando codici che sapevano in partenza già decifrati dai tedeschi. Ci dovevano essere falsi rapporti di spie trasmessi attraverso il canale diplomatico spagnolo ad Amburgo. Le possibilità erano infinite.

Gli inglesi avevano avuto quattro anni per prepararsi a questa invasione. Il grosso delle truppe tedesche stava combattendo sul fronte russo. Una volta che gli alleati avessero costituito una testa di ponte sul suolo francese, la loro avanzata sarebbe stata inarrestabile. L'unica possibilità per i tedeschi era di fermarli sulle spiagge e annientarli appena uscivano dai mezzi da sbarco.

Ma se li aspettavano nel posto sbagliato, avrebbero perso anche quell'unica possibilità.

La mossa strategica era chiarissima. Semplice e fatale.

Faber doveva dirlo ad Amburgo.

Si chiese se gli avrebbero creduto.

Raramente la strategia di guerra poteva essere modificata dalla parola di un uomo. La sua posizione personale era particolarmente elevata, ma lo sarebbe stata abbastanza?

Aveva bisogno di prove da portare a Berlino.

Aveva bisogno di fotografie.

Avrebbe preso le foto di quella gigantesca armata di cartapesta, e poi sarebbe andato in Scozia all'appuntamento con l'U-boat, e avrebbe consegnato personalmente le foto al Führer. Non poteva fare di più.

Per fotografare aveva bisogno di luce. Avrebbe aspettato fino all'alba. C'era quel fienile abbandonato un po' più indietro: avrebbe passato là il resto della notte.

Controllò la bussola e si mise in cammino. Il fienile era più lontano di quanto pensasse e gli ci volle un'ora per arrivare. Era una vecchia costruzione di legno col tetto pieno di buchi. I topi se n'erano andati già da un pezzo per mancanza di cibo, erano rimasti i pipistrelli.

Faber si distese su delle assi, ma non riuscì a dormire per la consapevolezza di essere diventato all'improvviso l'uomo capace di modificare il corso della più grande guerra della storia.

L'alba sarebbe spuntata alle 5 e 21. Faber lasciò il fienile alle 4 e 20.

Anche se non aveva dormito, le due ore di riposo assoluto gli avevano rinfrancato il corpo e la mente, e ora si sentiva bene. Un vento da occidente stava disperdendo le nuvole, e anche se la luna era tramontata rimaneva la luce delle stelle.

Aveva calcolato bene il tempo. Il cielo si stava schiarendo quando avvistò il "campo d'aviazione".

Le sentinelle erano ancora dentro la tenda. Con un po' di fortuna, dovevano essere addormentate. Faber sapeva per propria esperienza che era più duro stare svegli nelle ultime ore.

Se fossero usciti, era pronto a ucciderli.

Scelse la posizione e caricò la Leica con un rullino da 36 foto, pellicola Agfa, veloce. Sperò che gli agenti chimici sensibili alla luce non si fossero rovinati, dato che il rullino era conservato nella sua valigia da prima della guerra: non si potevano più comprare pellicole in Inghilterra a quei tempi. Ma doveva essere in buono stato, perché l'aveva tenuto in una custodia a prova di luce, lontano da ogni fonte di calore.

Quando il rosso disco del sole spuntò all'orizzonte, cominciò a scattare le foto. Prese una serie di istantanee da punti scelti appositamente e a varie distanze, e finì con la foto in primo piano di uno dei falsi aerei: le immagini così avrebbero mostrato sia l'illusione che la realtà.

Mentre scattava l'ultima foto, notò un movimento con la coda dell'occhio. Si appiattì al suolo e strisciò sotto un Mosquito di compensato. Un soldato uscì dalla tenda, fece alcuni passi e orinò per terra. L'uomo si stirò e sbadigliò, poi accese una sigaretta. Dette un'occhiata intorno al campo d'aviazione, rabbrividì e tornò alla tenda.

Faber si alzò e scappò via.

Dopo un paio di centinaia di metri si voltò a guardare. Il campo d'aviazione non si vedeva più. Si diresse a ovest, verso le baracche.

Il suo sarebbe stato più di un normale colpo di spionaggio. Hitler era abituato a essere in testa a tutti. L'uomo che avrebbe portato la prova che, ancora una volta, il Führer aveva ragione e tutti gli esperti si sbagliavano, poteva sperare più che in una pacca sulle spalle. Faber sapeva che Hitler già lo giudicava il miglior agente dell'Abwehr: dopo questo trionfo gli avrebbe probabilmente affidato il posto di Canaris.

Se ci riusciva.

Accelerò l'andatura, correndo quasi per i primi venti metri, camminando per i venti successivi, e rimettendosi di nuovo a correre, così che raggiunse le baracche alle 6 e 30. Era giorno fatto ormai, e non poteva avvicinarsi di più, perché lì le sentinelle non erano in una tenda, ma in uno dei gusci senza muri, da cui la vista spaziava liberamente intorno. Si sdraiò accanto a una siepe e fece le foto da lontano. Le fotografie normali avrebbero mostrato solo delle baracche, ma un potente ingrandimento avrebbe rivelato i particolari dell'inganno.

Quando alla fine s'incamminò verso la barca, aveva scattato trenta foto. Si affrettò di nuovo perché ora era terribilmente visibile, un uomo vestito di nero con uno zaino di tela, che correva per i campi aperti di una zona vietata.

Raggiunse la recinzione un'ora più tardi, senza aver visto nulla se non delle oche selvatiche. Mentre si arrampicava sulla rete metallica, provò un grande sollievo. Là dentro la bilancia dei sospetti pendeva contro di lui; fuori era di nuovo a suo favore. Sarebbe potuto tornare alla sua parte di ornitologo, pescatore, velista. Il momento di maggior pericolo era finito.

Attraversò a passo più sciolto la boscaglia prima del canale, riprendendo fiato e scaricando la tensione della nottata di lavoro. Avrebbe navigato per alcune miglia, pensò, prima di ormeggiare di nuovo la barca per concedersi qualche ora di sonno.

Arrivò al canale. Era proprio finita. La barca gli apparì accogliente nel sole del mattino. Appena rimesso in viaggio si sarebbe fatto un tè, poi...

Un uomo in uniforme uscì fuori dalla cabina e disse: « Bene, bene. Lei chi è? ».

Faber si fermò impietrito, dandosi il tempo di ritrovare il sangue freddo e i vecchi istinti. L'intruso indossava l'uniforme di capitano della riserva. Aveva sicuramente una pistola nella fondina chiusa. Era alto e slanciato, ma doveva essere vicino ai sessant'anni. Capelli bianchi gli spuntavano da sotto il berretto. Non accennò a tirare fuori la sua pistola. Faber notò tutto questo in un'occhiata, mentre rispondeva: « È lei che è sulla mia barca, perciò dovrei essere io a chiederle chi è ».

« Capitano Stephen Langham della riserva. »

« James Baker. » Faber rimase immobile sulla riva. Un capitano non usciva in pattuglia da solo.

« E che cosa sta facendo? »

« Sono in vacanza. »

« Dov'è stato? »

« A osservare gli uccelli. »

« Prima dell'alba? Tienilo sotto tiro, Watson. »

Un uomo più giovane, in uniforme di cotone spuntò alla sinistra di Faber, con un fucile in mano. Faber si guardò attorno. C'era un altro uomo alla sua destra e un quarto alle sue spalle.

Il capitano gridò: « Da che direzione veniva, caporale? ».

La risposta arrivò dall'alto di una quercia. « Dalla zona vietata, signore. »

Faber stava calcolando le probabilità. Quattro contro uno – finché il caporale non fosse sceso giù dall'albero. Avevano solo due armi: il fucile e la pistola del capitano. Ed erano dilettanti. Lui invece avrebbe potuto contare anche sull'aiuto della barca.

Disse: « Zona vietata? Ho visto solo un pezzo di recinto.

Senta, le spiacerebbe far abbassare quel trombone? Potrebbe partire un colpo ».

Il capitano si limitò a dire: « Nessuno va a osservare uccelli al buio ».

« Si cerca un nascondiglio approfittando del buio per non essere visti quando gli uccelli si svegliano. Si fa così, normalmente. Ora senta, la riserva è molto patriottica e zelante, ecc. ecc., ma non esageriamo, eh! Non vi basta controllare i miei documenti e archiviare la faccenda? »

Il capitano sembrava un po' dubbioso. « Cosa c'è in quello zaino? »

« Un binocolo, una macchina fotografica e un libro di consultazione » le mani di Faber andarono allo zaino.

« No, non lei » disse il capitano. « Guardaci tu, Watson. »

Eccolo, l'errore del dilettante.

Watson disse: « Mani in alto ».

Faber alzò le mani sopra la testa, tenendo la destra vicina alla manica sinistra del giubbotto. Faber programmò le sue mosse nei pochi secondi successivi: non doveva essere sparato nessun colpo.

Watson si avvicinò alla sua sinistra, sempre col fucile puntato, e fece per aprire lo zaino. In quell'attimo Faber tirò fuori lo stiletto dalla manica e cogliendo di sorpresa la guardia di Watson gli affondò la lama giù nel collo, fino all'impugnatura. Con l'altra mano gli fece mollare la presa sul fucile.

Gli altri due soldati sulla riva si mossero verso di lui; mentre il caporale si calò precipitosamente giù dai rami della quercia.

Con uno strattone, Faber estrasse lo stiletto dal collo di Watson, che stramazzò a terra. Il capitano stava ancora armeggiando per slacciare la fondina. Faber balzò dentro al pozzetto della barca, facendo rollare lo scafo e mandando l'uomo a gambe all'aria. Lo colpì anche con il coltello, ma l'altro era troppo distante perché potesse ferirlo con precisione. La punta scivolò sul petto dell'uniforme e deviò facendogli solo un taglio profondo nel mento. Il capitano staccò la mano dalla fondina per toccarsi la parte ferita.

Rapidissimo Faber si voltò verso la riva. Uno dei soldati gli stava saltando addosso. Allora fece un passo avanti e tese il braccio destro in fuori, rigido; il soldato si infilzò nella lama lunga venti centimetri.

Per l'urto Faber scivolò in terra e perse la presa dello stiletto. Il soldato ricadde sopra l'arma. Faber si rialzò in ginocchio: non c'era tempo di recuperare lo stiletto, perché il capitano stava aprendo la fondina.

Con un salto gli fu addosso, afferrandogli la faccia tra le mani. La pistola venne fuori, ma i pollici di Faber già schiacciavano gli occhi del capitano, che gridava dal dolore e tentava di allontanargli il braccio.

Ci fu un tonfo quando il quarto uomo piombò nel pozzetto. Faber lasciò stare il capitano, che ora non sarebbe stato più in grado di sparare con la sua pistola anche se fosse riuscito a riprendersi. Il quarto uomo aveva un manganello da poliziotto. Sferrò un colpo violento, ma Faber fece in tempo a spostarsi verso destra, e la manganellata gli mancò la testa e lo prese alla spalla sinistra. Il braccio sinistro di Faber rimase momentaneamente paralizzato. Con la mano destra, però, assestò un colpo potentissimo e preciso sul collo dell'uomo, di taglio. Incredibilmente l'altro sopravvisse, e si preparò a vibrargli un'altra manganellata. Faber si fece sotto. Il braccio sinistro ora aveva riacquistato sensibilità e cominciava a fargli un male terribile. Afferrò la faccia del soldato con entrambe le mani, spingendo, torcendogliela, e poi spingendo ancora. Il collo dell'uomo fece un secco "crac" quando si ruppe. Nello stesso istante il manganello calò di nuovo, sul capo di Faber stavolta, che barcollò stordito.

Il capitano, ancora accecato, venne a sbattergli contro. Faber gli dette una spinta.

Il berretto dell'uniforme volò via, mentre l'uomo incespicava all'indietro contro il parapetto finché cadde nel canale con un'enorme ondata di spruzzi.

Il caporale, intanto, era arrivato in fondo alla quercia, superando con un salto gli ultimi due metri e mezzo del suolo. Faber riprese lo stiletto dal corpo della guardia infilzata e passò sulla riva. Watson era ancora vivo, ma non lo sarebbe stato per molto: il sangue usciva a fiotti dalla ferita al collo.

Faber e il caporale si guardarono uno di fronte all'altro. Il caporale imbracciava un fucile.

Era terrorizzato. Durante la sua discesa dalla quercia, in pochi secondi aveva visto lo sconosciuto uccidere tre suoi compagni e buttare il quarto nel canale. L'orrore gli lampeggiava negli occhi.

Faber guardò il fucile. Era un vecchio modello, un vero pezzo da museo. Se il caporale avesse avuto un po' di confidenza con quell'aggeggio, avrebbe già fatto fuoco.

L'uomo avanzò di un passo, e Faber notò che trascinava la gamba destra – forse si era ferito scendendo dall'albero. Allora si mosse di lato, costringendo il caporale a spostare il suo peso sulla gamba malferma mentre si girava per tenerlo sotto il tiro del fucile. Faber infilò la punta della scarpa sotto una pietra e con un calcio la lanciò in aria. Gli occhi del caporale saettarono verso il sasso, e Faber partì all'attacco.

Il caporale premette il grilletto, ma non successe nulla. Il vecchio fucile era inceppato. Anche se avesse sparato, non lo avrebbe colpito lo stesso; stava guardando la pietra, poi subito dopo inciampò sulla gamba malferma, e Faber era già lanciato all'attacco.

Lo uccise con una stilettata al collo.

Era rimasto solo il capitano.

Faber, girandosi, lo vide risalire annaspando fuori dell'acqua sulla riva opposta. Prese una pietra e la tirò. Colpì il capitano alla testa, ma l'uomo era ormai all'asciutto e si mise a correre.

Faber andò sul ciglio, si tuffò e in poche bracciate arrivò sull'altra riva. Il capitano era un centinaio di metri più avanti, e correva; ma era vecchio. Faber si lanciò all'inseguimento. Guadagnò progressivamente terreno finché poté sentire il respiro agonizzante e stravolto dell'uomo. Il capitano rallentò, poi crollò a terra in un cespuglio. Faber gli fu sopra e lo voltò.

Il capitano ansimò: « Sei... un demonio ».

« Hai visto la mia faccia » disse Faber, e lo uccise.

XII

Il trimotore Ju-52 da trasporto con le svastiche sulle ali si arrestò sulla pista bagnata di pioggia a Rastenburg, nella foresta della Prussia orientale. Un uomo piccolo e dai lineamenti marcati – naso grosso, bocca larga e grandi orecchie – sbarcò dall'aereo e si diresse a passi veloci attraverso la pista verso una Mercedes in attesa.

Mentre la macchina avanzava nella foresta umida e cupa, il Feld-maresciallo Erwin Rommel si tolse il cappello e si passò nervosamente la mano lungo l'attaccatura dei capelli sempre più radi. Di lì a poche settimane un altro uomo avrebbe percorso quella strada con una bomba nella valigia – una bomba destinata al Führer in persona. Nel frattempo la guerra doveva continuare, in modo che il nuovo capo della Germania – che avrebbe potuto essere lo stesso Rommel – potesse intavolare negoziati con gli alleati da una posizione di forza.

Dopo un viaggio di una quindicina di chilometri, la macchina arrivò al Wolfs-shanze, la "Tana del Lupo", il nuovo quartier generale di Hitler e della cerchia sempre più ristretta di generali psicopatici che lo attorniavano.

Cadeva una pioggia fine e insistente, e dalle alte conifere grosse gocce d'acqua schizzavano sul campo. Davanti all'ingresso dell'alloggio personale di Hitler, Rommel si rimise il cappello e scese dalla macchina. L'Oberführer Rattenhuber, il capo delle guardie del corpo delle SS, senza dire una parola allungò la mano per prendere in consegna la pistola del Feldmaresciallo.

La riunione si teneva nel bunker sotterraneo, un rifugio in cemento armato, freddo, umido e privo d'aria. Rommel scese le scale ed entrò. C'erano già una dozzina di presenti, in attesa dell'incontro di mezzogiorno: Himmler, Goering, von Ribbentrop, Keitel. Rommel rispose con un cenno del capo ai saluti e andò a sedersi su una sedia rigida, ad aspettare.

Scattarono tutti in piedi quando entrò Hitler. Indossava una giubba grigia sui pantaloni neri, ed era sempre più curvo, osservò Rommel. Andò direttamente dall'altra parte del bunker, dove una grande carta a muro dell'Europa nord occidentale era attaccata alla parete di cemento. Sembrava stanco e irascibile. Parlò senza preamboli.

« Ci sarà un'invasione degli alleati in Europa. Avverrà quest'anno. Sarà lanciata dalla Gran Bretagna, con truppe inglesi e americane. Sbarcheranno in Francia. Noi li distruggeremo completamente. Su questo non si discute. »

Fissò i presenti, come per sfidarli a smentirlo. Nessuno parlò. Rommel si sentì rabbrividire: il bunker era freddo come la morte.

« La questione è: dove sbarcheranno? Von Roenne, il vostro rapporto. »

Il colonnello Alexis von Roenne, che aveva preso il posto di Canaris, si alzò in piedi. Semplice capitano allo scoppio della guerra, si era messo in luce con un magnifico rapporto sulla debolezza dell'esercito francese – un rapporto che, era stato detto, aveva dato un contributo decisivo alla vittoria della Germania. Era diventato capo del servizio informazioni dell'esercito nel 1942, e quell'ufficio aveva poi assorbito l'Abwehr alla caduta di Canaris. Rommel aveva sentito dire che era un tipo orgoglioso e sincero, ma efficiente.

Roenne disse: « Le nostre informazioni sono ampie, ma nient'affatto complete. Il nome in codice degli alleati per l'invasione è "Overlord". I concentramenti di truppe in Gran Bretagna sono i seguenti ». Prese una bacchetta e andò alla carta a muro, dall'altra parte della stanza. « Primo: lungo la costa sud. Secondo: qui nel distretto chiamato East Anglia. Terzo: in Scozia. Il concentramento nell'East Anglia è di gran lunga il maggiore. La nostra conclusione è che l'invasione si svolgerà in tre fasi. Prima: un attacco a scopo diversivo in Normandia. Seconda: il colpo principale, attraverso lo stretto di Dover, contro la costa di Calais. Terza: un'invasione d'appoggio dalla Scozia in Norvegia, passando per il mare del Nord. Tutte le fonti dei servizi segreti convalidano queste previsioni. » Tornò a sedersi.

Hitler disse: « Commenti? ».

Rommel, che aveva il comando del Gruppo d'Armata B a cui era assegnato il controllo della costa settentrionale della Francia, disse: « Posso citare un'ulteriore conferma: sul Pas de Calais è stato lanciato il maggior carico di bombe in senso assoluto ».

Goering domandò: « Quali fonti convalidano le vostre previsioni, von Roenne? ».

Roenne si alzò in piedi di nuovo. « Ne abbiamo tre: le ricognizioni aeree, la registrazione delle comunicazioni radio nemiche, e i rapporti degli agenti. » Si sedette.

Hitler incrociò le mani davanti ai genitali come per proteggerseli, un gesto nervoso che indicava abitualmente che stava per pronunciare un discorso. « Ora vi dirò » cominciò « come la penserei io se fossi Winston Churchill. Ho di fronte due possibilità: l'est della Senna, l'ovest della Senna. L'est ha un solo vantaggio: è più vicino. Ma nella guerra moderna esistono unicamente due tipi di distanze: dentro il raggio d'azione dei caccia e fuori. Entrambe quelle possibilità rientrano nel raggio d'azione dei caccia. Perciò la distanza non è un problema.

« Ad ovest c'è un grande porto – Cherbourg – ma a est non c'è nessuno. E, cosa più importante, l'est è molto più fortificato dell'ovest. Anche il nemico ha le sue ricognizioni aeree.

« Perciò, io sceglierei l'ovest. E cosa farei allora? Cercherei di far credere ai tedeschi il contrario! Per ogni bombardiere diretto in Normandia, ne manderei due sul Pas de Calais. Cercherei di far saltare tutti i ponti sulla Senna. Trasmetterei dei segnali radio fuorvianti, invierei falsi rapporti di spie, disporrei le mie truppe in modo da mettere fuori strada l'avversario. Così ingannerei degli allocchi come Rommel e von Roenne. Così potrei sperare di ingannare anche il Führer! »

Goering prese per primo la parola dopo un prolungato silenzio. « Mio Führer, io credo che voi siate troppo lusinghiero verso Churchill attribuendogli un ingegno pari al vostro. »

La tensione calò visibilmente nel freddo e disagevole bunker. Goering aveva detto esattamente la cosa giusta, riuscendo a esprimere con un complimento il suo disaccordo. Gli altri lo seguirono, ciascuno aggiungendo all'argomento qualche elemento in più: gli alleati avrebbero scelto lo stretto di mare più vicino per ragioni di velocità; la maggior vicinanza avrebbe permesso ai caccia di copertura di rifornirsi e tornare indietro in minor tempo; il sud-est costituiva una migliore base di lancio, con più estuari e porti; era improbabile che proprio tutti i rapporti delle spie fossero sbagliati senza eccezioni.

Hitler ascoltò per mezz'ora, poi sollevò di colpo la mano per fare silenzio. Prese dal tavolo un mazzo di fogli ingialliti e li agitò. « Nel 1941 » disse « diramai la mia direttiva sulla "Costruzione delle difese costiere" in cui previdi che lo sbarco decisivo degli alleati sarebbe avvenuto nelle penisole della Normandia e della Bretagna, dove gli eccellenti porti naturali avrebbero costituito delle teste di ponte ideali. Questo mi consigliò il mio intuito allora, e questo mi consiglia ancora! » Una bollicina di bava gli spuntò sul labbro inferiore.

Von Roenne riprese la parola (ha più coraggio di me, pensò Rommel). « Mio Führer, le nostre indagini proseguono, naturalmente, e in particolare lungo una direzione di cui vorrei parlarvi. Qualche settimana fa ho inviato un emissario in Inghilterra a prendere contatto con l'agente *Die Nadel.* »

Un lampo passò negli occhi di Hitler. « Ah, conosco quell'uomo. Andate avanti. »

« Gli ordini impartiti a *Die Nadel* sono di valutare la consistenza del primo Gruppo d'Armata degli Stati Uniti ai comandi del generale Patton nell'East Anglia. Se accerterà che è stata sopravvalutata, dovremmo sicuramente riconsiderare le nostre previsioni. Se invece confermerà le nostre attuali opinioni sulle dimensioni dell'armata, allora non resteranno praticamente dubbi sul fatto che l'obiettivo è Calais.

Goering guardò von Roenne. « Chi è questo *Die Nadel*? »

Fu Hitler a rispondere. « Il solo agente decente che Canaris abbia mai reclutato... dato che lo reclutò su mio ordine » disse.

« Conosco la sua famiglia, un pilastro del Reich. Dei tedeschi forti, leali, incorrotti. Quanto a *Die Nadel*... un uomo di grande talento, veramente grande! Leggo tutti i suoi rapporti. È a Londra da prima che gli inglesi entrassero in guerra. Prima ancora, in Russia... »

Von Roenne lo interruppe: « Mio Führer... ».

Hitler lo folgorò con lo sguardo, ma parve rendersi conto che il capo dello spionaggio aveva avuto ragione a fermarlo. « Bene? »

Von Roenne disse cautamente: « Allora accettereste un rapporto di *Die Nadel*? ».

Hitler annuì. « Quell'uomo scoprirà la verità. »

PARTE TERZA

[illegible]

[illegible] di quando [illegible] a vederlo [illegible]

Avevo [illegible] quel fucile [illegible] le avrebbe [illegible] la coperta [illegible] il suo [illegible] avrebbe [illegible] grande [illegible] tutto il giorno [illegible]

Ritornò a nuoto attraverso il canale con [illegible] sulle spalle. [illegible]

XIII

Faber si appoggiò contro un albero, tremando, e vomitò.

Poi rifletté se doveva sotterrare i cinque cadaveri.

Ci sarebbe voluta da una mezz'ora a un'ora, calcolò, a seconda di quanto bene avesse nascosto i corpi. E durante quel tempo avrebbe potuto essere sorpreso e catturato.

Doveva soppesare quel rischio contro le ore preziose che avrebbe guadagnato ritardando la scoperta dei cadaveri. L'assenza dei cinque uomini sarebbe stata notata molto presto: le ricerche sarebbero già state in corso alle nove del mattino. Se i cinque, com'era probabile, formavano una pattuglia regolare, il loro percorso era senz'altro conosciuto. Come prima cosa, sarebbe stata mandata una staffetta a perlustrare la strada. Se i corpi fossero rimasti dov'erano, l'uomo li avrebbe visti e avrebbe lanciato l'allarme. Altrimenti sarebbe tornato indietro a fare rapporto e avrebbero lanciato una battuta in grande stile, agenti investigativi e poliziotti avrebbero rastrellato ogni cespuglio. In questo caso, potevano metterci anche tutto il giorno a scoprire i cadaveri. A quell'ora Faber sarebbe stato a Londra. Era importante per lui essere lontano di lì prima che gli altri sapessero di dare la caccia a un assassino. Decise di rischiare quell'ora in più.

Ritornò a nuoto attraverso il canale con l'anziano capitano riverso sulle spalle. Lo lasciò cadere senza cerimonie dietro un cespuglio. Recuperò i due corpi dal pozzetto della barca e li ammucchiò sopra il capitano. Poi aggiunse Watson e il caporale al mucchio.

Non aveva neppure una vanga, e gli occorreva una grossa fossa. Trovò un tratto di terreno sgombro pochi metri più in là nel bosco. C'era un lieve avvallamento, che faceva al caso suo. Prese un tegame dalla piccola cambusa della barca e cominciò a scavare.

Per poco più di mezzo metro incontrò solo terriccio misto a foglie secche; e il lavoro fu facile. Poi più sotto s'imbatté nell'argilla e scavare divenne estremamente difficile. Dopo mezz'ora di fatica il buco non era più profondo di un metro. Sarebbe dovuto bastare.

Trasportò i corpi uno alla volta alla fossa e li buttò dentro. Poi si tolse gli abiti macchiati di sangue e infangati e li gettò sopra. Coprì la buca con la terra smossa e uno strato di fogliame strappato dai cespugli degli alberi vicini. Sarebbe dovuto bastare per la prima perlustrazione superficiale.

Con un piede ricoprì di terra il punto dove era gocciolato il sangue di Watson. C'era sangue anche nella barca dov'era caduto il soldato che aveva infilzato. Faber trovò uno straccio e pulì il ponte.

Poi indossò abiti puliti, alzò le vele e partì.

Non pescò né osservò gli uccelli: non era più il momento di aggiungere pennellate piacevoli alla sua finzione. Aumentò invece la velatura, mettendo più distanza possibile tra sé e la fossa. Doveva lasciare il canale e trovare al più presto un mezzo di trasporto più veloce. Rifletté, mentre navigava, sul pro e il contro se prendere un treno o rubare una macchina. Un'auto era più veloce, ammesso di riuscire a trovarne una da rubare; il furto però sarebbe stato scoperto presto, anche se non fosse stato collegato subito con la sparizione della pattuglia della riserva. Per trovare una stazione ferroviaria probabilmente ci sarebbe voluto più tempo, ma sembrava più sicura: se stava attento, avrebbe potuto evitare i sospetti per quasi tutto il giorno.

Si chiese cosa fare della barca. L'ideale sarebbe stato affondarla, ma così rischiava di essere visto. Se la lasciava in un porto da qualche parte, o semplicemente ormeggiata sul bordo del canale, la polizia l'avrebbe ricollegata con le uccisioni tanto più in fretta; e sarebbe stata un'indicazione di dove stava andando.

Rimandò la decisione.

Per sua sfortuna, non sapeva con certezza dove si trovava. La cartina dei canali navigabili inglesi gli indicava ogni ponte, porto e chiusa; ma non segnalava le linee ferroviarie. Calcolò che era a un'ora o due di cammino da una mezza dozzina di paesi; ma un paese non significava necessariamente una stazione.

Alla fine la sorte risolse i due problemi in una volta: il canale passava sotto un ponte ferroviario.

Prese la bussola, il rullino della macchina fotografica, il portafoglio e lo stiletto. Tutto il resto lo avrebbe mandato a fondo con la barca. La banchina da entrambi i lati era riparata da alberi, e non c'erano strade vicino. Ammainò le vele, disalberò e mise l'albero disteso sul ponte. Poi tolse il tappo del cocchiume dalla chiglia e saltò sulla riva tenendo in mano la corda.

Riempiendosi a poco a poco d'acqua, la barca fu trascinata dalla corrente sotto il ponte. Faber tirò la fune per trattenere il battello sotto l'arcata di mattoni mentre affondava. La poppa andò sotto per prima, seguì la prua, e alla fine l'acqua del canale si richiuse sopra il tetto della cabina. Ci furono un po' di bolle, poi più nulla. La sagoma della barca rimaneva nascosta a un'occhiata casuale dall'ombra del ponte. Faber gettò in acqua anche la fune.

La ferrovia correva da nord-est a sud-ovest. Faber si arrampicò sulla massicciata e s'incamminò verso sud-ovest in direzione di Londra. Era un binario unico a doppio senso, probabilmente una linea secondaria di campagna. Dovevano passarci pochi treni, ma si sarebbero fermati a tutte le stazioni.

Il sole diventò più forte mentre camminava, e lo sforzo lo accaldò. Quando aveva sotterrato gli abiti neri macchiati di sangue si era infilato una giacca a doppio petto e pantaloni di pesante flanella. Ora si tolse la giacca e se la gettò sulle spalle.

Dopo quaranta minuti sentì un chuff-chuff-chuff lontano, e si nascose in un cespuglio accanto alla ferrovia. Una vecchia locomotiva a vapore gli passò vicino lentamente, in direzione nord ovest, sbuffando grandi nuvole di fumo e trascinando un treno merci carico di carbone. Se ne fosse venuto uno dalla parte opposta, avrebbe potuto saltarci su. Era il caso? Gli avrebbe risparmiato una lunga camminata. D'altra parte si sarebbe vistosamente sporcato, e gli sarebbe stato difficile scendere senza essere notato. No, era più sicuro camminare.

La ferrovia correva dritta come una freccia attraverso la piatta campagna. Faber passò davanti a un contadino, che arava un campo con un trattore. Non c'era modo di evitare che lo vedesse. Ma il contadino agitò solo una mano senza smettere di lavorare. Era troppo lontano per vedere bene in faccia Faber.

Aveva camminato per quasi quindici chilometri quando più avanti scorse una stazione. Era lontana un po' meno di un chilometro, e tutto quello che poté vedere fu il rialzo dei marciapiedi e un gruppo di segnali. Lasciò la ferrovia e tagliò attraverso i campi, tenendosi vicino ai filari di alberi, finché non incontrò una strada.

In pochi minuti entrò in paese. Non c'era niente che gli indicasse il nome. Ora che la minaccia dell'invasione era un ricordo, segnali stradali e indicazioni di paesi venivano rimessi al loro posto, ma quel villaggio non ne aveva ancora trovato il tempo.

C'era un ufficio postale, un negozio di granaglie, e un pub chiamato "Il Toro". Una donna con la carrozzina gli dette un amichevole "Buon giorno!" mentre lui oltrepassava il monumento ai caduti di guerra. La piccola stazione si crogiolava sonnolenta nel sole di primavera. Faber entrò. Gli orari erano segnati su un tabellone. Faber vi si fermò davanti. Da dietro lo sportellino della biglietteria una voce disse: « Non mi baserei su quello, se fossi in lei. È la più grossa invenzione romanzesca dopo la *Saga dei Forsyte*.

Faber sapeva già che il tabellone sarebbe stato inattendibile, ma aveva bisogno di stabilire se i treni andavano a Londra. Ci andavano. Disse: « Ha idea a che ora parte il prossimo treno per Liverpool Street? ».

L'impiegato fece una risata ironica. « A qualche ora della giornata, se è fortunato. »

« Comunque prendo un biglietto. Solo andata, prego. »

« Cinque scellini e quattro penny. Dicono che i treni in Italia arrivano in orario » fece l'impiegato.

« Non più » osservò Faber. « Comunque, preferisco avere treni cattivi e i nostri politici. »

L'uomo gli lanciò un'occhiata nervosa. « Oh, certo, ha ragione. Vuole aspettare al "Toro"? Sentirà arrivare il treno... altrimenti la manderò a chiamare. »

Faber non voleva che altra gente lo vedesse. « No, grazie, butterei via solo dei soldi. » Prese il biglietto e andò sul marciapiede.

L'impiegato lo seguì qualche minuto più tardi; si sedette sulla panchina accanto a lui al sole. Chiese: « Ha fretta? ».

Faber scosse la testa. « Ho già chiuso per oggi. Mi sono alzato tardi, ho litigato con il capo, e il camion che mi dava un passaggio ha avuto un guasto. »

« Capita. » L'impiegato guardò l'orologio. « È passato in orario questa mattina, e quello che va deve anche venire in orario, dicono. Forse sarà fortunato. » Rientrò nel suo ufficio.

Faber fu fortunato. Il treno arrivò venti minuti più tardi. Era affollato di contadini, famiglie, uomini d'affari e soldati. Faber trovò uno spazio libero sul pavimento vicino a un finestrino. Mentre il treno si muoveva pesantemente, raccolse un giornale abbandonato vecchio di due giorni; prese in prestito un lapis, e cominciò a fare le parole crociate. Era orgoglioso della sua abilità nel risolvere i cruciverba in inglese: era la prova del fuoco della sua padronanza della lingua straniera.

Dopo un po' il movimento del treno lo cullò in un sonno profondo, e sognò.

Era un sogno familiare, il sogno del suo arrivo a Londra.

Era passato dalla Francia con un passaporto belga in cui si diceva che era Jan van Gelder, un rappresentante della Philips (il che avrebbe spiegato la radio nella valigia se la dogana gliela avesse aperta). Il suo inglese allora era buono ma non scioltissimo. Alla dogana non aveva avuto noie: era un alleato. Aveva preso il treno per Londra. In quei giorni c'era abbondanza di sedili liberi nelle carrozze, e si poteva mangiare. Faber aveva pranzato con roast-beef e budino dello Yorkshire. Era stato piacevole. Aveva parlato con uno studente di storia di Cardiff della situazione politica europea. Il sogno era come la realtà finché il treno non si fermava alla stazione di Waterloo. Poi diventava un incubo.

I guai cominciavano alla barriera dei biglietti. Come tutti i sogni, anche questo aveva una propria bizzarra illogicità. Il documento che gli veniva contestato non era il passaporto falso, ma il biglietto ferroviario perfettamente in regola. Il bigliettaio diceva: « Questo è un biglietto dell'Abwehr ».

« No, non è vero » ribatteva Faber, parlando con un accento tedesco ridicolmente marcato. Che cosa era successo alle sue raffinate consonanti inglesi? Non volevano venire. « L'ho... a Dover gekauft. » Dannazione, gli era scappato.

Ma il bigliettaio, che si era trasformato in un poliziotto londinese con tanto di elmetto, sembrava ignorare l'improvviso lapsus in tedesco. Sorrideva educatamente e diceva: « Preferirei controllare la sua Klamotte, signore ».

La stazione era piena di gente. Faber pensava che se avesse potuto mischiarsi alla folla sarebbe riuscito a scappare. Allora lasciava cadere la valigia con la radio e si dava alla fuga, facendosi largo a spintoni attraverso la folla. All'improvviso si accorgeva di avere lasciato i pantaloni sul treno, e che c'erano delle svastiche sui calzini. Avrebbe dovuto comprare dei pantaloni nel primo negozio, prima che la gente notasse l'uomo che correva senza pantaloni con calze naziste... poi qualcuno fra la folla diceva: « Ho già visto la sua faccia » e gli faceva lo sgambetto, e lui cadeva con un tonfo finendo sul pavimento del vagone ferroviario dove si era addormentato.

Sbatté gli occhi, sbadigliò, e si guardò intorno. Aveva il mal di testa. Per un momento fu pieno di sollievo perché era tutto un sogno, poi si divertì alla ridicolaggine del simbolismo... svastiche sui calzini, per l'amor di Dio!

Un uomo in tuta accanto a lui osservò: « Ha dormito sodo ».

Faber alzò lo sguardo di colpo. Temeva sempre di parlare nel sonno e di tradirsi. Disse: « Ho fatto un sogno sgradevole ». L'uomo non fece commenti.

Stava diventando buio. Aveva dormito a lungo. La luce della carrozza si accese all'improvviso, una solitaria lampadina blu, e qualcuno tirò giù le tende. Le facce della gente si trasformarono in pallidi ovali senza contorni. L'operaio divenne di nuovo loquace. « Si è perso lo spettacolo » disse a Faber.

Faber aggrottò la fronte. « Che cos'è successo? » Era impossibile che avesse continuato a dormire anche durante qualche controllo della polizia.

« A una stazione abbiamo incrociato uno di quei treni americani. Andava a quindici chilometri all'ora, lo guidava un negro, aveva la campana che suonava a tutto spiano e davanti un cacciapietre maledettamente grosso! Sembrava di essere nel selvaggio West.

Faber sorrise e ripensò al sogno. Per la verità il suo arrivo a Londra si era svolto senza incidenti. All'inizio aveva preso una camera in albergo, dando ancora l'identità belga. Nel giro di una settimana aveva visitato parecchi cimiteri di campagna, trascritto dalle lapidi i nomi di uomini della sua età e fatto domanda per avere i duplicati di tre certificati di nascita. Poi si era trasferito in una camera in affitto e aveva trovato un modesto lavoro, usando le false referenze di una ditta inesistente di Manchester. Aveva persino ottenuto l'iscrizione sul registro elettorale di Highgate prima della guerra. Votò per i conservatori. Quando arrivò il razionamento, le tessere vennero assegnate attraverso i padroni di casa a ogni persona che aveva dormito sotto il loro tetto in una determinata notte. Faber fece in modo di passare una parte di quella notte in ognuna delle sue tre diverse abitazioni, e così ottenne le carte annonarie per ciascuna delle sue identità. Bruciò anche il passaporto belga; nel caso improbabile che avesse avuto bisogno di un passaporto, ne poteva disporre di tre inglesi.

Il treno si fermò, e dal rumore all'esterno i passeggeri capirono di essere arrivati. Quando scese, Faber si rese conto di quanta fame e sete avesse. Il suo ultimo pasto, a base di salsicce, biscotti secchi e acqua in bottiglia, risaliva al giorno prima. Attraversò la barriera dei biglietti e trovò il buffet della stazione. Era pieno di gente, per la maggior parte soldati, che dormivano o cercavano di dormire ai tavoli. Faber chiese un sandweech al formaggio e una tazza di tè.

« Il mangiare è riservato ai soldati » disse la donna dietro il bancone.

« Solo il tè, allora. »

« Ha la tazza? »

Faber rimase di stucco. « No. »

« Nemmeno noi, amico. »

Faber uscì disgustato. Accarezzò l'idea di andare a pranzo al Great Eastern Hotel, ma avrebbe perso troppo tempo. Trovò un pub e bevve un litro di birra leggera, poi comprò un cartoccio di patatine in una friggitoria e le mangiò direttamente dall'involto di carta di giornale, stando fermo sul marciapiede. Il magro pasto lo fece sentire incredibilmente sazio.

Adesso doveva trovare una farmacia che avesse una camera oscura.

Aveva deciso di sviluppare la pellicola, per assicurarsi che le foto riuscissero. Non voleva correre il rischio di arrivare in Germania con un rullino sciupato e inservibile. Se le foto non erano buone, avrebbe dovuto rubare altra pellicola e tornare indietro. Il pensiero lo raggelò.

Doveva trovare un piccolo negozio indipendente, non la succursale di qualche catena con un servizio di sviluppo centralizzato. E doveva essere in un quartiere i cui abitanti potevano permettersi una macchina fotografica (o potevano essersela permessa prima della guerra). La parte di East London dov'era la stazione di Liverpool Street non andava bene. Decise di dirigersi verso Bloomsbury.

Le strade rischiarate dalla luna erano tranquille. Finora la notte non era stata solcata da ululati di sirene. Due agenti della Military Police lo fermarono a Chancery Lane e gli chiesero la carta di identità. Faber finse di essere leggermente ubriaco e i due poliziotti non gli domandarono cosa faceva in giro di notte.

Trovò il negozio che cercava all'estremità nord di Southampton Row. C'era un'insegna della Kodak sulla vetrina. Il negozio, stranamente, era aperto. Entrò.

Dietro il banco stava un uomo curvo e dall'aria scorbutica, con i capelli radi e gli occhiali, in camice bianco. « Siamo aperti solo per le ricette mediche » disse subito.

« Capisco. Io voglio solo sapere se sviluppate fotografie. »

« Sì, se torna domani... »

« Le sviluppate subito? » chiese Faber. « Vede, io ne ho bisogno in fretta. »

« Sì, se torna domani... »

« Potranno essere pronte in giornata? Mio fratello sta per partire, e vuole portarsi dietro qualche... »

« Ventiquattro ore è il tempo minimo. Torni domani. »

« Grazie, farò così » mentì Faber. Uscendo, notò che il negozio avrebbe chiuso di lì a dieci minuti. Attraversò la strada e si fermò nel buio, ad aspettare.

Alle nove in punto il farmacista uscì, chiuse a chiave il negozio e s'incamminò per la strada. Faber andò nella direzione opposta e svoltò due angoli.

Pareva che il negozio fosse inaccessibile dal retro. Era un bel guaio: Faber non voleva scassinare l'ingresso sul davanti, perché la porta aperta poteva essere notata da una pattuglia della polizia mentre lui era dentro. Percorse la via parallela in cerca di una traversa, ma sembrava che non ce ne fossero. Eppure doveva esserci un qualche cortiletto interno, le due strade erano troppo distanti tra di loro perché le case fossero attaccate direttamente di spalle.

Alla fine arrivò davanti a un grande e vecchio edificio che la targa fuori indicava come la residenza di un vicino college. Il portone era aperto. Faber entrò e passò rapidamente in una grossa cucina. Una ragazza sola sedeva a una tavola, bevendo caffè e leggendo un libro. Faber mormorò: « Controllo dell'oscuramento nel college ». La ragazza annuì e tornò alla sua lettura. Faber uscì dalla porta posteriore.

Attraversò un cortile, inciampando in un mucchio di bidoni della spazzatura, e trovò una porta che conduceva in uno stretto vicolo. In pochi secondi arrivò al retro della farmacia. Quell'ingresso, evidentemente, non veniva mai usato. Scavalcò alcuni pneumatici e un materasso buttato via e dette una spallata alla porta. Il legno marcio cedette subito, e Faber entrò.

Trovò la camera oscura e si chiuse dentro. L'interruttore accendeva una fioca lampadina rossa sul soffitto. Il posto era ben attrezzato, c'erano le bottiglie degli acidi per lo sviluppo accuratamente ordinate con le etichette, l'apparecchio per gli ingrandimenti, e anche un essiccatoio per la stampa.

Faber lavorò in fretta ma con cura, stando attento che i liquidi di sviluppo raggiungessero la temperatura giusta, e muovendo ogni tanto le vaschette per ottenere un uniforme sviluppo della pellicola, e controllando i tempi alle lancette di un grande orologio elettrico appeso alla porta.

I negativi erano perfetti.

Li lasciò asciugare, poi li passò nell'apparecchio per gli ingrandimenti e ottenne una serie completa di foto dieci per otto. Provò un senso di euforia quando vide le immagini emergere gradualmente nella vasca dell'ingranditore... Dio, aveva fatto proprio un buon lavoro!

Era giunto il momento di prendere una decisione di importanza capitale, ora.

Il problema era rimasto in sospeso nella sua mente per tutto il giorno, e ora che aveva la certezza che le foto erano riuscite doveva affrontarlo.

Cosa sarebbe successo se non fosse arrivato in patria?

Il viaggio che aveva davanti era, a dir poco, pieno di insidie. Confidava nella propria abilità per arrivare all'appuntamento stabilito nonostante le difficoltà di movimento e i controlli sulla costa; ma non poteva garantire che l'U-boat si trovasse nel punto convenuto; o che la traversata di ritorno nel mare del Nord andasse liscia. Avrebbe potuto, personalmente, anche finire sotto un autobus appena messo piede fuori di lì.

L'eventualità che, dopo aver scoperto il più grande segreto della guerra, potesse morire e il suo segreto morire assieme a lui, era troppo spaventosa per venire solo presa in considerazione.

Doveva escogitare uno stratagemma di riserva; un secondo sistema con cui assicurarsi che le prove della trappola alleata arrivassero all'Abwehr. E questo significava scrivere ad Amburgo.

Non c'era, naturalmente, nessun servizio postale fra l'Inghilterra e la Germania. La posta doveva essere inoltrata attraverso un Paese neutrale. E veniva tutta sicuramente censurata. Avrebbe potuto scrivere in codice, ma non era questo il punto: doveva mandare le foto, perché erano le prove che contavano.

Esisteva un canale, anche se vecchio di qualche anno. All'ambasciata portoghese a Londra c'era un funzionario, vicino alla Germania per ragioni politiche e anche perché ben pagato, che passava i messaggi per via diplomatica all'ambasciata tedesca a Lisbona. Il canale era stato aperto fin dall'inizio del 1939, e Faber non l'aveva mai usato, tranne una volta, per una pura comunicazione di prova che gli era stata richiesta da Canaris.

Stavolta l'avrebbe dovuto usare.

Faber fu assalito da una rabbia irragionevole. Odiava dover riporre la sua fiducia in altri. Tuttavia non aveva scelta. Doveva assolutamente far arrivare le informazioni che aveva scoperto. Indubbiamente era meno rischioso che usare la radio e comunque il rischio era infinitamente inferiore alle disastrose conseguenze se la Germania non avesse ricevuto quelle informazioni.

La decisione di Faber era chiara. La bilancia delle argomentazioni lo convinse ad affidare i suoi segreti all'agente dell'ambasciata portoghese.

Contro tutti i suoi istinti, si sedette a scrivere la lettera.

XIV

Frederick Bloggs aveva passato un pomeriggio poco piacevole in campagna.

Quando cinque mogli preoccupate si erano rivolte alla stazione di polizia locale per denunciare che i loro mariti non erano tornati a casa, l'agente del posto, basandosi sulle proprie limitate capacità deduttive, aveva concluso che un'intera pattuglia della riserva mancava all'appello. Era quasi certo che i cinque uomini si fossero semplicemente perduti – erano tutti sordi, un po' tocchi e arteriosclerotici, altrimenti sarebbero stati richiamati sotto le armi – ma ad ogni buon conto informò la propria centrale di polizia, per togliersi ogni responsabilità. Il sergente della sala operativa che ricevette il messaggio si rese subito conto che i cinque uomini stavano pattugliando una zona militare particolarmente delicata, e informò il proprio ispettore, che a sua volta segnalò la scomparsa a Scotland Yard, la quale inviò laggiù un agente della sezione speciale e mise in allarme l'MI5, che mandò Bloggs.

L'agente della sezione speciale era Harris, lo stesso che si era occupato dell'assassinio di Stockwell. Lui e Bloggs si incontrarono sul treno, che viaggiava con una di quelle locomotive del selvaggio West imprestate agli inglesi dagli americani per rimediare alle loro carenze ferroviarie. Harris ripeté il suo invito a pranzo per la domenica, e Bloggs gli rispose di nuovo che lavorava quasi tutte le domeniche.

Scesi dal treno, presero due biciclette a nolo e proseguirono lungo la banchina del canale per raggiungere la squadra di ricerca. Harris, che aveva dieci anni più di Bloggs e pesava un venticinque chili buoni più di lui, era stremato per la pedalata.

Incontrarono una prima parte della squadra sotto un ponte della ferrovia. Harris fu contento dell'occasione per scendere dalla bicicletta. « Cosa avete trovato? » chiese « Cadaveri? »

« No, una barca » rispose il poliziotto. « Voi chi siete? »

Si presentarono. Un agente in mutande si stava tuffando per andare a dare un'occhiata all'imbarcazione. Poco dopo riemerse con un tappo in mano.

Bloggs guardò Harris. « È stata affondata deliberatamente? »

« Così pare. » Harris si rivolse all'agente che si era buttato. « Nient'altro di particolare? »

« La barca non è là sotto da molto, è in buone condizioni, e l'albero non è rotto ma tirato giù. »

Harris commentò: « Quante cose hai scoperto in un minuto sott'acqua ».

« Vado in barca tutti i fine settimana » rispose l'agente.

Harris e Bloggs risalirono sulle biciclette e ripartirono.

Quando raggiunsero il grosso della squadra, i cadaveri erano stati già ritrovati.

« Assassinati, tutti e cinque » dichiarò l'ispettore in uniforme che dirigeva le operazioni. « Il capitano Langham, il caporale Lee e i soldati semplici Watson, Dayton e Forbes. Dayton ha il collo rotto, gli altri sono stati uccisi a coltellate. Il corpo di Langham è stato nel canale. Li abbiamo trovati tutti in una buca poco profonda. Una strage. » Era molto scosso.

Harris esaminò attentamente i cinque cadaveri, allineati sul terreno. « Ho già visto delle ferite come queste » disse.

Bloggs guardò a sua volta. « Cristo, è lui. »

Harris annuì. « Stiletto. »

L'ispettore chiese sbalordito: « Sapete chi è stato? »

« Possiamo immaginarlo » rispose Harris. « Ci risulta che ha ucciso altre due volte. Se è sempre lo stesso uomo sappiamo chi è, ma non dov'è. »

L'ispettore strinse gli occhi. « Con l'area riservata dell'esercito così vicina, e con la sezione speciale e l'MI5 che entrano in scena tanto in fretta, cos'altro devo sapere su questo caso? »

Harris rispose: « Solo che dovete starvene molto calmi finché il capo della polizia della contea non ha parlato con la nostra gente ».

« Avete trovato qualcos'altro ispettore? » chiese Bloggs.

« Stiamo ancora perlustrando la zona, in cerchi sempre più larghi; ma finora non è saltato fuori nient'altro. C'erano dei vestiti nella fossa. » Li indicò.

Bloggs li toccò con circospezione: pantaloni neri, un maglione nero, un giubbotto corto di pelle nera, del tipo in uso nella RAF.

Harris osservò: « Vestiti per girare di notte ».

« Di una taglia grossa » aggiunse Bloggs.

« Quanto è alto il tuo uomo? »

« Sopra il metro e ottanta. »

L'ispettore chiese: « Avete incontrato gli uomini che hanno trovato la barca affondata? ».

« Sì » Bloggs aggrottò la fronte. « Dov'è la chiusa più vicina? »

« Quattro miglia più su. »

« Se il nostro uomo era in barca, il guardiano della chiusa deve averlo visto, non vi pare? »

« Dovrebbe » assentì l'ispettore.

« Sarà meglio parlare con lui » disse Bloggs, e tornò alla sua bicicletta.

« Per altre quattro miglia no! » protestò Harris.

« Verrò a pranzo una di queste domeniche » gli promise Bloggs.

Impiegarono più di un'ora a percorrere le quattro miglia, perché la banchina era fatta per i cavalli che trainavano le barche e non per le ruote delle biciclette, e il fondo era accidentato, fangoso e pieno di sassi e radici di alberi. Harris, sudato fradicio, aveva dato fondo a tutte le sue imprecazioni quando arrivarono alla chiusa.

Il guardiano era seduto davanti alla casetta, a fumare la pipa e godersi l'aria mite del pomeriggio. Era un uomo di mezza età, lento nel parlare e nei movimenti. Guardò i due ciclisti con distaccato divertimento.

Siccome Harris era senza fiato, parlò Bloggs: « Siamo ufficiali di polizia ».

« Davvero? » fece il guardiano. « Cos'è tutta questa eccitazione? » Lui non sembrava più eccitato di un gatto davanti al fuoco.

Bloggs tirò fuori dal portafoglio la fotografia di *Die Nadel* e la dette all'uomo. « L'hai mai visto? »

Il guardiano si appoggiò la foto sulle ginocchia mentre avvicinava un nuovo fiammifero alla pipa. Poi la esaminò per un po', e la restituì.

« Be', allora? » chiese Harris.

« Sìì » disse l'uomo, con voce strascicata e annuendo lentamente. « È stato qui ieri all'incirca a quest'ora. È entrato a bere una tazza di tè. Un tipo abbastanza per bene. Cos'ha fatto, ha acceso la luce dopo l'oscuramento? »

Bloggs si lasciò cadere a sedere pesantemente. « Il cerchio si chiude » disse.

Harris pensò a voce alta. « Ormeggia la barca più giù ed entra nella zona vietata. » Parlava piano, in modo che il guardiano della chiusa non lo sentisse. « Quando torna, trova la barca piantonata dagli uomini della riserva. Li fa fuori tutti e cinque, poi naviga un altro po' fino alla ferrovia, affonda la barca e... salta sul treno? »

Bloggs si rivolse al guardiano: « La linea ferroviaria che attraversa il canale poche miglia più giù, dove va? »

« A Londra. »

« Oh, merda! » disse Bloggs.

Bloggs tornò al ministero della guerra a Whitehall a mezzanotte. Godliman e Parkin erano lì ad aspettarlo. Annunciò: « È lui, non c'è dubbio ». E raccontò tutta la storia.

Parkin era eccitato, mentre Godliman sembrava solo teso. Quando Bloggs arrivò alla fine, il professore disse: « Così ora è di nuovo a Londra, e ci tocca cercare un ago in un pagliaio ». Stava giocando con i fiammiferi a comporre una figura sulla scrivania. « Sapete, ogni volta che guardo quella fotografia ho l'impressione di aver incontrato realmente quel bastardo. »

« Ma come! » esclamò Bloggs. « Dove? »

Godliman scosse la testa con un gesto sconsolato. « Deve essere successo una volta sola, e in qualche posto insolito. È come se avessi visto quella faccia tra il pubblico di una conferenza o in mezzo alla folla di un cocktail party. Un'occhiata di sfuggita, un incontro casuale... anche se me ne ricordassi, probabilmente non servirebbe a nulla. »

« Cosa c'è in quella zona riservata? » chiese Parkin.

« Non lo so » rispose Godliman « il che significa che probabilmente si tratta di qualcosa di molto importante. »

Ci fu silenzio. Parkin accese una sigaretta con uno dei fiammiferi di Godliman. Bloggs alzò lo sguardo. « Potremmo stampare un milione di copie della sua fotografia, e darle a ogni poliziotto, agente della difesa anti-aerea, membro della riserva, soldato, facchino delle stazioni ferroviarie; affiggerle ai cartelloni e pubblicarle sui giornali... »

Godliman scosse la testa. « Troppo rischioso. E se avesse già riferito ad Amburgo quello che ha visto, qualunque cosa sia? Se facciamo diventare il caso di dominio pubblico, avranno la prova che le sue informazioni sono buone. Gli daremmo solo del credito. »

« Qualcosa dobbiamo fare. »

« Certo. Faremo circolare le sue foto tra i funzionari di polizia. Daremo la sua descrizione alla stampa, dicendo solo che è un semplice assassino. Possiamo riferire i particolari degli assassinii di Highgate e Stockwell, senza spiegare che ci sono di mezzo i servizi di sicurezza. »

Parkin osservò: « Da quel che dici, potremo batterci solo con una mano legata dietro la schiena ».

« Per ora, sì. »

« Comincerò a far correre la palla con Scotland Yard » disse Bloggs, e prese il telefono.

Godliman guardò l'orologio. « Non c'è molto altro da fare per stanotte, ma non ho voglia di andare a casa. Non riuscirei a dormire. »

Parkin si alzò in piedi. « Allora vado a prendere un bollitore e farò un tè. » Uscì.

I fiammiferi sulla scrivania di Godliman formarono la figura di un cavallo con un carro. Tirò via una gamba al cavallo e con quella si accese la pipa. « Ce l'hai una donna, Fred? » chiese con un tono amichevole.

« No. »

« Nessuna donna da quando...? »

« No. »

Aspirò una boccata di fumo dalla pipa. « Bisogna porre un termine al lutto, sai. »

Bloggs non rispose.

Godliman continuò: « Forse non dovrei farti prediche. Ma so come ti senti... ci sono passato anch'io. L'unica differenza è che non avevo nessuno a cui dare la colpa ».

« Tu non ti sei risposato » disse Bloggs, senza guardare il professore.

« No. E per questo non voglio che tu commetta lo stesso errore. Quando si arriva alla mezza età, vivere soli può essere molto deprimente. »

« Te l'ho detto una volta, la chiamavano Bloggs la temeraria. »

« Sì, ricordo. »

Bloggs alla fine guardò Godliman. « Dimmi, dove potrei trovare un'altra donna come lei? »

« Deve essere necessariamente un'eroina? »

« Dopo Christine... sì. »

« L'Inghilterra è piena di eroine, Fred. »

In quel momento entrò il colonnello Terry.

« Ah, zio Andrew... » cominciò Godliman.

Terry l'interruppe: « Non vi alzate. È una cosa importante. Ascoltatemi bene, perché devo dirvelo in fretta. Anche lei, Bloggs, è bene che lo sappia. Chiunque ha ucciso quei cinque uomini della riserva ha scoperto il nostro segreto vitale.

« Numero uno: la nostra forza d'invasione sbarcherà in Normandia. Due: i tedeschi credono che sbarcherà a Calais. Tre: uno degli aspetti cruciali della trappola consiste in un falso esercito di imponenti dimensioni, indicato come primo Gruppo d'Armata degli Stati Uniti, la cui base si trova proprio nella zona riservata che quegli uomini stavano pattugliando. Quella zona contiene baracche finte, aerei di compensato, carri armati di gomma... un gigantesco esercito giocattolo, che però sembra vero visto dagli aerei da ricognizione nemici che lasciamo passare. »

« Cosa vi dà la certezza che la spia l'abbia scoperto? » domandò Bloggs.

Terry andò alla porta. « Entri, Rodriguez. »

Un uomo alto e di bell'aspetto, dai capelli neri e un lungo naso, entrò nella stanza e rivolse educatamente un cenno di saluto a Godliman e Bloggs. Terry disse: « Il señor Rodriguez è il nostro uomo all'ambasciata portoghese. Riferisca ciò che è successo, Rodriguez ».

L'uomo rimase in piedi accanto alla porta, col capello in mano. « Un taxi è arrivato all'ambasciata intorno alle undici. Il passeggero non è sceso, ma l'autista è venuto alla porta con una busta indirizzata a Francisco. Il portiere mi ha chiamato, secondo le istruzioni ricevute, e io ho preso possesso della busta. Ho fatto in tempo anche a prendere il numero del taxi. »

« Ho dato ordine di rintracciarlo » disse Terry. « Benissimo, Rodriguez, ora è meglio che torni. E grazie. »

L'alto portoghese uscì dalla stanza. Terry consegnò a Godliman una grossa busta gialla, indirizzata a Manuel Francisco. Il professore l'aprì – i sigilli erano già stati tolti – e tirò fuori una seconda busta contrassegnata da una serie di lettere senza significato: presumibilmente un messaggio in codice.

All'interno di essa c'erano parecchi fogli di carta scritti a mano e una serie di fotografie dieci per otto. Godliman esaminò le lettere. « Pare un codice molto astruso » disse.

« Non c'è bisogno di capirlo » fece Terry impaziente. « Guarda le fotografie. »

Godliman guardò: erano una trentina, e le esaminò una per una prima di riaprire bocca. Poi le passò a Bloggs, dicendo: « È una catastrofe ».

Bloggs le scorse rapidamente e le rimise giù.

Godliman aggiunse: « Queste sono solo copie. I negativi ce li ha ancora lui, e se li sta portando dietro da qualche parte. »

I tre uomini sedevano immobili nel piccolo ufficio, come un quadro vivente. L'unica luce veniva da una lampada sulla scrivania di Godliman. Con quei muri color crema, la finestra oscurata, il mobilio messo insieme alla meglio e il logoro tappeto passato dall'amministrazione statale, sembrava la scena di un dramma teatrale.

Terry disse: « Dovrò informare Churchill ».

Squillò il telefono, e il colonnello alzò il ricevitore. « Sì.

Bene. Portalo qui immediatamente, per piacere... ma prima chiedigli dove è sceso il passeggero. Cosa? Davvero? Grazie, vieni in fretta. » Appese. « Il taxi ha scaricato il nostro uomo all'University College Hospital. »

« Forse è rimasto ferito nello scontro con gli uomini della riserva » disse Bloggs.

Terry chiese: « Dov'è questo ospedale? ».

« A cinque minuti di strada dalla Euston Station » rispose Godliman. « Di lì partono treni per Holyhead, Liverpool, Glasgow... tutti posti da cui si può prendere un traghetto per l'Irlanda. »

« Da Liverpool a Belfast » continuò Bloggs, « poi in macchina fino al confine e nell'Eire, e per finire un U-boat sulla costa atlantica. Non rischierà di fare il viaggio Holyhead-Dublino direttamente per via dei controlli sui passaporti, e non avrebbe senso andare oltre Liverpool fino a Glasgow. »

Godliman disse: « Fred, sarà meglio che tu vada alla stazione e mostri in giro la foto di Faber, per vedere se qualcuno l'ha notato mentre saliva su un treno. Io intanto telefonerò alla stazione e li avvertirò che stai arrivando, e intanto mi farò dire quali treni sono partiti dalle dieci e mezzo in poi ».

Bloggs prese cappello e impermeabile. « Mi metto subito in moto. »

Godliman alzò il ricevitore. « Sì, mettiamoci in moto. »

L'Euston Station era ancora piena di gente. In tempi normali la stazione chiudeva intorno alla mezzanotte, ma in tempo di guerra i ritardi erano tali che l'ultimo treno spesso non era ancora partito all'arrivo del primo treno del mattino carico di latte. Lungo i binari si affollava una massa di zaini e di gente addormentata.

Bloggs mostrò la foto a tre poliziotti ferroviari. Nessuno di loro riconobbe la faccia. Provò con tre donne facchino: nulla. Andò a ogni barriera di biglietti. Una delle guardie disse: « Controlliamo i biglietti, non le facce ». Provò ancora con una mezza dozzina di viaggiatori, senza risultato. Alla fine andò alla biglietteria e mostrò la foto a tutti gli impiegati.

Uno di loro, un uomo grasso e calvo, e con una brutta dentiera falsa, riconobbe la faccia. « È il mio passatempo preferito » spiegò a Bloggs. « Cerco di cogliere un particolare nei viaggiatori che mi dica perché prendono il treno. Per esempio, uno porta la cravatta nera per un funerale, un altro con gli stivali infangati è un contadino che va a casa, oppure si tratta di una sciarpa di un college, o del segno bianco sul dito di una donna che si è tolta la fede... mi capisce? Questo è un lavoro noioso – non che mi lamenti... »

« Cos'ha notato in questo tipo? » Bloggs lo interruppe.

« Nulla. È stato proprio questo, vede... non sono riuscito a trovare nulla di caratteristico. Come se volesse passare apposta inosservato, mi capisce? »

« Ho capito. » Bloggs fece una pausa. « La ringrazio molto. E può ricordare dove andava. »

« Sì » disse l'impiegato grasso. « A Inverness. »

« Questo non significa che ci andrà » disse Godliman. « È un professionista, e sa che possiamo fare domande alle stazioni ferroviarie. È probabile che compri automaticamente il biglietto per la destinazione sbagliata. » Guardò l'orologio. « Deve aver preso il treno delle undici e quarantacinque. Sta entrando ora nella stazione di Stafford. Ho controllato con i dirigenti della ferrovia, e loro hanno controllato col sorvegliante del traffico » aggiunse come spiegazione. « Fermeremo il treno subito prima di Crewe. Ho fatto preparare un aereo che vi porterà entrambi a Stoke-on-Trent.

« Parkin, tu salirai sul treno fermo; fuori Crewe. Sarai travestito da controllore, e guarderai ogni biglietto, e ogni faccia dei passeggeri. Quando avrai trovato Faber, ti limiterai a stargli vicino.

« Tu, Bloggs, resterai ad aspettare alla barriera dei biglietti di Crewe, nel caso che Faber decida di scappare di là. Ma non lo farà. Salirai sul treno, e scenderai per primo a Liverpool, poi aspetterai che arrivino Parkin e Faber. Metà della polizia locale sarà lì ad aiutarvi. »

« Va tutto bene, se non mi riconosce » avvertì Parkin. « Ma se si ricorda la mia faccia dai tempi di Highgate? »

Godliman aprì un cassetto della scrivania, tirò fuori una pistola e la dette a Parkin. « Se ti riconosce, sparagli, a quel bastardo. »

Parkin si mise in tasca l'arma senza fare commenti.

Godliman disse: « Voglio che a tutti e due sia ben chiara l'importanza di tutto questo. Se non prendiamo quell'uomo, l'invasione dell'Europa dovrà essere rinviata... forse per un anno. Nel frattempo la bilancia della guerra potrebbe volgersi a nostro sfavore. Potrebbe non ripetersi più l'occasione che abbiamo in questo momento ».

Bloggs chiese: « Ci è consentito sapere quanto manca al D-Day? ».

« Tutto quello che so, è che è questione di settimane. »

Parkin ci pensò un attimo. « Sarà a giugno, allora. »

« Merda » esclamò Bloggs.

Godliman disse: « Non una parola di più ».

Squillò il telefono e il professore sollevò il ricevitore. Dopo un momento alzò lo sguardo: « La vostra auto è qui ».

Bloggs e Parkin si alzarono.

Godliman disse: « Aspettate un momento ».

Rimasero fermi accanto alla porta, con gli occhi rivolti al professore, che stava dicendo: « Sì, signore. Certamente. Lo farò. Arrivederci, signore ».

Bloggs non riusciva a immaginarsi nessuno a cui Godliman dicesse "signore". « Chi era? » domandò.

Godliman rispose: « Churchill ».

« Cosa aveva da dire? » chiese Parkin sbalordito.

« Desidera augurarvi buona fortuna e buon viaggio » disse Godliman.

XV

Nel vagone c'era buio pesto. Faber ripensava alle battute della gente in circostanze del genere: "Toglimi la mano dal ginocchio. No, non tu, tu!". Gli inglesi avrebbero fatto battute su qualunque cosa. Sulle loro ferrovie ora si viaggiava peggio che mai, ma nessuno si lamentava più, perché ciò accadeva in nome di una buona causa. Faber comunque preferiva l'oscurità: era garanzia di anonimato.

C'erano stati canti, prima. Avevano cominciato tre marinai nel corridoio, e tutto il vagone si era unito a loro. Il repertorio aveva compreso *Be like the Kettle and sing, There'll always be an England* (seguita per non fare ingiustizie etniche, da *Glasgow belongs to me* e da *Land of my fathers*) e non poteva mancare *Don't get around much any more.*

C'era stato anche un allarme aereo, e il treno aveva ridotto la velocità a quaranta chilometri all'ora. Avrebbero dovuto sdraiarsi tutti sul pavimento, ma naturalmente non c'era posto. Una voce femminile nel buio aveva detto: « Oh Dio, ho paura », e una voce d'uomo, ugualmente anonima, se non per lo spiccato accento londinese, aveva risposto: « Sei nel posto più sicuro, ragazza mia... non possono colpire un bersaglio in movimento ». Tutti si erano messi a ridere e nessuno aveva avuto più paura. Qualcuno aveva aperto la valigia e aveva offerto in giro un pacco di panini con uova sode.

Uno dei marinai voleva giocare a carte.

« Come si fa al buio? »

« Tocca i bordi. Tutte le carte di Harry sono segnate. »

Il treno si fermò improvvisamente e senza motivo verso le quattro. Una voce educata – doveva essere quello che aveva offerto i panini, pensò Faber – disse: « Credo che siamo fuori Crewe ».

« Conoscendo le ferrovie, potremmo essere in qualunque posto tra un capo e l'altro dell'Inghilterra » commentò la voce dell'accento londinese.

Il treno ebbe uno scossone e si rimise in moto. Tutti applaudirono. Dov'erano, si chiese Faber, gli inglesi delle caricature, compassati, freddi e impassibili? Non certamente su quel treno.

Pochi minuti dopo una voce nel corridoio disse: « Biglietti, prego ». Faber notò l'accento dello Yorkshire: erano a nord, ormai. Cercò nelle tasche il biglietto.

Aveva il sedile d'angolo verso la porta, perciò poteva vedere il corridoio. Il controllore illuminava i biglietti con una pila. Faber distinse la figura dell'uomo nella luce riflessa. Gli sembrò vagamente familiare.

Riaccostò le spalle allo schienale, mettendosi a aspettare. Gli tornò in mente l'incubo: "Questo è un biglietto dell'Abwehr..." e sorrise nel buio.

Poi aggrottò la fronte. Il treno che si fermava senza motivo; subito dopo il controllo dei biglietti; la faccia del controllore vagamente familiare... Poteva non essere nulla di importante, ma se Faber era ancora vivo, lo doveva al fatto di essersi sempre preoccupato per cose che potevano non essere nulla di importante. Guardò di nuovo nel corridoio, ma l'uomo era entrato in uno scompartimento.

Il treno fece un'altra breve fermata – era la stazione di Crewe, secondo il parere dei passeggeri ben informati seduti accanto a Faber – e ripartì.

Faber lanciò di nuovo un'occhiata alla faccia del controllore, e finalmente ricordò. La casa di Highgate! Il ragazzo dello Yorkshire che voleva arruolarsi nell'esercito!

Faber lo guardò attentamente. Illuminava con la pila la faccia di ogni passeggero. Non controllava solo i biglietti.

No, si disse Faber, non saltare a conclusioni affrettate. Come potevano averlo rintracciato? Era impossibile che fossero riusciti a scoprire che treno aveva preso, a trovare una delle poche persone al mondo che conoscevano il suo aspetto e a mandare quell'uomo sul treno travestito da controllore, tutto in così breve tempo. Era inconcepibile.

Parkin, era quello il suo nome. Billy Parkin. Ma ora sembrava molto più vecchio. Si stava avvicinando.

Ma no, doveva essere uno che gli somigliava... forse un fratello maggiore. Doveva essere una pura coincidenza.

Parkin entrò nello scompartimento prima di Faber. Non restava più tempo ormai.

Faber si immaginò il peggio, e si preparò a farvi fronte. Si alzò e uscì in corridoio, aprendosi un varco tra valigie, zaini e corpi, fino al gabinetto. Era libero. Vi entrò e richiuse a chiave la porta.

Era solo un espediente per guadagnare un po' di tempo, perché sapeva che i controllori guardano anche nelle toilette. Si sedette sul water e si chiese come poteva cavarsela. Il treno aveva ripreso velocità, e correva troppo per poter saltare giù. Inoltre, qualcuno lo avrebbe visto e se davvero lo stavano cercando, avrebbero fermato il treno.

« Biglietti, prego. »

Parkin si stava avvicinando di nuovo.

Faber ebbe un'idea. Tra un vagone e l'altro c'era uno spazio ristretto come una camera d'aria, coperto da un soffietto, che collegava le carrozze ed era chiuso su entrambi i lati dalle porte, per non far sentire il rumore e gli spifferi. Uscì dal gabinetto, avanzò fino alla fine del vagone, aprì la porta e si fermò in mezzo al passaggio. Poi richiuse la porta alle spalle.

Si gelava dal freddo, e il rumore era spaventoso. Faber si sedette sul pavimento e si raggomitolò, fingendo di dormire. Solo un morto avrebbe potuto dormire lì, ma la gente faceva le cose più strane sui treni a quei tempi. Lottava contro i brividi.

La porta dietro di lui si spalancò. « Biglietti, prego. »

Non si mosse. Sentì richiudersi la porta.

« Sveglia, bella addormentata. » La voce era inconfondibile.

Faber finse di stirarsi, poi si alzò in piedi, dando la schiena a Parkin. Quando si voltò aveva già lo stiletto in mano. Spinse il giovane contro la porta, gli puntò la lama alla gola e disse: « Sta fermo o ti uccido ».

Con la mano sinistra gli prese la pila e la rivolse verso la faccia di Parkin. Il giovane non pareva spaventato come avrebbe dovuto essere.

Faber disse: « Bene, bene. Billy Parkin, il ragazzo ansioso di arruolarsi. Sei finito in ferrovia. È pur sempre un'uniforme ».

« Tu » fece Parkin.

« Sai benissimo che sono io, piccolo sudicio Billy Parkin. Stavi cercando me. Perché? » Faceva del suo meglio per sembrare un depravato.

« Non capisco perché avrei dovuto cercarti... io non faccio il poliziotto. »

Faber spinse la lama minacciosamente. « Smettila di mentire. »

« Lo giuro, signor Faber. Mi lasci andare... prometto che non dirò a nessuno di averla vista. »

Faber cominciò ad avere dei dubbi. O Parkin stava dicendo la verità, oppure era bravo a recitare almeno quanto lui.

Il corpo del giovane si mosse, mentre il braccio destro scivolava nell'oscurità. Faber gli afferrò il polso con una stretta d'acciaio. Parkin lottò per un istante, ma l'uomo affondò di una frazione di centimetro la punta aguzza dello stiletto nella sua gola, e il giovane rimase immobile. Faber frugò nella tasca che Parkin aveva cercato di raggiungere, e tirò fuori una pistola.

« I controllori delle ferrovie non sono armati » disse. « Per chi lavori, Parkin? »

« Tutti portiamo pistole ora... succedono un sacco di crimini sui treni con l'oscuramento. »

Parkin continuava a mentire, con coraggio e ostinazione. Faber decise che le minacce non bastavano a sciogliergli la lingua.

Il movimento fu improvviso, rapido e preciso. La lama dello stiletto saettò nel suo pugno, e la punta penetrò per un centimetro nell'occhio sinistro del giovane e riuscì.

La mano di Faber tappava la bocca a Parkin. Il grido strozzato di dolore fu soffocato dal rumore del treno. Il giovane si portò le mani all'occhio accecato.

Faber incalzò. « Salvati l'altro occhio, Parkin. Per chi lavori? »

« Il Military Intelligence. Per carità, non farlo di nuovo. »

« Chi? Menzies, Masterman? »

« Oh, Dio, Godliman, Percy Godliman. »

« Godliman! » Faber conosceva quel nome, ma non era il momento di ricercare i particolari nella memoria. « Cos'hanno? »

« Una foto... ti ho riconosciuto negli schedari. »

« Che foto? Che tipo di foto? »

« Una squadra di atleti... podisti... con una coppa... dell'esercito... »

Faber rammentò. Cristo, dov'erano andati a scovarla? Era il suo incubo: avevano una foto sua. Conoscevano la sua faccia. La sua faccia.

Avvicinò la lama all'occhio destro di Parkin. « Come facevi a sapere dov'ero? »

« Non farlo, ti prego... un agente all'ambasciata portoghese ha intercettato la tua lettera... ha preso il numero del taxi... abbiamo cercato a Euston... ti prego, l'altro occhio no... » Si coprì tutti e due gli occhi con le mani.

« Qual è il piano? Dov'è la trappola? »

« Glasgow. Ti stanno aspettando a Glasgow. Il treno sarà vuoto là. »

Faber abbassò lo stiletto all'altezza della pancia di Parkin. Per distrarlo disse: « Quanti uomini? ». Poi spinse forte in dentro, e ancora in su fino al cuore.

Parkin sbarrò per l'orrore l'unico occhio rimasto, ma non morì. Era l'unico inconveniente del sistema preferito da Faber per uccidere. Normalmente il colpo di stiletto era sufficiente ad arrestare il cuore. Ma se il cuore era forte, non sempre bastava... dopo tutto i chirurghi a volte non infilano direttamente nel muscolo cardiaco un ago ipodermico per iniettare adrenalina? Se il cuore continuava a pulsare, poi il movimento avrebbe prodotto un buco intorno alla lama, da cui sarebbe sgorgato il sangue. La morte era sempre inevitabile, ma più lenta.

Alla fine il corpo di Parkin cominciò ad afflosciarsi. Faber lo tenne su contro la parete per un momento, mentre rifletteva. C'era stato qualcosa... un lampo di coraggio, il fantasma di un sorriso... prima che il giovane morisse. Aveva qualche significato. Certe cose lo avevano sempre.

Lasciò cadere il corpo sul pavimento, poi lo sistemò come se dormisse, con le ferite nascoste alla vista. Dette un calcio al berretto da ferroviere buttandolo in un angolo. Ripulì lo stiletto sui pantaloni di Parkin, e si strofinò via dalle mani il liquido dell'occhio. Era stata una faccenda poco pulita, stavolta.

Poi rimise lo stiletto nella manica e aprì la porta che comunicava col vagone. Rifece al buio il percorso fino al suo scompartimento.

Mentre si sedeva, l'uomo dall'accento londinese disse: « Ce n'ha messo di tempo... c'è la coda? ».

Faber rispose: « Dev'essere stato qualcosa che ho mangiato ».

« Probabilmente il panino con le uova sode. » L'uomo rise.

Faber ora pensava a Godliman. Il nome lo conosceva... poteva anche dargli un volto: un volto di mezz'età, con gli occhiali, la pipa e un'aria assente, da professore. Ecco... era un professore.

Risalì indietro nel passato. Durante i primi due anni passati a Londra, Faber aveva avuto poco da fare. La guerra non era incominciata, e quasi tutti credevano che non sarebbe arrivata mai (lui, però, non era tra gli ottimisti). Era riuscito lo stesso a portare a termine qualche lavoretto utile – per lo più controlli e aggiornamenti delle antiquate cartine dell'Abwehr, oltre a generici rapporti basati sulle proprie osservazioni e la lettura dei giornali – ma non molto. Per riempire il tempo, migliorare l'inglese e perfezionare il suo camuffamento, aveva fatto lunghi giri turistici.

Lo scopo della sua visita alla cattedrale di Canterbury era stato innocente, anche se aveva comprato una veduta aerea della città e della cattedrale che poi aveva mandato alla Luftwaffe – non che fosse servita a molto: i piloti tedeschi non erano mai riusciti a centrarle per tutto il 1942. Faber aveva passato un'intera giornata a visitare l'edificio: a leggere le antiche iniziali di nomi scolpite nelle pareti, a distinguere i diversi stili architettonici, a seguire riga per riga la guida durante le lente camminate.

Era stato nell'ambulacro sud del coro, mentre guardava l'arcata cieca, che si era accorto della presenza accanto a lui di un'altra figura completamente assorbita dall'atmosfera del luogo; un uomo più anziano. « Affascinante, vero? » disse l'uomo; e Faber gli chiese a cosa si riferiva.

« Quell'unico arco a punta in una successione di archi tondi. Non c'è nessuna logica... quella parte senz'altro non è stata neppure ricostruita. Ma per qualche misteriosa ragione qualcuno ha modificato solo quell'arco. Chissà perché. »

Faber capì quel che voleva dire. Il coro era romanico, la navata gotica; ma lì, nel coro, c'era quel solitario arco di stile gotico. « Forse » disse « i monaci volevano vedere com'erano gli archi a punta, e l'architetto li ha accontentati. »

L'uomo anziano lo fissò. « Un'ipotesi fantastica! È naturale che la ragione è questa. Lei è uno storico? »

Faber rise. « No, solo un impiegato e un lettore occasionale di libri di storia. »

« C'è chi prende il dottorato per delle intuizioni come la sua! »

« Lei è uno storico, immagino. »

« Sì, perbacco. » Allungò la mano. « Percy Godliman. »

Era mai possibile, si domandava Faber mentre il treno attraversava sferragliando il Lancashire, che quella figura insignificante con un abito di tweed fosse l'uomo che aveva scoperto la sua identità? Le spie di solito sostenevano di essere impiegati statali, o qualcosa di altrettanto vago, ma non degli storici... una falsità simile poteva essere troppo facilmente smascherata. Tuttavia correva voce che il Military Intelligence fosse pieno di universitari. Faber se li era immaginati giovani, in forma, aggressivi e battaglieri, oltre che intelligenti. Godliman era intelligente, ma non aveva nessuna delle altre qualità. A meno che non fosse cambiato.

Faber lo aveva visto un'altra volta, anche se in quell'occasione non gli aveva parlato. Dopo il breve incontro nella cattedrale, aveva letto l'annuncio di una conferenza pubblica del professor Godliman nel suo college su Enrico II e c'era andato solo per curiosità. La relazione era stata erudita, piacevole e convincente. Godliman appariva sempre una figura quasi comica, che saltellava dietro il leggio, entusiasmandosi alle sue stesse parole; ma era chiaro che aveva una mente penetrante come una lama di coltello.

Così era quello l'uomo che aveva scoperto che aspetto aveva *Die Nadel.*

Cristo, un dilettante.

Bene. Come tale, avrebbe fatto tutti gli errori di un dilettante. Uno era stato quello di mandare Parkin: Faber lo aveva subito riconosciuto. Godliman avrebbe dovuto mandare qualcuno che gli fosse sconosciuto. Parkin aveva maggiori probabilità di riconoscere Faber, ma nessuna di uscire vivo dall'incontro. Un professionista l'avrebbe saputo.

Sussultando, il treno si fermò, e una voce indistinta annunciò la stazione di Liverpool. Faber imprecò sottovoce: avrebbe dovuto utilizzare quel tempo per studiare la prossima mossa, non per ripensare a Percival Godliman.

Prima di morire, Parkin aveva detto che lo aspettavano a Glasgow. Perché Glasgow? Dovevano sapere dalle domande fatte alla Euston Station che era diretto a Inverness. E se sospettavano che Inverness era una falsa pista, era più logico che prevedessero il suo arrivo lì, a Liverpool, dove c'era il collegamento di traghetti più diretto con l'Irlanda.

Faber odiava dover prendere decisioni su due piedi.

In ogni caso, bisognava che scendesse dal treno.

Si alzò, aprì la porta, uscì, e si diresse verso la barriera dei biglietti.

Pensò ad altro. Cosa conteneva quel lampo negli occhi di Billy Parkin prima di morire? Non odio, né paura, né dolore – anche se c'era stato tutto questo. No, era piuttosto come un... un senso di trionfo.

Faber alzò lo sguardo, oltre il bigliettaio, e capì.

In attesa dall'altra parte, con cappello e impermeabile, c'era il giovane segugio biondo di Leicester Square.

Parkin agonizzante negli ultimi istanti di vita, umiliato e tradito, aveva ingannato Faber fino alla fine. La trappola era lì, pronta per lui.

L'uomo con l'impermeabile non l'aveva ancora notato tra la folla. Faber si voltò e tornò indietro sul treno. Una volta dentro, scostò la tendina e guardò fuori. Il pedinatore stava controllando le facce nella folla. Non si era accorto del suo precipitoso dietro-front.

Faber guardò i passeggeri uscire attraverso la barriera finché il marciapiede della stazione non rimase vuoto. L'uomo biondo parlò con fare impaziente al bigliettaio, ma questi fece segno di no con la testa. L'uomo parve insistere. Un attimo dopo agitò la mano verso qualcun altro invisibile. Un ufficiale di polizia emerse dall'ombra e si fermò a parlare col bigliettaio. L'agente di guardia al marciapiede si unì al gruppo, seguito da un uomo in abito civile, probabilmente un funzionario della ferrovia di grado più alto.

Anche il macchinista e il fochista scesero dalla locomotiva e arrivarono alla barriera. Altro agitare di mani e scuotere di teste.

Alla fine i ferrovieri si strinsero nelle spalle e si allontanarono, o rivolsero gli occhi al cielo, con un'aria di resa. Il biondo e l'ufficiale di polizia chiamarono altri poliziotti, e tutti insieme avanzarono con passo deciso sul marciapiede.

Avevano intenzione di perquisire il treno.

Tutti i ferrovieri, compresi il macchinista e il fochista erano spariti nella direzione opposta, senza dubbio in cerca di tè e panini, intanto che quei pazzi tentavano di perquisire un treno pieno zeppo di gente. Questo dette a Faber un'idea.

Aprì la porta e saltò giù dal lato sbagliato, quello opposto al marciapiede. Al riparo dei vagoni, che lo nascondevano agli occhi dei poliziotti, corse lungo il binario, inciampando nelle traversine e scivolando sulla ghiaia, verso la locomotiva.

Dovevano esserci cattive notizie, era chiaro. Fin dal momento in cui si era reso conto che Billy Parkin non sarebbe sceso dal treno, Frederick Bloggs sapeva che ancora una volta *Die Nadel* gli era scappato di mano. Mentre gli agenti in divisa salivano sul treno a due a due, per perquisire ogni vagone, lui pensava alle diverse possibili spiegazioni della mancata riapparizione di Parkin; ed erano tutte molto deprimenti.

Si alzò il bavero dell'impermeabile e continuò a passeggiare lungo il marciapiede spazzato dalle correnti d'aria. Desiderava ardentemente acciuffare *Die Nadel*: non solo per via dell'invasione – anche se già questa, lo volesse Iddio, era una ragione sufficiente – ma per Percy Godliman, e i cinque uomini della riserva, e per Christine.

Guardò l'orologio al polso: le quattro di mattina. Presto sarebbe stato giorno. Bloggs era rimasto in piedi tutta la notte e non aveva più mangiato dalla colazione del giorno prima, ma finora era stato tenuto su dall'adrenalina. Adesso invece il fallimento della trappola – perché era sicuro che fosse fallita – lo svuotava di tutta l'energia. Fame e fatica presero il sopravvento. Doveva fare uno sforzo volontario per non sognare a occhi aperti del cibo bollente e un letto caldo.

« Signore! » Un poliziotto si era affacciato a un vagone e gli faceva segno con la mano. « Signore! »

Bloggs si diresse verso di lui, prima a passi normali, e poi di corsa. « Cos'avete trovato? »

« Forse è il suo uomo, Parkin. »

Bloggs salì sul vagone. « Cosa significa "forse"? »

« È meglio che dia un'occhiata lei. » Il poliziotto aprì la porta di comunicazione tra i due vagoni e illuminò l'interno con una torcia.

Era Parkin; Bloggs lo riconobbe subito dall'uniforme di controllore. Era raggomitolato sul pavimento. Bloggs prese la torcia del poliziotto, s'inginocchiò accanto a Parkin e rivoltò il cadavere.

Allora vide la faccia. Distolse lo sguardo di scatto, mormorando: « Oh, mio Dio ».

« Presumo che questo sia Parkin » disse il poliziotto.

Bloggs annuì. Si rialzò in piedi, molto lentamente e senza più guardare il cadavere. « Interrogheremo tutti quelli che sono su questo vagone e sul successivo » disse. « Chiunque ha visto o sentito qualcosa di insolito, sarà trattenuto per ulteriori domande. Non che ci sia da aspettarsi nulla di buono: l'assassino deve essersi buttato giù dal treno prima che arrivasse in stazione.

Bloggs ridiscese sul marciapiede. Tutti gli agenti avevano ultimato la perquisizione ed erano riuniti in gruppo. Ne assegnò sei per gli interrogatori.

L'ispettore di polizia disse: « Il suo delinquente se l'è filata, allora ».

« Quasi certamente » convenne Bloggs. « Avete guardato in ogni toilette e nel bagagliaio? »

« Sì, e anche sul tetto e di sotto, nella locomotiva e nel tender del carbone. »

Un passeggero scese dal treno e si avvicinò a Bloggs e all'ispettore. Era un uomo piccolo e dall'aria tisica, respirava con affanno. « Scusatemi » disse.

« Sì, signore » fece l'ispettore.

Il passeggero disse: « Mi chiedevo, state cercando qualcuno? ».

« Perché? »

« Bene, perché se cercate qualcuno, mi chiedevo, non sarebbe per caso un tipo alto? »

L'ispettore ripeté la domanda: « Perché? ».

Bloggs interruppe impaziente la conversazione. « Sì, un uomo alto. Su, fuori il rospo. »

« Ecco, il fatto è che un uomo alto è sceso dal lato sbagliato del treno. »

« Quando? »

« Un minuto o due dopo che il treno è entrato in stazione. Prima è salito, vedete, poi è sceso, dal lato sbagliato. È saltato direttamente sul binario. E non aveva nessun bagaglio, il che era un'altra cosa strana, e io allora ho pensato... »

« Deve aver fiutato la trappola » disse Bloggs.

« Ma come? Non conosce la mia faccia, e i vostri uomini non si vedevano. »

« Qualcosa lo ha insospettito. »

« Così ha attraversato il binario ed è uscito dall'altro marciapiede. Non rischiava di essere visto? »

L'ispettore si strinse nelle spalle: « Non c'era troppa gente in giro, da quella parte. E se anche fosse stato visto, poteva sempre dire di avere troppa fretta per far la coda alla barriera dei biglietti ».

« Non ha dato ordine di controllare le altre barriere? »

« Non mi è venuto in mente. »

« Nemmeno a me. »

« Be', possiamo perlustrare la zona circostante, poi controllare vari punti della città, e naturalmente sorveglieremo il traghetto... »

« Sì, grazie, fate pure » disse Bloggs.

Ma qualcosa gli diceva che non avrebbero trovato Faber.

Passò più di un'ora prima che il treno cominciasse a muoversi. Faber aveva i crampi al polpaccio sinistro e il prurito al naso per la polvere. Sentì i macchinisti risalire in cabina e colse brani di conversazione a proposito di un cadavere trovato sul treno. Ci fu un tintinnio metallico mentre il fochista spalava il carbone, poi il sibilo del vapore, il battito dei pistoni, uno scossone e uno sbuffo di fumo quando il treno si mosse. Rincuorato, Faber si spostò e si lasciò scappare un mezzo starnuto. Dopo si sentì meglio.

Era nella parte posteriore del tender, sepolto sotto mucchi di carbone, così in fondo che ci sarebbero voluti dieci minuti di duro lavoro a un uomo con la pala per scoprirlo. Come aveva sperato, i poliziotti si erano limitati a dare una lunga occhiata al tender e niente più.

Si chiese se poteva correre il rischio di riemergere, ora. Doveva essere sempre più chiaro fuori: avrebbero potuto vederlo da un ponte sopra la ferrovia? Pensò di no. La sua pelle era diventata completamente nera per il carbone, e su un treno in movimento nella pallida luce dell'alba sarebbe stato solo una macchia scura su uno sfondo scuro. Sì, poteva tentare. Lentamente, e con la massima attenzione, scavò un tunnel per uscire dalla sua sepoltura di carbone.

Finalmente all'aperto, inspirò profonde boccate d'aria fredda. Il carbone veniva spalato dal tender attraverso una piccola apertura sul lato anteriore. Più tardi, forse, il fochista sarebbe dovuto venir dentro quando il mucchio di combustibile si fosse abbassato. Per ora Faber era salvo.

Quando la luce fu più forte, si guardò meglio. Era coperto dalla testa ai piedi di polvere di carbone, come un minatore appena risalito da un pozzo. Avrebbe dovuto lavarsi alla prima occasione e cambiarsi d'abito.

Con cautela lanciò un'occhiata al di sopra del bordo del tender. Il treno era ancora in periferia, stava passando in mezzo a fabbriche e magazzini e file di case piccole e fuligginose. Doveva pensare alla prossima mossa.

Il suo piano originario era stato di scendere a Glasgow e

lì prendere un altro treno per Dundee e la costa orientale, fino ad Aberdeen. Aveva ancora una possibilità di arrivare a Glasgow. Senza scendere alla stazione, naturalmente, ma soltanto buttandosi giù o subito prima o subito dopo. Tuttavia anche questo comportava dei rischi. Il treno sicuramente si sarebbe fermato nelle stazioni intermedie fra Liverpool e Glasgow, e durante le soste Faber avrebbe potuto essere scoperto. No, doveva abbandonare il treno al più presto e trovare altri mezzi di trasporto.

Il punto ideale sarebbe stato in un tratto solitario della ferrovia nelle immediate vicinanze di una città o di un paese. Doveva essere solitario perché nessuno potesse vederlo mentre si buttava giù dal tender; ma anche abbastanza vicino a delle case per poter rubare vestiti e un'automobile. E bisognava che fosse anche un tratto di binario in salita, così il treno avrebbe rallentato e lui avrebbe potuto saltare giù.

In quel momento la velocità era sui sessanta chilometri orari. Faber si distese supino sul carbone ad aspettare. Era pericoloso guardare continuamente fuori il paesaggio, potevano vederlo. Decise di dare un'occhiata solo nel caso che il treno avesse rallentato. Altrimenti sarebbe rimasto giù, disteso.

Dopo alcuni minuti si sentì assalire dal sonno, nonostante la scomodità di quel letto. Cambiò posizione e si appoggiò sui gomiti, in maniera che se si fosse addormentato sarebbe caduto e l'urto l'avrebbe risvegliato.

Il treno accumulava velocità. Durante il percorso tra Londra e Liverpool sembrava quasi che non si muovesse; ora invece filava attraverso la campagna a un'andatura spedita. Per completare l'opera si mise anche a piovere; una pioggerella fredda e insistente che gli inzuppò i vestiti e gli fece gelare la pelle. Adesso aveva un altro buon motivo per abbandonare il treno: rischiava di morire assiderato prima di arrivare a Glasgow!

Dopo mezz'ora di corsa ad alta velocità, stava già pensando alla possibilità di uccidere i macchinisti e di fermare il treno. Li salvò una cabina di segnalazione lungo la linea. Vennero azionati i freni e il treno di colpo rallentò. Poi decelerò gradualmente: quel tratto di binario, immaginò Faber, doveva essere contrassegnato da limiti progressivi di velocità. Guardò fuori. Erano di nuovo in aperta campagna. Poteva vedere la causa del rallentamento: si stavano avvicinando a un raccordo e il segnale dalla loro parte era rosso.

Faber non si mosse per tutta la durata della sosta. Dopo cinque minuti, quando il treno ripartì, si tirò su lungo la parete del tender, si fermò un attimo in bilico sul bordo, e poi saltò giù.

Finì sulla massicciata e si sdraiò a faccia in giù in mezzo alle erbacce. Quando il treno fu lontano e si spense anche il rumore, si rialzò. L'unico segno di civiltà lì intorno era costituito dalla cabina di segnalazione, una costruzione in legno a due piani con grandi finestre nella sala di comando in cima, una scaletta esterna e una porta al pianterreno. Sul lato opposto c'era un viottolo cosparso di polvere di carbone che portava lontano.

Faber fece un largo giro per avvicinarsi alla cabina dalla parte posteriore, dove non c'erano finestre. Entrò da una porticina al pianterreno e trovò quel che si aspettava: un gabinetto, un lavandino e un cappotto appeso a un piolo.

Si tolse gli abiti fradici, si lavò le mani e la faccia e si strofinò dappertutto vigorosamente con un ruvido asciugamano. La scatoletta cilindrica che conteneva i negativi delle foto era sempre ben attaccata col nastro al suo petto. Si rimise gli abiti neri, ma al posto della giacca inzuppata di pioggia indossò il cappotto dell'uomo addetto ai segnali.

Ora l'unica cosa che gli mancava era un mezzo di trasporto. Il segnalatore doveva pur essere arrivato lì in qualche modo. Faber uscì fuori e trovò una bicicletta legata a una cancellata sull'altro lato della costruzione. Fece scattare il lucchetto con la lama dello stiletto. Allontanandosi in linea retta dalla nuda parete posteriore della cabina, pedalò finché non fu fuori vista. Poi tagliò per una scorciatoia e raggiunse il viottolo coperto di polvere nera, risalì sulla bicicletta e proseguì di lì.

XVI

Percival Godliman si era portato in ufficio un piccolo letto da campo da casa sua. Vi si stendeva in pantaloni e in camicia, e cercava invano di dormire. Non aveva più sofferto d'insonnia da quasi quarant'anni, dal tempo degli esami finali all'università. Avrebbe scambiato volentieri le ansie di quei giorni con le preoccupazioni che lo tenevano sveglio ora.

Era stato un uomo diverso a quei tempi, lo sapeva bene; non solo più giovane, ma anche molto meno... astratto. Era estroverso, aggressivo, ambizioso: aveva in mente di darsi alla politica. Non era uno studioso allora – e aveva ben ragione di stare in ansia per gli esami.

Le sue grandi e contrastanti passioni, a quei tempi, erano stati i dibattiti e il ballo. Aveva tenuto un applaudito discorso alla Oxford Union ed era apparsa sul "The Tatler" la sua fotografia mentre ballava il valzer. Non era un grande donnaiolo: voleva avere il piacere sessuale solo da una donna di cui fosse innamorato, non perché credesse in particolari principi, ma perché quello era il suo modo di sentire.

E così era rimasto vergine finché non aveva incontrato Eleanor, che non era affatto una debuttante, ma una brillante laureata in matematica, piena di grazia e di calore, figlia di un minatore che stava morendo di male ai polmoni dopo quarant'anni di lavoro. Il giovane Percival l'aveva portata a conoscere la sua famiglia. Suo padre era Lord Reggente della contea, e la casa era sembrata una reggia a Eleanor, ma lei aveva mantenuto tutta la sua naturalezza e il suo fascino e non si era lasciata minimamente intimidire; e quando la madre di Percy una sola volta l'aveva trattata con cortese condiscendenza, aveva prontamente reagito senza peli sulla lingua, il che gliel'aveva fatta amare ancora di più.

Godliman era diventato professore e subito dopo la Grande Guerra aveva insegnato in un college e si era presentato candidato in tre elezioni suppletive. Tutti e due avevano provato una grande delusione quando scoprirono di non poter avere bambini; ma il loro era un amore completo ed erano felici, e la morte di Eleanor fu la più spaventosa tragedia che Godliman avesse mai conosciuto. Mise fine al suo interesse per il mondo esterno e fu allora che si ritirò nel medioevo.

L'esperienza di quella perdita comune li aveva avvicinati, lui e Bloggs. Ma la guerra aveva come ridato la vita a Godliman; erano tornate a vivere in lui quelle qualità di slancio, aggressività e fervore che in passato ne avevano fatto un grande parlatore e un grande insegnante e la speranza del partito liberale. Desiderava che qualcosa di analogo avvenisse nella vita di Bloggs e potesse scuoterlo da quel suo mondo chiuso e pieno di amarezza.

Proprio mentre Godliman pensava a lui, Bloggs telefonò da Liverpool per dire che *Die Nadel* era scappato dalla rete e Parkin era stato ucciso.

Il professore, seduto sul bordo del letto da campo per parlare al telefono, chiuse gli occhi dal dolore. « Avrei dovuto mandare te sul treno » mormorò.

« Grazie! » disse Bloggs.

« Solo perché non conosce la tua faccia. »

« Io invece temo di sì » rispose Bloggs. « Abbiamo il sospetto che abbia fiutato la trappola, e la mia era l'unica faccia che potesse vedere quando è sceso dal treno. »

« Ma dove può averti visto? Oh! Ma no, non è possibile... Leicester Square? »

« Non riesco a capire come, tuttavia... pare che lo sottovalutiamo sempre. »

« Vorrei che fosse dalla nostra parte » disse piano Godliman. « Hai fatto sorvegliare il traghetto? »

« Sì. »

« Non lo prenderà, naturalmente, sarebbe troppo ovvio. È

più probabile che rubi una barca. D'altra parte, potrebbe essere ancora diretto a Inverness. »

« Ho messo in allarme la polizia di là. »

« Bene. Ma intendiamoci, credo che non possiamo fare nessuna previsione sulla sua destinazione. Teniamo gli occhi aperti e stiamo pronti a tutto. »

« D'accordo. »

Godliman si alzò, prese il telefono e cominciò a passeggiare sul tappeto. « Inoltre non essere tanto sicuro che sia proprio lui che è sceso dal treno dalla parte sbagliata. Parti dalla premessa che sia sceso prima, durante o dopo la fermata alla stazione. » Il cervello di Godliman era di nuovo in movimento, a vagliare varianti e possibilità. « Fammi parlare col commissario capo. »

« È qui. »

Ci fu una pausa, poi un'altra voce disse: « Il commissario capo Anthony ».

Godliman chiese: « È d'accordo con me che il nostro uomo è sceso dal treno da qualche parte nella vostra zona? ».

« Sembra probabile, sì. »

« Bene. Dunque, la prima cosa di cui ha bisogno è un mezzo di trasporto... perciò voglio che prendiate nota di ogni auto, barca, bicicletta o asino rubato nel raggio di centocinquanta chilometri intorno a Liverpool durante le prossime ventiquattro ore. Tenetemi informato, ma passate le informazioni a Bloggs e lavorate in stretto contatto con lui nel seguire le tracce. »

« Sì, signore. »

« State attenti anche agli altri crimini che possono essere commessi da un uomo in fuga... furti di cibo o vestiti, aggressioni immotivate, irregolarità nei documenti di identità, e così via. »

« Sarà fatto. »

« Ora, signor Anthony, lei capisce che quest'uomo è molto più che un assassino incallito. »

« Presumo di sì, signore, dato il suo interessamento. Anche se non conosco i particolari. »

« E non le è possibile sapere di più. Basti dire che il problema riguarda la sicurezza nazionale ed è tanto grave che il primo ministro si tiene in costante contatto con questo ufficio. »

« Capisco. Ah, il signor Bloggs vorrebbe dirle una parola, signore. »

Bloggs tornò al telefono. « Ti sei ricordato come hai conosciuto la sua faccia? »

« Oh, sì... ma è un particolare del tutto inutile, come immaginavo. Lo incontrai per caso nella cattedrale di Canterbury, e parlammo di architettura. Ciò conferma solo che è intelligente... ricordo che fece delle osservazioni piuttosto acute. »

« Sapevamo che era intelligente. »

« Anche troppo bene. »

Il commissario capo Anthony era un corpulento esponente della classe media, che si sforzava di dissimulare l'accento di Liverpool. Non sapeva se essere seccato per il modo in cui l'MI5 gli aveva dato gli ordini o eccitato per l'occasione di poter salvare l'Inghilterra proprio nella sua giurisdizione.

Bloggs indovinava il suo intimo conflitto – casi del genere gli capitavano tutte le volte che lavorava con forze di polizia locali – e sapeva come far pendere la bilancia in proprio favore. « Le sono grato della sua fattiva collaborazione, commissario capo » cominciò. « Certe cose non passano inosservate a Whitehall. »

« Facciamo solo il nostro dovere » disse Anthony. Non era sicuro se dovesse chiamare Bloggs "signore".

« Tuttavia c'è una grande differenza tra un aiuto forzato e una volenterosa collaborazione. »

« Sì. Bene, ci vorranno probabilmente alcune ore prima che ripeschiamo una traccia di quest'uomo. Non vuole schiacciare un sonnellino? »

« Sì, grazie » gli rispose Bloggs grato. « Basta una sedia in un angolo da qualche parte... »

« Rimanga pure qui » disse Anthony, indicando il suo ufficio. « Io vado nella sala operativa. La sveglierò appena troviamo qualcosa. Si metta a suo agio. »

Anthony uscì, e Bloggs andò a una poltrona e si sedette appoggiandosi allo schienale. Chiuse gli occhi. Immediatamente rivide la faccia di Godliman, proiettata sul retro delle palpebre come in un film, che diceva: « Bisogna porre un termine al lutto... non voglio che tu commetta lo stesso errore ». E Bloggs improvvisamente si rese conto di non volere che la guerra finisse, perché questo lo avrebbe posto di fronte a problemi come quello sollevato da Godliman. La guerra rendeva la vita più semplice: sapeva perché odiare il nemico e sapeva che cosa fare. Dopo invece... il pensiero di un'altra donna gli sembrava sleale. non solo verso Christine ma, in qualche oscuro modo, anche verso l'Inghilterra.

Sbadigliò e si rilassò ancora di più sulla poltrona, mentre col sonno i pensieri cominciavano ad annebbiarsi. Se Christine fosse morta prima della guerra, avrebbe avuto una reazione molto diversa all'idea di risposarsi. Le era stato sempre affezionato e la rispettava, naturalmente; ma dopo che lei aveva trovato quel posto sull'ambulanza, il rispetto si era trasformato in riverente ammirazione, e l'affetto era diventato amore. Avevano avuto in comune qualcosa di speciale, qualcosa che gli altri amori non avevano da spartire. Ora, più di un anno dopo, sarebbe stato facile per Bloggs trovare un'altra donna da rispettare e a cui affezionarsi, ma sapeva che questo non gli sarebbe mai bastato. Un matrimonio normale, una moglie normale gli avrebbero sempre ricordato che una volta aveva posseduto l'ideale.

Si agitò nella poltrona, cercando di scacciare dalla mente l'imponderabile, in modo da poter dormire. L'Inghilterra era piena di eroine, aveva detto Godliman. Se *Die Nadel* fosse riuscito a scappare, l'Inghilterra sarebbe stata piena di schiavi. Per prima cosa... prima...

Qualcuno lo scosse. Stava dormendo profondamente e sognava di essere in una stanza insieme con *Die Nadel*, ma non poteva vederlo perché *Die Nadel* lo aveva accecato con lo stiletto. Quando si svegliò credette ancora di essere cieco perché non poteva vedere chi lo stava scuotendo, finché non si rese conto che aveva semplicemente gli occhi chiusi. Li aprì e vide la grossa figura in uniforme del commissario Anthony sopra di sé.

Bloggs si tirò su in posizione più eretta e si stropicciò gli occhi. « Trovato qualcosa? » chiese.

« Un sacco di cose » rispose Anthony. « Il problema è: quali sono quelle che interessano? Ecco la sua colazione. » Posò una tazza di tè e biscotti sulla scrivania e andò a sedersi dall'altra parte del tavolo.

Bloggs si alzò dalla poltrona e portò una sedia fino alla scrivania. Assaggiò il tè. Era leggero e molto dolce. « Vediamo » disse.

Anthony gli porse alcune strisce di carta con degli appunti, cinque o sei.

« Non mi dica » fece Bloggs « che i crimini commessi da queste parti sono tutti qui... »

« Naturalmente no » rispose Anthony. « Abbiamo tralasciato i casi di ubriachezza, le liti domestiche, le violazioni dell'oscuramento, le infrazioni stradali e tutti quei crimini per cui sono già stati operati gli arresti. »

« Mi scusi » disse Bloggs. « Non mi sono ancora svegliato del tutto. Mi faccia leggere queste. »

C'erano tre furti con scasso in altrettante abitazioni. In due di esse erano stati rubati dei preziosi, in un caso gioielli, nell'altro pellicce. Bloggs osservò: « Potrebbe aver rubato oggetti di valore per sviare le indagini. Mi segna i punti sulla cartina, per piacere? Forse ci forniranno qualche indicazione ». Restituì le due strisce ad Anthony. Del terzo furto c'era solo la segnalazione, senza ulteriori particolari. Anthony segnò la località sulla cartina.

In un ufficio annonario a Manchester erano state trafugate centinaia di tessere del razionamento. « Non ha bisogno di tessere » disse Bloggs « ma di roba da mangiare. » Scartò il caso. C'erano ancora una bicicletta rubata appena fuori Preston e una rapina a Birkenhead. « Non credo che si metta a rapinare, ma segni ugualmente il posto » disse Bloggs ad Anthony.

Il furto della bicicletta e quello alla terza casa erano avvenuti in luoghi molto vicini tra loro. Bloggs chiese: « La cabina di segnalazione dove è stata rubata la bicicletta si trova lungo la linea principale? ».

« Sì, credo di sì » disse Anthony.

« Supponiamo che Faber fosse nascosto su quel treno e che in qualche modo sia riuscito a sfuggirci. Questa cabina sarebbe stata il primo posto dove il treno si è fermato dopo la partenza da Liverpool? »

« Potrebbe essere. »

Bloggs guardò la striscia di carta. « È stato rubato un cappotto e al suo posto è stata lasciata una giacca bagnata. »

Anthony si strinse nelle spalle. « Può significare qualsiasi cosa. »

« Nessuna auto rubata? » chiese Bloggs senza troppe speranze.

« Né barche né asini » rispose Anthony. « Non abbiamo molti furti d'auto di questi tempi. Le auto sono facili da procurarsi... è la benzina che si ruba. »

« Ero sicuro che avrebbe rubato una macchina a Liverpool » disse Bloggs. Si batté il ginocchio per la delusione. « Una bicicletta non gli serve di certo a molto. »

« Credo che dovremmo seguirla ugualmente » insisté Anthony. « È la nostra traccia migliore. »

« Benissimo. Ma nel frattempo fate un altro controllo per quei furti nelle case, per vedere se per caso non sono stati rubati anche del cibo o vestiti; i proprietari potrebbero non essersene accorti in un primo momento. Mostrate anche la fotografia di Faber alla vittima della rapina. E continuate a tenere d'occhio tutti i crimini. Può farmi avere un mezzo di trasporto per andare a Preston? »

« Le metterò a disposizione un'auto » disse Anthony.

« Fra quanto tempo si potranno avere i particolari sul terzo furto? »

« Probabilmente staranno già facendo gli interrogatori » rispose Anthony. « All'ora in cui lei arriverà alla cabina di segnalazione dovrei avere il quadro completo. »

« Allora raccomandi di fare alla svelta. » Bloggs andò a prendere l'impermeabile. « La chiamerò appena sarò arrivato là. »

« Anthony? Sono Bloggs. Sono alla cabina di segnalazione. »

« Non perda tempo lì. Il terzo furto è opera del nostro uomo. »

« Sicuro? »

« A meno che non ci siano due ladri che vanno in giro a minacciare la gente con uno stiletto. »

« A chi è toccato? »

« A due vecchie signore che vivono sole in una piccola casa in campagna. »

« Oh, Dio. Morte? »

« No, se non sono morte per l'eccitazione. »

« Eh? »

« Venga qui. Capirà cosa voglio dire. »

« Vengo subito. »

Era il genere di casetta in campagna che sembra fatta apposta per due anziane signore sole. Era piccola, squadrata e vecchia, e intorno alla porta cresceva un cespuglio di rose selvatiche concimato nel tempo da un'infinità di fondi di tè. File di verdure germogliavano ordinatamente in un giardinetto davanti alla casa recintato da una siepe potata. C'erano tendine a quadretti bianchi e rosa alle finestre impiombate, e il cancello cigolava. La porta era stata verniciata con mano diligente da un dilettante, e il battente era costituito da un ferro di cavallo d'ottone.

Al colpo di Bloggs rispose un'ottuagenaria armata di fucile.

Lui disse: « Buongiorno. Sono della polizia ».

« No » ribatté lei, « non è vero. Ci sono già stati. Ora se ne vada via subito prima che le faccia saltare le cervella. »

Bloggs la guardò. Era alta meno di un metro e mezzo, con i folti capelli bianchi raccolti in una crocchia e una faccia pallida e raggrinzita. Aveva le mani sottili come fiammiferi, ma le teneva ben strette intorno al fucile. La tasca del suo grembiule era piena di mollette. Bloggs guardò i piedi e notò che portava stivali maschili da lavoro. Disse: « Gli agenti che ha visto questa mattina erano della polizia locale. Io sono di Scotland Yard ».

« Come faccio a saperlo? » domandò lei.

Bloggs si voltò e chiamò l'autista della polizia. L'agente scese dalla macchina e venne al cancello. Bloggs chiese alla vecchia: « L'uniforme la convince? ».

« Va bene» disse la vecchia, e si fece da parte per lasciarlo passare.

Entrò in una stanza dal soffitto basso col pavimento piastrellato, piena di mobili vecchi e pesanti. Su ogni superficie erano in bella vista soprammobili di porcellana e di vetro. Un piccolo fuoco di carbone bruciava nel caminetto. Il posto odorava di lavanda e di gatti.

Una seconda vecchia si alzò da una sedia. Era come la prima, ma due volte più larga. Due gatti spiccarono un salto dal suo grembo quando si alzò. La vecchia disse: « Salve, sono Emma Parton, e questa è mia sorella Jessie. Non faccia caso a quel fucile... è scarico, grazie a Dio. Jessie ama i drammi. Vuole sedersi? Sembra molto giovane per essere un poliziotto. Mi sorprende che Scotland Yard si interessi al nostro piccolo furto. È venuto da Londra questa mattina? Prepara una tazza di tè a questo giovanotto, Jessie ».

Bloggs si mise a sedere. « Se l'identità del ladro è quella che crediamo, si tratta di un ricercato » disse.

« Te l'avevo detto! » esclamò Jessie. « Avremmo potuto essere fatte fuori... massacrate a sangue freddo! »

« Non essere sciocca » fece Emma, poi si rivolse a Bloggs. « Era un uomo così gentile. »

« Raccontatemi cos'è successo » disse Bloggs.

« Bene, io ero uscita nel retro » cominciò Emma. « Ero andata in pollaio, con la speranza di trovare qualche uova. Jessie era in cucina... »

« Mi ha colto di sorpresa » interruppe Jessie. « Non ho avuto il tempo di prendere il fucile. »

« Tu vedi troppi film di cow-boy » la rimproverò Emma.

« Sono meglio dei tuoi film d'amore... tutti lacrime e baci... »

Bloggs prese dal portafoglio la foto di Faber. « È lui? »

Jessie la guardò ben bene. « Sì, proprio lui. »

« Ma che bravi! » esclamò Emma sorpresa.

« Se fossimo bravi a quest'ora l'avremmo già preso » disse Bloggs. « Che cosa ha fatto? »

Jessie rispose: « Mi teneva un coltello puntato alla gola e diceva: "Una sola mossa falsa e ti taglio le budella". E faceva sul serio ».

« Oh, Jessie, a me hai raccontato che diceva: "Non ti farò del male se farai quel che ti dico". »

« Il senso delle parole era lo stesso, Emma! »

« Che cosa voleva? » chiese Bloggs.

« Da mangiare, un bagno, vestiti asciutti e un'auto. Noi gli abbiamo dato le uova, naturalmente. Abbiamo trovato alcuni vestiti che appartenevano al defunto marito di Jessie, Norman... »

« Me li volete descrivere? »

« Sì. Una giacca blu di crosta, tuta blu, da lavoro, una camicia a quadri. Ha preso anche l'automobile del povero Norman. Non so come faremo ad andare al cinema senza. È il nostro unico vizio, sa... il cinema. »

« Che tipo di auto? »

« Una Morris. Norman la comprò nel 1924. Ci ha serviti bene quella macchinetta. »

« Però non si è fatto il suo bel bagno caldo! » intervenne Jessie.

« Ecco » disse Emma « ho dovuto spiegargli che per due donne sole era poco conveniente avere un uomo che faceva il bagno in cucina... » Arrossì.

« Povera stupida, ti faresti tagliare la gola piuttosto che vedere un uomo in mutande » la canzonò Jessie.

« Come ha reagito al vostro rifiuto? » domandò Bloggs.

« Si è messo a ridere » rispose Emma. « Ma penso che abbia capito la nostra posizione. »

Bloggs non poté fare a meno di sorridere. « Siete molto coraggiose » disse.

« Oh, non esageri. »

« Così è andato via di qui su una Morris del 1924, con indosso una tuta e una giacca blu. Che ora era? »

« Circa le nove e mezzo. »

Con aria assente Bloggs accarezzava un gatto color limone. L'animale sbatteva gli occhi e faceva le fusa. « C'era parecchia benzina nella macchina? »

« Una decina di litri... ma si è preso i nostri buoni. »

Un'idea colpì Bloggs. « Con che diritto due anziane signore come voi ricevono la razione di benzina? »

« Per uso agricolo » rispose Emma sulla difensiva, arrossendo.

Jessie sbuffò. « Siamo due donne sole e vecchie. Per forza abbiamo diritto. »

« Ci fermiamo sempre al magazzino di cereali quando andiamo al cinema » aggiunse Emma. « Non sprechiamo la benzina. »

Bloggs sorrise e alzò una mano. « Bene bene, non vi preoccupate... io non faccio parte del servizio razionamento, in ogni caso. A che velocità va la macchina? »

Emma rispose: « Noi non superiamo mai i quaranta chilometri l'ora ».

Bloggs guardò l'orologio. « Anche a quella velocità potrebbe essere a cento chilometri di distanza a quest'ora. » Si alzò. « Devo telefonare a Liverpool. Non avete un telefono, vero? »

« No. »

« Di che modello è la Morris? »

« Una Cowley. Norman la chiamava Muso di Toro. »

« Colore? »

« Grigio. »

« Targa? »

« MLN 29. »

Bloggs annotò tutti i dati.

Emma chiese: « Riavremo mai indietro la nostra macchina, secondo lei? ».

« Penso di sì... ma potrebbe non essere in buone condizioni. Chi guida un'auto rubata in genere non va molto per il sottile. » Si diresse verso la porta.

« Spero che lo acciuffiate » gridò Emma.

Jessie lo accompagnò alla porta. Stringeva sempre in mano il fucile. Sulla soglia prese Bloggs per la manica e gli sussurrò: « Mi dica... cos'è? Un evaso? Un assassino? Un rapinatore? ».

Bloggs la guardò per un momento: i piccoli occhi grigi della vecchia brillavano d'eccitazione. Avrebbe creduto qualunque cosa lui le avesse detto. Piegò la testa per parlarle piano in un orecchio. « Non lo dica a anima viva » bisbigliò « ma è una spia tedesca. »

XVII

Faber varcò il Sark Bridge ed entrò in Scozia poco dopo mezzogiorno. Passò davanti al casello del pedaggio di Sark, una costruzione bassa la cui insegna annunciava che era la prima casa in territorio scozzese; sopra la porta c'era anche una targhetta con una scritta sui matrimoni, che non riuscì a leggere. Ma capì, dopo meno di mezzo chilometro, quando entrò nel villaggio di Gretna: sapeva che quello era un posto dove le giovani coppie fuggite di casa venivano a sposarsi.

Le strade erano ancora bagnate per la pioggia recente, ma il sole le stava asciugando rapidamente. Cartelli indicatori e nomi delle località erano stati rimessi al loro posto da quando era cessata la paura dell'invasione, e Faber attraversò velocemente una serie di piccoli paesi in pianura: Kirkpatrick, Kirtlebridge, Ecclefechan. Lo spettacolo dell'aperta campagna era stupendo, la brughiera verde scintillava nella luce del sole.

Si era fermato a far benzina a Carlisle. Era stato servito da una donna di mezza età che indossava una tuta macchiata di olio e che non gli aveva rivolto domande imbarazzanti. Faber aveva riempito il serbatoio e la lattina di riserva posta all'esterno della macchina sul predellino.

Era molto contento della sua "due posti"; faceva ancora più di settanta chilometri l'ora, nonostante gli anni. Il motore a quattro cilindri da 1548 centimetri cubici con le valvole laterali funzionava regolarmente e senza fatica, su e giù per le colline della Scozia. Il sedile imbottito di pelle era confortevole. Strizzò la tromba del clakson per avvertire del suo arrivo un gregge vagante di pecore.

Passò per la piccola cittadina commerciale di Lockerbie attraversò il fiume Annan sul pittoresco Johnstone Bridge, ed imboccò la salita per Beattock Summit. Ora doveva usare sempre più spesso il cambio a tre marce.

Aveva deciso di non prendere la via più diretta per Aberdeen, quella che passava da Edimburgo e lungo la costa. Gran parte della strada costiera, su entrambi i lati del Fiordo di Forth, era zona riservata dell'esercito. Era proibito l'accesso per una fascia larga una quindicina di chilometri. E anche se le autorità, naturalmente, non potevano pattugliare in ogni momento un tratto così ampio, Faber correva meno rischi di essere fermato e interrogato tenendosi alla larga dalla zona di sicurezza.

Sarebbe dovuto entrare, però, alla fine – il più tardi possibile – e quindi cominciò a prepararsi le risposte a eventuali domande. Le gite in macchina erano virtualmente sospese da un paio d'anni, date le maggiori restrizioni nel razionamento della benzina, e chi usava l'automobile per necessità veniva perseguito penalmente se sconfinava anche di pochi metri per motivi personali dal percorso stabilito. Faber aveva letto di un famoso impresario finito in prigione perché aveva usato benzina fornita a scopo agricolo per portare un gruppo di attori dal teatro all'hotel Savoy. Una incessante propaganda ripeteva alla popolazione che un bombardiere Lancaster aveva bisogno di 9.000 litri di benzina per volare fin sopra la Ruhr. Faber sarebbe stato felicissimo, in circostanze normali, di consumare benzina che altrimenti sarebbe servita a bombardare la sua patria; ma ora, con le informazioni che portava attaccate al petto, l'idea di essere fermato e arrestato per violazione delle regole sul razionamento sarebbe stata troppo grottesca.

La situazione non era facile. La maggior parte del traffico in circolazione apparteneva alle forze armate, e lui non aveva documenti militari. Né poteva sostenere di portare rifornimenti di generi di prima necessità, perché sulla macchina non aveva nulla da consegnare. Si concentrò, corrugando la fronte. Chi viaggiava a quei tempi? Marinai in licenza, ufficiali, rari villeggianti, operai specializzati... Ecco la soluzione. Si sarebbe spacciato per un tecnico, uno specialista in qualche campo fuori del comune come gli oli lubrificanti per le alte temperature, in viaggio verso Inverness per risolvere un problema industriale in una fabbrica. Se gli fosse stato chiesto di che fabbrica si trattava, avrebbe detto che era una fabbrica che lavorava per l'esercito. (La sua destinazione fittizia doveva essere molto lontana da quella vera, in modo da avere la certezza di non imbattersi in nessuno che sapesse che lì non c'era una fabbrica simile). Dubitava che un tecnico chiamato per questo genere di consulenza avrebbe mai indossato una tuta come quella che aveva rubato alle due vecchie sorelle... ma in tempo di guerra tutto era possibile.

Ora che aveva una versione pronta, si sentì abbastanza al sicuro da qualsiasi eventuale controllo. Quanto al pericolo che lo fermasse qualcuno che cercava espressamente Henry Faber, la spia fuggiasca, questo era un altro problema. Avevano quella foto...

Conoscevano la sua faccia. La sua faccia!

... e fra non molto avrebbero avuto una descrizione della macchina su cui viaggiava. Era improbabile che istituissero dei posti di blocco, dal momento che non potevano prevedere dove era diretto; ma era certo che ogni poliziotto della zona sarebbe stato all'erta per riconoscere una Morris Cowley "Muso di Toro" targata MLN 29.

Se lo avessero localizzato in aperta campagna, avrebbe avuto ancora un po' di tempo prima d'essere catturato, perché la polizia locale disponeva di biciclette e non di macchine. Ma il poliziotto avrebbe telefonato al suo comando e in pochi minuti Faber avrebbe avuto le auto alle calcagna. Se avesse visto un poliziotto, decise, avrebbe abbandonato subito la Morris e avrebbe rubato un'altra macchina, cambiando anche strada. Tuttavia, finché viaggiava nel bassopiano scarsamente popolato della Scozia, c'era una buona possibilità che riuscisse a fare tutta la strada fino ad Aberdeen senza incontrarne uno. Nelle città era diverso. Lì il pericolo di essere inseguito da un'auto della polizia era molto maggiore. In quel caso era improbabile che potesse sfuggire: la sua auto era vecchia e relativamente lenta, e i poliziotti in genere erano bravi al volante. L'unica via di scampo sarebbe stata quella di scendere e sperare di perdersi in mezzo alla folla o nelle stradine laterali. Considerò la possibilità di abbandonare la macchina e rubarne un'altra ogni volta che era costretto a entrare in una città più grossa. Ma così avrebbe lasciato dietro di sé una pista larga un chilometro per gli uomini dell'MI5. Forse la soluzione migliore era un compromesso: avrebbe cercato, quando doveva attraversare una città, di usare solo le strade secondarie. Guardò l'orologio. Sarebbe arrivato a Glasgow all'imbrunire, e quindi avrebbe avuto il vantaggio dell'oscurità.

Be', non era molto confortante, ma c'era una sola alternativa per essere totalmente al sicuro: non essere una spia.

Quando arrivò in cima ai trecentocinquanta metri d'altezza di Beattock Summit, cominciò a piovere. Faber fermò la macchina e scese per tirar su la capotte di tela. Nell'aria c'era un'afa opprimente. Alzò lo sguardo. In un batter d'occhio il cielo si era completamente coperto; prometteva tuoni e fulmini.

Lungo il percorso seguente scoprì vari difetti nella piccola macchina. Vento e pioggia entravano attraverso parecchie fessure nella capotte, e il minuscolo tergicristallo che spazzava la metà superiore del parabrezza lasciava appena una feritoia di visibilità sulla strada davanti. Via via che il terreno diventava più montagnoso, il motore cominciò a dar segni di stanchezza. Non c'era da meravigliarsi: la macchinetta vecchia di vent'anni era spinta al limite delle sue forze.

L'acquazzone cessò. La tempesta temuta non era arrivata, ma il cielo rimaneva scuro e minaccioso.

Faber attraversò Crawford, accoccolato tra le verdi colline; Abington, una chiesa e un ufficio postale sulla riva occidentale del fiume Clyde; e Lesmahagow, sul limitare di una brughiera coperta d'erica.

Una mezz'ora dopo raggiunse la periferia di Glasgow. Appena entrò nel centro abitato, deviò verso nord dalla strada principale, sperando di girare intorno alla città. Seguì una serie di vie secondarie, attraversando le arterie più importanti in direzione del lato est della città, finché raggiunse Cumbernauld Road, dove svoltò di nuovo a est e uscì velocemente dal centro cittadino.

Aveva impiegato meno tempo del previsto. La fortuna continuava ad assisterlo.

Proseguì sulla statale numero 80, oltrepassando fabbriche, miniere e fattorie agricole. Altri nomi di località scozzesi entrarono e uscirono dalla sua mente: Millerston, Stepps, Muirhead, Mollinsburn, Condorrat.

La fortuna lo abbandonò tra Cumbernauld e Stirling.

Aveva accelerato l'andatura lungo un rettilineo, in lieve salita, costeggiato sui due lati dall'aperta campagna. Quando la lancetta del contachilometri stavolta toccò i settanta, il motore fece un fracasso improvviso e fortissimo; un pesante rumore di ferraglia, come quello di una grossa catena finita tra i denti di un ingranaggio. Rallentò fino a trenta all'ora, ma il rumore non accennò a diminuire. Chiaramente era saltato qualche pezzo importante e piuttosto grosso del motore. Faber prestò ascolto con attenzione. Doveva essere o un cuscinetto rotto nella trasmissione o un buco nella testa di una biella. Di certo non si trattava di un semplice guasto alla carburazione o di una candela sporca; nulla che si potesse riparare senza andare in un'officina.

Si fermò e guardò sotto il cofano. C'era olio dappertutto, ma non vide nessun segno del guasto. Ritornò al volante e rimise in moto. La potenza del motore era decisamente ridotta, ma la macchina andava ancora.

Meno di cinque chilometri più avanti, cominciò a uscire vapore dal radiatore. Faber capì che presto la macchina si sarebbe fermata del tutto, e cercò un posto per abbandonarla.

Trovò un viottolo fangoso che deviava dalla strada principale, probabilmente per portare a una fattoria. A un centinaio di metri dalla deviazione, il viottolo faceva una curva dietro un cespuglio di more. Faber fermò la macchina vicino alla siepe e spense il motore. Il sibilo del getto di vapore a poco a poco cessò. Scese e chiuse la portiera. Provò una fitta di rammarico per Emma e Jessie, che difficilmente avrebbero potuto far riparare la loro auto prima della fine della guerra.

Ritornò a piedi alla strada principale. Di là la macchina non era visibile. Potevano passare un giorno o due prima che il veicolo abbandonato attirasse i sospetti. A quell'ora, pensò Faber, forse sarò già a Berlino.

Si mise in cammino. Prima o poi avrebbe incontrato un centro abitato dove rubare un'altra macchina. Non gli stava andando troppo male, in fondo: erano passate meno di ventiquattro ore da quando aveva lasciato Londra, e aveva ancora una giornata intera a disposizione prima che l'U-boat arrivasse all'appuntamento, alle sei del pomeriggio dell'indomani.

Il sole era tramontato da un pezzo, e le tenebre calarono all'improvviso. Ora Faber ci vedeva a stento. Per fortuna nel mezzo della strada c'era la linea spartitraffico bianca – un'innovazione introdotta dopo l'oscuramento per diminuire il pericolo della circolazione – e gli bastava seguire quella. Nel silenzio della notte avrebbe potuto sentire con molto anticipo se arrivava una macchina.

Ne passò una sola. Udì a distanza il rumore del motore, e fece in tempo a spostarsi dalla strada per alcuni metri e a sdraiarsi finché non si fu allontanata. Era un'auto di grossa cilindrata, una Vauxhall Dieci, credette di capire Faber, e correva veloce. La lasciò passare oltre, poi si rialzò e riprese a camminare. Venti minuti dopo la rivide di nuovo, parcheggiata sul lato della strada. Avrebbe deviato per i campi se l'avesse notata in tempo, ma la macchina era ferma a luci spente e per poco non ci andò a sbattere nel buio.

Prima ancora che potesse pensare al da farsi, una torcia elettrica si illuminò e puntò verso di lui dal cofano, e una voce disse: « Ehi, c'è qualcuno? ».

Faber entrò nel raggio di luce e rispose: « Un guasto? ».

« Credo proprio di sì. »

La torcia fu rivolta verso il basso, e avvicinandosi, Faber poté vedere, nella luce riflessa, la faccia coi baffi di un uomo di mezz'età vestito in doppiopetto. Nell'altra mano teneva una grossa chiave inglese, con fare incerto; sembrava indeciso su come usarla.

Faber guardò il motore. « Cos'è che non va? »

« Non arriva corrente » rispose l'uomo, pronunciando le parole con molta proprietà. « Un momento prima andava come una trottola, e subito dopo si è messa a zoppicare. Temo di non valere granché come meccanico. » Puntò la torcia verso Faber. « E lei? » chiese speranzoso.

« Nemmeno io » disse Faber, « ma so riconoscere un filo staccato quando lo vedo. » Prese la torcia dalla mano dell'uomo, si piegò sul motore e riattaccò il filo pendente alla testa del cilindro. « Provi ora. »

L'uomo risalì in macchina è accese il motore. « Perfetto! » gridò, superando il rumore. « Lei è un genio. Salti su. »

Faber si chiese se non potesse essere una raffinata trappola dell'MI5, ma scartò l'idea: ammesso e non concesso che sapessero dov'era, perché andare tanto per il sottile? Non avrebbero avuto difficoltà a mandare una ventina di poliziotti e un paio di carri armati a prenderlo.

Salì.

L'uomo al volante dette gas e cambiò rapidamente marcia finché la macchina filò via a velocità sostenuta. Faber si mise comodo. L'uomo disse: « A proposito, mi chiamo Richard Porter ».

Faber pensò alla carta d'identità che aveva nel portafoglio. « James Baker. »

« Piacere. Devo averla superato prima lungo la strada... non l'avevo vista. »

Faber capì che l'uomo si stava giustificando per non avergli dato un passaggio. Tutti tiravano su gli autostoppisti da quando la benzina era razionata. « Oh, più che probabile » disse. « Forse è stato quando sono andato dietro un cespuglio per un bisogno. Ho sentito passare una macchina. »

« Viene da lontano? » Porter gli offrì un sigaro.

« Grazie, molto gentile, ma non fumo. Sì » rispose Faber, « vengo da Londra. »

« Sempre in autostop? »

« No, mi si è rotta la macchina a Edimburgo. A quanto pare ci vuole un pezzo di ricambio che non avevano in magazzino, perciò ho dovuto lasciarla al garage. »

« Che sfortuna! Be', io vado a Aberdeen e così posso lasciarla da qualunque parte lungo la strada. »

Faber rifletté velocemente. Questo era un vero regalo della sorte. Chiuse gli occhi e si immaginò una cartina della Scozia. « Magnifico » disse. « Io devo andare a Banff, perciò Aberdeen mi va benissimo. Ma stavo pensando di prendere la strada interna perché non ho con me il lasciapassare... Aberdeen è zona riservata? »

« Solo il porto » disse Porter. « In ogni caso non deve preoccuparsi di queste cose finché è in macchina con me... io sono un giudice di pace e membro del comitato addetto alla supervisione dei servizi di polizia. Che gliene pare? »

Faber sorrise nell'oscurità. Era proprio il suo giorno fortunato. « Grazie » disse, poi decise di cambiare argomento. « È un lavoro a tempo pieno? Fare il magistrato, voglio dire? »

Porter avvicinò un fiammifero al suo sigaro e sbuffò boccate di fumo. « Non proprio. Io sono mezzo pensionato, sa. Facevo il procuratore, finché mi hanno scoperto qualcosa al cuore. »

« Ah! » Faber cercò di mettere nella voce un po' di partecipazione.

« Spero che il fumo non la disturbi » Porter agitò il grosso sigaro.

« No, affatto. »

« Cosa va a fare a Banff? »

« Io sono un tecnico. C'è un problema in uno stabilimento... per la verità, si tratterebbe di una fabbrica per l'esercito. »

Porter alzò una mano. « Allora non dica una parola di più. Capisco. »

Ci fu silenzio per un po'. L'auto sfrecciò per una serie di paesi. Porter evidentemente conosceva bene le strade, per guidare così veloce con l'oscuramento. La potente macchina macinava chilometri. La sua corsa regolare conciliava il sonno. Faber soffocò uno sbadiglio.

« Accidenti, lei dev'essere stanco » disse Porter. « Che stupido sono! Non faccia i complimenti se vuole schiacciare un pisolino. »

« Grazie » disse Faber. « Dormirò un po' » e chiuse gli occhi.

Il movimento della macchina era come il rollio di un treno, e Faber ebbe di nuovo l'incubo dell'arrivo, solo che questa volta fu lievemente diverso. Invece di mangiare sul treno e di parlare di politica con un passeggero, era costretto per qualche ignota ragione a viaggiare sul tender in mezzo al carbone, seduto sulla valigia della radio e appoggiato alla dura parete di ferro del vagone. Quando il treno arrivò a Waterloo, tutti – compresi i passeggeri che scendevano – avevano una piccola copia della sua foto nella squadra di podisti; e tutti si guardavano a vicenda e confrontavano le facce che vedevano con quella della fotografia. Alla barriera dei biglietti il bigliettaio lo prendeva per una spalla e gli diceva: "Tu sei l'uomo della foto, vero?". Faber restava muto. Tutto quel che riusciva a fare era di fissare la foto e ricordare quanto aveva corso per vincere quella coppa. Dio, quanto avevo corso: era scattato un attimo troppo presto, si era lanciato nella volata finale un quarto di miglio prima del previsto, e negli ultimi 500 metri avrebbe voluto morire... e ora forse sarebbe morto davvero con quella fotografia in mano al bigliettaio... il bigliettaio che stava dicendo: "Sveglia! Sveglia!", e improvvisamente Faber si ritrovò di nuovo nella Vauxhall Dieci di Richard Porter. Ed era Porter che gli diceva di svegliarsi.

La sua mano destra era già arrivata a metà della manica sinistra, dov'era nascosto lo stiletto, nel mezzo secondo che impiegò a ricordarsi che, per quell'uomo, James Baker era solo un innocente autostoppista. Allora ritirò la mano e si calmò.

« Lei si sveglia come un soldato » disse Porter divertito. « Questa è Aberdeen. »

Faber notò ancora una volta che pronunciava le parole con proprietà, e questo gli ricordò che era un magistrato e un membro della direzione della polizia. Lo guardò nella luce incerta del primo mattino: Porter aveva la faccia rossa e i baffi impomatati, e il suo soprabito di pelo di cammello sembrava costoso. Doveva essere un uomo ricco e potente nella sua città, si immaginò Faber. Se fosse scomparso all'improvviso, si sarebbero accorti quasi immediatamente della sua sparizione. Perciò decise di non ucciderlo.

Disse invece: « Buongiorno ».

Guardò fuori del finestrino la città di granito. Stavano passando lentamente per la strada principale, fiancheggiata da due file di negozi. C'erano già in giro parecchi lavoratori che camminavano tutti con passo risoluto nella stessa direzione: pescatori, pensò Faber. Il posto aveva l'aria di essere freddo e ventoso.

Porter disse: « Le andrebbe di radersi e fare colazione prima di continuare il suo viaggio? Mi farebbe molto piacere averla ospite ».

« Lei è molto gentile... »

« Nient'affatto. Se non fosse stato per lei, sarei ancora sulla statale 80 a Stirling, ad aspettare che si aprisse un garage. »

« ... ma non posso, grazie. Devo proseguire. »

Porter non insistette, e Faber ebbe il sospetto che fosse lieto che avesse declinato l'invito. « In questo caso la farò scendere a George Street » disse. « Di lì comincia la statale 96, che va diretta a Banff. » Un momento dopo fermò la macchina a un angolo. « Ecco, lei è arrivato. »

Faber aprì la portiera. « Grazie per il passaggio. »

« È stato un piacere. » Porter gli dette una stretta di mano. « Buona fortuna! »

Faber scese e richiuse la portiera, e la macchina ripartì veloce. Non aveva nulla da temere da parte di Porter, pensò; l'uomo sarebbe corso a casa e avrebbe dormito tutto il giorno, e quando si sarebbe accorto di aver dato aiuto a un ricercato, sarebbe stato troppo tardi.

Aspettò di veder sparire la Vauxhall, poi attraversò la strada e imboccò la promettente Market Street. Poco dopo si trovò sul molo e, orientandosi col naso, arrivò al mercato del pesce. Si sentiva anonimo e sicuro nel caotico, rumoroso e maleodorante mercato dove tutti erano vestiti in tute da lavoro come lui. Pesci bagnati e allegre bestemmie volavano nell'aria. Faber faceva fatica a capire il modo di parlare di quella gente dall'accento gutturale che si mangiava le parole. A una bancarella prese un tè caldo e forte in un boccale di birra scheggiato e una grossa pagnotta con una fetta enorme di formaggio bianco.

Si sedette su una panchina a mangiare e pensare. Il momento migliore per rubare una barca sarebbe stato quella sera. Era una seccatura, dover aspettare tutto il giorno; e gli poneva il problema di come nascondersi nelle prossime dodici ore; ma era troppo vicino alla meta per correre rischi, e rubare una barca nella piena luce del giorno era molto più rischioso che al crepuscolo.

Finita la colazione si alzò. Sarebbero passate ancora un paio d'ore prima che il resto della città si svegliasse. Avrebbe sfruttato quel tempo per scovare un buon nascondiglio.

Fece un giro delle banchine e del porto per l'alta marea. La sorveglianza era superficiale, e individuò parecchi posti dove poter superare i controlli. Trovò la strada per arrivare fino alla spiaggia sabbiosa, e camminò per tutti e tre i chilometri del lungomare. In fondo, un paio di bellissimi yacht erano ormeggiati alla foce del fiume Don. Sarebbero andati benissimo allo scopo di Faber, ma dovevano essere senza carburante.

Una pesante coltre di nubi copriva il sole. L'aria si era fatta di nuovo afosa e temporalesca. Pochi villeggianti temerari emersero dagli hotel davanti al mare e si sedettero caparbiamente sulla spiaggia, ad aspettare il sole. Faber dubitava che per quel giorno l'avrebbero visto uscire.

La spiaggia poteva essere il posto adatto per nascondersi. La polizia avrebbe sorvegliato la stazione ferroviaria e il deposito degli autobus, ma non avrebbe lanciato una battuta per tutta la città. Forse avrebbero fatto dei controlli in alcuni alberghi e in qualche pensione. Era improbabile però che si mettessero a controllare tutti quelli che stavano sulla spiaggia. Così decise di passare la giornata su una sedia a sdraio.

Comprò un giornale e affittò una sedia. Si sfilò la camicia e se la rimise sopra la tuta. Si liberò anche della giacca.

Se fosse venuto un poliziotto, l'avrebbe visto molto prima che arrivasse fin lì. Avrebbe avuto il tempo di lasciare la spiaggia e dileguarsi nelle strade.

Si mise a leggere il giornale. C'era una nuova offensiva alleata in Italia, come annunciava un articolo trionfante. Faber era scettico. Anzio era stata una carneficina. Il giornale era impaginato male e non c'erano fotografie. Lesse anche che la polizia stava ricercando un certo Henry Faber, che aveva assassinato due persone a Londra con uno stiletto...

Una donna in costume da bagno gli passò davanti, lanciandogli un'occhiata penetrante. Il suo cuore fece un balzo. Poi capì che la donna era in cerca di avventure. Per un istante fu tentato di attaccare discorso. Era tanto tempo che... Si riscosse mentalmente. Pazienza, pazienza. Il giorno dopo sarebbe stato a casa.

Era un piccolo peschereccio lungo dai quindici ai diciotto metri e largo a poppa, col motore entrobordo. Un'antenna indicava che aveva una potente radio. Il ponte era pieno di boccaporti che scendevano nella piccola stiva. La cabina si trovava a poppa, ed era grande appena per ospitare due uomini in piedi più il cruscotto e i comandi. Lo scafo era in fasciame ed era stato calafatato da poco, anche la vernice sembrava recente.

C'erano due battelli nel porto che sarebbero andati ugualmente bene, ma Faber si era fermato sul molo e aveva visto con i suoi occhi l'equipaggio di quel peschereccio ormeggiarlo e rifornirlo di carburante prima di andare a casa.

Lasciò passare alcuni minuti, perché fossero abbastanza lontani, poi si avvicinò con un giro intorno al porto e saltò sopra la barca. Si chiamava *Marie II*.

Trovò il timone incatenato. Si sedette sul pavimento della piccola cabina, dove nessuno poteva vederlo, e passò dieci minuti a spezzare il lucchetto. Stava facendo buio presto, per via della coltre di nubi che ancora oscurava il cielo.

Quando ebbe liberato il timone, tirò su la piccola ancora, poi con un salto tornò sul molo e slegò le cime. Rientrato in cabina innescò il motore diesel e premette l'accensione. Il motore fece un sussulto e si spense. Provò ancora. Questa volta si mise in moto normalmente. Faber cominciò la manovra per staccarsi dall'ormeggio.

Si districò tra le altre imbarcazioni accostate lungo il molo e trovò il canale principale che portava fuori dal porto, delimitato da boe. Probabilmente solo dei battelli con un pescaggio molto più profondo del suo avevano veramente bisogno di passare di lì per uscire, ma preferì eccedere in precauzioni.

Una volta fuori del porto, incontrò una forte brezza, e si augurò che non stesse per scoppiare una tempesta. Il mare era particolarmente grosso, e il piccolo, intrepido battello veniva sollevato in alto dalle onde. Faber aprì al massimo la valvola del gas, consultò la bussola e stabilì una rotta. Trovò alcune carte nautiche in un armadietto sotto il timone. Parevano vecchie e poco usate: il timoniere del peschereccio conosceva troppo bene quelle acque per averne bisogno. Faber controllò il punto di riferimento che aveva mandato a memoria quella notte a Stockwell, mise a punto la rotta e assicurò il fermatimone.

I finestrini della cabina erano rigati d'acqua. Faber non poteva dire se era la pioggia o erano gli spruzzi del mare. Il vento ora stava spazzando la cresta delle onde. Mise la testa fuori dalla cabina per un attimo, e si ritrovò la faccia completamente bagnata.

Accese la radio. Ci fu prima un ronzio, poi l'apparecchio si mise a gracchiare. Girò la manopola delle frequenze, spaziando tra le varie lunghezze d'onda, e captò alcuni messaggi in codice. La radio funzionava perfettamente. Si sintonizzò con la frequenza dell'U-boat, poi spense. Era troppo presto per mettersi in collegamento.

Le onde si ingrossavano man mano che avanzava verso il largo. Il battello ora si impennava come un cavallo scalpitante a ogni ondata, restava pochi istanti in bilico sulla cresta e poi sprofondava vertiginosamente nel vuoto. Faber fissava i finestrini ciechi della cabina. Ora era caduta la notte, non si vedeva più nulla. Cominciava a sentire anche un po' di mal di mare.

Ogni volta che si convinceva che le ondate non sarebbero potute diventare ancora più grosse, un nuovo mostro più alto che mai innalzava il battello fino alle stelle. Adesso le distanze tra un'onda e l'altra avevano cominciato ad accorciarsi, e perciò la poppa pendeva sempre o su verso il cielo o giù verso il fondo del mare. Una volta in cui si aprì una voragine particolarmente profonda, la piccola imbarcazione fu illuminata a giorno da un lampo. Faber vide una montagna grigioverde d'acqua precipitare sulla prua e rovesciarsi sul ponte e sulla cabina dove stava lui. Non seppe dire se il terribile schianto che riecheggiò un secondo dopo era un tuono o il rumore del legname che si spezzava. Frugò freneticamente la piccola cabina in cerca di un salvagente, ma non ne trovò.

Caddero altri lampi. Faber teneva stretto il timone fissato e si appoggiava con le spalle alla parete della cabina per reggersi in piedi. Non valeva neanche più la pena di stare ai comandi: il battello andava dove il mare lo trascinava.

Continuava a ripetersi che lo scafo deve essere stato costruito apposta per resistere a tempeste estive come quella. Ma non ne era convinto. Dei pescatori esperti probabilmente avrebbero riconosciuto i segni premonitori di quel finimondo e non si sarebbero avventurati in mare, sapendo che l'imbarcazione non avrebbe resistito a un tempo così.

Non aveva più alcuna idea di dove fosse, ora. Poteva benissimo essere tornato indietro quasi ad Aberdeen, o essere arrivato nella zona dell'appuntamento. Si sedette sul pavimento della cabina e accese la radio. Il violento rollio e il beccheggio rendevano difficoltoso manovrare l'apparecchio. Quando la radio si fu riscaldata, provò con le varie lunghezze d'onda ma non prese nessuna stazione. Alzò il volume al massimo: ancora nulla.

L'antenna doveva essere stata strappata via dal suo posto sul tetto della cabina.

Girò per trasmettere e ripeté solo il messaggio: "Venite, per piacere", più e più volte; poi lasciò l'apparecchio sintonizzato per ricevere una risposta. Aveva poca speranza che il suo segnale arrivasse a destinazione.

Spense il motore per risparmiare carburante. Una volta fuori da quell'inferno – ammesso che riuscisse a uscirne vivo – avrebbe dovuto trovare il modo di riparare o sostituire l'antenna e avrebbe potuto aver bisogno di carburante.

Il peschereccio si piegò terribilmente su un fianco sotto l'urto dell'ondata seguente. No, il motore gli serviva subito per dare al battello la forza di tagliare le onde frontalmente. Faber premette l'accensione, ma non successe nulla. Provò e riprovò parecchie volte, poi rinunciò, maledicendo la sua stupidità per aver spento il motore.

L'inclinazione divenne così ripida che fu scaraventato in terra e batté la testa al timone. Rimase intontito sul pavimento della cabina aspettandosi che il battello da un momento all'altro si capovolgesse. Un'altra ondata si abbatté sulla cabina, e questa volta il vetro dei finestrini andò in frantumi. Improvvisamente Faber si ritrovò sott'acqua. La barca stava affondando, pensò, e si mise a lottare per rialzarsi in piedi e riemergere col capo. Tutti i finestrini erano sfondati, ma il battello stava ancora a galla. Aprì con un calcio la porta della cabina e l'acqua si riversò fuori, mentre lui afferrava il timone per non essere trascinato in mare.

La tempesta, incredibilmente, continuava a peggiorare ancora. Uno degli ultimi pensieri coerenti di Faber fu che una tempesta simile non poteva capitare più di una volta in un secolo in quelle acque. Poi concentrò tutta la mente e la volontà nello sforzo di tenere stretto il timone. Avrebbe dovuto legarcisi, ma ora non osava nemmeno staccarsi per cercare un pezzo di corda. Perse ogni cognizione dell'alto e del basso mentre il peschereccio si impennava e rotolava giù sulle onde come sulle montagne russe. Le raffiche di vento e le cascate d'acqua minacciavano in ogni momento di strapparlo dal suo posto. I suoi piedi scivolavano continuamente sul pavimento bagnato e sulle pareti, e i muscoli delle braccia gli bruciavano dal dolore. Inghiottiva aria quando si trovava con la testa fuor d'acqua, altrimenti tratteneva il respiro. Molte volte fu vicino a perdere i sensi. Si rese conto vagamente che il tetto piatto del tambucio era volato via.

Ogni volta che scoppiava un lampo aveva delle fugaci visioni da incubo del mare. E ogni volta era colto di sorpresa dalla posizione dell'onda: davanti, sotto, o alta accanto a lui, o anche completamente invisibile. Scoprì con sgomento di non sentire più le mani, abbassò gli occhi e vide che erano sempre attaccate al timone, in una stretta ferrea come il rigor mortis. Aveva nelle orecchie un fragore continuo, il rumore del vento misto a quello dei tuoni e del mare.

A poco a poco il pensiero cosciente lo abbandonò. In una visione che era qualcosa a metà tra un'allucinazione e un sogno ad occhi aperti, rivide la ragazza che lo aveva fissato sulla spiaggia. Camminava verso di lui come al rallentatore sul ponte agitato del peschereccio, col corpo fasciato dal costume bagnato, avvicinandosi sempre più ma senza mai raggiungerlo. Lui sapeva che, quando finalmente fosse arrivata a portata di mano, avrebbe staccato le dita rattrappite dal timone per toccarla, ma intanto si ripeteva "Non ancora, non ancora", mentre lei camminava e gli sorrideva ancheggiando. Fu tentato di mollare il timone e andare lui da lei, ma qualcosa in fondo alla mente gli diceva che se si fosse mosso non l'avrebbe più raggiunta, perciò aspettò, guardando e sorridendole a sua volta di tanto in tanto, e persino quando chiudeva gli occhi poteva ancora vederla.

Perdeva e riprendeva coscienza in continuazione, ora. La sua mente andava alla deriva; il mare e il battello sparivano per primi, poi anche la ragazza svaniva nel nulla, finché di colpo si risvegliava scoprendo incredulo di essere ancora in piedi, col timone in mano, ancora vivo; allora per un po' faceva uno sforzo di volontà per restare sveglio, ma alla fine la spossatezza riprendeva il sopravvento.

In uno degli ultimi sprazzi di lucidità, si accorse che le onde ora si muovevano tutte nella stessa direzione, trascinando il battello con sé. Un lampo squarciò di nuovo la notte, e allora vide su un lato un'enorme massa scura, un'onda d'altezza impossibile... no, quella non poteva essere un'onda, era una scogliera... Il pensiero di essere vicino alla terra fu sovrastata dalla paura di andare a fracassarsi contro gli scogli. Come un automa, azionò l'accensione, poi riportò di corsa la mano al timone; ma non faceva più presa.

Una nuova ondata sollevò la barca e la scaraventò come un giocattolo rotto. Mentre ricadeva nel vuoto, ancora attaccato al timone con una mano, Faber vide una roccia appuntita come uno stiletto venirgli incontro dal ventre dell'onda. Sembrava inevitabile che dovesse infilzare la barca. Ma lo scafo del piccolo peschereccio passò raschiando oltre la cresta rocciosa.

Le onde alte come montagne erano violentissime, ora. Quella seguente fu troppo forte per lo scafo. La barca batté sul fondo contro qualcosa di solido, e il rumore dello scafo che si sfasciava lacerò la notte come un boato. Stavolta per la barca era veramente finita.

L'acqua si ritirò, e Faber capì che lo scafo si era spezzato perché aveva urtato terra. Rimase ammutolito e attonito alla vista della spiaggia, illuminata dal bagliore di un lampo. Poi il mare risucchiò di nuovo la barca lontano dalla sabbia, mentre l'acqua tornava a inondare il ponte, scagliando Faber sul pavimento. Ma aveva fatto in tempo a vedere tutto distintamente come alla luce del giorno. La spiaggia era stretta, e le onde si infrangevano direttamente contro la scogliera. Ma c'era un pontile, alla sua destra, e una specie di passerella che dal molo portava su in cima alla scogliera. Sapeva che se lasciava la barca per raggiungere la spiaggia, la prossima onda lo avrebbe ucciso sotto tonnellate d'acqua o gli avrebbe spaccato la testa come un uovo contro gli scogli. Se riusciva a salire sul pontile tra un'onda e l'altra, forse avrebbe potuto arrampicarsi abbastanza in alto sulla passerella da non essere più raggiunto dall'acqua.

Forse sarebbe potuto sopravvivere ancora.

L'ondata seguente squarciò il ponte come se il legno stagionato dello scafo non fosse più grosso di una buccia di banana. La barca sprofondò sotto di lui, e Faber si trovò spinto indietro dalla risacca. Arrancò febbrilmente per tirarsi in piedi, sulle gambe molli come la gelatina, e si mise a correre, sguazzando nell'acqua bassa verso il molo. Fare di corsa quei pochi metri fu l'impresa più massacrante di tutta la sua vita. Sentiva il desiderio di inciampare e cadere, per poter trovare finalmente riposo nell'acqua e morire; ma restò in piedi, come aveva fatto quando aveva vinto la corsa dei 5000 metri, finché non andò a battere contro uno dei piloni del pontile. Si aggrappò alle assi con le mani, sforzandosi di riacquistare la sensibilità delle dita almeno per pochi secondi; e si sollevò finché non fu col mento sopra il bordo; poi fece oscillare le gambe e si tirò su.

L'onda arrivò mentre si rialzava sulle ginocchia. Si trascinò in avanti. L'onda lo travolse per alcuni metri e lo scaraventò brutalmente contro l'assito di legno. Bevve acqua e vide le stelle. Quando ebbe di nuovo la schiena libera, chiamò a raccolta tutta la sua volontà per muoversi. Ma non veniva. Si sentiva trascinare inesorabilmente indietro. Una rabbia improvvisa lo assalì. Non doveva lasciarsi sconfiggere, non ora! Gridò tutto il suo odio per la tempesta, il mare, gli inglesi e Percival Godliman, e all'improvviso fu di nuovo in piedi che correva, correva, lontano dai gorghi e su per la passerella, correva con gli occhi chiusi e la bocca aperta e una furia nel cuore, con i polmoni sul punto di scoppiare e le ossa che stavano per spezzarsi; ricordando, vagamente, di aver evocato già un'altra volta quella furia e di essere quasi morto; correndo senza badare a dove andava, ma sapendo solo che non si sarebbe fermato finché non avesse perso i sensi.

La passerella era lunga e ripida. Un uomo forte avrebbe potuto farla di corsa fino in cima, se era esercitato e riposato.

Un atleta olimpionico, se fosse stato stanco, sarebbe arrivato a metà. Un uomo normale di quarant'anni non avrebbe fatto più di un metro o due.

Faber la salì tutta fino in cima.

Ad un metro dalla fine, ebbe un leggero attacco di cuore e perse conoscenza, ma le sue gambe fecero altri due balzi prima che toccasse il soffice terreno erboso.

Non seppe mai quanto tempo rimase lì disteso. Quando riaprì gli occhi la tempesta infuriava ancora, ma era spuntato il giorno e poté vedere, a pochi metri da lui, una piccola casa che sembrava disabitata.

Si rialzò sulle ginocchia e cominciò a strisciare piano piano verso la porta.

XVIII

L'U-505 continuava a ruotare in cerchio, incessantemente, con i potenti motori diesel a basso regime e la prua che fiutava i fondali come un grosso squalo grigio senza denti. Il comandante, capitano di corvetta Werner Heer, stava bevendo surrogato di caffè e si sforzava di non fumare altre sigarette. Erano stati lunghi da passare, il giorno e la notte. Detestava quell'incarico, perché era un uomo da combattimento e lì non c'era nulla da combattere; e detestava il silenzioso ufficiale dell'Abwehr dagli occhi azzurri, ospite, suo malgrado, del sottomarino.

L'uomo del servizio segreto, il maggiore Wohl, sedeva di fronte al capitano. Non sembrava mai stanco, accidenti a lui. Quei suoi occhi azzurri si posavano in giro, assimilando ogni cosa, ma la loro espressione era sempre uguale. Anche la sua uniforme non si sgualciva mai, nonostante i disagi della vita su un sommergibile; e si accendeva una nuova sigaretta esattamente ogni venti minuti, fumandola fino all'ultimo e buttando via il mozzicone quando non restava più di mezzo centimetro. Heer avrebbe volentieri smesso di fumare, solo per poter fissare delle regole e avere la soddisfazione di privare Wohl del suo piacere col tabacco, ma il vizio era troppo forte anche per lui.

A Heer la gente del servizio segreto non piaceva, perché gli dava sempre l'impressione che lo stesse spiando. Non gli piaceva neppure lavorare per l'Abwehr. Il suo sottomarino era fatto per dare battaglia, non per stare rintanato intorno alla costa inglese nell'attesa di imbarcare agenti segreti. Gli sembrava una vera pazzia mettere a repentaglio una preziosa e costosa macchina da combattimento, per non parlare dell'equipaggiamento esperto, solo per aspettare un uomo che avrebbe potuto anche non farsi vivo.

Si riempì la tazza e fece una smorfia. « Dannato caffè » disse. « È schifoso. »

Lo sguardo inespressivo di Wohl si soffermò per un momento su di lui, poi si spostò. Non aprì bocca.

Heer non trovava pace sulla sedia. Sul ponte di una nave avrebbe passeggiato avanti e indietro, ma gli uomini a bordo di un sottomarino imparano a evitare i movimenti inutili. « Il suo uomo » disse « non verrà con questo tempo. »

Wohl dette un'occhiata all'orologio da polso. « Aspetteremo fino alle sei del mattino » disse calmo.

Non era un ordine, perché il maggiore non poteva dare ordini a Heer; ma la secca affermazione fu come un insulto. Heer ribatté: « Vada all'inferno, sono io il comandante qui ».

« Ci atterremo entrambi agli ordini » replicò Wohl. « Come lei sa, vengono da molto in alto. »

Heer dominò la sua rabbia. Il giovane presuntuoso aveva ragione, purtroppo. Heer si sarebbe attenuto agli ordini. Al loro ritorno, poi, avrebbe fatto rapporto contro Wohl per insubordinazione. Non che ci fosse molto da sperare: quindici anni in marina avevano insegnato a Heer che quelli dello stato maggiore potevano fare quello che volevano.

Disse: « Se il nostro uomo è abbastanza stupido da avventurarsi fuori stanotte, certamente non è abbastanza pratico di mare per sopravvivere ».

L'unica risposta di Wohl fu il solito sguardo inespressivo.

Heer chiamò l'operatore radio. « Weissman? »

« Nulla, signore. »

Wohl disse: « Ho la brutta sensazione che i mormorii che abbiamo sentito qualche ora fa fossero suoi ».

« Se lo erano, si trovava molto lontano dal luogo dell'appuntamento, signore » osservò l'operatore radio. « A me sembravano più scariche di lampi. »

Heer aggiunse, con un certo compiacimento: « Se non era lui, pace. Se era lui, ormai è annegato. »

« Voi non lo conoscete » replicò Wohl, e stavolta dalla sua voce trapelava una traccia d'emozione.

Heer rimase in silenzio. Il suono del motore era lievemente alterato e al capitano sembrava di poter distinguere come un leggero battito. Se aumentava durante il ritorno, lo avrebbe fatto controllare in porto. E magari lo avrebbe fatto comunque, solo per evitare un altro viaggio con l'ineffabile maggiore Wohl.

Si avvicinò un marinaio. « Caffè, signore? »

Heer scosse la testa. « Se ne bevo ancora, piscerò caffè. »

Wohl disse: « Io sì, grazie ». Prese una sigaretta.

Il gesto indusse Heer a guardare l'orologio. Le sei erano passate da dieci minuti. Il sottile maggiore Wohl aveva ritardato la sua sigaretta delle sei per trattenere l'U-boat ancora lì per qualche minuto. Heer disse: « Torniamo a casa ».

« Un momento » fece Wohl. « Io credo che dovremmo dare un'occhiata in superficie prima di partire. »

« Non dica sciocchezze » protestò Heer. Sapeva di essere in vantaggio ora. « Si rende conto di che razza di tempesta infuria lassù? Non riusciremmo nemmeno ad aprire il portello, e col periscopio non vedremmo più di pochi metri. »

« Come può esserne così sicuro da questa profondità? »

« È l'esperienza » gli rispose Heer.

« Allora mandiamo almeno un segnale alla base, per avvertirli che il nostro uomo non ha preso contatto. Potrebbero ordinarci di restare qui. »

Heer sospirò, esasperato. « Non è possibile collegarsi via radio da questa profondità, non con la base » disse.

La calma di Wohl finalmente era saltata. « Comandante Heer, insisto nel raccomandarle di salire in superficie e di mettersi in contatto radio con la base prima di partire. L'uomo che dobbiamo prelevare porta informazioni vitali per il futuro del Reich. Il Führer in persona sta aspettando il suo rapporto. »

Heer lo guardò. « Grazie per avermi fatto sapere la sua opinione, maggiore » disse. Poi gli voltò le spalle e gridò: « Avanti tutta! ».

Il rumore della coppia di motori diesel esplose in un ruggito, e l'U-boat cominciò a prendere velocità.

PARTE QUARTA

XIX

Quando Lucy si svegliò, la tempesta scoppiata la sera prima stava ancora infuriando. Si sporse dal bordo del letto, stando attenta a non far rumore per non svegliare David, e prese l'orologio da polso sul pavimento. Erano le sei appena passate. Il vento ululava intorno al tetto. David poteva continuare a dormire: quel giorno non ci sarebbe stato molto da lavorare.

Lucy si chiese se durante la notte non fossero cadute delle tavole d'ardesia dal tetto. Avrebbe dovuto controllare in solaio. Ma per quel lavoro bisognava aspettare che David fosse uscito, altrimenti si sarebbe arrabbiato che non avesse chiesto a lui di farlo.

Scivolò fuori dal letto. Faceva molto freddo. Il caldo degli ultimi giorni era stato una finta estate, il preludio alla tempesta. Ora era tornato il freddo come a novembre. Si sfilò dalla testa la camicia da notte di flanella e si mise in fretta la biancheria, i pantaloni e il maglione. David si agitò. Guardò verso di lui, che si voltò dall'altra parte, continuando a dormire.

Attraversò il piccolo pianerottolo e andò a vedere nella camera di Jo. A tre anni ora aveva anche lui un letto normale, e spesso durante la notte cadeva senza svegliarsi. Quella mattina era ancora nel suo letto e dormiva tranquillo sulla schiena con la bocca aperta. Lucy sorrise. Era adorabile quando dormiva.

Scese piano da basso, chiedendosi come mai si era svegliata

così presto. Forse Jo aveva fatto rumore, o forse era stata la tempesta.

Si inginocchiò davanti al caminetto, rimboccandosi le maniche del maglione, e cominciò a preparare il fuoco. Mentre ripuliva la griglia, fischiettò un motivo che aveva sentito alla radio, *Sei tu o non sei tu il mio bambino?*. Raccolse le ceneri fredde, usando i tizzoni più grossi per formare la base del nuovo fuoco. Le felci secche formavano l'esca e sopra ci andavano la legna e il carbone. Qualche volta usava solo la legna, ma il carbone era meglio con quel tempo. Coprì il focolare con un foglio di giornale per alcuni minuti per aiutare il tiraggio del camino. Quando lo tolse, la legna stava bruciando e il carbone si stava arrossando. Ripiegò il giornale e lo mise sotto la cassetta del carbone per usarlo il giorno dopo.

Il fuoco tra poco avrebbe riscaldato la piccola casa, ma una tazza di tè caldo nel frattempo le avrebbe fatto bene. Lucy andò in cucina e mise il bollitore sul fornello elettrico. Preparò due tazze su un vassoio, poi trovò le sigarette di David e un portacenere. Fece il tè, riempì le tazze e col vassoio in mano attraversò l'ingresso per salire le scale.

Aveva appena messo un piede sul primo gradino quando sentì i colpi. Si fermò, sorpresa, poi si disse che era il vento che faceva sbattere qualcosa, e salì un altro scalino. Il rumore si ripeté. Era come se qualcuno bussasse alla porta.

Era ridicolo; nessuno poteva bussare alla porta d'ingresso... solo Tom, che però entrava sempre dalla porta della cucina e non bussava mai.

I colpi si ripeterono di nuovo.

Solo per soddisfare la curiosità, ridiscese gli scalini e, tenendo il vassoio del tè in equilibrio su una mano, aprì la porta.

Lasciò cadere il vassoio, sbigottita. L'uomo rotolò nell'ingresso, trascinando giù anche lei. Lucy strillò.

Il terrore durò solo un attimo. Lo sconosciuto giaceva riverso sul pavimento accanto a lei, chiaramente incapace di aggredire nessuno. Aveva gli abiti inzuppati, e le sue mani e la faccia erano bianche come il marmo per il freddo.

Lucy si rialzò. David stava scendendo le scale col sedere, e chiedeva: « Cos'è? Cos'è? ».

« Quello » disse Lucy, e lo indicò.

David arrivò ai piedi della scala, ancora in pigiama, e si tirò sulla sedia a rotelle. « Non vedo cosa ci sia da strillare » disse. Si avvicinò e guardò attentamente l'uomo sul pavimento.

« Mi dispiace. Mi ha spaventata. » Si piegò e prendendo l'uomo per le braccia lo trascinò nel soggiorno. David le venne dietro. Lucy distese l'uomo davanti al focolare.

David fissò pensosamente gli occhi sul corpo privo di conoscenza. « Da dove diavolo è venuto? » domandò.

« Deve essere un marinaio scampato a un naufragio. »

« Dev'essere così. »

Però era era vestito come un operaio, non come un marinaio, notò Lucy. Lo osservò attentamente. Era un uomo grosso, più lungo del metro ottanta del tappeto steso davanti al focolare, e muscoloso intorno al collo e alle spalle. La sua faccia era forte e ben modellata, con la fronte alta e la mascella lunga. Sarebbe stato bello, pensò, se non avesse avuto quel pallore impressionante.

Lo sconosciuto si agitò e aprì gli occhi. In un primo momento sembrò terribilmente spaventato, come un bambino che si risvegliasse in un ambiente ignoto; ma poi la sua espressione si rasserenò molto rapidamente, e l'uomo si guardò intorno con curiosità, posando gli occhi brevemente su Lucy, David, sulla finestra, la porta e il fuoco.

« Dobbiamo togliergli questi abiti » disse Lucy. « Vai a prendere un pigiama e una vestaglia, David. »

David uscì sulla sua sedia, e lei si inginocchiò accanto allo sconosciuto. Gli tolse per prima cosa gli stivali e le calze. Nei suoi occhi pareva esserci una punta di divertimento mentre la guardava. Ma quando fece per togliergli la giacca, incrociò le braccia sul petto come per proteggersi.

« Morirà di polmonite se resta con questi abiti addosso » gli disse lei, nel suo tono più premuroso. « Si lasci spogliare. »

Lo sconosciuto rispose: « Non credo che ci conosciamo abbastanza... dopotutto, non ci siamo neppure presentati ».

Era la prima volta che parlava. La sua voce era così suadente, le parole così educate che il contrasto con l'aspetto terribile fece ridere forte Lucy. « Si vergogna? » gli chiese.

« Penso solo che un uomo debba mantenere un'aria di mistero. » Sorrise affabilmente, ma il suo sorriso si spense improvvisamente e gli occhi si chiusero per il dolore.

David tornò reggendo in braccio il pigiama e vestaglia. « Pare che voi due ve l'intendiate già piuttosto bene » osservò.

« Devi spogliarlo tu » disse Lucy. « Non vuole che lo faccia io. »

Lo sguardo di David era indecifrabile.

« Ci riuscirò da me, grazie... se non è troppo scortese da parte mia » disse lo sconosciuto.

« Faccia pure » disse David. Buttò i vestiti su una sedia e tornò fuori.

« Preparerò dell'altro tè » disse Lucy, uscendo anche lei, e si richiuse dietro la porta del soggiorno.

In cucina David stava già riempiendo il bollitore, con una sigaretta che gli pendeva tra le labbra. Lucy raccolse in fretta i pezzi del servizio di porcellana rotto nell'ingresso e lo raggiunse.

David disse: « Cinque minuti fa quel tizio sembrava mezzo morto... e ora si sta vestendo da solo ».

Lucy stava armeggiando con la teiera. « Forse fingeva. »

« Il timore di essere svestito da te lo avrà certamente aiutato a guarire prima. »

« Ma come si può essere così timidi? »

« La tua mancanza a questo riguardo forse ti porta a sottovalutarne la forza sugli altri. »

Lucy sbattè le tazze. « Di solito non diventi acido e scorbutico fin dopo colazione. E poi, come può la timidezza essere forte? »

« I giochi di parole sono sempre la tua ultima difesa. » David spense il mozzicone di sigaretta nel lavandino.

Lucy versò l'acqua bollente nella teiera. « Cerchiamo di non litigare oggi... abbiamo qualcosa di più interessante da fare, una volta tanto. » Prese il vassoio e andò in soggiorno.

Lo sconosciuto si stava abbottonando la giacca del pigiama. Le voltò le spalle quando entrò. Lei posò il vassoio e versò il tè. Quando si girò, l'uomo aveva indosso la vestaglia di David.

« Lei è molto gentile » le disse. Ora la guardava in viso.

In effetti non sembrava un tipo timido, pensò Lucy. Comunque aveva qualche anno più di lei... doveva essere sulla quarantina, calcolò. Questo forse poteva spiegare il suo atteggiamento. Ogni minuto che passava, aveva sempre meno l'aria di un naufrago.

« Si sieda vicino al fuoco » gli disse, e gli porse la tazza di tè.

« Non sono sicuro di poter mettere lo zucchero » disse l'uomo. « Le mie dita non funzionano. » Le prese la tazza con le mani rattrappite, tenendola tra i due palmi, e se la portò lentamente alle labbra.

David entrò e offrì una sigaretta, ma l'uomo la rifiutò.

Lo sconosciuto vuotò la tazza. « Dove sono? » chiese.

« Questo posto si chiama Isola della Tempesta » disse David.

L'uomo mostrò un segno di sollievo. « Credevo di essere stato ributtato sulla terraferma. » Allungò le gambe davanti al fuoco per scaldare i piedi nudi.

« Probabilmente è stato trascinato nella baia » disse David. « Succede così di solito. La spiaggia si è formata in questo modo. »

Entrò Jo, ancora mezzo addormentato, trascinandosi con un braccio un orsacchiotto, grande quanto lui. Quando vide lo sconosciuto corse da Lucy a nascondere la faccia.

« Ho spaventato la vostra bambina » sorrise l'uomo.

« È un bambino. Bisogna che gli tagli i capelli. » Lucy si mise Jo a sedere sulle ginocchia.

« Chiedo scusa. » Gli occhi dello sconosciuto si chiusero di nuovo, e l'uomo vacillò sulla sedia.

Lucy scattò in piedi, facendo cadere Jo sul divano. « Dobbiamo mettere questo poveretto a letto, David. »

« Solo un minuto » disse lui, e si avvicinò all'uomo con la sedia. « Ci sono altri superstiti? » chiese.

L'uomo alzò lo sguardo. « Ero solo » mormorò. Sembrava soffrire molto.

« David... » insisté Lucy.

« Solo un'altra domanda: ha segnalato la sua rotta alle guardie costiere? »

« Ma cosa importa? » protestò Lucy.

« Importa, perché se lo ha fatto possono esserci degli uomini là fuori che rischiano la vita per cercarlo, ed è nostro dovere informarli che è in salvo. »

L'uomo rispose a fatica: « Io... non... l'ho fatto ».

« Adesso basta » disse Lucy a David. Si inginocchiò davanti all'uomo. « Può salire di sopra? »

Lui annuì e si alzò lentamente in piedi.

Lucy gli passò un braccio intorno alle spalle e cominciò a incamminarsi sostenendolo. « La metterò nel letto di Jo » disse.

Salirono le scale un gradino la volta, e fermandosi a ognuno. Quando arrivarono in cima, quel po' del colore che il fuoco aveva fatto ritornare sulla faccia dello sconosciuto era di nuovo scomparso. Lei lo accompagnò nella cameretta e l'uomo crollò sul letto.

Lucy gli sistemò le coperte, lo rimboccò e uscì dalla stanza, chiudendo piano la porta.

Un'ondata di sollievo si riversò su Faber. Negli ultimi minuti, lo sforzo di autocontrollo era stato inumano. Si sentiva disfatto, sconfitto e sofferente.

Dopo che la porta della casa si era aperta, aveva promesso a se stesso di concedersi di crollare per un momento. Il pericolo era venuto quando la bella ragazza aveva cominciato a spogliarlo, facendogli ricordare la scatoletta della pellicola che portava attaccata al petto. L'istinto di difesa aveva risvegliato la sua prontezza di spirito per un po'. Aveva temuto anche che potessero chiamare un'ambulanza, ma poi non ne aveva sentito parlare: forse l'isola era troppo piccola per avere un ospedale. Per lo meno non era sulla terraferma, laggiù sarebbe stato impossibile impedire la segnalazione del naufragio. E comunque il tenore delle domande del marito lasciava intendere che per il momento non sarebbe stato dato nessun allarme.

Faber non aveva la forza di pensare ai pericoli che lo aspettavano in futuro. Pareva salvo, ora come ora, e questo gli bastava. Era al caldo, asciutto e vivo, e il letto era morbido.

Si voltò, ispezionando la stanza: porta, finestra, camino. L'abitudine alla prudenza era più forte di tutto, tranne che della morte. Le pareti erano rosa, come se la coppia avesse sperato di avere una bambina. C'erano un trenino e un mucchio di libri illustrati sul pavimento... Era un luogo sicuro, domestico; una casa. E lui era il lupo in un ovile di pecore, ma un lupo menomato.

Chiuse gli occhi. Malgrado lo sfinimento, dovette obbligarsi a rilassarsi, muscolo dopo muscolo. A poco a poco la sua testa si riempì di pensieri, e si addormentò.

Lucy assaggiò il budino, e aggiunse un altro pizzico di sale. Si erano abituati a gustarlo nel modo in cui lo faceva Tom, secondo la ricetta scozzese, senza zucchero. Non avrebbe mai più rifatto il budino dolce, anche quando lo zucchero fosse tornato in abbondanza e senza più razionamento. Era buffo come ci si abituava alle cose quando si era costretti: pane nero, margarina e budino salato.

Lo distribuì a tutti e la famiglia si sedette a fare colazione. Jo bevve latte a volontà per mandar giù la sua razione. David mangiava come un bufalo in quel periodo, senza ingrassare: era la vita all'aperto. Lucy si guardò le mani posate sulla tavola. Erano ruvide, e sempre abbronzate, le mani di una donna che sfaccendava da mattina a sera. Quelle dello sconosciuto – aveva notato – avevano dita lunghe e la pelle era bianca sotto le croste di sangue e le escoriazioni. Non era uno abituato al rude lavoro di marinaio.

Lucy disse: « Non potrai far molto oggi. La tempesta pare che non smetta ».

« Non importa » grugnì David. « Le pecore devono essere curate lo stesso, qualsiasi tempo faccia. »

« Dove andrai? »

« Da Tom. Arriverò fin là in jeep. »

Jo chiese: « Posso venire anch'io? ».

« Non oggi » gli disse Lucy. « È troppo umido e fa freddo. »

« Ma quell'uomo non mi piace. »

Lucy sorrise. « Non essere sciocco. Non ci farà nessun male. È troppo conciato per muoversi. »

« Chi è? »

« Non sappiamo come si chiama. Ha fatto naufragio, e noi dobbiamo aver cura di lui finché non starà abbastanza bene per tornarsene sulla terraferma. È un uomo molto gentile. »

« È mio zio? »

« Solo uno sconosciuto, Jo. Su, mangia. »

Jo sembrò deluso. Aveva conosciuto uno zio una volta. Nella sua mente gli zii erano delle persone che regalavano caramelle, di cui era ghiotto, e soldi, anche se non sapeva bene a cosa servissero.

David terminò la colazione e s'infilò l'impermeabile. Era una specie di mantella con le maniche e un buco per la testa, che scendeva a riparare anche quasi tutta la sedia a rotelle. Si mise il cappello di tela cerata e se lo legò sotto il mento. Baciò Jo e salutò Lucy.

Un minuto o due dopo lei sentì mettersi in moto la jeep. Andò alla finestra per vedere David allontanarsi sotto la pioggia. Le ruote posteriori dell'auto slittarono nel fango. Avrebbe dovuto stare attento.

Si girò verso Jo. Il bambino disse: « È un cane ». Stava facendo un disegno sulla tovaglia con il budino e il latte.

Lucy gli dette un colpo sulla mano, esclamando: « Che pasticcio orribile! ». La faccia del bimbo prese un'espressione seria e imbronciata, e Lucy pensò quanto assomigliava a suo padre. Aveva la stessa pelle scura e capelli quasi neri, e tutti e due avevano un modo uguale di chiudersi in se stessi quando erano arrabbiati. Ma Jo rideva molto... aveva ereditato qualcosa anche dalla parte della famiglia di Lucy, grazie a Dio.

Jo scambiò il suo sguardo pensoso per rabbia, e disse: « Scusami ».

Lei lo lavò al lavandino di cucina, poi tolse gli avanzi, pulì i resti della colazione, pensando allo sconosciuto di sopra. Ora che il momento critico era passato, e che sapeva che l'uomo non sarebbe morto, era assalita dalla curiosità. Chi era? Da dove veniva? Che cosa stava facendo in mezzo alla tempesta? Aveva una famiglia? Come mai i suoi abiti erano da lavoro, le sue mani da impiegato, e l'accento da persona colta? La cosa era piuttosto eccitante.

Se fosse vissuta in qualche altro luogo, pensò, non le sarebbe successo di accettare la sua improvvisa comparsa così prontamente. Avrebbe potuto essere benissimo un disertore, o un criminale, o anche un prigioniero di guerra evaso. Ma, vivendo sull'isola, si dimenticava che gli altri esseri umani potessero essere ostili invece che socievoli. Era così bello vedere una faccia nuova, che covare dei sospetti sembrava un atteggiamento ingrato. O forse, lei ancora più della maggior parte della gente era pronta ad accogliere un uomo attraente... Ma questo era un pensiero sgradevole e lo scacciò dalla mente.

Stupida, che stupida! Era così sfinito e mal ridotto che non avrebbe proprio potuto minacciare nessuno. Anche sulla terraferma, chi avrebbe rifiutato di soccorrere un uomo bagnato fradicio e privo di sensi? Appena si fosse sentito meglio gli avrebbe potuto fare delle domande, e se le sue spiegazioni su come era arrivato lì non fossero state più che plausibili, potevano mettersi in comunicazione col continente via radio dalla casa di Tom.

Quando ebbe lavato i piatti salì silenziosamente di sopra per dare una sbirciatina all'uomo. Dormiva sul letto davanti alla porta, e quando lei guardò dentro i suoi occhi si aprirono all'istante. Di nuovo ci fu quell'iniziale, fugace lampo di paura.

« Stia tranquillo » sussurrò Lucy.

L'uomo chiuse gli occhi senza parlare.

Lucy ridiscese da basso. Vestì se stessa e Jo con impermeabili di tela cerata e stivali alti fino al ginocchio, e poi uscirono. La pioggia veniva ancora giù a torrenti e il vento era spaventoso. Lanciò un'occhiata al tetto: mancava veramente qualche tegola. Piegandosi sotto il vento, si diresse verso la cima della scogliera.

Tenne saldamente per mano Jo, che rischiava di essere trascinato via. Due minuti dopo stava già desiderando di essere rimasta a casa. La pioggia le colava dentro il colletto dell'impermeabile e giù negli stivali, ed era inzuppata. Anche Jo doveva essere nelle stesse condizioni, ma visto che ormai erano tutti e due bagnati, potevano rimanere benissimo per qualche minuto ancora. Lucy voleva andare alla spiaggia.

Tuttavia, quando fu in cima alla passerella, capì che era impossibile. Lo stretto passaggio di assi di legno era scivoloso per la pioggia, e con quel vento rischiava di perdere l'equilibrio e di cadere: un volo di venti metri nella spiaggia sottostante. Doveva accontentarsi di un'occhiata.

Era un vero spettacolo.

Onde immense, ognuna grande come una piccola casa, si riversavano in rapida successione, una dopo l'altra. Attraversando la spiaggia le onde si levavano ancora più alte, con le creste arricciate su se stesse come in un punto interrogativo, poi si scagliavano ai piedi della scogliera con furia. Gli spruzzi arrivarono fin lassù a getto, inducendo Lucy a tirarsi indietro in fretta e Jo a squittire per il divertimento. Lucy riuscì a sentire la risata del figlio solo perché si era buttato tra le sue braccia, e la bocca del bambino ora era vicina al suo orecchio: il frastuono del vento e del mare copriva i rumori più lontani.

C'era qualcosa di terribilmente eccitante nell'osservare gli elementi soffiare, ondeggiare e ruggire con furia, nello stare troppo vicini all'orlo della scogliera, sentendosi spaventata e al sicuro nello stesso tempo, rabbrividendo per il freddo e sudando per la paura. Era eccitante, e c'erano così poche eccitazioni nella vita di Lucy.

Stava per andare via, preoccupata per la salute di Jo, quando vide il battello.

Non aveva più le sembianze di una barca, naturalmente; era proprio questo che impressionava maggiormente. Erano rimaste solo le grosse assi di legno del ponte e la chiglia, disseminate sulle rocce sotto la scogliera come un pugno di fiammiferi lasciati cadere per terra. Doveva essere stato un grosso battello, osservò Lucy. Un uomo avrebbe potuto pilotarlo da solo, ma non facilmente. E il danno che il mare aveva causato su quell'opera del lavoro umano era spaventoso. Era impossibile trovare due pezzi di legno attaccati ancora insieme.

Come aveva fatto, in nome del cielo, lo sconosciuto a uscirne vivo?

Rabbrividì quando pensò a ciò che quelle onde e quelle rocce avrebbero potuto fare a un corpo umano. Jo avvertì il suo improvviso cambiamento di umore e le disse all'orecchio. « Andiamo a casa, ora. » Lei voltò in fretta le spalle al mare e corse per il sentiero verso la casa.

Una volta dentro, si tolsero gli impermeabili bagnati, i cappelli e gli stivali, e li appesero in cucina ad asciugare. Lucy andò di sopra e dette nuovamente un'occhiata allo sconosciuto. Questa volta lui non aprì gli occhi. Sembrava che stesse dormendo pacificamente, tuttavia Lucy ebbe la sensazione che si fosse svegliato e avesse riconosciuto il suo passo sulle scale e avesse chiuso gli occhi prima che lei aprisse la porta.

Preparò un bagno caldo. Sia lei che il bambino erano bagnati fin nelle ossa. Svestì Jo e lo mise nella vasca, poi, d'impulso, si tolse gli abiti ed entrò nell'acqua insieme a lui. La temperatura era perfetta. Chiuse gli occhi e si rilassò. Anche quella era una gioia: essere in casa, al caldo, mentre la tempesta infuriava impotente contro le robuste pareti di pietra.

La vita aveva preso un altro sapore, tutto a un tratto. In una notte erano venuti la tempesta, il naufragio e l'uomo misterioso; tutto questo dopo tre anni di noia. Sperò che lo sconosciuto si svegliasse presto, in modo da poter scoprire ogni cosa di lui.

Era tempo di cominciare a preparare il pranzo per gli uomini. Aveva del costato d'agnello per fare uno stufato. Uscì dal bagno e si asciugò con delicatezza. Jo stava giocando con un balocco: un gattino di gomma tutto rosicchiato. Lucy si guardò allo specchio, esaminando le smagliature sul ventre lasciate dalla gravidanza. Si erano attenuate con l'andar del tempo, ma non erano scomparse. Un'abbronzatura integrale sarebbe stata d'aiuto, però. Sorrise a se stessa, pensando: "Figurarsi! A chi può interessare la mia pancia?". A nessuno, eccetto lei.

Jo disse: « Posso restare un minutino? ».

Era una frase abituale, "un minutino", e poteva significare anche mezza giornata.

Lucy rispose: « Solo finché mi vesto ». Appese l'asciugamano al gancio e si diresse verso la porta.

Lo sconosciuto stava in piedi sulla soglia e la guardava.

Si fissarono l'un l'altra. Era strano – pensò Lucy più tardi – che non si fosse sentita un po' impaurita. Era stato il modo in cui l'aveva guardata: nell'espressione dei suoi occhi non c'era né una minaccia, né compiacimento, né bramosia. Non stava guardandole il pube e nemmeno i seni, ma la faccia, dritto nei suoi occhi. Lo fissò a sua volta, un po' sbalordita ma non imbarazzata, domandandosi in un angolo della mente come mai non strillava, non si copriva con le mani e non gli sbatteva la porta in faccia.

Qualcosa cambiò nel suo sguardo, alla fine – forse lei se lo stava immaginando, ma vi lesse ammirazione, una punta di sincero umorismo e un'ombra di tristezza – e poi l'incantesimo si spezzò, e lui si girò e tornò nella sua camera chiudendo la porta. Un attimo dopo Lucy sentì il cigolio delle molle del letto sotto il peso dell'uomo. E senza nessuna valida ragione si sentì tremendamente colpevole.

XX

A quell'ora Percival Godliman aveva accantonato ogni indugio.

A tutti i poliziotti del Regno Unito fu data una copia della fotografia di Faber, e una metà di essi venne impegnata, a tempo pieno, nelle ricerche. Nelle città si setacciavano alberghi, pensioni, stazioni ferroviarie e di autobus, caffè, grandi magazzini; e i ponti, gli archi, e i posti bombardati dove si rifugiavano i poveracci. Nelle campagne si perlustravano fienili, silos, villini vuoti, e i castelli in rovina, boschetti, radure e campi di grano. Le sue foto venivano mostrate alle biglietterie, alle stazioni di benzina, egli equipaggi dei traghetti e agli esattori dei pedaggi. In tutti i porti e agli aeroporti c'era la sua foto affissa dietro un tabellone in ogni ufficio controllo passaporti.

La polizia pensava di essere a caccia di un semplice assassino.

Il poliziotto della strada sapeva che l'uomo della foto aveva ammazzato due persone con un coltello a Londra. Gli ufficiali superiori ne sapevano un po' di più: che uno dei delitti era stato uno stupro, l'altro sembrava senza movente apparente, e un terzo – di cui i loro uomini non erano a conoscenza – era un'aggressione poco chiara ma mortale a un soldato sul treno Euston-Liverpool. Solo il capo della polizia e alcuni ufficiali di Scotland Yard, si resero conto che il soldato era stato temporaneamente distaccato all'MI5 e che tutte le uccisioni avevano a che fare con i servizi di sicurezza.

Anche per i giornali si trattava solo di una normale caccia all'assassino. Il giorno dopo che Godliman aveva fatto diffondere i particolari, la maggior parte dei giornali avevano riportato la storia nell'ultima edizione – mancava invece nelle prime edizioni destinate alla Scozia, all'Ulster, e al Galles del Nord, per cui lì era stata pubblicata una versione ridotta l'indomani. La vittima di Stockwell era stata fatta passare come un operaio, gli avevano dato anche un nome falso e non precisate origini londinesi. Le informazioni fatte pervenire da Godliman alla stampa collegavano quel delitto alla morte della signora Una Garden avvenuta nel 1940, ma lasciavano nel vago la natura di questo legame. Si diceva che l'arma del delitto era uno stiletto.

I due giornali di Liverpool vennero a sapere quasi subito del cadavere sul treno, ed entrambi si domandarono se ne era responsabile l'assassino col coltello di Londra. Tutti e due chiesero informazioni alla polizia di Liverpool. Ma i direttori ricevettero una telefonata dal capo della polizia e nessun giornale riportò la notizia.

Un totale di centocinquantasette uomini alti e bruni furono arrestati sotto il sospetto di essere Faber. Tutti, tranne ventinove, furono in grado di provare che non potevano assolutamente aver commesso i delitti. Investigatori dell'MI5 interrogarono quei ventinove. Ventisette fecero venire i genitori, parenti e vicini di casa a testimoniare che erano nati in Gran Bretagna e vi avevano abitato durante gli anni venti, quando Faber si trovava in Germania.

Gli ultimi due furono portati a Londra e interrogati di nuovo, questa volta da Godliman in persona. Entrambi erano scapoli, vivevano soli, senza parenti in vita e non avevano fissa dimora.

Il primo era un uomo ben vestito, sicuro di sé, il quale sostenne in modo poco plausibile che si manteneva girando per il paese facendo i più svariati lavori manuali. Godliman spiegò che stava ricercando una spia tedesca, e che – diversamente dalla polizia – aveva il potere di imprigionare chiunque per tutta la durata della guerra, e senza doverne rispondere a nessuno. Inoltre, continuò, non era per nulla interessato a catturare criminali comuni, e qualsiasi informazione gli venisse data lì, al ministero della guerra, era considerata strettamente confidenziale, e non avrebbe avuto seguito.

Il prigioniero confessò subito di essere un truffatore e dette gli indirizzi di diciannove anziane signore che aveva defraudato dei loro gioielli nelle ultime tre settimane. Godliman lo riconsegnò alla polizia.

Non si sentì in obbligo di essere onesto con un bugiardo di professione.

Anche l'ultimo sospettato crollò sotto il trattamento di Godliman.

Il suo segreto consisteva nel fatto che non era per niente uno scapolo, tutt'altro. Aveva una moglie a Brighton. Più un'altra a Solihull, Birmingham. E ancora Colchester, Newbury e Exeter. Tutte e cinque furono in grado di produrre certificati di matrimonio quel giorno stesso. Il bigamo andò in prigione in attesa del processo.

Godliman passò la notte in ufficio mentre la caccia continuava senza sosta.

Bristol, Temple Meads, stazione ferroviaria:

« Buongiorno, signorina. Vuole dare un'occhiata qui, per piacere? »

« Ehi, ragazze... il poliziotto ci fa vedere le sue foto! »

« Senta, non stiamo a perdere tempo, mi dica semplicemente se l'ha visto. »

« Ooh, che bell'uomo, mi piacerebbe averlo! »

« Non lo vorrebbe se sapesse cosa ha fatto. Preferirei che guardaste tutte, per piacere. »

« Non l'ho mai visto. »

« Nemmeno io. »

« Neanch'io. »

« No. »

« Quando lo prende, gli chieda se vuole conoscere una bella ragazza di Bristol. »

« Voi, ragazze... io non so... Solo perché vi danno un paio di pantaloni e un lavoro di facchino, pensate subito che vi sia permesso di comportarvi come gli uomini... »

Traghetto di Woolwich:

« Brutta giornata, agente. »

« 'Giorno, capitano, Mi immagino che sarà peggio in alto mare. »

« Posso aiutarla? O sta semplicemente attraversando il fiume? »

« Vorrei che desse un'occhiata a questa faccia, capitano. »

« Mi lasci mettere gli occhiali. Oh, niente paura, sono in grado di vedere per guidare la nave. Ho bisogno degli occhiali solo per vedere da vicino. Dunque... »

« Le risveglia qualche campanello? »

« Mi dispiace, agente. Non mi dice niente. »

« Bene, avverta se lo vede. »

« Senz'altro. »

« Buon viaggio. »

Londra, Leak Street numero trentacinque:

« Sergente Riley, che bella sorpresa! »

« Lascia perdere i salamelecchi, Mabel. Chi tieni in casa? »

« Tutti pensionanti rispettabili, sergente; mi conosci. »

« Ti conosco, appunto. Ecco perché sono qui. Non ci sarà per caso fra i tuoi rispettabili pensionanti un imboscato? »

« Da quando in qua stai reclutando per l'esercito? »

« Non l'ho mai fatto. Sto cercando un delinquente, e se fosse qui, probabilmente ti avrebbe raccontato di essere un imboscato. »

« Senti, Jack... se ti dico che qui non c'è nessuno che non conosco, te ne vuoi andar via e smettere di importunarmi? »

« Perché dovrei fidarmi di te? »

« Per via del 1936. »

« Avevi un aspetto migliore allora, Mabel. »

« Anche tu, Jack. »

« Mi arrendo... Se l'amico arriva in casa tua, fammelo sapere, intesi? »

« Promesso. »

« E non perdere tempo. »

« Va bene! »

« Mabel... ha accoltellato una donna della tua età. Ti voglio mettere in guardia. »

Caffè di Bill, sulla statale numero trenta vicino a Bagshot.

« Un tè, per piacere, Bill, con due zollette di zucchero. »

« Buongiorno agente Pearson. Brutta giornata. »

« Cosa c'è su quel piatto Bill... sassi di Portsmouth? »

« Panini dolci imburrati, come vede. »

« Oh! Ne prenderò due, allora. Grazie... Su, gente! Chiunque si vuol far controllare il camion da cima a fondo si faccia avanti subito... Sarà meglio. Date un'occhiata a questa foto, per piacere. »

« Chi sta inseguendo, agente, un ciclista senza fanali? »

« Lascia perdere le battute, Harry... fa passare in giro la foto. Qualcuno ha dato un passaggio a questo tizio? »

« Non io. »

« No. »

« Mi dispiace, agente. »

« Mai visto. »

« Grazie, gente. Se lo vedete, segnalatelo. Statemi bene. »

« Agente? »

« Sì, Bill? »

« Non ha pagato i due panini. »

« Li confisco come prova. Stammi bene. »

Garage di Smethwick, a Carlisle:

« 'Giorno, signora. Quando ha un minuto... »

« Sono subito da lei, tenente. Mi lasci solo servire questo signore... Dodici e sei penny, prego, signore. Grazie. Arrivederci. »

« Come vanno gli affari? »

« Malissimo, come al solito. Cosa posso fare per lei? »

« Possiamo andare nell'ufficio per un momento? »

« Sì, mi segua... Dunque, allora. »

« Dia un'occhiata a questa fotografia e mi dica se ha dato la benzina a quest'uomo di recente. »

« Bene, non dovrebbe essere troppo difficile. Non è che

abbiamo orde di clienti di passaggio... oh! Sa, credo di averlo servito! »

« Quando? »

« Ieri l'altro, di mattina. »

« Ne è sicura? »

« Be'... era più vecchio che nella foto, ma sono abbastanza sicura. »

« Che cosa guidava? »

« Una macchina grigia. Non me ne intendo molto di marche, questo veramente è il lavoro di mio marito, ma ora è in marina. »

« Com'era? Un'auto sportiva? Una berlina? »

« Era un modello vecchio, con la capotte di tela che si rialza. Una due posti sportiva. Aveva una tanica per la benzina di riserva fissata al predellino, e gli ho riempito anche quella. »

« Si ricorda com'era vestito? »

« Non bene. Abiti da lavoro, credo. »

« Un uomo alto? »

« Sì, più alto di lei. »

« Per diavolo, penso che sia lui! Ha un telefono? »

William Duncan aveva venticinque anni, era alto un metro e ottanta, pesava settantacinque chili buoni, e godeva di una salute di ferro. La sua vita all'aria aperta e una totale mancanza di interesse per il tabacco, i liquori, le ore piccole e la vita sregolata lo mantenevano in quello stato. Tuttavia non era arruolato nell'esercito.

Era sembrato un bambino normale, sebbene un po' indietro, fino all'età di otto anni; poi il suo cervello aveva semplicemente smesso di svilupparsi. Non c'era stato nessun trauma, che si sapesse, nessun danno fisico che giustificasse quell'arresto improvviso. Per la verità, già da anni qualcuno aveva notato che c'era qualcosa che non andava, perché a dieci anni era appena un po' indietro, a dodici era solo stupido; ma verso i quindici era chiaramente ritardato, e a diciotto era conosciuto come Willie lo scemo.

Entrambi i suoi genitori appartenevano a un'oscura setta religiosa fondamentalista, ai cui membri non era permesso di sposarsi fuori della loro cerchia (il che poteva o non poteva aver avuto qualcosa a che fare con la menomazione di Willie). Pregavano per lui, naturalmente; ma lo portarono anche da uno specialista a Stirling. Il medico, un uomo anziano, fece parecchi test e poi disse loro, guardandoli da sopra la montatura d'oro dei suoi occhiali, che il ragazzo aveva il cervello di un bambino di otto anni e che non gli si sarebbe sviluppato di più. I genitori continuarono a pregare per lui, ma sospettarono che fosse tutta opera del Signore per metterli alla prova, perciò si convinsero che Willie fosse in grazia di Dio e aspettavano con ansia il giorno in cui lo avrebbero incontrato di nuovo, in paradiso, perfettamente guarito. Nel frattempo, gli occorreva un lavoro.

Uno di otto anni era in grado di pascolare le vacche, ma pascolare le vacche è anche un lavoro, così Willie lo Scemo divenne un bovaro. E fu mentre badava alla mandria che vide la macchina per la prima volta.

Pensò che dentro si fossero degli amanti.

Willie si intendeva di amanti. Cioè, ne conosceva l'esistenza e sapeva che si facevano l'un l'altro cose innominabili in posti bui come cespugli, cinema e automobili; e sapeva che non era bene parlarne. Perciò spinse rapidamente le vacche oltre la macchia dietro cui era parcheggiata la Morris Cowley "Muso di Toro" del 1924 a due posti (si intendeva anche di automobili, come un qualsiasi altro bambino di otto anni) e stette attento a non guardar dentro, per non vedere il peccato.

Portò la sua piccola mandria nella stalla per la mungitura, tornò a casa per una via traversa, cenò, lesse un capitolo del Levitico al padre – a voce alta, diligentemente – e poi andò a letto a sognare gli amanti.

L'automobile era ancora lì la sera del giorno dopo.

Malgrado tutta la sua ingenuità, Willie sapeva che qualunque cosa si facessero gli amanti l'un l'altro non poteva durare ventiquattro ore di seguito.

Questa volta andò diritto alla macchina e guardò dentro. Era vuota. Il terreno sotto il motore era nero e unto d'olio. Willie immaginò una nuova spiegazione: la macchina aveva avuto un guasto ed era stata abbandonata dal guidatore. Non gli passò per la mente di chiedersi come mai era stata seminascosta in un cespuglio.

Quando arrivò alla stalla raccontò quel che aveva visto all'allevatore. « C'è un'automobile guasta ferma sul sentiero vicino alla strada. »

L'allevatore era un omone grosso con folte sopracciglia color sabbia, che si univano quando si concentrava per pensare. « Non c'era nessuno in giro? »

« No... e la macchina era lì anche ieri. »

« Perché non me l'hai detto ieri, allora? »

Willie diventò rosso. « Credevo che forse fossero... amanti. »

« Ah! » L'allevatore capì che Willie non aveva voluto nascondergli qualcosa, ma era sinceramente imbarazzato. Dette una pacca sulle spalle al ragazzo. « Bene, va' a casa e lascia che ci pensi io. »

Dopo la mungitura, l'allevatore andò a vedere coi propri occhi. E a lui venne in mente di chiedersi come mai la macchina era seminascosta. Aveva sentito la storia dell'assassino di Londra armato di stiletto; e pur senza arrivare alla conclusione che la macchina fosse stata abbandonata dall'omicida, pensò ugualmente che potesse esserci un legame fra l'automobile e qualche crimine. Perciò dopo cena mandò il figlio minore in paese a cavallo per telefonare alla polizia di Stirling.

I poliziotti arrivarono prima ancora che suo figlio fosse di ritorno. Ce n'erano almeno una dozzina, a quanto pareva tutti instancabili bevitori di tè. L'allevatore e sua moglie rimasero alzati metà della notte per servirli.

Willie lo Scemo, chiamato a raccontare di nuovo la sua storia, ripeté di aver visto per la prima volta l'automobile la sera prima, e arrossì un'altra volta quando spiegò di aver creduto che ci fossero dentro degli amanti.

Tutto considerato, fu la notte più eccitante della guerra

Quella sera Percival Godliman, prevedendo di passare la quarta notte consecutiva in ufficio, andò a casa a lavarsi, cambiarsi e preparare una valigia.

Aveva un appartamento ammobiliato, dotato di servizi, in un palazzo a Chelsea. Era piccolo ma abbastanza grande per un uomo solo, ed era pulito e in ordine tranne che nello studio, dove alla donna delle pulizie era proibito entrare e quindi libri e carte si ammucchiavano dappertutto. I mobili, naturalmente, erano tutti di prima della guerra ma erano abbastanza di buon gusto, e l'appartamento aveva un'aria accogliente. C'erno comode poltrone in pelle e un grammofono in soggiorno, e la cucina era piena di aggeggi casalinghi per risparmiare lavoro che non venivano quasi mai usati.

Mentre si riempiva la vasca da bagno, fumò una sigaretta – era passato alle sigarette ultimamente, la pipa era troppo complicata – e guardò il suo pezzo più prezioso, un quadro che rappresentava una cupa scena fantastica medievale, probabilmente opera di Hieronymus Bosch. Era un valore di famiglia e Godliman non l'aveva mai venduto, anche quando aveva avuto più bisogno di denaro, perché gli piaceva.

Mentre faceva il bagno pensò a Barbara Dickens e a suo figlio, Peter, Non aveva mai parlato di lei a nessuno, nemmeno a Bloggs, anche se era stato sul punto di farlo durante la loro conversazione sull'idea di riprendere moglie, quando il colonnello Terry li aveva interrotti. Era una vedova: il marito era stato ucciso proprio all'inizio della guerra. Godliman non sapeva quanti anni avesse, ma sembrava sulla quarantina, giovane per essere la madre di un giovanotto ventiduenne. Si occupava della trascrizione dei messaggi nemici intercettati, ed era brillante, simpatica e molto attraente. Era anche ricca. Godliman l'aveva portata fuori a cena tre volte, prima di quegli ultimi giorni frenetici. Pensava che fosse innamorata di lui.

Era anche riuscita a far incontrare Godliman col figlio Peter, che era capitano. Il ragazzo gli piaceva. Ma lui sapeva in più una cosa che né Barbara né il figlio potevano immaginarsi: Peter sarebbe andato in Normandia.

Il che era una ragione di più per fermare *Die Nadel*.

Uscì dalla vasca e cominciò a radersi, lentamente e con cura, pensando: "E io sono innamorato di lei?". Non aveva nessuna idea precisa di come fosse l'amore nella mezza età. Sicuramente non era la passione bruciante della gioventù. Affetto, forse ammirazione, tenerezza, con in più un'incerta vena di desiderio? Se l'amore era tutto questo, allora era innamorato di lei.

E poi, ormai, sentiva il bisogno di dividere la sua vita con altri. Per anni aveva voluto solo la solitudine e le sue ricerche. Ora il cameratismo del Military Intelligence lo stava risucchiando: le riunioni, le sedute che duravano tutta la notte quando scoppiava qualcosa di grosso, lo spirito d'entusiasmo dilettantesco, la frenetica caccia al piacere di gente sempre a un passo dalla morte senza mai poterla prevedere... quel mondo lo aveva contagiato. Sapeva che tutto questo sarebbe passato, dopo la guerra; ma altre cose sarebbero rimaste: il bisogno di parlare con qualcuno delle proprie delusioni e dei propri trionfi; il bisogno di toccare qualcun altro la notte, il bisogno di dire: "Ecco! Guarda! Non è bello?".

La guerra significava fatica, angoscia, frustrazione e disagi, ma almeno c'erano gli amici. Se la pace avesse riportato la solitudine, pensava Godliman, non sarebbe stato felice.

Intanto, la sensazione della biancheria pulita e di una camicia stirata di fresco era già il massimo del lusso. Mise in una valigia altri indumenti puliti, poi si sedette per bersi in santa pace un bicchiere di whisky prima di tornare all'ufficio. L'autista militare nella Daimler requisita, giù in strada, poteva aspettare un altro po'.

Si stava riempiendo anche una pipa, quando squillò il telefono. Mise giù la pipa e accese invece una sigaretta.

Il suo telefono era collegato col centralino del ministero della guerra. La telefonista gli disse che un certo commissario capo Dalkeith era in linea da Stirling.

Aspettò il segnale del collegamento, e disse: « Parla Godliman ».

« Abbiamo trovato la vostra Morris Cowley » annunciò Dalkeith senza preamboli.

« Dove? »

« Sulla statale 80; appena a sud di Stirling. »

« Vuota? »

« Sì, guasta. Era lì da almeno ventiquattro ore, su un sentiero a pochi metri dalla strada principale. Era stata nascosta in un cespuglio. L'ha trovata un ragazzo di campagna mezzo scemo. »

« C'è una fermata di corriera o una stazione ferroviaria nelle vicinanze raggiungibile a piedi? »

« No. »

Godliman grugnì. « Così è probabile che il nostro uomo abbia dovuto camminare o fare l'autostop dopo aver lasciato la macchina. »

« Sì. »

« In questo caso, volete chiedere in giro... »

« Ci stiamo già dando da fare per scoprire se qualcuno del posto lo ha visto o gli ha dato un passaggio. »

« Bene. Fatemi sapere... intanto io passerò le notizie a Scotland Yard. Grazie, Dalkeith. »

« Ci terremo in contatto. Arrivederci, signore. »

Godliman ripose il ricevitore sulla forcella e andò nello studio. Si sedette con un atlante aperto sulla cartina stradale del nord della Gran Bretagna. Londra, Liverpool, Carlisle, Stirling... Faber si stava dirigendo verso il nord-est della Scozia.

Godliman si chiese se non era il caso di rivedere la teoria secondo cui Faber stava cercando di scappare. La via di fuga migliore era ad ovest, attraverso l'Eire neutrale. La costa orientale della Scozia, invece, era teatro di attività militari di vario tipo. Possibile che Faber avesse il coraggio di continuare la sua ricognizione, sapendo che l'MI5 gli stava alle calcagna? Era possibile, si disse Godliman, convinto che Faber ne avesse il fegato; ma improbabile. In Scozia non c'era nulla da scoprire di più importante delle informazioni che già possedeva.

Perciò Faber stava davvero cercando di scappare dalla costa orientale. Godliman esaminò i vari metodi di fuga disponibili per una spia: un aereo leggero, in grado di atterrare su una landa solitaria; una traversata da solo del mare del Nord su un'imbarcazione rubata; un appuntamento con un U-boat al largo della costa; un passaggio su una nave mercantile attraverso un Paese neutrale fino al Baltico, per sbarcare in Svezia e poi passare nella Norvegia occupata... le vie erano molte.

Quelli di Scotland Yard dovevano essere informati dell'ultima novità. Avrebbero dato subito ordine a tutte le forze di polizia locali di cercare se qualcuno aveva dato un passaggio a un autostoppista nei dintorni di Stirling. Godliman tornò in soggiorno ma il telefono suonò prima ancora che lo toccasse. Alzò il ricevitore.

« Parla Godliman. »

« Il signor Richard Porter, che chiama da Aberdeen. »

« Oh! » Godliman si era aspettato che fosse Bloggs da Carlisle. « Mi passi la linea, prego. Salve. Parla Godliman. »

« Ah, qui è Richard Porter. Sono membro del Comitato locale addetto alla supervisione dei servizi di polizia. »

« Sì, cosa posso fare per lei? »

« Be', a essere sincero, vecchio mio, è terribilmente imbarazzante. »

Godliman controllò la sua impazienza. « Vada avanti. »

« Il tizio che state cercando... per quei delitti a coltellate e così via. Be', sono quasi sicuro di aver dato un passaggio a quel maledetto sulla mia macchina. »

Godliman strinse più forte il ricevitore. « Quando? »

« L'altra notte. Mi si è guastata la macchina sulla statale 80 appena fuori Stirling. Nel cuore della notte, maledizione. Poi spunta questo tizio, a piedi, e l'aggiusta, proprio così. Allora naturalmente... »

« Dove l'ha lasciato? »

« Proprio qui ad Aberdeen. Ha detto che andava a Banff. Il fatto è che ho dormito quasi tutto ieri, così solo oggi... »

« Non si rimproveri, signor Porter. Grazie per la telefonata. »

« Bene, arrivederci. »

Godliman schiacciò più volte i bottoni del telefono e la centralinista del ministero della guerra tornò in linea.

« Mi può cercare il signor Bloggs, per piacere? » disse. « Si trova a Carlisle. »

« È in linea per lei proprio in questo momento, signore. »

« Bene! »

« Salve, Percy. Che notizie ci sono? »

« Siamo di nuovo sulle sue tracce, Fred. Ha abbandonato la Morris appena fuori Stirling e ha trovato un passaggio in macchina fino a Aberdeen. »

« Aberdeen! »

« Deve avere intenzione di filarsela per la porta orientale. »

« Quando è arrivato ad Aberdeen? »

« Probabilmente ieri mattina presto. »

« In questo caso non avrà avuto il tempo di lasciare l'Inghilterra, a meno che non avesse davvero una fretta del diavolo. Lassù si è scatenata la peggiore tempesta che si ricordi a memoria d'uomo. È cominciata la notte scorsa e continua ancora. Non è uscita nessuna nave e il tempo è troppo brutto perché anche un qualsiasi aereo possa atterrare. »

« Bene! Dirigiti lassù più in fretta che puoi. Io intanto comincio a mettere in moto la polizia locale. Chiamami quando arrivi ad Aberdeen. »

« Volo. »

« Fred? »

« Sì? »

« Lo prenderemo quel bastardo. »

Fred stava ancora ridendo quando Godliman appese.

XXI

Quando Faber si risvegliò, era quasi buio. Dalla finestra della camera poteva vedere in cielo le ultime striature grige che venivano cancellate dall'ombra della notte. La tempesta non si era placata: la pioggia batteva sul tetto e scrosciava giù da una grondaia, e il vento ululava e soffiava senza posa.

Accese la piccola lampada accanto al letto. Lo sforzo lo stancò e ricadde indietro sul cuscino. Lo spaventava quella debolezza. Chi crede nel principio che "la forza è ragione" deve essere sempre forte, e Faber era abbastanza lucido per aver presenti le implicazioni della propria morale. La paura non era mai assente dalla superficie delle sue emozioni: forse era per questo che era sopravvissuto tanto a lungo. Era cronicamente incapace di sentirsi al sicuro. E capiva, in quel vago modo con cui si capiscono le cose più fondamentali di se stessi, che era stata proprio quest'insicurezza a fargli scegliere la professione di spia: l'unico tipo di vita che gli permettesse di uccidere all'istante chiunque potesse rappresentare per lui la minima minaccia. La paura di essere debole faceva parte della stessa sindrome generale che comprendeva la sua ossessiva indipendenza, la sua insicurezza, e il suo disprezzo verso i superiori militari.

Steso sul letto del bambino nella cameretta dipinta di rosa, ispezionò il proprio corpo. Aveva escoriazioni dappertutto, ma apparentemente nulla di rotto. Non si sentiva febbre: la sua costituzione aveva resistito all'infezione bronchiale nonostante la notte passata sulla barca. C'era solo quel senso di debolezza. Aveva il sospetto che fosse qualcosa di più che semplice stanchezza. Ricordava un momento, quando era arrivato in cima alla passerella, in cui aveva creduto di morire; e si chiedeva se non si fosse inflitto qualche danno permanente con quest'ultima disperata corsa su per la salita oltre i limiti delle sue possibilità.

Controllò anche i propri averi. La scatoletta coi negativi delle fotografie era ancora attaccata al petto, lo stiletto era legato al braccio sinistro e i documenti e i soldi erano nella tasca della giacca del pigiama che gli avevano prestato.

Tirò via le coperte e si mise a sedere, coi piedi sul pavimento. Ebbe un attimo di capogiro, ma poi passò. Si alzò in piedi. L'importante era non indulgere nell'atteggiamento psicologico dell'invalido. Indossò la veste da camera e andò in bagno.

Al ritorno trovò i suoi vestiti ai piedi del letto, puliti e stirati: biancheria, tuta e camicia. Improvvisamente si ricordò di essersi alzato a un certo punto del mattino e di aver visto la donna nuda nel bagno: era stata una scena molto strana, e ancora non sapeva con precisione cosa potesse significare. Comunque era una gran bella donna, questo lo ricordava.

Si vestì lentamente. Gli sarebbe piaciuto farsi la barba, ma decise di chiedere il permesso al suo ospite prima di prendere il rasoio sulla mensola del bagno: certi uomini erano gelosi del proprio rasoio come della moglie. Si prese invece la libertà di usare il pettine di plastica del bambino che trovò sul cassettone.

Si guardò allo specchio senza insuperbirsi. Non era vanitoso. Sapeva che alcune donne lo trovavano attraente e altre no; e immaginava che fosse così per la maggior parte degli uomini. Naturalmente rispetto a tanti altri uomini, lui aveva avuto più donne, ma attribuiva questo al suo desiderio e non al suo aspetto. L'immagine riflessa nello specchio gli disse che era presentabile, e questo gli bastava.

Soddisfatto, uscì dal bagno e cominciò a scendere adagio le scale. Provò di nuovo un'ondata di debolezza; e di nuovo si sforzò di resistervi, afferrandosi alla balaustra e muovendo attentamente un piede dopo l'altro, finché non arrivò al pianterreno.

Si fermò davanti alla porta del soggiorno e, non sentendo nessun rumore, andò fino alla cucina. Bussò ed entrò. La giovane coppia era a tavola, ormai avevano quasi finito di cenare.

La donna si alzò quando lui entrò. « È in piedi! » disse. « Ma è sicuro che ce la fa? »

Faber si lasciò guidare a una sedia. « Grazie » disse. « Non deve incitarmi a fingermi malato. »

« Io credo che lei non si renda conto di che terribile esperienza abbia passato » disse la donna. « Ha voglia di mangiare? »

« Sto approfittando di voi... »

« Nient'affatto. Non sia sciocco. Ho tenuto un po' di minestra in caldo per lei. »

Faber disse: « Voi siete così gentili ed io non conosco nemmeno i vostri nomi ».

« David e Lucy Rose. » Versò la minestra in una scodella e la posò sul tavolo di fronte a lui. « Taglia un po' di pane, David. »

« Io mi chiamo Henry Baker. » Faber non sapeva perché aveva detto così: non aveva documenti con quel nome. Henry Faber era l'uomo a cui la polizia dava la caccia, perciò avrebbe dovuto usare la sua identità di James Baker; ma in qualche modo lui voleva che quella donna lo chiamasse Henry, il nome che in inglese si avvicinava più al suo, Henrik. E poi non importava... avrebbe sempre potuto dire che il suo nome era James ma che tutti lo chiamavano Henry.

Mandò giù un sorso di minestra, e improvvisamente si sentì assalire da una fame vorace. La mangiò tutta d'un fiato, e subito dopo il pane. Quando finì, Lucy rise. Era incantevole mentre rideva: con la bocca aperta che metteva in mostra i denti candidi, e le pieghe di allegria della pelle intorno agli occhi.

« Ancora? » gli chiese.

« Molte grazie. »

« Vedo che le fa bene. Le sue guance stanno riprendendo colore. »

Faber si rendeva conto di stare fisicamente meglio. Mangiò la seconda porzione più lentamente, e più per cortesia che per fame.

David gli chiese: « Com'è che si trovava fuori con questa tempesta? ». Era la prima volta che apriva bocca.

« Non infastidirlo, David » intervenne Lucy.

« Non fa nulla » disse Faber. « Sono stato uno stupido, ecco tutto. Era la prima volta che mi sono potuto prendere una vacanza per pescare da prima della guerra, e non ho voluto semplicemente mandarla a monte per il tempo. Lei fa il pescatore? »

David scosse la testa: « Allevo pecore ».

« Ha molti dipendenti? »

« Solo uno, il vecchio Tom. »

« Ci saranno altri allevatori di pecore sull'isola, immagino. »

« No. Noi viviamo da questa parte, Tom in quella opposta, e in mezzo ci sono solo pecore. »

Faber annuì, lentamente. Andava bene... benissimo. Una donna, uno storpio, un bambino e un vecchio non avrebbero potuto costituire un ostacolo. E lui si sentiva già molto più forte.

Faber chiese: « Come siete collegati con la terraferma? »

« C'è una barca ogni quindici giorni. Deve arrivare questo lunedì, ma non verrà se la tempesta continua. Nella casetta di Tom c'è una radio trasmittente, ma possiamo usarla solo in caso di emergenza. Se ci fosse della gente che la stesse cercando, o se lei avesse bisogno urgente di un medico, la userei. Ma così come stanno le cose, non mi sembra necessario. C'è solo un piccolo particolare: nessuno potrà venire a prenderla sull'isola finché la tempesta non si calmerà, e allora la barca verrà comunque. »

« Naturalmente. » Faber nascose la sua contentezza. Il problema di mettersi in contatto con l'U-boat, il prossimo lunedì, era rimasto insoluto in fondo ai suoi pensieri. Aveva visto, è vero, un comune apparecchio radio nel soggiorno dei Rose, e volendo, in caso di bisogno, sarebbe stato in grado di ricavarne una trasmittente. Ma il fatto che Tom avesse una radio vera e propria rendeva tutto più facile.

« Cosa se ne fa Tom di una radio trasmittente? » domandò.

« È membro del corpo avvistatori di Sua Maestà. Aberdeen fu bombardata nel luglio del 1940, e non ci fu nessun preallarme aereo. Di conseguenza ci furono cinquanta vittime. Fu in quella occasione che reclutarono Tom. Per fortuna il suo udito è migliore della vista. »

« Immagino che i bombardieri siano venuti dalla Norvegia. »

« Credo di sì. »

Lucy si alzò. « Andiamo nell'altra stanza. »

I due uomini la seguirono. Faber non sentiva più nessuna debolezza, nessun capogiro. Tenne lui aperta la porta del soggiorno per David, che con la sua sedia a rotelle andò vicino al fuoco. Lucy offrì a Faber del brandy. Lui rifiutò, e lei ne versò per il marito e per sé.

Faber si accomodò sulla sedia e osservò la coppia. Lucy aveva un aspetto veramente attraente: il viso ovale, gli occhi distanziati di un color ambra non comune e dai riflessi felini, e una massa di bellissimi capelli rosso-scuro. Sotto il maglione maschile da pescatore e i pantaloni sformati si indovinava un personale flessuoso e pieno. Se si fosse affidata a un parrucchiere, e con indosso calze di seta e un abito da cocktail, sarebbe stata molto seducente. Anche David era ben fatto, quasi bello, se non fosse stato per l'ombra della barba particolarmente scura. Aveva i capelli quasi neri e la pelle di un uomo mediterraneo. Sarebbe stato alto, se avesse avuto le gambe proporzionate alle braccia. Delle braccia – sospettava Faber – che dovevano essere anche molto forti, con i muscoli esercitati a forza di spingere per anni le ruote della sedia per andare da un posto all'altro.

Sì, una bella coppia... ma c'era qualcosa che non andava tra loro. Faber non aveva nessuna esperienza di matrimoni, ma il suo addestramento nelle tecniche di interrogatorio gli aveva insegnato a leggere il muto linguaggio del corpo, per sapere dai più piccoli gesti quando uno aveva paura o fiducia, se nascondeva qualcosa, o mentiva. Lucy e David si guardavano raramente, e non si toccavano mai. Parlavano con lui più che tra di loro. Ruotavano l'uno intorno all'altra come due tacchini che tentassero di mantenere davanti a sé qualche metro quadrato di territorio libero. La tensione fra di loro era enorme. Erano come Churchill e Stalin, costretti temporaneamente a combattere fianco a fianco, soffocando a costo di enormi sforzi una più irriducibile ostilità. Faber si domandò quale terribile dramma si nascondesse dietro il loro odio.

Quella piccola, intima casetta doveva essere una specie di pentola a pressione emotiva, nonostante i suoi tappetini e i suoi colori vivaci, le sue poltrone fiorite, il caminetto acceso e gli acquerelli incorniciati. Vivere soli, con l'unica compagnia di un vecchio e un bambino, e con quel peso tra di loro... ricordava a Faber un dramma che aveva visto a Londra, scritto da un americano, un certo Tennessee e qualcos'altro.

Di colpo, David scolò il suo bicchiere e disse: « Devo andare a letto. Mi fa male la schiena ».

Faber si alzò in piedi, scusandosi: « Mi spiace... l'ho tenuto io alzato ».

David gli fece segno di sedersi. « Nient'affatto. Lei ha dormito tutto il giorno... non vorrà tornare a letto subito. Inoltre a Lucy farà piacere chiacchierare un po', ne sono sicuro. È solo che io non ho mai nessun riguardo per la mia schiena... La schiena è fatta per dividere il peso con le gambe, sa. »

Lucy disse: « Faresti meglio a prendere due pillole stasera, allora ». Prese una bottiglietta dal piano della libreria, ne fece uscire due pastiglie e le dette al marito.

Le inghiottì senz'acqua. « Buonanotte » disse, e spinse la sedia a rotelle.

« Buonanotte, David. »

« Buonanotte, signor Rose. »

Dopo un momento, Faber lo sentì trascinarsi su per le scale e si chiese come faceva.

Lucy parlò, quasi per coprire il rumore di David. « Dove abita, signor Baker? »

« Prego, mi chiami Henry. A Londra. »

« Non sono più stata a Londra da anni. Probabilmente non c'è rimasto molto. »

« È cambiata, ma non tanto quanto può credere lei. Quando c'è stata l'ultima volta? »

« Nel '40. » Si versò un altro brandy. « Da quando siamo venuti qui, ho lasciato l'isola solo una volta, per avere il bambino. Non si può viaggiare molto di questi tempi, vero? »

« Come mai siete venuti qui? »

« Uhm. » Lei si rimise a sedere, sorseggiò il bicchiere e fissò il fuoco.

« Forse non dovrei. »

« Non c'è nulla di male. Abbiamo avuto un incidente il giorno stesso in cui ci siamo sposati. È così che David ha perso le gambe. Aveva fatto il corso per diventare pilota di caccia... tutti e due avevamo una gran voglia di scappar via, credo. Fu un errore, probabilmente, ma a quell'epoca sembrava una bella idea. »

« E questo ha fatto covare il suo risentimento. »

Lucy gli lanciò un'occhiata tagliente. « Lei è un uomo pieno di intuizione. »

« È ovvio. » Parlava con molta calma. « Una donna come lei non merita una simile infelicità. »

Lucy sbatté gli occhi parecchie volte. « Lei vede troppe cose. »

« Non è difficile. Perché continua a restare se le cose non funzionano? »

« Non so che dirle. Potrei risponderle con le solite frasi fatte. Il giuramento del matrimonio, il bambino, la guerra... Se c'è un'altra risposta, non riesco a trovare le parole per dirgliela. »

« Il senso di colpa » disse Faber. « Ma lei pensa di lasciarlo, vero? »

Lucy lo fissò, scuotendo la testa lentamente, allibita. « Come fa a saperlo? »

« Ha perso l'arte di fingere dopo quattro anni su quest'isola. E poi, queste cose sono molto più semplici viste dall'esterno. »

« Lei è mai stato sposato? »

« No. È appunto questo che volevo dire. »

« Perché no? Credevo che lo fosse. »

Fu Faber ora a mettersi a fissare pensosamente il fuoco. Già, perché no? La sua risposta pronta – che ripeteva anche a se stesso – era che dipendeva dalla sua professione. Ma a lei non poteva dirla, e in ogni caso sapeva troppo di scusa. Disse improvvisamente: « Non credo di poter amare nessuna donna fino a tanto ». Le parole gli erano venute fuori senza pensarci, e si chiese se fossero vere. Un attimo dopo si domandò come avesse fatto Lucy a vincere le sue difese, mentre era lui che pensava di disarmarla.

Per un po' nessuno di loro due parlò. Il fuoco si stava spegnendo. Sporadiche gocce di pioggia cadevano giù dal camino e sfrigolavano sui tizzoni della brace. La tempesta non accennava a placarsi. Faber si trovò a pensare all'ultima donna che aveva avuto. Come si chiamava? Gertrude. Era stato sette anni prima, ma poteva rivederla ora nel tremolio del fuoco: un tondo viso tedesco, capelli biondi, occhi verdi, bei seni, fianchi troppo larghi, gambe grosse, brutti piedi; lo stile di conversazione di un treno espresso, un selvaggio inesauribile entusiasmo per il sesso... Lo adulava, ammirando la sua mente (diceva) e adorando il suo corpo (questo non aveva bisogno di dirglielo). Scriveva versi per canzoni popolari, e glieli leggeva in un misero appartamento di un seminterrato a Berlino: non era un lavoro che rendeva molto. La rivide in quella camera trasandata, nuda sul letto, che lo incitava a provare con lei cose ancora più bizzarre ed erotiche: a farle male, a toccarsi, a stare completamente immobile sdraiato mentre lei faceva all'amore su di lui... Scosse la testa leggermente per scacciare i ricordi. Non aveva mai avuto di quei pensieri in tutti i suoi anni di celibato. Simili visioni erano perturbatrici. Guardò Lucy.

« Era andato molto lontano » disse lei con un sorriso.

« Ricordi » rispose. « Questo parlare di amore... »

« Non vorrei deprimerla. »

« Lei non mi deprime.. »

« Ricordi belli? »

« Molto belli. E i suoi? Anche lei stava pensando. »

Sorrise di nuovo. « Io ero nel futuro, non nel passato. »

« Che cosa ci vede? »

Lei sembrò sul punto di rispondere, poi cambiò idea. Era la seconda volta che succedeva. C'erano segni di tensione nel suoi occhi.

« Io vedo un altro uomo nella sua vita » disse Faber, e mentre parlava pensava: "Perché mi comporto così?" « È un uomo più debole di David, e meno bello; ma è per la sua debolezza che lei lo ama. È intelligente, ma non ricco; sensibile senza essere sentimentale; affettuoso, premuroso, passionale. È... »

Il bicchiere di brandy nella mano di Lucy andò in frantumi sotto la pressione delle dita. I frammenti di vetro si sparsero sul suo grembo e sul tappeto, ma lei li ignorò. Faber si precipitò alla sua poltrona e si inginocchiò davanti a lei. Il pollice di Lucy sanguinava. Lui le prese la mano.

« Si è ferita. »

Lei alzò gli occhi. Stava piangendo.

« Mi dispiace » disse lui.

Il taglio era superficiale. Lucy prese un fazzoletto dalla tasca dei pantaloni e tamponò il sangue. Faber le lasciò la mano e si mise a raccogliere i pezzi di vetro, rimpiangendo di non averla baciata quando si era presentata l'occasione. Buttò i vetri nel caminetto.

« Non volevo sconvolgerla » disse.

Lei si tolse il fazzoletto e guardò il pollice: sanguinava ancora.

« Una piccola benda » suggerì Faber.

« In cucina. »

Trovò un rotolo di benda, un paio di forbici e una spilla di sicurezza. Riempì una tazza d'acqua e tornò in soggiorno. Nel frattempo lei aveva cancellato in qualche modo le tracce delle lacrime sul viso. Rimase a sedere passiva, inerte, mentre lui le bagnava il pollice nell'acqua calda, lo asciugava e legava una piccola striscia di benda intorno al taglio. Per tutto il tempo lei guardò la sua faccia, non le sue mani; ma l'espressione di Lucy era indecifrabile.

Quando finì, Faber si rialzò subito. Era stato uno stupido: aveva spinto le cose troppo in là. Meglio smettere. Disse: « Forse è meglio che io vada a letto ».

Lei annuì.

« Mi dispiace... »

« La smetta di scusarsi » gli disse lei. « Non le si addice. »

Il suo tono era aspro. Faber pensò che anche lei doveva sentire che la cosa era sfuggita di mano.

« Rimane alzata? » chiese.

Lei scosse la testa.

« Bene... » Andò alla porta e la tenne aperta per lei.

Lucy evitò i suoi occhi quando gli passò davanti. Lui la seguì nell'ingresso e su per le scale. Mentre la guardava salire, non poteva fare a meno di immaginarla vestita diversamente, coi fianchi che ondeggiavano sotto la morbida carezza di qualcosa di seta, le lunghe gambe fasciate dalle calze invece dei ruvidi calzoni di lana grigia, e scarpe da sera dai tacchi alti invece delle consunte pantofole di feltro.

In cima alle scale, sul piccolo pianerottolo, lei si voltò e mormorò: « Buonanotte ».

Lui disse: « Buonanotte, Lucy ».

Lei lo guardò per un momento. Lui fece per prenderle la mano, ma Lucy previde la sua intenzione e scappò via, rifugiandosi in camera da letto e chiudendo la porta senza più guardarsi indietro, lasciandolo lì in piedi con la mano tesa e la bocca aperta, a chiedersi che cosa avesse in mente lei e – soprattutto – lui.

XXII

Bloggs viaggiava pericolosamente veloce nella notte su una Sunbeam Talbot requisita, col motore truccato. Le scoscese e ventose strade della Scozia erano viscide per la pioggia e, in certi avvallamenti, sommerse sotto qualche centimetro d'acqua. Diluviava contro il parabrezza. Sulla cima delle colline più esposte, le raffiche di burrasca minacciavano di strappare l'automobile dalla strada e scaraventarla nel fango circostante. Per chilometri e chilometri, Bloggs si sporse in avanti sul sedile, scrutando attraverso il piccolo spazio di vetro pulito dal tergicristallo, aguzzando gli occhi per vedere la forma della strada davanti mentre i fanali lottavano contro la barriera oscura di pioggia. Poco a nord di Edimburgo investì tre conigli, e sentì il disgustoso rumore dei pneumatici che schiacciavano i loro piccoli corpi coperti di pelo. Non rallentò neanche allora, ma dopo si chiese per un momento se i conigli normalmente uscivano fuori di notte.

La tensione gli fece venire il mal di testa, e a forza di stare seduto cominciò a dolergli la schiena. Sentiva anche una gran fame. Aprì il finestrino per tenersi sveglio con la brezza fredda, ma entrò tanta acqua che fu costretto a richiuderlo immediatamente. Pensò a *Die Nadel*, Faber o comunque si chiamasse allora: un giovane sorridente in calzoncini da corsa e con in mano un trofeo. Bene, Faber stava vincendo anche quella gara. Aveva un anticipo di quarantotto ore, e in più il vantaggio che solo lui sapeva la strada da seguire. Bloggs sarebbe stato contento di gareggiare con quell'uomo, se solo la posta non fosse stata così alta, così terribilmente alta.

Si domandò cosa avrebbe fatto se si fosse mai incontrato faccia a faccia con lui. Sparerei subito a quel fottuto bastardo, pensò, prima che mi uccida lui. Faber era un professionista, e non si sarebbe potuto competere con un tipo simile. Quasi tutte le spie erano dei dilettanti: rivoluzionari frustrati di sinistra o di destra, gente che inseguiva il fascino immaginario dello spionaggio, uomini avidi o donne bramose d'amore, oppure vittime di ricatti. I pochi professionisti erano particolarmente pericolosi, perché sapevano che gli altri professionisti che avevano di fronte erano uomini senza pietà.

Mancava ancora un'ora o due all'alba, quando Bloggs entrò ad Aberdeen. In vita sua non fu mai tanto grato alla vista delle luci nelle strade, per quanto basse e schermate che fossero. Non aveva idea di dove si trovasse la stazione di polizia e non c'era nessuno che potesse indicargli la direzione, perciò girò per la città finché non vide la familiare luce blu (anch'essa abbassata).

Fermò la macchina e corse sotto la pioggia dentro l'edificio. Lo stavano aspettando. Aveva telefonato Godliman, il professore era diventato un personaggio molto importante ormai. Bloggs fu accompagnato nell'ufficio di Alan Kincaid, un ispettore capo investigativo sulla cinquantina passata. C'erano altri tre funzionari nella stanza: Bloggs strinse loro le mani e immediatamente ne dimenticò i nomi.

Kincaid disse: « Ha fatto maledettamente presto a venire da Carlisle ».

« Mi sono quasi ammazzato » replicò Bloggs. Si buttò a sedere. « Se fosse possibile avere un sandwich... »

« Naturalmente. » Kincaid sporse la testa fuori dalla porta e gridò qualcosa. « Arriverà in un attimo » disse a Bloggs.

L'ufficio aveva i muri color bianco sporco, il pavimento a parquet e il mobilio era semplice e massiccio: una scrivania, alcune sedie e un armadietto per gli schedari. La stanza era completamente anonima: niente quadri, niente soprammobili, nessun tocco personale di qualsiasi genere. Sul pavimento era posato un vassoio con delle tazze sporche, e nell'aria ristagnava il fumo. C'era l'odore di un posto dove degli uomini avessero lavorato tutta la notte.

Kincaid aveva baffetti sottili, radi capelli grigi e gli occhiali. Un uomo grosso e dall'aria intelligente, in maniche di camicia e bretelle: il tipo di poliziotto – pensò Bloggs – che formava la vera ossatura della polizia inglese. Parlava con un accento locale, segno che come Bloggs era venuto su dalla gavetta – anche se si capiva dall'età che la sua carriera era stata più lenta.

« Che cosa sa di tutta questa storia? » chiese Bloggs.

« Non molto » rispose Kincaid. « Ma il suo principale, Godliman, ha detto che gli omicidi di Londra sono il meno che questo criminale abbia commesso. Sapendo inoltre per quale sezione voi lavorate, possiamo sommare due più due e concludere che questo Faber è una spia molto pericolosa. »

« All'incirca » disse Bloggs.

Kincaid annuì.

« Cosa avete fatto finora? » chiese Bloggs.

Kincaid appoggiò i piedi sulla scrivania. « È arrivato qui due giorni fa, vero? »

« Sì. »

« Abbiamo controllato gli alberghi e le camere ammobiliate, la stazione e il deposito delle corriere. Siamo stati molto attenti, anche se al momento non sapevamo che era arrivato qui. Inutile dirlo, senza il minimo risultato. Ora stiamo controllando di nuovo, naturalmente; ma la mia opinione è che probabilmente ha lasciato Aberdeen subito. »

Una donna poliziotto entrò con una tazza di tè e un enorme sandwich al formaggio. Bloggs la ringraziò e addentò avidamente il panino.

Kincaid continuò: « Avevamo un uomo alla stazione prima della partenza del primo treno del mattino. Lo stesso vale per la stazione delle corriere. Perciò, se ha lasciato la città, o ha rubato una macchina o ha trovato un passaggio. Non abbiamo avuto segnalazioni di auto rubate ».

« Maledizione » disse Bloggs con la bocca piena di pane. Deglutì. « Questo rende ancora più difficile rintracciarlo. »

« Ecco perché ha scelto l'autostop. »

« Potrebbe essere andato via mare. »

« Delle imbarcazioni che hanno lasciato il porto quel giorno, nessuna era abbastanza grossa per salirci clandestinamente.

Da allora, naturalmente, non è più uscito nulla per via della tempesta. »

« Barche rubate? »

« Nessuna segnalazione. »

Bloggs si strinse nelle spalle. « Sapendo che non è possibile uscire, i proprietari potrebbero non venire nemmeno al porto... nel qual caso il furto di una barca passerebbe inosservato finché non finisce la tempesta. »

Uno dei funzionari nella stanza disse: « A questo non ci abbiamo pensato, capo ».

« È vero » disse Kincaid.

« Forse il comandante del porto potrebbe dare un'occhiata in giro a tutti gli ormeggi regolari... » propose Bloggs.

« Provvedo subito » disse Kincaid. Stava già componendo il numero di telefono. Dopo un momento parlò al ricevitore. « Capitano Douglas? Parla Kincaid. Sì, lo so che la gente civile dorme a quest'ora. Ma il peggio deve ancora venire... io voglio che tu esca a fare una passeggiata sotto la pioggia. Sì, mi hai sentito bene... »

Gli altri poliziotti si misero a ridere.

Kincaid coprì con una mano la cornetta e disse: « Sapete quel che si dice del linguaggio degli uomini di mare? È proprio vero ». Tornò di nuovo a parlare al telefono. « Fai un giro intorno a tutti gli ormeggi regolamentari e prendi nota di qualunque battello che non sia al suo solito posto. Escludendo quelle che già ti risultano fuori del porto per motivi legittimi, dammi nomi e indirizzi – e anche i numeri di telefono, se li hai – dei proprietari delle altre eventuali barche mancanti. Sì. Sì, lo so... farò il doppio. Benissimo, una bottiglia. E buongiorno anche a te, vecchio mio. » Appese.

Bloggs sorrise. « Arrabbiato? »

« Se facessi quello che mi ha detto di fare col mio manganello, non potrei più sedermi per tutto il resto della mia vita. » Kincaid si fece serio. « Gli ci vorrà mezz'ora, poi ci vorranno un paio d'ore per controllare tutti gli indirizzi. Vale la pena di farlo, anche se io resto convinto che il vostro uomo ha chiesto un passaggio. »

« Anch'io » disse Bloggs.

La porta si aprì, ed entrò un uomo di mezza età in abiti civili. Kincaid e i suoi funzionari scattarono in piedi, e Bloggs li seguì.

Kincaid disse: « Buongiorno, signore. Questo è il signor Bloggs, Richard Porter. »

Si strinsero le mani. Porter aveva un viso rosso e baffi ben curati. Indossava un soprabito color cammello, a doppio petto. Disse: « Piacere. Io sono il cretino che ha dato il passaggio al vostro tipo fino ad Aberdeen. È molto imbarazzante ». Non aveva nessun accento locale.

Bloggs disse: « Piacere ». A prima vista Porter sembrava proprio il perfetto stupido capace di portare a spasso una spia per mezzo paese. Però Bloggs conosceva il tipo: l'aria da giovialone senza cervello poteva benissimo nascondere una mente acuta. Chiese: « Cosa le ha fatto capire che l'uomo a cui aveva dato il passaggio era la... l'assassino dello stiletto? »

« Ho sentito della Morris abbandonata. Gli ho dato un passaggio proprio in quel punto. »

« Ha visto la fotografia? »

« Sì, naturalmente. Non l'ho osservato bene perché era buio per quasi tutto il viaggio. Ma l'ho guardato alla luce della torcia mentre eravamo sotto il cofano, e dopo quando siamo entrati ad Aberdeen – stava albeggiando in quel momento. Se avessi visto solo la foto, avrei detto che poteva essere lui. Ma poiché il luogo in cui l'ho tirato su era così vicino a dove è stata trovata la Morris, non ho avuto dubbi a dire che era lui. »

« D'accordo » disse Bloggs. Rifletté per un momento, chiedendosi quali informazioni utili potesse ricavare da quell'uomo. « Che cosa l'ha colpita in Faber? » chiese alla fine.

Porter rispose prontamente: « Mi ha colpito il fatto che fosse sfinito, nervoso e risoluto... in quest'ordine di precedenza. Inoltre non era scozzese ».

« Come definirebbe il suo accento? »

« Neutro. Non mi ricordo nessuna traccia di tedesco nella sua voce... tranne forse retrospettivamente, e questo potrebbe essere un frutto della mia immaginazione. L'accento... diciamo di uno che ha frequentato le scuole superiori, di Londra o dintorni. Stonava col modo com'era vestito, mi capisce. Era in tuta. Un'altra cosa che non mi è venuta in mente se non dopo. »

Kincaid li interruppe per offrire il tè. Accettarono tutti. Il poliziotto andò alla porta.

Bloggs ormai aveva deciso che Porter era meno stupido di quel che sembrava.

« Di cosa avete parlato? »

« Oh, niente di particolare. »

« Ma siete rimasti insieme per ore... »

« Ha dormito per quasi tutto il viaggio. Mi ha aggiustato l'automobile – c'era solo un filo staccato, ma io sono un buono a nulla con le macchine – poi mi ha detto che la sua si era guastata a Edimburgo, e che era diretto a Banff. Mi ha spiegato che non voleva passare da Aberdeen, perché non aveva il lasciapassare per la zona vietata. E io temo di... di avergli detto di non preoccuparsi per questo, che avrei garantito io per lui se ci avessero fermato. Sì, mi sono comportato maledettamente da stupido... ma mi sentivo in debito di un piacere. Mi aveva tirato fuori da un bel guaio, capisce. »

Kincaid disse: « Non la rimprovera nessuno, signore ».

Bloggs dentro di sé lo rimproverava, ma non lo disse. Invece chiese: « Sono pochissimi quelli che hanno incontrato Faber e possono dirci com'è. Ci pensi bene e mi dica: che impressione le ha fatto? ».

« Si è svegliato come un soldato » rispose Porter. « Era gentile, e sembrava intelligente. La sua stretta di mano era ferma. Io sto attento a come la gente ti stringe la mano. »

« C'è altro? Ci pensi bene. »

« Forse quando si è svegliato... » La florida faccia di Porter si corrugò in un'espressione accigliata. « La sua mano destra è corsa all'avambraccio sinistro, così. » Rifece il gesto.

« È già qualcosa » commentò Bloggs. « Sarà dove tiene il coltello. Un fodero sotto la manica. »

« Non c'è altro, temo. »

« E ha detto che andava a Banff. Questo significa che non è vero. »

« Dice? »

« Le spie mentono sempre, per principio. Scommetto che è stato lei a dirgli prima dove andava. »

« Credo di sì. » Porter annuì con fare pensoso. « Bene, bene. »

« O la sua destinazione era Aberdeen, o è andato a sud dopo che lei lo ha lasciato. Se ha detto di essere diretto a nord, è più probabile che non ci sia andato. »

« Questo modo di pensare alla rovescia potrebbe portare fuori strada » osservò Kincaid.

« Qualche volta succede » disse Bloggs, con un largo sorriso. « Gli ha detto che è un giudice? »

« Sì. »

« Ecco perché non l'ha uccisa. »

« Cosa? Oh, Signore! Cosa intende dire? »

« Sapeva che la sua scomparsa sarebbe stata notata. »

« Oh, Signore! » ripeté Porter. Era diventato leggermente pallido. L'idea di poter essere ucciso, evidentemente, non lo aveva sfiorato.

La porta si aprì di nuovo. L'uomo che entrò disse: « Vi ho portato le vostre informazioni, e che vadano a farsi fottere se non valgono la pena ».

Bloggs sorrise compiaciuto. Quello era, senza dubbio, il comandante del porto: un uomo basso coi capelli bianchi cortissimi, che fumava una grossa pipa e indossava una giubba coi bottoni di rame.

Kincaid disse: « Entra, capitano. Come mai sei tutto bagnato? Non dovresti uscire con la pioggia. »

« Va' a farti fottere » disse il capitano. Bloggs non sapeva quanto ci fosse di vero nella sua rabbia: ben poco, a giudicare dalle espressioni divertite delle altre facce nella stanza.

Porter disse: « Buongiorno, capitano ».

« Buongiorno, eccellenza » fece il capitano.

Kincaid chiese: « Cos'hai trovato? ».

Il capitano si tolse il cappello e lo scosse per far cadere le gocce di pioggia. « Il *Marie II* è scomparso » disse. « L'ho visto rientrare il pomeriggio in cui è cominciata la tempesta. Non l'ho visto uscire, ma so che non sarebbe dovuto ripartire quel giorno. Invece non c'è più. »

« Chi è il proprietario? »

« Tam Mezzo Penny. Gli ho telefonato. L'ha lasciato all'ormeggio e non l'ha più rivisto da allora. »

Bloggs chiese: « Che tipo di imbarcazione è? ».

« Un piccolo peschereccio, diciotto metri di lunghezza e dalla poppa larga. Una barca piccola ma robusta. Motore entrobordo. Nessuna particolarità di stile... i pescatori da queste parti non seguono il manuale di modellistica quando costruiscono le barche. »

« Mi consenta di farle una domanda molto importante » disse Bloggs. « Avrà resistito alla tempesta? »

Il capitano fece una pausa mentre si portava un fiammifero alla pipa. Dopo un momento disse: « Con un marinaio in gamba al timone... forse. O forse no ».

« Quanto può essere andato lontano prima che scoppiasse la tempesta? »

« Non molto... poche miglia. Il *Marie II* era stato ormeggiato verso sera. »

Bloggs si alzò, fece un giro intorno alla sedia e si sedette di nuovo. « Allora dov'è ora quell'uomo? »

« In fondo al mare, con ogni probabilità, ecco dov'è quel maledetto pazzo. » L'affermazione del capitano non era priva di soddisfazione.

Ma Bloggs non poteva essere soddisfatto all'idea che Faber fosse morto. Era una fine troppo inconcludente. La delusione si diffuse in tutto il suo corpo, e si sentì inappagato, inquieto e frustrato. Si grattò il mento: aveva bisogno di farsi la barba. « Ci crederò quando lo vedrò. »

« Non potrà. »

« Si risparmi le sue lugubri congetture » ribatté Bloggs aspro. « Io voglio informazioni, non del pessimismo. » Improvvisamente tutti gli altri nella stanza si ricordarono che, nonostante l'età, era lui il funzionario di grado più elevato lì dentro. « Ricapitoliamo le varie possibilità. Uno: ha lasciato Aberdeen via terra e qualcun altro ha rubato il *Marie II*. In questo caso probabilmente ormai è arrivato a destinazione, ma non avrà potuto lasciare il paese a causa della tempesta. La polizia dappertutto è già impegnata a cercarlo, e quindi non ci resta altro da fare stando alla possibilità numero uno.

« Due: è ancora ad Aberdeen. Anche in questo caso siamo ancora coperti: ci siamo noi a cercarlo.

« Tre: ha lasciato Aberdeen per mare. Credo che siamo

d'accordo che questa è l'alternativa più plausibile. Articoliamola meglio. Tre A: si è trasferito su un'altra imbarcazione – probabilmente un U-boat – prima che scoppiasse la tempesta. Non riteniamo che ne abbia avuto il tempo, ma è sempre possibile. Tre B: ha trovato rifugio da qualche parte, o ha fatto naufragio in qualche posto – sulla terraferma o su un'isola. Tre C: è morto.

« Se è salito su un U-boat, è finita. Abbiamo perso. Non c'è più nulla da fare. Perciò scartiamolo. Se ha trovato rifugio o ha fatto naufragio, salterà fuori una traccia prima o poi: o il *Marie II* o almeno dei relitti. Possiamo perlustrare la costa fin d'ora e sorvegliare il mare appena il tempo si rimette abbastanza per far decollare un aeroplano. Anche se è finito in fondo all'oceano, possiamo sempre ritrovare pezzi della barca che galleggiano.

« Perciò abbiamo tre linee d'azione da seguire. Continuare le ricerche già in corso; intraprendere una nuova battuta lungo la costa, a nord e a sud di Aberdeen; e prepararci per una perlustrazione aerea del mare non appena le condizioni metereologiche migliorano. »

Bloggs si era messo a passeggiare su e giù mentre parlava, pensando e camminando insieme. Ora si fermò, e si guardò intorno. « Commenti, domande o suggerimenti? »

L'ora tarda si faceva sentire su tutti i presenti. Ma l'improvviso accesso di energia di Bloggs li strappò dal letargo in cui stavano cadendo. Uno si sporse in avanti, fregandosi le mani; un altro si allacciò le stringhe; un terzo si infilò la giacca. Desideravano tutti mettersi a lavorare. Non ci furono domande.

« Benissimo » disse Bloggs. « Alla nostra vittoria nella guerra! »

XXIII

Faber era sveglio. Il suo corpo probabilmente aveva bisogno di sonno, benché avesse passato tutto il giorno a letto; ma la sua mente era più desta che mai, intenta a considerare possibilità, a immaginarsi scene, a inseguire pensieri di donne e della patria.

Ora che era così vicino a spiccare il gran salto del ritorno, i ricordi del suo paese avevano una dolcezza struggente. Gli venivano in mente le cose più stupide, come le salsicce così grosse da mangiarsi a fette, le automobili che viaggiavano sulla destra, e gli alberi veramente alti, e soprattutto la sua lingua... parole decise e precise, consonanti dure e vocali pure, coi verbi posti in fondo alla frase, come dovevano essere per esprimere la finalità e il senso del discorso con lo stesso crescendo d'intensità.

Il pensiero dei momenti culminanti gli riportò alla mente Gertrude: il suo volto sotto di lui, il trucco cancellato dai baci, mentre chiudeva gli occhi dal piacere e poi li riapriva per fissare deliziata i suoi, la bocca socchiusa in un continuo sospiro, mentre ripeteva "*Ja, liebling, ja...*"

Era sciocco. Da sette anni lui conduceva la vita di un monaco, ma lei non aveva ragione di fare altrettanto. Poteva aver avuto più di una decina di uomini dopo Faber. Poteva anche essere morta, sotto i bombardamenti della RAF o uccisa dal fanatismo perché il suo naso era un centimetro troppo lungo, o investita da un'automobile durante l'oscuramento. In ogni caso, l'avrebbe ricordato a mala pena. E probabilmente lui non l'avrebbe mai più rivista. Ma era come un simbolo.

Normalmente Faber non si permetteva di indulgere ai sentimenti. C'era nella sua natura un fondo di freddezza, che lui coltivava perché lo proteggeva. Ora, però, era a un palmo dal successo e questo lo faceva sentire libero, non di abbassare la guardia, ma di fantasticare un po'.

La tempesta era la sua garanzia di sicurezza, finché durava. Avrebbe dovuto semplicemente mettersi in contatto con l'U-boat lunedì con la radio di Tom, e il capitano del sommergibile avrebbe mandato un canotto nella baia appena il tempo si rimetteva. Tuttavia, se la tempesta fosse finita prima di lunedì, si presentava una piccola complicazione: la barca dei rifornimenti. David e Lucy naturalmente si sarebbero aspettati che non perdesse quell'occasione per tornare sulla terraferma.

Lucy entrò nei suoi pensieri con visioni vivide e a pieni colori che sfuggivano al suo controllo. Rivide i suoi affascinanti occhi ambrati che lo guardavano mentre le fasciava il pollice; il suo corpo mentre saliva le scale davanti a lui negli informi vestiti da uomo; i suoi seni pieni, perfettamente rotondi, mentre era in piedi nuda nella stanza da bagno: poi le visioni si trasformarono da ricordi in fantasie, nelle quali lei si piegava durante la fasciatura a baciarlo sulla bocca, sulle scale si voltava per stringerlo tra le braccia, e usciva dal bagno e gli prendeva le mani portandosele al seno.

Faber si rivoltava senza pace nel letto, rincorrendo l'immaginazione che gli faceva rivivere sogni come non ne aveva più fatti dai giorni di scuola. A quell'epoca, prima di provare la vera realtà del sesso, si era costruito complicate fantasie sessuali con le immagini delle donne più grandi con cui veniva quotidianamente in contatto: l'impettita governante; la figura triste, fine e intellettuale della moglie del professor Nagel; la negoziante in paese che metteva il rossetto rosso e parlava al marito in tono sprezzante. Certe volte le riuniva tutte e tre assieme in un'orgia immaginaria. Quando all'età di quindici anni aveva sedotto la figlia di una cameriera nella luce crepuscolare di una foresta della Prussia occidentale, aveva smesso di immaginarsi orge, perché erano di gran lunga più belle della realtà deludente. Il giovane Henrik era rimasto molto sconcertato da quella esperienza: dov'erano l'estasi eccitante, la sensazione di volare nell'aria come un uccello, la mistica fusione di due corpi in uno? Le fantasie ora lo facevano soffrire, perché gli ricordavano il suo fallimento nel tradurle in realtà. In seguito, naturalmente, la realtà si rivelò migliore, ed Henrik si fece l'idea che l'estasi non viene dal piacere dell'uomo in una donna, ma dal piacere reciproco di tutti e due. Aveva manifestato questo parere al fratello maggiore, che sembrò trovarlo banale, una verità lapalissiana più che una scoperta; e a lungo andare anche Henrik la pensò così.

Diventò un buon amante, alla fine. Trovava il sesso interessante, oltre che fisicamente piacevole. Non fu mai un grande seduttore, perché non era l'emozione della conquista che cercava. Ma divenne esperto nel dare e ricevere la gratificazione sessuale, senza cadere nell'illusione che la tecnica sia tutto. Per certe donne fu un uomo altamente desiderabile, e il fatto che lui non lo sapesse contribuiva a renderlo ancor più attraente.

Quante donne aveva avuto? Cercò di ricordarle. Anna, Gretchen, Ingrid, quella ragazza americana, quelle due puttane a Stoccarda... non riusciva a ricordarsele tutte, ma non dovevano essere state più di una ventina.

Nessuna di esse, però, era stata bella quanto Lucy. Sospirò, esasperato: si era lasciato incantare da quella donna solo perché era vicino a tornare a casa e si era dominato per tanto tempo. Aveva rabbia di se stesso. Quello era un atto di indisciplina: non bisognava mollare le redini finché una missione non era conclusa, e la sua non lo era; non ancora del tutto.

C'era poi il problema della barca dei rifornimenti. Gli vennero in mente diverse soluzioni: forse la migliore era neutralizzare gli abitanti dell'isola, andare lui incontro alla barca e rimandare indietro il marinaio con una panzana. Poteva dire che era da loro in visita, che era venuto su un'altra barca; che era un parente, o un ornitologo... qualsiasi cosa. Era un problema troppo piccolo per dedicargli tutta la sua attenzione in quel momento. Più tardi, quando e se il tempo fosse migliorato, avrebbe inventato qualcosa.

Non aveva grossi problemi. Un'isola solitaria, lontana alcune miglia dalla costa, con quattro abitanti... era un nascondiglio ideale. D'ora in poi, lasciare la Gran Bretagna non sarebbe stato più difficile che uscire da un box per bambini. Ripensando alle situazioni che aveva già vissuto, alla gente che aveva ucciso – i cinque uomini della riserva, il giovanotto dello Yorkshire sul treno, l'emissario dell'Abwehr – ora sarebbe stata una passeggiata.

Un vecchio, uno storpio, una donna e un bambino... ucciderli sarebbe stato semplicissimo.

Lucy, anche lei, era a letto sveglia. Stava in ascolto. C'erano diversi rumori da sentire. Fuori era come un'orchestra, con la pioggia che tamburellava sul tetto, il vento che flautava nelle grondaie della casa, il mare che tempestava la spiaggia come una fuga sulla tastiera. Anche la vecchia casa parlava, scricchiolando nelle giunture sotto i colpi della tempesta. Nella stanza c'erano altri suoni: il respiro lento e regolare di David, profondamente addormentato sotto l'influsso della doppia dose di sonnifero e che sembrava sempre sul punto di mettersi a russare; e il respiro più rapido e più piacevole di Jo, che aveva trovato una comoda posizione di traverso nel lettino da campo dall'altra parte della stanza.

Mi tiene sveglia il rumore, pensava Lucy; e immediatamente dopo: chi voglio prendere in giro? La causa della sua insonnia era Henry, che l'aveva vista nuda, che aveva toccato delicatamente le sue mani mentre le fasciava il pollice, e che ora era a letto nella camera accanto, probabilmente addormentato da un pezzo.

Non le aveva detto molto di sé, si rese conto: solo che non era sposato. Non sapeva di dov'era: il suo accento era senza tracce. Non aveva neanche accennato a cosa faceva per vivere, anche se immaginava che dovesse essere un professionista, forse un dentista o un soldato. Era troppo intelligente per essere un piazzista, troppo discreto per fare il giornalista, e i medici non tenevano mai segreta la loro professione per più di cinque minuti. Non era abbastanza ricco per fare l'avvocato, ed era troppo modesto per fare l'attore. Avrebbe scommesso che lavorava nell'esercito.

Viveva da solo? O con la madre? O con una donna? Com'era vestito quando non andava a pescare? Le sarebbe piaciuto vederlo in abito blu, a doppio petto, con un fazzoletto bianco nel taschino della giacca. Aveva un'automobile? Sì, doveva averla; qualche macchina fuori dal comune, un ultimo modello. E probabilmente guidava molto veloce.

Quel pensiero le fece tornare alla mente la due posti di David, e chiuse gli occhi con forza per scacciare le immagini da incubo. Si ingiunse di pensare a qualcos'altro, a qualcos'altro.

Pensò di nuovo a Henry, e si rese conto di una verità sconcertante: desiderava fare l'amore con lui.

Era un desiderio particolare; quel genere di desiderio che, nella sua mentalità, doveva appartenere agli uomini e non alle donne. Una donna poteva incontrare un uomo e provare attrazione per lui, poteva volerlo conoscere meglio, anche innamorarsi di lui; ma non poteva sentire un desiderio fisico immediato, no, a meno che non fosse... anormale.

Disse a se stessa che era ridicolo; che quello di cui aveva bisogno era fare l'amore con suo marito, non di accoppiarsi col primo uomo presentabile che le capitasse davanti. Disse a se stessa che non era una donna di quel tipo.

E tuttavia era bello lasciare correre la fantasia. David e Jo dormivano profondamente: nulla poteva impedirle di scendere dal letto, attraversare il pianerottolo, entrare nella stanza dello sconosciuto, scivolare nel letto accanto a lui...

Nulla poteva impedirglielo, tranne il carattere, le buone maniere e un'educazione rispettabile.

Ma se avesse dovuto farlo con qualcuno, l'avrebbe fatto con uno come Henry. Era delicato, gentile, e comprensivo; non l'avrebbe disprezzata perché lei gli si offriva come una puttana da marciapiede di Soho.

Si rivoltò di nuovo nel letto, sorridendo della propria stupidità: come faceva a sapere se l'avrebbe disprezzata o no? Lo conosceva solo da un giorno, ed era stato quasi tutto il tempo a dormire.

Eppure, sarebbe stato bello se lui l'avesse guardata ancora, con quell'espressione di ammirazione mista a un pizzico di divertimento. Sarebbe stato bello sentire le sue mani, toccare il suo corpo, stringersi al calore della sua pelle.

Lucy si accorse che il proprio corpo stava rispondendo alle immagini che le passavano nella mente. Provò l'impulso di toccarsi, e resistette come faceva da quattro anni. Almeno non mi sono inaridita come una vecchia, pensò.

Mosse le gambe, e sospirò mentre una sensazione di calore le si diffuse giù lungo la schiena. Tutto ciò stava diventando insensato. Era tempo di dormire. Non c'era nessuna possibilità che facesse l'amore con Henry, né con nessun altro, quella notte.

Con quel pensiero, scese dal letto e andò verso la porta.

Faber sentì un rumore di passi sul pianerottolo, e reagì automaticamente.

La sua mente si riscosse all'istante dai pensieri oziosi e lascivi che l'avevano occupata. Roteò le gambe verso il pavimento e scivolò fuori dalle coperte in un unico movimento agile; poi attraversò silenziosamente la stanza per mettersi accanto alla finestra nell'angolo più buio, con lo stiletto in mano.

Sentì la porta aprirsi, sentì un passo intruso entrare, sentì la porta chiudersi di nuovo. Questo fatto gli dette da pensare, perché un assassino avrebbe lasciato la porta aperta per facilitarsi la fuga, e gli venne in mente che c'erano un centinaio di ragioni per cui era impossibile che un assassino dovesse trovarlo lì.

Ignorò questo pensiero: se era sopravvissuto tanto a lungo, era per la sua prontezza nel fronteggiare anche un'unica possibilità su mille. Il vento cadde per un istante, e lui sentì un respiro trattenuto, un breve ansito, accanto al letto, che gli consentì di individuare l'esatta posizione dell'intruso. Scattò in avanti.

Lo gettò sul letto, tenendolo a faccia in giù, con il coltello puntato alla gola e il ginocchio contro le reni, prima di rendersi conto che era una donna. Una frazione di secondo più tardi capì chi era. Allentò la stretta, si protese verso il comodino e accese la luce.

La faccia di lei era pallida sotto la luce schermata della lampada.

Faber rinfoderò il coltello prima che lo vedesse. Tolse il suo peso dal corpo di lei. « Mi dispiace tanto » disse.

Lei si girò sulla schiena e lo guardò mentre le stava a cavalcioni, poi cominciò a ridacchiare.

Faber aggiunse: « Credevo fosse un ladro ».

« E da dove potrebbe venire un ladro? » continuò a ridere lei. Il colore riaffluì alle sue guance in una vampa di rossore. Indossava un'ampia camicia da notte di flanella vecchio stile che la copriva dalla gola alle caviglie. I suoi capelli rosso-scuro erano sparsi sul cuscino di Faber in disordine. I suoi occhi sembravano molto grandi, e le sue labbra erano umide.

« Sei straordinariamente bella » disse Faber piano.

Lei chiuse gli occhi.

Faber si chinò e le baciò la bocca. Le sue labbra si schiusero subito, e lei ricambiò il bacio avidamente. Con la punta delle dita lui le accarezzò le spalle, il collo e le orecchie. Lei si muoveva sotto di lui.

Faber voleva baciarla a lungo, esplorare la sua bocca e assaporare quell'intimità; ma si rese conto che lei non aveva tempo per le tenerezze. Gli infilò una mano sotto i calzoni del pigiama e strinse. Emise un gemito soffocato e cominciò a respirare affannosamente.

Continuando a baciarla, Faber allungò una mano verso la luce e la spense. Poi si staccò da lei e si tolse la giacca del pigiama. In fretta, per non farla insospettire, si strappò dal petto la scatoletta della pellicola, ignorando la fitta di dolore al momento in cui il cerotto venne via dalla pelle. Fece scivolare le fotografie sotto il letto. Sbottonò anche il fodero sull'avambraccio sinistro e lo lasciò cadere.

Poi le tirò su la camicia da notte fino alla vita. Non aveva nulla sotto.

« Presto » disse lei. « Presto. »

Faber abbassò il suo corpo su di lei.

Lucy non provò il minimo senso di colpa, dopo. Si sentiva soltanto contenta, soddisfatta, sazia. Aveva avuto quel che voleva, ed era felice. Giaceva immobile, ad occhi chiusi, accarezzando i capelli ispidi sulla nuca di Henry, con la piacevole sensazione di ruvido che le solleticava le mani.

Dopo un momento disse: « Ho fatto così in fretta... ».

« Non è ancora finito » mormorò lui.

Lei corrugò la fronte nel buio. « Tu non...? »

« No. E anche tu l'hai fatto a malapena. »

Lei sorrise. « Mi permetto di dissentire. »

Faber riaccese la luce e la guardò. « Vedremo. »

Scivolò indietro nel letto, con il torace fra le sue cosce, e le baciò il ventre. La sua lingua guizzava dentro e fuori l'ombelico. Era veramente bello. Poi la sua testa scese più in basso. Certo, pensò, non vorrà baciarmi lì. Invece lo fece. Anzi fece molto di più. Con le labbra frugava le morbide pieghe della sua pelle. Rimase paralizzata dal turbamento quando la lingua di lui si mise a esplorare nelle fessure e poi, mentre con le dita allargava il varco, si spinse profonda dentro di lei.

Finalmente la sua lingua irrequieta trovò un piccolo punto sensibile, così piccolo che nemmeno lei ne conosceva l'esistenza; così sensibile che il tocco fu quasi doloroso all'inizio. Dimenticò il suo turbamento quando fu sopraffatta dalle sensazioni più sconvolgenti che avesse mai provato. Incapace di dominarsi, mosse i fianchi su e giù, sempre più velocemente, strofinando la sua carne umida sulla bocca di lui, sul mento, sul naso, sulla fronte; completamente assorbita nel proprio piacere. L'eccitazione crebbe e crebbe, come un segnale insistente in un microfono, nutrendosi della sua stessa forza, finché si sentì completamente posseduta dal godimento e aprì la bocca per gridare: in quell'attimo Henry le mise la sua mano sulla faccia per zittirla; ma lei gorgogliò in gola quando l'orgasmo arrivò all'apice, culminando in qualcosa che fu come un'esplosione e la lasciò così svuotata che pensò di non riuscire a riprendersi mai più.

La sua mente sembrò vagare nel nulla per un po'. Si rese conto a malapena che Henry era ancora sdraiato fra le sue gambe, con le guance ispide contro la morbidezza delle cosce, con le labbra che si muovevano dolcemente, con tenerezza.

Alla fine lei disse: « Ora so cosa intendeva Lawrence ».

Lui sollevò la testa. « Non capisco. »

Lucy sospirò. « Non sapevo che potesse essere così. È stato meraviglioso. »

« È stato? »

« Oh, Dio! Non ho più forze... »

Henry cambiò posizione, inginocchiandosi a cavalcioni sul suo petto, e Lucy capì cosa voleva da lei, e per la seconda volta fu gelata dal turbamento: era troppo grosso... ma improvvisamente desiderò di farlo, sentì il bisogno di prenderlo in bocca; perciò sollevò la testa, e le sue labbra si chiusero intorno, e lui emise un gemito soffocato.

Le tenne la testa tra le mani, muovendogliela avanti e indietro, gemendo piano. Lei lo guardò in faccia. La stava fissando con occhi selvaggi, inebriandosi alla vista di ciò che lei stava facendo. Lucy si chiese che cosa avrebbe fatto quando sarebbe... venuto... e decise che non gliene importava, perché tutto il resto era stato così bello con lui che era certa che avrebbe goduto anche di questo.

Ma non fu così. Quando Lucy credette che fosse arrivato al punto di perdere il controllo, lui si fermò, si staccò, si sdraiò sul suo corpo e penetrò di nuovo in lei. Questa volta fu molto lento e rilassato, come il ritmo del mare sulla spiaggia; finché mise le mani sotto i suoi fianchi e afferrò le rotondità del suo sedere, e lei lo guardò in faccia e seppe che ora, ora era pronto a lasciarsi andare e a perdere se stesso dentro di lei. Questo la eccitò più di ogni altra cosa, così quando alla fine lui inarcò la schiena, e la sua faccia si serrò in una maschera di dolore, mandando un gemito dal profondo del petto, lei gli allacciò le gambe intorno alla vita e si abbandonò all'estasi; e allora, dopo tanto, sentì le trombe e i tuoni e i fulmini e il clamore di cembali che Lawrence aveva promesso.

Rimasero in silenzio a lungo. Lucy era invasa da un'ondata di calore, come se stesse bruciando; non aveva mai sentito così caldo in tutto il tempo sull'isola. Quando il loro respiro si calmò poté udire la tempesta fuori. Henry era pesante su di lei, ma non voleva che si spostasse: le piaceva il suo peso, e il sottile odore di sudore della sua pelle bianca. Di tanto in tanto lui muoveva la testa per sfiorarle il seno con le labbra.

Era l'uomo perfetto con cui avere una relazione. Ne sapeva sul suo corpo più di lei stessa. Aveva anche un fisico molto bello: largo e muscoloso di spalle, stretto di vita e di fianchi, con lunghe, forti gambe pelose. Pensò che avesse qualche cicatrice: non ne era sicura. Forte, gentile e bello:

perfetto. Tuttavia sapeva che non si sarebbe mai innamorata di lui, mai sarebbe fuggita con lui per sposarlo. Nel suo intimo più recondito, percepì, c'era qualcosa di molto freddo e duro, come se una parte di lui fosse impegnata in qualcos'altro e fosse pronta a rinunciare alle normali emozioni per qualche compito più alto. Non sarebbe mai appartenuto a nessuna donna, perché aveva qualche altra fede suprema – come l'arte per un pittore, l'avidità per un uomo d'affari, la nazione per un patriota, la rivoluzione per un socialista. Lo avrebbe tenuto a portata di mano, e usato con prudenza, come una droga.

Non che avesse il tempo di accalappiarlo: se ne sarebbe andato fra poco più di un giorno.

Alla fine si mosse, e immediatamente lui rotolò via da lei e si mise sulla schiena. Lucy si sollevò su un gomito e guardò il suo corpo nudo. Sì, aveva delle cicatrici: una lunga sul petto, e un piccolo segno a forma di stella – avrebbe potuto essere un'ustione – sul fianco. Gli accarezzò il petto con il palmo della mano.

« Non è molto degno di una signora » disse lei, « ma voglio dirti grazie. »

Lui allungò una mano per toccarle la guancia, e sorrise. « Tu sei una vera signora. »

« Non sai che cosa hai fatto. Hai... »

Henry mise un dito sulle sue labbra. « So che cosa ho fatto. »

Lucy gli mordicchiò il dito, poi lui le posò una mano su un seno. Le cercò il capezzolo. Lei disse: « Ti prego, facciamolo ancora ».

« Non credo di riuscirci » disse lui.

Ma ci riuscì.

Lucy lo lasciò due ore dopo l'alba. Ci fu un piccolo rumore nell'altra camera, e lei parve improvvisamente ricordarsi di avere un marito e un figlio in casa. Faber voleva dirle che non importava, che né lui né lei avevano la minima ragione di preoccuparsi di ciò che il marito sapeva o pensava; ma tenne la lingua a freno e la lasciò andare. Lei lo baciò ancora una volta, con la bocca umida; poi si alzò, si aggiustò la camicia da notte spiegazzata sul corpo, e uscì in punta di piedi. Lui la guardò con tenerezza.

Vale proprio qualcosa, pensò. Giacque supino con gli occhi al soffitto. Era assolutamente naturale, e molto inesperta, ma era stata lo stesso molto brava. Potrei innamorarmi di lei, pensò.

Si alzò e recuperò la scatola della pellicola e il coltello nel fodero da sotto il letto. Si chiese se tenerli addosso. Forse gli sarebbe venuta voglia di fare l'amore durante il giorno... Decise di prendere il coltello – si sarebbe sentito nudo senza – e di lasciare la scatola da qualche parte. La mise sul piano del cassettone e la coprì con i documenti e il portafoglio. Sapeva che stava infrangendo tutte le regole; ma era sicuro che questo era il suo ultimo incarico, e si sentì in diritto di godersi una donna. Poco importava se qualcuno avesse visto le foto – che cosa poteva fare?

Si sdraiò sul letto, poi si rialzò. Anni di allenamento non gli consentivano di correre dei rischi. Mise la scatola e i documenti nella tasca della giacca. Ora poteva rilassarsi.

Sentì la voce del bambino, poi il passo di Lucy giù per le scale, e ancora David che si trascinava nel bagno. Avrebbe dovuto alzarsi a fare colazione con la famiglia. Comunque, non aveva voglia di dormire adesso.

Stette in piedi alla finestra rigata dalla pioggia, guardando la furia delle intemperie, finché udì aprirsi la porta del bagno. Allora si infilò la giacca del pigiama e andò a farsi la barba. Usò il rasoio di David, senza chiederne il permesso.

Non aveva più importanza, ora.

XXIV

Erwin Rommel sapeva fin dall'inizio che avrebbe litigato con Heinz Guderian.

Il generale Guderian era esattamente il tipo di aristocratico ufficiale prussiano che Rommel detestava. Lo conosceva da un pezzo. Avevano comandato tutti e due, negli anni più addietro, il battaglione Goslar Jaeger, e si erano incontrati di nuovo durante la campagna di Polonia. Quando Rommel aveva lasciato l'Africa, aveva raccomandato Guderian come suo successore, sapendo che la battaglia era perduta: la manovra si risolse in un fallimento perché a quel tempo Guderian non godeva dei favori di Hitler e la raccomandazione fu respinta senza indugio.

Secondo Rommel il generale era il tipo d'uomo che si metteva un fazzoletto di seta sulle ginocchia per proteggere la piega dei suoi pantaloni quando si sedeva a bere all'Herrenklub. Era un ufficiale perché suo padre era stato un ufficiale e suo nonno era stato ricco. Rommel, il figlio di un insegnante elementare che era salito dal grado di tenente-colonnello a quello di Feld maresciallo in soli quattro anni, disprezzava la casta dei militari di cui non aveva mai fatto parte.

Ora stava fissando attraverso il tavolo il generale, che sorseggiava del brandy requisito ai Rothschilds francesi. Guderian e il suo fedele amico, il generale von Geyr, erano venuti al quartier generale di Rommel a La Roche Guyon nel nord della Francia per dirgli come schierare le sue truppe. Le reazioni di Rommel a simili visite andavano dall'impazienza alla rabbia. Secondo il suo punto di vista quelli dello stato maggiore avevano solo il compito di garantire informazioni attendibili e rifornimenti regolari; e sapeva per la sua esperienza in Africa che erano incompetenti in ambedue i campi.

Guderian aveva un paio di baffetti biondi, e gli angoli degli occhi pieni di rughe per cui sembrava sempre che ti sorridesse. Era alto e piacente, il che non contribuiva per niente ad accattivargli le simpatie del piccolo, brutto e quasi calvo Rommel. Sembrava rilassato, e qualsiasi generale tedesco che potesse rilassarsi a quel punto della guerra era sicuramente uno stupido. Il pranzo che avevano appena consumato – vitello del luogo e vino del lontano sud – non giustificava l'atteggiamento.

Rommel guardò fuori dalla finestra e osservò la pioggia che gocciolava dai tigli nel cortile mentre aspettava che Guderian cominciasse la discussione. Quando alla fine parlò, fu chiaro che il generale stava pensando al modo migliore di arrivare al punto, e che aveva deciso di affrontarlo con un lungo discorso.

« In Turchia » cominciò, « gli inglesi stanno ammassando la nona e la decima armata insieme con l'esercito turco al confine con la Grecia. Anche in Jugoslavia i partigiani si stanno concentrando. In Algeria i francesi si preparano a invadere la Riviera. I russi pare che stiano allestendo un'invasione della Svezia con mezzi anfibi. In Italia, gli alleati sono pronti a marciare su Roma.

« Ci sono anche dei segni minori: un generale rapito a Creta; un ufficiale del servizio segreto ucciso a Lione; un impianto radar attaccato a Rodi; un aereo sabotato con acido corrosivo e distrutto ad Atene; un raid di commandos su Sagvaag; un'esplosione nella fabbrica di ossigeno a Boulogne sur Seine; un treno deragliato nelle Ardenne; un deposito di benzina fatto saltare a Boussens... potrei continuare.

« Il quadro è chiaro. Nei territori occupati, c'è un continuo aumento di atti di sabotaggio e tradimento; ai nostri confini, dovunque vediamo preparativi per l'invasione. Nessuno di noi dubita che ci sarà una grande offensiva alleata questa estate; e possiamo pure essere certi che tutte queste scaramucce hanno lo scopo di confonderci su dove verrà sferrato l'attacco. »

Il generale fece una pausa. La lezione, tenuta nello stile di un maestro di scuola, stava irritando Rommel che colse l'occasione per interromperlo. « È per questo che abbiamo uno stato maggiore: per classificare informazioni del genere, per dare delle valutazioni sull'attività del nemico, e prevedere le sue mosse future. »

Guderian sorrise con indulgenza. « Dobbiamo anche essere consapevoli dei limiti delle nostre capacità profetiche. Lei avrà una sua opinione su dove sferreranno l'attacco, ne sono certo: noi tutti ne abbiamo una. La nostra strategia deve tener conto della possibilità che le nostre ipotesi siano sbagliate. »

Rommel ora capì dove il tortuoso discorso del generale andava a parare, e trattenne l'impulso di urlargli il suo disaccordo prima che arrivasse alla conclusione.

« Lei ha quattro divisioni corazzate al suo comando » continuò Guderian. « La seconda divisione Panzer ad Amiens; la centosedicesima a Rouen; la ventunesima a Caen; e la seconda divisione SS a Toulose. Il generale von Geyr le aveva già proposto che fossero disposte su un fronte arretrato rispetto alla costa, tutte insieme, pronte a una rapida controffensiva in qualsiasi punto. In verità, questo stratagemma è un principio della linea di condotta OKW. Tuttavia, lei non solo ha respinto il suggerimento di von Geyr, ma in realtà ha spostato la ventunesima proprio a ridosso della costa atlantica. »

« E le altre tre devono muoversi verso la costa prima possibile » proruppe Rommel. « Quando imparerete voialtri? Gli alleati sono padroni dell'aria. Una volta lanciata l'invasione, non ci saranno ulteriori grossi movimenti di mezzi corazzati. Non saranno più possibili operazioni mobili. Se i vostri preziosi panzer sono a Parigi quando gli alleati sbarcheranno sulla costa, resteranno a Parigi – inchiodati a terra dalla RAF – finché gli alleati non sfileranno lungo il Boulevard St. Michel. Io lo so... l'hanno fatto a me. Due volte! » Si fermò per prendere fiato. « Ammassare i nostri mezzi corazzati come una riserva mobile vuol dire renderli inservibili. Non ci sarà nessun contrattacco. L'invasione deve essere affrontata sulle spiagge, quando è più vulnerabile, e ricacciata in mare. »

La vampata di rossore scomparve dalla sua faccia quando cominciò a esporre la propria strategia difensiva. « Ho disposto ostacoli sotto il livello dell'acqua, rinforzato il Vallo Atlantico, preparato dei campi minati, e piantato pali in ogni prato che potrebbe essere utilizzato per far atterrare gli aerei dietro le nostre linee. Tutte le mie truppe sono impegnate a scavare trincee difensive in ogni momento libero dalle esercitazioni.

« Le mie divisioni corazzate devono essere spostate sulla costa. La riserva OKW dovrebbe essere trasferita in Francia. La nona e la decima divisione SS devono essere ritirate dal fronte orientale. Tutta la nostra strategia deve mirare a impedire che gli alleati si assicurino una testa di ponte, perché una volta ottenuto questo, la battaglia è perduta... e forse anche la guerra. »

Guderian si sporse in avanti, con gli occhi stretti in quel mezzo sorriso esasperante. « Non pretenderà che difendiamo l'intera costa europea da Tromsö in Norvegia fino a tutta la penisola iberica e a Roma. Da dove prenderemmo le armate? »

« Questa domanda doveva essere fatta nel 1938 » sbottò Rommel.

Ci fu un silenzio imbarazzato dopo questa osservazione, che lasciò tanto più sbalorditi venendo a un uomo notoriamente estraneo alla politica come Rommel.

Von Geyr ruppe l'incanto. « Secondo lei da dove avverrà l'attacco, Feld-maresciallo? »

Rommel spiegò: « Fino a poco tempo fa ero convinto della teoria del Pas de Calais. Però, l'ultima volta che sono stato con il Führer, sono rimasto impressionato dai suoi argomenti a favore della Normandia. Ho inoltre fiducia nel suo istinto, che sbaglia raramente. Perciò credo che i nostri panzer debbano essere schierati soprattutto lungo la costa della Normandia, con una divisione forse alla foce della Somme – quest'ultima appoggiata da unità esterne al mio gruppo d'armata ».

Guderian scosse la testa con fare solenne: « No, no, no. È troppo rischioso. »

« Sono pronto a parlarne a Hitler in persona » minacciò Rommel.

« Allora lo faccia » disse Guderian in tono rassegnato, « perché io non approverò il suo piano, a meno che... »

« Ebbene? » Rommel era sorpreso che il generale avesse preso una posizione così netta.

Guderian si spostò sulla sedia, riluttante a fare una concessione a un antagonista così ostinato come Rommel. « Forse saprà che il Führer sta aspettando un rapporto da un agente insolitamente valido in Inghilterra. »

« Ricordo » annuì Rommel. « *Die Nadel.* »

« Sì. È stato incaricato di valutare la forza del Primo Gruppo d'Armata americano sotto il comando di Patton nella parte orientale dell'Inghilterra. Se scopre – come sono certo farà – che quest'armata è grossa, forte e pronta a muoversi, allora io continuerò ad oppormi al suo piano. Se invece scopre che è tutto un bluff – un piccolo esercito mascherato da forza di invasione – allora dovrò ammettere che ha ragione, e lei avrà i suoi panzer. Accetta questo compromesso? »

Rommel chinò la grossa testa in un assenso. « Tutto è nelle mani di *Die Nadel,* allora. »

« Tutto è nelle mani di *Die Nadel.* »

PARTE QUINTA

XXV

La casa era terribilmente piccola, Lucy se ne rese conto quasi all'improvviso. Mentre sbrigava le sue faccende mattutine – accendere la stufa, preparare il budino, rimettere in ordine, vestire Jo – i muri la opprimevano dandole un senso di claustrofobia. Dopotutto, erano solo quattro stanze, più il piccolo passaggio della scala; non ci si poteva muovere senza imbattersi in qualcun altro. Fermandosi ad ascoltare si potevano sentire i rumori di ognuno: Henry che faceva scorrere l'acqua nel lavandino, David che scivolava giù dalle scale, Jo che sgridava il suo orsacchiotto nel soggiorno. Lucy avrebbe preferito restare sola con se stessa per un po' di tempo prima di incontrare gli altri: il tempo di lasciare che gli eventi della notte diventassero un ricordo e non occupassero tutti i suoi pensieri, in modo da potersi comportare normalmente senza uno sforzo cosciente.

Immaginò che non sarebbe stata brava a mentire. Non le veniva con naturalezza. Non aveva esperienza di queste cose. Cercò di pensare a un'altra occasione nella sua vita in cui avesse ingannato qualcuno a lei caro, e non ci riuscì. Non che vivesse di principi inflessibili; l'idea di mentire in sé non la turbava. Era solo che non aveva mai avuto motivo di essere poco sincera. Forse perché, si chiese, la sua vita finora era stata priva di qualsiasi tentazione?

David e Jo si sedettero al tavolo di cucina e cominciarono a mangiare. David era silenzioso, Jo chiacchierava senza sosta solo per il piacere di pronunciare le parole. Lucy non aveva fame.

« Non mangi? » disse David con indifferenza.

« Ho già mangiato. » Ecco, la sua prima bugia. Non era poi così difficile.

La tempesta peggiorava il suo senso di claustrofobia. La pioggia era così fitta che Lucy riusciva a mala pena a scorgere il fienile dalla finestra della cucina. Ci si sentiva ancora più segregati quando aprire una porta o una finestra era un'impresa disperata. Con quel cielo basso, di un grigio acciaio e i banchi di nebbia sembrava di essere sempre al crepuscolo. Nel giardino, la pioggia scorreva a rivoli tra i filari delle piantine di patate, e al posto dell'erba si era formato una specie di stagno. Il nido del passero sotto il tetto era stato spazzato via, e gli uccellini, presi dal panico volavano dentro e fuori le grondaie.

Lucy udì Henry scendere dalle scale, e si sentì meglio. Per qualche oscura ragione, era assolutamente sicura che lui era molto più bravo a mentire.

« Buongiorno! » disse Faber cordialmente. David, che sedeva al tavolo sulla sedia a rotelle, alzò lo sguardo e sorrise. Lucy si dette da fare al fornello. Il senso di colpa era stampato su tutta la sua faccia. Faber imprecò dentro di sé, ma David sembrava non notare l'espressione della moglie. Faber cominciò a pensare che fosse un po' ottuso.

Lucy disse: « Si sieda a fare colazione, Henry ».

« Grazie mille. »

« Non posso offrirle di portarla in chiesa, mi dispiace » disse David. « Il meglio che possiamo fare è sentire un inno alla radio. »

Faber si rese conto che era domenica. « Siete praticanti? »

« No » disse David. « E lei? »

« No. »

« La domenica è uguale a tutti gli altri giorni per gli allevatori » continuò David. « Andrò dall'altra parte dell'isola a vedere il mio gregge. Può venire, se se la sente. »

« Volentieri » gli disse Faber. Ne avrebbe approfittato per fare una ricognizione. Aveva bisogno di conoscere la strada per arrivare alla casa con la radio trasmittente. « Preferisce che guidi io? »

David gli rivolse un'occhiata tagliente. « Me la cavo bene anche da solo. » Ci fu un attimo di silenzio carico di tensione. « Con questo tempo, la strada non si distingue quasi più. È molto più sicuro che guidi io. »

« Naturalmente. » Faber cominciò a mangiare.

« Non fa nessuna differenza per me » insistette David. « Non voglio che lei venga se pensa che sarebbe troppo... »

« Mi creda, sono contento di venire. »

« Ha dormito bene? Non ha pensato che lei forse è ancora stanco. Spero che Lucy non l'abbia tenuto alzato fino a tardi. »

Faber si impose di non guardare Lucy. Con la coda dell'occhio riuscì a vedere che lei stava arrossendo fino alla radice dei capelli. « Ho dormito tutto il giorno ieri », disse cercando di trattenere lo sguardo di David su di sé.

Fu del tutto inutile. Gli occhi di David erano rivolti alla moglie. Lei gli voltò la schiena. Lui aggrottò lievemente la fronte, e poi, solo per un istante, aprì la bocca nella classica espressione di sorpresa.

Faber ne fu contrariato. David sarebbe stato ostile ora, e l'antagonismo era a metà strada dal sospetto. Non era pericoloso, ma poteva essere fastidioso.

Il marito recuperò la sua padronanza in fretta. Spinse via la sedia dal tavolo e si diresse alla porta sul retro. « Tiro fuori la jeep dal fienile » borbottò. Staccò dall'attaccapanni la mantella di tela cerata, se la infilò, poi aprì la porta e uscì.

Nei pochi istanti in cui la porta rimase aperta, la tempesta esplose nella piccola cucina, bagnando il pavimento e soffiando folate gelide su di loro. Quando la porta si richiuse, Lucy rabbrividì e si mise ad asciugare l'acqua dalle piastrelle.

Faber allungò una mano e le toccò il braccio.

« No » disse lei, indicando Jo con la testa.

« Ti stai comportando come una sciocca » le disse Faber.

« Credo che sappia » fece lei.

« Ma se ci pensi per un minuto, non t'importerà veramente se sa o no, ti pare? »

Lei rifletté: « Non dovrebbe ».

Faber scrollò le spalle. Il clakson della jeep suonò impaziente di fuori. Lucy gli porse una tela cerata e un paio di alti stivali per la pioggia.

« Non parlare di me » disse lei.

Faber s'infilò la mantella e si incamminò per uscire. Lucy lo seguì, chiudendo la porta di cucina davanti a Jo.

Con la mano sulla maniglia, Faber prima di uscire si girò e la baciò.

Lei rispose al bacio, con passione, poi si voltò e tornò in cucina.

Faber si gettò nella pioggia, attraverso un mare di fango, e saltò sulla jeep accanto a David, che partì immediatamente.

L'auto era stata adattata in modo speciale per essere guidata da un uomo senza gambe. Aveva un acceleratore a mano, cambio automatico, e un'impugnatura sul cerchio del volante per consentire al guidatore di manovrare con una mano sola. La sedia a rotelle ripiegata stava in una nicchia speciale dietro il sedile di guida. Sopra il parabrezza c'era un fucile da caccia fissato a un supporto.

David guidava con perizia. Aveva avuto ragione circa la strada: non era più che una striscia di brughiera con i solchi lasciati dalle gomme della jeep, pieni d'acqua per la pioggia. L'auto slittava nel fango. David sembrava provarci gusto. Teneva la sigaretta tra le labbra, e aveva assunto un'aria di spavalderia esagerata. Forse quello era il suo modo immaginario di volare.

« Che cosa fa quando non va a pescare? » chiese, con la sigaretta sempre in bocca.

« Sono un funzionario statale. »

« Cioè? »

« Lavoro alle finanze. Sono solo una rotella dell'ingranaggio. »

« Al Tesoro, eh? »

« Più o meno. »

Neppure quella risposta insulsa fermò l'interrogatorio di David. « È un lavoro interessante? » insistette.

« Abbastanza. » Faber fece appello a tutta la sua forza per inventare una storia. « So all'incirca quanto dovrebbe costare un determinato pezzo meccanico, e passo la maggior parte del mio tempo ad assicurarmi che il contribuente non venga tartassato. »

« Quali pezzi meccanici in particolare? »

« Tutto, dalle graffette ai motori degli aerei. »

« Ah, bene. Contribuiamo tutti a modo nostro allo sforzo della guerra. »

Era un'osservazione maligna, e David naturalmente non poteva avere nessuna idea del perché Faber non se n'era risentito. « Sono troppo vecchio per combattere » si limitò a replicare gentilmente Faber.

« Ha partecipato alla prima guerra? »

« Ero troppo giovane. »

« Le è andata bene. »

« Senza dubbio. »

Il sentiero correva molto vicino al ciglio della scogliera ma David non rallentò. A Faber passò per la mente che David forse voleva uccidere entrambi. Si aggrappò alla maniglia.

« Vado troppo forte per lei? » domandò David.

« Conosce la strada » replicò Faber.

« Sembra spaventato » disse David.

Faber ignorò l'osservazione, e David rallentò un poco, apparentemente soddisfatto di aver segnato una specie di punto a suo vantaggio.

L'isola era quasi piatta, e spoglia, notò Faber. Il terreno si alzava leggermente, ma finora non aveva visto nessuna collina. La vegetazione era costituita soprattutto di erba, con qualche felce e arbusto, ma pochi alberi: non c'erano molti ripari dalle intemperie. Le pecore di David Rose dovevano essere robuste, pensò.

« Lei è sposato? » chiese David all'improvviso.

« No. »

« È un uomo saggio. »

« Non lo so. »

« Scommetto che se la spassa bene a Londra » annunciò David.

A Faber non era mai piaciuto quel modo allusivo e sprezzante con cui certi uomini parlavano di donne. Disse seccamente: « Credo che lei sia molto fortunato ad avere Lucy ».

« Oh, crede? »

« Sì. »

« Non c'è confronto con la varietà, però, eh? »

Faber pensò: "Cosa diavolo vuole insinuare?" E disse: « Non ho avuto modo di scoprire i pregi della monogamia ».

« Certo. »

Faber pensò: "Non sa neppure lui cosa vuole insinuare". Decise di non dire altro, dal momento che tutto quel che diceva era come benzina sul fuoco.

« Devo dire che lei non sembra un contabile statale. Dove sono l'ombrello e la bombetta? »

Faber fece un magro sorriso sforzato.

« E non sembra nemmeno uno scribacchino. »

« Vado in bicicletta. »

« Deve essere molto forte, per essere sopravvissuto al naufragio. »

« Grazie. »

« Non sembra neppure troppo vecchio per non essere arruolato. »

Faber spostò lo sguardo su David: « Dove vuole arrivare, David? » chiese con calma.

« Ci siamo » disse David.

Faber guardò fuori del parabrezza e vide una casetta molto simile all'altra, con muri di pietra, un tetto d'ardesia, e piccole finestre. Era in cima a una collina, la sola che Faber avesse visto sull'isola, e non proprio una collina per giunta. La casa era come accovacciata sul cucuzzolo. Arrancando lungo la salita, la jeep rasentò una piccola macchia di pini e abeti. Faber si chiese come mai la casa non era stata costruita al riparo degli alberi.

Accanto alla costruzione c'era un biancospino in fiore fradicio e infangato. David fermò la macchina. Faber lo guardò aprire la sedia a rotelle, sollevarsi dal sedile di guida e sistemarsi sulla sedia: un'offerta di aiuto l'avrebbe offeso.

Entrarono in casa dalla porta principale senza bussare. Nell'ingresso furono salutati da un collie bianco e nero, un cagnolino dalla testa grossa che scodinzolò senza abbaiare. La disposizione della casa era identica a quella dell'altra, ma l'atmosfera era diversa: qui l'ambiente era spoglio, squallido e nemmeno troppo pulito.

David fece strada verso la cucina. Il pastore sedeva vicino a un'antiquata stufa a legna, scaldandosi le mani. Si alzò. David disse: « Henry, questo è Tom McAvity ».

« Piacere di conoscerla » fece Tom in tono formale.

Faber gli strinse la mano. Era un uomo basso e tarchiato con una faccia del colore del cuoio vecchio. Portava un berretto di panno e fumava una massiccia pipa di radica col coperchio. La sua stretta era ferma, e la pelle della mano ruvida come carta vetrata. Aveva il naso molto grosso. Faber dovette concentrarsi attentamente per capire quel che stava dicendo: il suo accento scozzese era molto marcato.

« Spero di non essere di disturbo » disse Faber. « Sono venuto solo per fare una passeggiata. »

David si avvicinò al tavolo. « Non credo che avremo molto da fare questa mattina, Tom » daremo solo un'occhiata in giro.

« Sì. Prendiamo un po' di tè prima di andare, però. »

Tom versò del tè forte in tre grosse tazze col manico, e aggiunse un goccio di whisky per ciascuno. I tre uomini stavano seduti a bere in silenzio, David fumando una sigaretta e Tom tirando boccate leggere con la pipa; Faber fu certo che quei due passavano un sacco di tempo insieme in quel modo, fumando e scaldandosi le mani senza dire nulla.

Quando ebbero finito il tè, Tom mise la tazza nel lavandino basso di pietra e si avviarono verso la jeep. Faber sedette sul sedile posteriore. David guidò piano questa volta, e il cane, che si chiamava Bob, correva a fianco dell'auto tenendo il passo senza sforzo visibile. Era evidente che David conosceva il terreno molto bene, perché guidava con sicurezza attraverso il pascolo aperto senza che gli capitasse di impantanarsi nemmeno una volta in quella terra fradicia. Le pecore sembravano molto rattristite per la loro sorte. Con i velli inzuppati, si stringevano insieme in buche del terreno, o vicino ai cespugli di rovi, o sui pendii sotto vento, troppo depresse per pascolare. Anche gli agnelli erano tristi, e stavano nascosti sotto le loro madri.

Mentre Faber guardava, il cane improvvisamente si fermò, rimase in ascolto per un momento, e poi corse via improvvisamente.

Anche Tom stava guardando. « Bob ha trovato qualcosa » disse.

La jeep seguì il cane per un mezzo chilometro. Quando si fermarono, Faber poté sentire il mare: erano vicini alla punta nord dell'isola. Il cane stava sull'orlo di una piccola gola. Appena gli uomini scesero dall'auto, udirono anche loro quel che aveva richiamato Bob: il belato di una pecora in pericolo. Andarono sull'orlo della gola e guardarono giù.

L'animale giaceva sul fianco, sei metri sotto, in precario equilibrio sul ripidissimo pendio. Una zampa davanti era piegata in un angolo innaturale. Tom scese fino a dove era la bestia, camminando con precauzione, ed esaminò la zampa.

« C'è montone a cena stasera » gridò.

David prese il fucile dalla jeep e lo fece scivolare giù verso il vecchio. Tom con un colpo liberò l'animale dalle sofferenze.

« Vuoi tirarla su con la fune? » chiese David.

« Sì, a meno che Henry non voglia venire a darmi una mano. »

« Certamente » disse Faber. Scese fin dove stava Tom. Presero una gamba ciascuno e trascinarono l'animale morto su per il pendio. La mantella di Faber s'impigliò in un cespuglio spinoso, e per poco non lo fece cadere prima che con uno strattone liberasse la tela; ci fu un rumore di strappo.

Portarono la pecora dentro la macchina e partirono. Faber si sentiva tutto bagnato, e capì di aver strappato la maggior parte della tela cerata di dietro. « Mi dispiace aver rovinato la mantella » disse.

« C'era una buona ragione » gli disse Tom.

Ritornarono direttamente alla casa di Tom. Faber si tolse la mantella e la giacca bagnata, e Tom la mise sopra la stufa ad asciugare. Poi a turno andarono fuori – la casa di Tom non aveva i servizi moderni che erano stati aggiunti in quella di Lucy – e Tom preparò del tè.

« È la prima bestia che perdiamo quest'anno » disse David.

« Sì. »

« Dobbiamo recintare la gola quest'estate. »

« Sì. »

Faber avvertì un cambiamento nell'atmosfera: non era la stessa di due o tre ore prima. Sedevano bevendo e fumando come allora, ma David sembrava irrequieto. Due volte Faber lo sorprese a fissarlo, assorto nei pensieri.

Alla fine David disse: « Ti lasciamo a macellare la pecora, Tom ».

« Sì. »

David e Faber uscirono. Tom non si alzò, ma il cane li accompagnò fino alla porta.

Prima di mettere in moto la jeep, David prese il fucile dalla rastrelliera sopra il parabrezza, lo ricaricò, e lo rimise a posto.

Lungo la via del ritorno il suo umore cambiò un'altra volta e divenne loquace. « Volavo sugli Spitfires, sa. Gran begli aquiloni. Quattro mitragliatrici su ogni ala – erano Browning americane, che sparavano milleduecentosessanta colpi al minuto. I crucchi preferivano i cannoni, naturalmente: i loro Me 109s hanno solo due mitragliatrici. I cannoni fanno più danno, ma le nostre Browning sono più veloci, e più precise. »

« Davvero? » fece Faber con cortesia.

« Hanno messo i cannoni sugli Hurricane più tardi, ma è stato lo Spitfire a vincere la battaglia d'Inghilterra. »

Faber trovò quella millanteria irritante. Disse: « Quanti aerei nemici ha abbattuto? ».

« Ho perso le gambe mentre facevo l'addestramento » rispose David.

Faber guardò furtivamente la sua faccia: era una maschera di odio represso.

David disse: « No, non ho ammazzato un solo tedesco, ancora ».

Era un segnale inequivocabile. Faber divenne improvvisamente molto vigile. Non aveva la minima idea di quello che David avesse potuto dedurre o scoprire, ma non potevano esserci dubbi che l'uomo sapeva che c'era qualcosa. Faber si girò leggermente di traverso in faccia a David, puntandosi con i piedi contro il blocco del cambio, e posò la mano destra sull'avambraccio sinistro. E aspettò la prossima mossa di David.

« Le interessano gli aerei? » chiese David.

« No. » La voce di Faber era piatta.

« È diventato un passatempo nazionale, ho sentito dire, la

ricognizione aerea. Come l'osservazione degli uccelli. La gente compra dei libri sulla identificazione degli aerei. Passano interi pomeriggi col naso per aria a scrutare il cielo attraverso i telescopi. Credevo che lei fosse appassionato. »

« Perché? »

« Prego? »

« Che cosa le ha fatto credere che fossi un appassionato? »

« Oh, non so. » David fermò la jeep per accendere una sigaretta. Erano a metà dell'isola, cinque miglia dalla casa di Tom e altre cinque per arrivare da Lucy. David lasciò cadere il fiammifero per terra. « Forse per via delle fotografie che ti sono cadute dalla tasca della giacca... »

Mentre parlava gettò la sigaretta accesa in faccia a Faber, e afferrò il fucile sopra il parabrezza.

XXVI

Sid Cripps guardò fuori della finestra e imprecò sottovoce. Il pascolo era pieno di carri armati americani: almeno un'ottantina. È vero, pensò, che c'era una guerra in corso, e tutto il resto, ma se solo gliel'avessero chiesto, lui avrebbe offerto loro un altro campo dove l'erba non fosse così rigogliosa. A quell'ora i cingoli avevano sicuramente ridotto a una poltiglia il suo pascolo migliore.

Si infilò gli stivali e uscì fuori. C'erano dei soldati yankee nel campo, e lui si chiese se si erano accorti del toro. Quando arrivò allo steccato si fermò e si grattò la testa. C'era qualcosa di molto strano in tutto quanto. I carri non avevano affatto ridotto a poltiglia la sua erba. Non avevano lasciato nessun solco. Erano invece i soldati americani che stavano scavando solchi simili a quelli dei carri armati, con una specie di erpice.

Mentre Sid cercava di spiegarsi tutto questo, il toro notò i carri. Prima li fissò per un po', poi grattò il terreno con la zampa e si lanciò all'attacco. Voleva caricare un carro.

« Stupido fottuto, ti romperai la testa » borbottò Sid.

Anche i soldati stavano guardando il toro. Pareva che lo trovassero divertente.

Il toro si precipitò di gran carriera contro il carro, affondando le corna nella corazza di lamiera. Sid sperò fervidamente che i carri inglesi fossero più forti di quelli americani.

Risuonò come un gran sibilo quando il toro ritirò fuori le corna. Il carro armato crollò come un pallone sgonfiato. I soldati americani si spanciavano dal ridere.

Sid Cripps si grattò ancora una volta la testa. Era tutto quanto molto strano.

Percival Godliman attraversò velocemente Parliament Square, con l'ombrello in mano. Sotto l'impermeabile indossava un abito scuro a righe e le sue scarpe nere erano lustre di cera – o almeno, lo erano state finché non si era messo a camminare sotto la pioggia – perché non capitava tutti i giorni, e neanche tutti gli anni, di avere un incontro privato con Churchill.

Un militare di carriera sarebbe stato intimorito a presentarsi con notizie così brutte a una visita col comandante supremo delle forze armate. Godliman non era intimorito, perché uno storico di valore non ha niente da temere da parte di militari e uomini politici, a meno forse che la sua concezione della storia non sia molto più radicale di quanto lo fosse quella di Godliman. Non era intimorito, dunque; preoccupato sì, però.

Stava pensando agli sforzi, all'immaginazione, alla cura, ai soldi e alle energie lavorative che erano state investite nella creazione di quell'enorme falso che era il Primo Gruppo d'Armata degli Stati Uniti di stanza nell'East Anglia: le quattrocento navi da sbarco fatte di tela e impalcature galleggianti sopra fusti di benzina vuoti, che affollavano porti ed estuari; le imitazioni gonfiabili, accuratamente riprodotte, di carri armati, pezzi di artiglieria, camion, semicingolati e persino di depositi di munizioni; le proteste inserite ad arte nelle colonne delle lettere ai giornali locali contro il declino della moralità seguito all'arrivo di migliaia di soldati americani nella zona; il bacino di rifornimento completamente falso progettato dal più bravo architetto d'Inghilterra e costruito – con cartoni e vecchie tubature di fogna – da operai presi in prestito ai teatri di posa cinematografici; i rapporti sapientemente contraffatti trasmessi ad Amburgo dagli agenti tedeschi che erano stati "riciclati" dal Ventesimo Comitato; e l'incessante scambio di messaggi radio, ad esclusivo uso dei posti d'ascolto tedeschi, affidati alla fantasia di romanzieri professionisti e che comprendevano perle del tipo: "Il quinto reggimento della regina segnala un numero di donne civili, presumibilmente non autorizzate, nelle salmerie. Cosa dobbiamo farne... portarle a Calais?".

Si erano ottenuti risultati notevoli. C'erano prove che i tedeschi erano caduti nella trappola. E ora tutto quel complicato inganno era stato messo in pericolo a causa di una spia... una spia che Godliman si era lasciato scappare.

I suoi passetti brevi, da uccello, misurarono il lastricato di Westminster fino alla piccola porta al numero due, in Great George Street. Il soldato armato che faceva la guardia accanto al muro di sacchetti di sabbia esaminò il suo lasciapassare e gli fece segno di entrare. Godliman attraversò l'atrio e scese le scale verso il quartier generale sotterraneo di Churchill.

Era come andare sottocoperta in una nave da guerra. Protetto dai bombardamenti da una copertura spessa quasi un metro e mezzo e rinforzata con cemento armato, il posto di comando aveva porte a paratia stagna di acciaio e sostegni per il soffitto di legno vecchio. Quando Godliman entrò nella stanza delle carte geografiche, uno stuolo di gente giovane e dall'aria solenne sciamava fuori dalla sala di riunione successiva. Un aiutante li seguì un momento dopo e notò Godliman.

« Lei è molto puntuale, signore » gli disse. « È pronto a riceverla. »

Godliman entrò nella piccola, accogliente sala di riunione. C'erano tappeti sul pavimento e un ritratto del re alla parete. Un ventilatore elettrico disperdeva il fumo nell'aria. Churchill era seduto a capo di un vecchio tavolo lucido come uno specchio, al centro del quale stava la statuetta di un fauno: l'emblema dell'unità dove lui stesso militava, la London Controlling Section.

Godliman decise di non fare il saluto militare.

Churchill disse: « Si sieda, professore ».

Godliman si rese conto di colpo che Churchill non era un uomo grande e grosso, però sedeva come se lo fosse: spalle inarcate, i gomiti piantati sui braccioli della poltrona, il mento basso e le gambe divaricate. Indossava un completo nero e pantaloni grigi a righe – con una cravatta a farfalla blu a pallini e una smagliante camicia bianca. Nonostante la corporatura tarchiata e la grossa pancia, la mano che reggeva la stilografica era fine e aveva dita affusolate.

La sua carnagione era rosea come quella di un bambino. Nell'altra mano teneva un sigaro, e sopra il tavolo accanto alle carte c'era un bicchiere di qualcosa che sembrava whisky. Stava segnando delle note in margine a un rapporto battuto a macchina, e mentre scriveva borbottava di tanto in tanto. Godliman non provava nessuna soggezione davanti al granduomo. Come statista in tempo di pace, secondo lui, Churchill era stato un disastro. Però, in guerra, aveva le doti di un grande condottiero, e Godliman lo rispettava per questo. (Anni dopo, Churchill con modestia dichiarò di non essere stato il leone d'Inghilterra, ma di aver avuto semplicemente il privilegio di lanciarne il ruggito: e Godliman trovò sostanzialmente giusta questa definizione.)

Churchill alzò di colpo gli occhi dal tavolo e disse: « Suppongo che non ci sia alcun dubbio che questa maledetta spia abbia scoperto che cosa stiamo facendo ».

« Assolutamente no, signore » disse Godliman.

« Pensa che sia fuggito? »

« Gli abbiamo dato la caccia fino ad Aberdeen. Siamo quasi certi che sia partito di là due notti fa su un battello rubato... presumibilmente per recarsi a un appuntamento nel mare del Nord. Tuttavia, la tempesta può averlo sorpreso quando non era ancora molto lontano dal porto. Potrebbe aver incontrato l'U-boat prima dell'inizio della tempesta, ma è improbabile. Quasi sicuramente è affogato. Mi spiace di non poterle offrire informazioni più precise. »

« Anche a me » ribatté Churchill. Sembrò improvvisamente arrabbiato, anche se non con Godliman. Si alzò dalla poltrona e andò davanti all'orologio a muro, fissando come ipnotizzato l'iscrizione "Victoria RI, ministero dei lavori pubblici, 1889." Poi, come se si fosse dimenticato della presenza di Godliman, cominciò a passeggiare avanti e indietro lungo il tavolo, borbottando fra sé e sé. Godliman poté afferrare le parole, e quel che sentì lo lasciò allibito. Il granduomo stava borbottando: « Quella figura tarchiata, leggermente curva, che andava su e giù a grandi passi, senza badare più a nulla che ai propri pensieri... » Era come se Churchill recitasse secondo una sceneggiatura di Hollywood che lui stesso scriveva mentre camminava.

La rappresentazione finì di colpo così come era cominciata, e se lo statista si rendeva conto di essersi comportato in modo alquanto strano, non lo dette a vedere. Si mise a sedere, allungò a Godliman un foglio di carta e disse: « Questo è lo schieramento di battaglia tedesco come risulta nelle ultime settimane ».

Godliman lesse:

Fronte russo:	122 Divisioni di fanteria
	25 panzer divisioni
	17 divisioni miste
Italia e Balcani:	37 divisioni di fanteria
	9 panzer divisioni
	4 divisioni miste
Fronte occidentale:	64 divisioni di fanteria
	12 panzer divisioni
	12 divisioni miste
Germania:	3 divisioni di fanteria
	1 panzer divisione
	4 divisioni miste

Churchill disse: « Di quelle dodici panzer divisioni schierate a ovest, solo una si trova veramente sulla costa della Normandia. Le grandi divisioni SS, Das Reich e Adolf Hitler, sono rispettivamente a Tolosa e a Bruxelles e non c'è segno che stiano per essere trasferite. Che cosa le dice tutto questo, professore? ».

« I piani per la nostra trappola sembrano aver avuto successo » rispose Godliman.

« Pieno successo! » ringhiò Churchill. « I tedeschi sono disorientati e incerti, e le loro migliori previsioni circa le nostre intenzioni sono completamente sbagliate. E tuttavia!... » Fece una pausa a effetto. « E tuttavia, malgrado tutto ciò, il generale Walter Badell Smith – il capo di stato maggiore di Ike – mi dice che... » Prese un altro pezzo di carta dal tavolo e lo lesse a voce alta. « Le nostre possibilità di mantenere la testa di sbarco, soprattutto dopo che i tedeschi avranno avuto rinforzi, sono solo di cinquanta a cinquanta. »

Mise via il sigaro, e proseguì con voce più calma. « Sarà per il 5 giugno, forse il 6 o il 7. Le maree saranno al punto giusto... è già stato deciso. Il concentramento di truppe nell'ovest del Paese è già cominciato. I convogli vi si stanno dirigendo anche in questo momento passando per le strade di campagna dell'Inghilterra. C'è voluta tutta la potenza militare e industriale dell'intero mondo anglosassone – la più grande forma di civiltà dai tempi dell'impero romano – in quattro anni per ottenere questa possibilità di cinquanta a cinquanta. Ma se questa spia scappa, perdiamo anche quella. »

Fissò per un momento Godliman, poi prese la penna con la bianca mano fragile. « Non mi porti probabilità, professore » disse alla fine. « Mi porti il cadavere di *Die Nadel.* »

Abbassò gli occhi e si mise a scrivere. Dopo un momento Percival Godliman si alzò e uscì silenziosamente dalla stanza.

XXVII

Il tabacco delle sigarette brucia a ottocento gradi centigradi. Tuttavia, la brace all'estremità della sigaretta è circondata da un sottile strato di cenere. Per provocare una bruciatura, la sigaretta deve essere premuta contro la pelle per un secondo buono: un contatto più breve viene a malapena sentito. Questo vale anche per gli occhi, perché lo sbattere delle palpebre è la più veloce tra le reazioni involontarie del corpo umano. Solo i dilettanti lanciano sigarette. I professionisti – e ci sono pochissime persone al mondo per le quali il combattimento corpo a corpo è un'arte professionale – le ignorano.

Faber ignorò la sigaretta accesa che David Rose gli lanciò. Fece bene, perché il mozzicone volò rasente alla sua fronte e cadde sul pavimento metallico della jeep. Subito dopo cercò di afferrare il fucile di David, e questo fu un errore. Avrebbe dovuto estrarre lo stiletto e pugnalarlo: infatti, anche se David avrebbe potuto spararagli prima, non aveva però mai puntato un fucile contro un essere umano in vita sua, e tanto meno ucciso; perciò quasi certamente avrebbe avuto un attimo di esitazione, e in quell'istante Faber avrebbe potuto ucciderlo.

L'errore gli costò caro.

David aveva afferrato il fucile nel mezzo con entrambe le mani – la sinistra sulla doppia canna, la destra intorno alla culatta – e lo aveva già staccato di una quindicina di centimetri dal supporto, quando Faber aveva allungato una mano verso la bocca dell'arma. David tirò il fucile a sé, ma per un momento la stretta di Faber resistette, e la canna puntò contro il parabrezza.

Faber era forte, ma David aveva una forza straordinaria. Era abituato da quatto anni a trascinare il proprio corpo e la sedia a rotelle spingendo solo con le spalle, le braccia e i polsi, e la loro muscolatura si era sviluppata enormemente. Per di più, stringeva il fucile con tutte e due le mani davanti a sé, mentre Faber lo teneva con una sola mano e da un angolo scomodo. David dette un nuovo strattone, con più decisione stavolta, e la bocca della canna sfuggì alla presa di Faber.

In quell'istante, col fucile puntato allo stomaco e il dito di David piegato intorno al grilletto, si sentì vicinissimo alla morte.

Fece un balzo verso l'alto, catapultandosi fuori del sedile. Batté con la testa contro il telo della capote, proprio mentre il fucile esplose in un boato che gli stordì le orecchie e gli provocò un dolore fisico dietro gli occhi. Il finestrino accanto al sedile del passeggero andò in mille pezzi e la pioggia entrò dentro spinta dal vento. Faber con una capriola ricadde giù, non sul suo sedile ma addosso a David. Lo afferrò alla gola con tutte e due le mani e cominciò a stringere con i pollici.

David cercò di far passare il fucile in mezzo ai loro corpi per sparare con l'altra canna, ma l'arma era troppo grossa. Faber guardò nel fondo dei suoi occhi e vi lesse... cosa? Esultanza! Era naturale; ora finalmente David aveva un'occasione per combattere per il suo Paese. Poi la sua espressione cambiò, quando il corpo sentì mancare l'ossigeno e cominciò a dibattersi per respirare.

David lasciò la presa sul fucile e tirò indietro i gomiti, più che poté; dopo di che le sue mani scesero su Faber con due potenti colpi di taglio intorno alle costole.

Il dolore fu atroce, e la faccia di Faber si contorse dallo spasimo, ma non allentò la stretta intorno alla gola. Sapeva di poter resistere ai colpi di David più a lungo di quanto David potesse trattenere il respiro.

Anche David dovette pensare la stessa cosa. Incrociò gli avambracci e cominciò a respingere con forza Faber; poi, appena riuscì ad aprirsi uno spazio di qualche centimetro tra loro due, alzò e allargò le mani di scatto spezzando la stretta delle sue braccia. E quasi contemporaneamente lo colpì dall'alto in basso col pugno destro, un tiro potente ma impreciso che finì contro lo zigomo di Faber e gli fece salire le lacrime agli occhi.

Lui rispose con una serie di diretti al corpo, mentre David continuava a picchiarlo in faccia. Erano troppo vicini perché uno mettesse l'altro fuori combattimento in breve tempo, ma la superiorità fisica di David cominciava a prevalere.

Faber, con rammarico, si rese conto che il suo avversario aveva scelto abilmente il tempo e il luogo dello scontro: aveva avuto i vantaggi della sorpresa, del fucile, e dello spazio ristretto in cui i suoi muscoli contavano di più, mentre il miglior equilibrio e la maggiore capacità di movimento di Faber contavano di meno.

Faber si spostò leggermente e col fianco toccò il cambio, spingendo l'asta della marcia in avanti. La macchina, che era rimasta in moto in folle, fece un balzo in avanti e lui perse l'equilibrio. David approfittò dell'occasione per mollargli un lungo sinistro che – più per fortuna che per calcolo – colpì Faber in pieno mento e lo fece volare attraverso l'abitacolo della jeep. Batté la testa contro lo stipite di metallo e ricadde con le spalle sulla maniglia della portiera, che si aprì e lo scaraventò fuori in una capriola all'indietro che lo fece finire faccia in giù nel fango.

Per un momento Faber rimase troppo stordito per muoversi. Quando riaprì gli occhi, non vide altro che lampi blu su un confuso sfondo rossastro. Sentì il motore della jeep imballarsi. Scosse la testa, cercando disperatamente di cancellare le visioni dei fuochi artificiali, e cercò disperatamente di rialzarsi carponi. Il rumore della jeep, intanto, si allontanò e poi tornò ad avvicinarsi. Voltò la testa verso la direzione da cui proveniva e, mentre i colori davanti ai suoi occhi si dissolvevano e sparivano, vide la macchina che gli veniva addosso ad alta velocità.

David voleva metterlo sotto.

Col paraurti già a meno di un metro dalla faccia, si rovesciò da un lato. Sentì una folata di vento. Il parafango lo colpì a un piede, mentre la jeep passava oltre rombando, e con i grossi pneumatici che affondavano nel morbido terreno erboso e sollevavano spruzzi di fango. Si rotolò altre due volte nell'erba bagnata, poi si alzò in ginocchio. Il piede gli faceva male.

La jeep stava girando, con una curva stretta, e si dirigeva di nuovo contro di lui.

Poteva vedere la faccia di David attraverso il parabrezza. Il giovane era piegato in avanti, curvo sul volante, con le labbra tirate e i denti scoperti in un ghigno selvaggio e quasi furioso. Era come se si immaginasse ai comandi di uno Spitfire lanciato in picchiata, giù dal sole, contro un aereo nemico, con tutte le otto mitragliatrici Browning in azione che vomitavano 1.260 colpi al minuto.

Faber si spostò verso il ciglio della scogliera. La jeep aumentava velocità. Lui sapeva di non essere in grado di correre in quel momento. Guardò oltre il ciglio: il pendio roccioso precipitava quasi verticalmente nel mare rabbioso una trentina di metri più sotto. La jeep avanzava lungo il ciglio della scogliera puntando dritta su di lui. Guardò freneticamente su e giù in cerca di una sporgenza o anche di un semplice appiglio. Niente.

La jeep era a non più di quattro o cinque metri da lui, lanciata a qualcosa come sessanta chilometri l'ora. C'era meno di mezzo metro tra le ruote e il ciglio della scogliera. Faber si distese a terra e si calò con le gambe nel vuoto, reggendo tutto il suo peso sugli avambracci mentre penzolava dall'orlo del precipizio.

Le ruote lo sfiorarono di pochi centimetri. Qualche metro più avanti una gomma slittò addirittura oltre il ciglio. Per un attimo Faber sperò che tutta la macchina saltasse fuori e precipitasse in mare, ma le altre tre ruote riportarono la jeep in salvo.

Il terreno sotto le sue braccia cominciava a cedere. Le vibrazioni del passaggio avevano smosso la terra. Si sentì trascinare leggermente verso il basso. Una trentina di metri più sotto, il mare infuriato ribolliva tra gli scogli. Faber allungò un braccio più che poté e affondò le dita nel terreno soffice. Un'unghia gli si spezzò ma non ci fece caso, e ripeté l'operazione con l'altro braccio. Poi, ancorandosi con entrambe le mani al terreno, cominciò a tirarsi su. Fu una fatica disumana, ma alla fine riuscì a portare la testa a livello delle mani, a sollevarsi fino ai fianchi, sul terreno solido, e fu in grado di girarsi e rotolare lontano dal ciglio.

La jeep stava svoltando di nuovo. Faber corse verso la macchina. Il piede gli faceva ancora male, ma non era rotto. David accelerò per fare un altro passaggio. Faber di colpo svoltò e si mise a correre ad angolo retto rispetto alla direzione della jeep, costringendo David a curvare e quindi rallentare.

Faber non avrebbe potuto resistere molto di più. Certamente si sarebbe stancato lui prima di David. Quello doveva essere l'ultimo passaggio.

Corse più veloce. David si preparò a tagliargli la strada, sopravanzandolo in un punto più avanti. Ma Faber fece improvvisamente dietro-front, e la jeep proseguì a zig-zag. Era molto vicina ora. Faber si lanciò in un ultimo scatto, costringendo con la sua traiettoria David a guidare in un cerchio ristretto. La jeep doveva rallentare sempre più, mentre Faber diventava sempre più vicino. C'erano ormai solo pochi metri tra loro, quando David capì qual era l'intenzione di Faber. Sterzò ma era troppo tardi. Faber corse verso il fianco della jeep e vi saltò su, sbattendo la faccia sulla capote.

Rimase disteso per alcuni secondi, riprendendo fiato. Il piede ferito gli faceva male come se l'avesse avuto in mezzo al fuoco, e i polmoni gli scoppiavano.

La jeep andava ancora. Faber tirò fuori lo stiletto dal fodero sotto la manica e aprì un lungo squarcio nella capote. Il telo sprofondò giù e Faber si trovò davanti la nuca di David.

Il giovane guardò in alto e indietro, con un'espressione sbigottita in volto. Faber tirò indietro il braccio per colpire con lo stiletto.

David schiacciò a fondo l'acceleratore a mano e contemporaneamente girò tutto lo sterzo. La jeep fece uno scatto in avanti e si inclinò in una stretta curva, su due ruote sole e stridendo. Faber lottava per non cadere. La jeep, riprendendo velocità, ricadde giù su tutte e quattro le ruote, poi si impennò di nuovo. Proseguì in equilibrio precario per pochi metri, poi le ruote slittarono sul terreno inzuppato e la macchina si rovesciò su un fianco con un rumore di lamiere contorte.

Faber fu scagliato lontano parecchi metri e ricadde a terra malamente. L'urto gli mozzò il respiro. Passarono parecchi secondi prima che potesse muoversi.

La jeep era stata trascinata dalla folle corsa ancora una volta pericolosamente vicino alla scogliera.

Faber vide lo stiletto nell'erba a pochi metri di distanza. Andò a raccoglierlo e poi si diresse verso la jeep.

In qualche modo David era riuscito a tirarsi fuori, lui e la sedia a rotelle, dallo squarcio della capote, e ora stava scappando sulla sedia lungo il ciglio della scogliera. Faber dovette riconoscere che aveva coraggio.

Tuttavia, doveva morire lo stesso.

Si mise a corrergli dietro. David doveva aver sentito il rumore di passi perché poco prima che Faber lo raggiungesse, la sedia si fermò e fece un giro intorno a se stessa; e Faber vide in mano a David una pesante chiave inglese.

Si scagliò contro la sedia a rotelle, rovesciandola. Il suo ultimo pensiero fu che tutti e due e la sedia potessero finire nel mare di sotto... poi fu colpito dietro la testa dalla chiave inglese e tutto si oscurò.

Quando rinvenne, la sedia era rovesciata accanto a lui, ma David non si vedeva da nessuna parte. Si rialzò in piedi e si guardò intorno, mezzo stordito e sconcertato.

« Qui! »

La voce proveniva dalla scogliera. David doveva essere stato catapultato dalla sedia e essere volato oltre il ciglio. Faber si trascinò carponi fino all'orlo e guardò giù.

David si teneva con una mano stretta intorno al gambo di un arbusto proprio sotto il ciglio del precipizio. L'altra mano era conficcata in una piccola fessura nella roccia. Pendeva sospeso nel vuoto, come Faber pochi minuti prima. Tutta la sua spavalderia era sparita, ora, e nei suoi occhi c'era solo il terrore.

« Tirami su, per dio » gridò con voce roca.

Faber si sporse più vicino a lui. « Come hai fatto a sapere delle foto? » chiese.

« Aiutami, ti prego! »

« Dimmi delle foto. »

« Oh, Dio! » David fece un potente sforzo per concentrarsi. « Quando sei andato al gabinetto di Tom hai lasciato la giacca ad asciugare in cucina. Tom è andato di sopra a prendere dell'altro whisky, e io ho guardato nelle tue tasche. E ho trovato i negativi. »

« E quella era una prova sufficiente per cercare di uccidermi? » chiese Faber meravigliato.

« Quello, e ciò che hai fatto con mia moglie in casa mia. Nessun inglese si sarebbe comportato così. »

Faber non poté fare a meno di ridere. « Dove sono i negativi, ora? »

« Nella mia tasca. »

« Dammeli e ti tirerò su. »

« Devi prenderteli, io non posso mollare la presa. »

Faber si sdraiò sullo stomaco e allungò una mano giù, sotto la mantella di David, verso la tasca della giacca sul petto di David. Tirò un sospiro di soddisfazione quando le dita toccarono la scatola della pellicola e la riportarono su. Guardò i negativi: sembrava che ci fossero tutti. Si mise la scatola in tasca, abbottonò il risvolto, e allungò di nuovo una mano verso David.

Afferrò il cespuglio a cui stava attaccato e lo sdradicò con uno strattone furioso.

David urlò: « No! ». Cercò annaspando disperatamente una presa mentre l'altra mano scivolava via inesorabilmente dalla fessura nella roccia.

« Non è giusto! » urlò. Poi la sua mano si staccò dalla fenditura.

Sembrò rimanere sospeso a mezz'aria: poi precipitò sempre più veloce, sbattendo due volte contro la scogliera, finché urtò l'acqua con un enorme tonfo.

Faber guardò ancora per un po' per assicurarsi che non tornasse a galla. « Non è giusto? » mormorò fra sé. « Non è giusto? Non sai che c'è la guerra? »

Guardò giù verso il mare per qualche minuto. Una volta pensò di vedere il baluginio giallo dell'impermeabile sulla superficie; ma era già scomparso prima che riuscisse a metterlo a fuoco. C'erano solo il mare e le rocce.

Improvvisamente si sentì terribilmente stanco. Divenne conscio delle ferite infertegli dall'uomo una per una: il piede investito, il bernoccolo sulla testa, i lividi sulla faccia. David Rose era stato uno stupido, uno spaccone e un marito meschino, ed era morto gridando pietà; ma era stato anche un uomo coraggioso, ed era morto per il suo Paese. Aveva ottenuto quello che voleva.

Faber si chiese se la propria morte sarebbe stata altrettanto buona.

Alla fine si allontanò dall'orlo della scogliera e tornò indietro verso la jeep rovesciata.

XXVIII

Percival Godliman si sentiva rinfrancato, risoluto, addirittura esaltato.

Quando ci rifletté, provò imbarazzo. I fervorini vanno bene per la truppa, e gli intellettuali si credono immuni dall'influsso della retorica. Tuttavia, benché sapesse che il copione della recita del granduomo era stato scritto con molta cura. con gli alti e bassi del discorso prestabiliti come in una sinfonia, ne era stato ugualmente toccato, come un capitano di una squadra di cricket nel sentire gli incitamenti dell'ultimo minuto del maestro di gara.

Ritornò in ufficio fremendo dal desiderio di fare qualcosa. Infilò l'ombrello nel portaombrelli, appese l'impermeabile bagnato e si guardò nello specchio sull'anta interna dell'armadio. Senza dubbio qualcosa era successo alla sua faccia da quando era diventato un cacciatore di spie. Il giorno prima gli era capitata fra le mani una sua foto scattata nel 1937, con un gruppo di studenti a un seminario a Oxford. A quei tempi sembrava, in effetti, più vecchio di adesso: colorito pallido, capelli sparsi a ciocche, la barba a chiazze e abiti più adatti a un uomo in pensione. I capelli a ciocche se n'erano andati: ora era calvo, a parte una corona di capelli come un monaco. I suoi abiti erano quelli di un uomo d'affari, non di un insegnante. Gli sembrava – ma poteva anche essere frutto della sua immaginazione, pensò – che le sue mascelle fossero diventate più volitive, gli occhi più brillanti, e aveva preso a radersi con più cura.

Si sedette dietro la scrivania e accese una sigaretta. Quell'innovazione non era molto positiva: si era buscato la tosse, aveva anche cercato di smettere, e aveva scoperto di avere preso il vizio. Del resto quasi tutti fumavano durante la guerra in Gran Bretagna, anche certe donne. Be', facevano i lavori degli uomini, e quindi avevano il diritto di avere dei vizi maschili. Il fumo trattenuto in gola lo fece tossire. Spense la sigaretta nel barattolo di latta che serviva da portacenere (la terracotta scarseggiava).

Il guaio, sentendosi spinto a fare l'impossibile – rifletté – era che l'esaltazione non ti aiutava a trovare i mezzi pratici per risolvere i problemi. Si ricordò della sua tesi al college, sui viaggi di un oscuro monaco medioevale chiamato Thomas dell'Albero. Godliman si era prefissato il compito, minore ma tutt'altro che facile, di stabilire l'itinerario del monaco nell'arco di un periodo di cinque anni. C'era un "buco" inspiegabile di otto mesi in cui il suo personaggio era stato o a Parigi o a Canterbury, ma Godliman non era riuscito a stabilire in quale dei due posti, e questo minacciava di mandare in fumo il valore di tutto il lavoro. Il fatto era, semplicemente, che i reperti storici in suo possesso non contenevano quell'informazione. Se il soggiorno del monaco era rimasto senza tracce, allora non c'era verso di scoprire dove era stato: punto e basta. Ma con l'ottimismo della gioventù, il giovane Godliman aveva rifiutato di credere che l'informazione potesse essere solo lì, ed era partito dal presupposto che da qualche parte dovesse esserci una traccia di come Thomas aveva passato quei mesi – nonostante fosse risaputo che quasi tutto ciò che è accaduto nel medioevo non ha lasciato tracce. Quindi, se Thomas non si era fermato a Parigi o a Canterbury, doveva essere stato in viaggio tra quei due posti: questo era stato il ragionamento di Godliman. E così aveva trovato dei registri nautici in un museo di Amsterdam da cui risultava che Thomas si era imbarcato su un vascello diretto a Dover che era uscito di rotta per una tempesta e alla fine aveva fatto naufragio sulla costa irlandese. Questo campione esemplare di ricerca storica era valso a Godliman la cattedra di professore.

Poteva cercare di applicare quel modo di ragionare anche al problema che lo angustiava ora: cos'era successo a Faber?

Era più che probabile che fosse annegato. Se non lo era, allora probabilmente era già in Germania. Ma nessuna di queste due possibilità lasciava alcun margine d'azione a Godliman, e perciò era meglio accantonarle. Doveva partire dal presupposto che Faber fosse vivo e avesse toccato terra da qualche parte.

Uscì dall'ufficio e scese la rampa di scale per andare alla sala delle cartine. Suo zio, il colonnello Terry, era lì, in piedi di fronte alla carta d'Europa con una sigaretta tra le labbra, pensieroso. Godliman notò che era uno spettacolo familiare al ministero della guerra in quei giorni: quello di uomini importanti che cadevano come in trance davanti alle carte geografiche, facendo in silenzio i loro calcoli sulla possibilità di vincere o perdere la guerra. Forse perché – immaginò – ormai tutti i piani erano fatti, la grande macchina era in moto, e a coloro che avevano preso le grandi decisioni non restava altro da fare che aspettare e vedere se avevano avuto ragione.

Terry lo vide entrare, e chiese: « Com'è andata col granduomo? ».

« Stava bevendo whisky » rispose Godliman.

« Beve tutto il giorno, ma è come se non gli facesse effetto » disse Terry. « Cos'ha detto? »

« Vuole la testa di *Die Nadel* su un piatto. » Godliman andò davanti alla carta della Gran Bretagna dall'altra parte della sala e mise un dito su Aberdeen. « Se tu mandassi un U-boat qui a prendere una spia in fuga, qual è secondo te il limite di sicurezza entro cui si avvicinerebbe un sottomarino alla costa? »

Terry si fermò accanto a lui e guardò la carta. « Non mi avvicinerei più di tre miglia. Ma per miglior precauzione, mi fermerei dieci miglia al largo. »

« Giusto. » Godliman tracciò con la matita due linee parallele alla costa, una di tre miglia e l'altra di dieci. « Ora, se tu fossi un navigatore dilettante che esce da Aberdeen su un battellino da pesca, quanto ti spingeresti lontano prima di cominciare ad aver paura? »

« Vuoi dire qual è una distanza ragionevole per una barca del genere? »

« Proprio così. »

Terry si strinse nelle spalle. « Chiedilo alla marina. Direi quindici miglia. »

« Sono d'accordo. » Godliman disegnò un arco con un raggio di venti miglia che aveva come centro Aberdeen. « Dunque: se Faber è vivo, si trova o sulla terraferma o da qualche parte in questo spazio. » Indicò l'area delimitata dalle linee parallele e dall'arco.

« Non ci sono terre in quell'area. »

« Non abbiamo una carta più grande? »

Terry aprì un cassetto e ne tirò fuori una cartina della Scozia su scala maggiore. La stese sul piano del mobile, e Godliman vi ricopiò i segni della matita fatti sulla carta più piccola.

Nell'area indicata, però, non risultava ancora nessuna terra.

« Guarda lì! » esclamò improvvisamente Godliman. Appena ad est del limite di dieci miglia c'era un'isola lunga e stretta.

Terry scrutò più da vicino. « L'isola della Tempesta » lesse. « Niente di meglio. »

Godliman fece schioccare le dita. « Scommetto che è lì. »

« Puoi mandarci qualcuno? »

« Quando si calmerà la tempesta. Bloggs è lassù: farò tener pronto un aeroplano per lui. Così potrà decollare non appena il tempo si rimette. » Andò alla porta.

« Buona fortuna! » gli gridò Terry.

Godliman salì di corsa la rampa di scale e si precipitò nel suo ufficio. Afferrò il telefono. « Chiamatemi il signor Bloggs ad Aberdeen, per piacere. »

Mentre aspettava, si mise a scarabocchiare sulla carta assorbente il disegno dell'isola. Aveva la forma del mezzo manico di un bastone da passeggio, con la parte curva rivolta a occidente. Doveva essere lunga una decina di miglia, e larga forse un miglio. Si chiese che posto fosse: un arido ammasso di roccia o una prospera comunità di contadini? Se Faber era là poteva ancora essere in grado di prendere contatto con il suo U-boat: Bloggs doveva arrivare all'isola prima del sottomarino. Sarebbe stato difficile.

« Ecco il signor Bloggs » disse la centralinista.

« Fred? »

« Salve, Percy. »

« Credo che sia in un posto chiamato l'Isola della Tempesta. »

« No » disse Bloggs. « L'abbiamo già arrestato. »

Lo stiletto era lungo una ventina di centimetri, con l'impugnatura intagliata e a forma di croce. La sua punta sottile come un ago era estremamente acuminata. Uno strumento di morte – pensò Bloggs – molto efficace. Era stato affilato da poco.

Lui e l'ispettore capo investigativo Kincaid lo fissavano, senza nessuna voglia di toccarlo.

« Stava tentando di prendere una corriera per Edimburgo » disse Kincaid. « Un agente l'ha visto alla biglietteria e gli ha chiesto le generalità. Lui allora ha lasciato cadere la valigia e si è messo a correre. La bigliettaia del pullman lo ha colpito al capo con la macchinetta dei biglietti. Gli ci sono voluti dieci minuti a rinvenire. »

« Mi faccia dare un'occhiata » disse Bloggs.

Percorsero il corridoio fino alla cella. « Eccolo » disse Kincaid.

Bloggs guardò attraverso lo spioncino. L'uomo era seduto su uno sgabello nell'angolo in fondo alla cella con le spalle contro il muro. Aveva le gambe accavallate, gli occhi chiusi, le mani in tasca. « È stato già in prigione prima d'ora » notò Bloggs. L'uomo era alto, con un viso lungo e piacente, i capelli bruni. Poteva essere l'uomo della fotografia, ma non c'era nessuna certezza.

« Vuole entrare? » chiese Kincaid.

« Fra un momento. Cosa c'era nella valigia, a parte lo stiletto? »

« Quel che può avere uno scassinatore. Un sacco di soldi in banconote di piccolo taglio. Una pistola e delle munizioni. Indumenti neri e scarpe dalla suola di para. Due sigarette Lucky Strike. »

« Nessuna fotografia? »

Kincaid scosse la testa.

« Balle » esclamò Bloggs di cuore.

« L'identità riportata sui documenti è quella di Peter Fredericks, di Wenbley, Middlesex. Dice di essere un operaio meccanico disoccupato in cerca di lavoro. »

« Operaio meccanico? » ripeté Bloggs in tono scettico. « Non si è più visto un solo operaio meccanico disoccupato in Inghilterra negli ultimi quattro anni. C'è da presumere che una spia dovrebbe saperlo. Comunque... »

Kincaid chiese: « Devo cominciare io l'interrogatorio, o fa lei? ».

« Cominci lei. »

Kincaid aprì la porta e Bloggs entrò dietro di lui. L'uomo nell'angolo in fondo aprì gli occhi senza curiosità. Né cambiò posizione.

Kincaid si sedette su un tavolino piccolo e nudo. Bloggs si appoggiò contro il muro.

« Come ti chiami? » domandò Kincaid.

« Peter Fredericks. »

« Cosa ci facevi così lontano da casa? »

« Cercavo un lavoro. »

« Perché non sei sotto le armi? »

« Ho il cuore debole. »

« Dove sei stato negli ultimi giorni? »

« Qui, ad Aberdeen. Prima a Dundee, e prima ancora a Perth. »

« Quando sei arrivato ad Aberdeen? »

« L'altro ieri. »

Kincaid lanciò un'occhiata a Bloggs, che annuì. Kincaid disse: « La tua storia non regge. Gli operai meccanici non hanno bisogno di cercare lavoro. Il Paese non ne ha a sufficienza. Faresti meglio a dirci la verità. »

« Sto dicendo la verità. »

Bloggs tirò fuori di tasca tutti gli spiccioli sparsi e li mise nel fazzoletto, annodandolo. Poi stette fermo in piedi a guardare, senza parlare, facendo dondolare il piccolo fagotto nella mano destra.

« Dove sono le fotografie? » chiese Kincaid.

L'espressione dell'uomo non cambiò.

« Non so di che cosa state parlando. »

Kincaid si strinse nelle spalle e guardò Bloggs.

Bloggs disse: « In piedi ».

« Prego? » fece l'uomo.

« In piedi! » urlò Bloggs.

« Avanti! »

Si avvicinò di due passi al tavolo.

« Nome? »

« Peter Fredericks. »

Bloggs si staccò dal muro e colpì l'uomo con il fazzoletto rigonfio. Il colpo lo prese proprio all'attaccatura del naso, e lo fece gridare. Si portò le mani alla faccia.

« Stai sull'attenti! » comandò Bloggs. « Nome! »

L'uomo rimase eretto, lasciò cadere le mani lungo i fianchi, e mormorò: « Peter Fredericks ».

Bloggs lo colpì di nuovo proprio nello stesso posto. Questa volta cadde su un ginocchio, e i suoi occhi si gonfiarono di lacrime.

« Dove sono le foto? » sibilò Bloggs.

L'uomo scosse la testa incapace di parlare.

Bloggs lo tirò su in piedi, gli dette una ginocchiata all'inguine, e lo colpì con un pugno allo stomaco. « Che ne hai fatto dei negativi? »

L'uomo cadde per terra e vomitò. Bloggs gli tirò un calcio in faccia. Ci fu un secco crac, come se si fosse rotto qualcosa. « E cosa ci dici dell'U-boat? Dov'è l'appuntamento? Qual è il segnale? »

Kincaid afferrò Bloggs da dietro. « Basta, Bloggs » intimò. « Questa è la mia stazione di polizia, e non posso chiudere un occhio oltre. »

Bloggs lo investì. « Non ci stiamo occupando di un semplice caso di furto con scasso, Kincaid. Quest'uomo sta mettendo a repentaglio l'intero sforzo bellico. » Agitò un dito sotto il naso dell'ispettore. « Si ricordi solo questo: io sono dell'MI5, e faccio tutto quel diavolo che mi pare e piace nella sua stazione. Se il prigioniero muore, me ne assumo io la responsabilità. » Si girò di nuovo verso l'uomo steso a terra.

Il prigioniero stava guardando Bloggs e Kincaid. Sulla sua faccia, coperta di sangue, si dipinse un'espressione di incredulità. « Di che cosa state parlando? » chiese debolmente. « Di cosa si tratta? »

Bloggs lo ritirò su in piedi. « Tu sei Henrik Rudoph Hans

von Müller-Güder, nato a Oln il ventisei maggio del millenovecento; altrimenti conosciùto come Henry Faber; tenente colonnello del servizio segreto tedesco. Entro tre mesi sarai impiccato per spionaggio, a meno che tu non risulti più utile vivo che morto. Faresti meglio a cominciare a renderti utile, colonnello Müller-Güder. »

« No » fece l'uomo. « No, no! Sono un ladro, non una spia. La prego! » Si rannicchiò sotto il pugno alzato di Bloggs. « Posso provarlo. »

Bloggs lo colpì di nuovo, e Kincaid intervenne per la seconda volta. « Aspetti » disse l'ispettore. « Va bene, Fredericks, se ti chiami così provaci che sei un ladro. »

« Mi son fatto tre case a Jubilee Crescent la scorsa settimana » ansimò l'uomo. « Ho portato via cinquecento sterline dalla prima e dei gioielli dalla seconda – anelli con diamanti e delle perle, e ho fatto fiasco nella terza per via del cane... dovete sapere che dico la verità, ci sarà pure un rapporto, no? Oh, Gesù... »

Kincaid guardò Bloggs. « Tutti questi furti sono realmente accaduti. »

« Può averli letti sui giornali. »

« Il terzo non è stato riportato. »

« Forse li ha fatti lui, però può essere una spia lo stesso. Le spie possono rubare. »

« Ma questo è successo la settimana scorsa, e il suo uomo era a Londra, non è vero? »

Bloggs rimase in silenzio per un momento. Poi disse: « Be', che vada a farsi fottere » e uscì.

Peter Fredericks guardò su verso Kincaid attraverso una maschera di sangue: « Ma chi è, la famigerata Gestapo? » fece.

Kincaid lo fissò pensosamente. « Rallegrati di non essere veramente l'uomo che sta cercando. »

« Be' » fece Godliman al telefono.

« Un falso allarme. » La voce di Bloggs suonava stridula e distorta all'altro capo del filo. « Un insignificante scassinatore che per caso aveva uno stiletto e assomigliava a Faber. »

« Di nuovo al punto di partenza » disse Godliman. « Dannazione. »

« Hai detto qualcosa riguardo a un'isola. »

« Sì. L'isola della Tempesta, è a circa dieci miglia dalla costa, ad est di Aberdeen. La puoi trovare su una cartina con una scala grande. »

« Che cosa ti assicura che sia lì? »

« Non ne sono sicuro affatto. Dobbiamo ancora prendere in esame le varie probabilità: altre città, la costa, tutto. Ma se ha rubato quel battello, il...? »

« *Marie II.* »

« Sì. Se l'ha rubato, il suo appuntamento probabilmente era nei dintorni dell'isola; e se è vero questo, allora o è affogato o è naufragato sull'isola. »

« Sì, così ha un senso. »

« Come va il tempo laggiù? »

« Sempre uguale. »

« Potresti raggiungere l'isola con una nave grossa? »

Bloggs grugnì. « Suppongo che si possa superare qualsiasi tempesta se la nave è grossa abbastanza. Ma quest'isola non avrà un gran porto, no? »

« Faresti meglio a informarti. Comunque, credo che tu abbia ragione. Ora ascolta: c'è una base di caccia della RAF vicino a Edimburgo. All'ora in cui arriverai lì, io avrò fatto preparare un aereo anfibio pronto a partire. Decollerai non appena la tempesta comincia a placarsi. Tieni anche la guardia costiera locale pronta a muoversi da un momento all'altro, non sono sicuro di chi potrà arrivare là per primo. »

« Mm » Bloggs sembrava dubbioso. « Se anche l'U-boat sta aspettando che la tempesta si calmi, arriverà per primo. »

« Hai ragione. » Godliman accese una sigaretta, cercando un'ispirazione. « Bene, possiamo utilizzare una corvetta della marina per girare intorno all'isola e intercettare il segnale radio di Faber. Appena si calma la tempesta, può far sbarcare una scialuppa sull'isola. Sì, ecco una buona idea. »

« Che ne dici di qualche caccia? »

« Sì. Per quanto, come te, dovranno aspettare che il tempo migliori. »

« Non può durare ancora per molto. »

« Che cosa dice il servizio metereologico scozzese? »

« Un altro giorno, almeno. »

« Dannazione. »

« Non fa molta differenza » disse Bloggs. « Finché noi rimaniamo inchiodati a terra, anche lui è imbottigliato. »

« Se è là. »

« Sì. »

« Bene » fece Godliman. « Avremo una corvetta, la guardia costiera, qualche caccia e un anfibio. »

« E me. »

« Faresti meglio a metterti in moto. Chiamami da Rosyth. E sta attento. »

« Arrivederci. »

Godliman appese. La sigaretta, dimenticata nel portacenere, era bruciata fino all'estremità. Ne accese un'altra, poi alzò la cornetta e cominciò a organizzare l'operazione.

XXIX

Rovesciata su un fianco, la jeep sembrava potente ma inerme, come un elefante ferito. Il motore si era fermato. Faber le dette una spinta e l'auto ricadde maestosamente su tutte e quattro le ruote. Era sopravvissuto alla lotta abbastanza indenne. Il tetto di tela era distrutto, naturalmente: la lacerazione prodotta dallo stiletto di Faber era diventata un largo squarcio che andava da una parte all'altra. Il lato del parafango anteriore destro, che era affondato nel terreno e aveva fermato la corsa della macchina, era tutto contorto. Il fanale davanti sullo stesso lato era andato in frantumi. Anche il finestrino sulla destra era stato rotto dal colpo del fucile. Il parabrezza invece era miracolosamente intatto.

Faber salì sul sedile di guida, mise il cambio in folle e provò l'avviamento. Sussultò e si spense. Provò di nuovo e il motore si accese. Sospirò di sollievo: non sarebbe riuscito ad affrontare una lunga camminata proprio adesso.

Rimase per un po' fermo seduto in auto; facendo l'inventario delle ferite. Si toccò con cautela la caviglia destra: era molto gonfia. Forse si era spezzato un osso. Andava proprio bene che la jeep fosse stata studiata per essere guidata da un uomo senza gambe, perché Faber non avrebbe potuto pigiare il pedale del freno. Il bernoccolo sulla nuca era enorme, delle dimensioni di una palla da golf; e quando lo toccò, la sua mano si ritirò sporca di sangue. Si esaminò la faccia nello specchietto retrovisore. Era un ammasso di piccoli tagli e grossi lividi; come la faccia di un pugile battuto alla fine di un incontro.

Aveva lasciato la mantella nella casa, e ora la giacca e la tuta erano inzuppati per la pioggia e imbrattati di fango. Aveva bisogno di stare al caldo e asciugarsi in fretta. Afferrò il volante, e un dolore cocente gli trafisse la mano: si era dimenticato dell'unghia spezzata. La guardò. Era la ferita più brutta. Avrebbe dovuto guidare con una mano sola.

Partì lentamente e trovò quella che supponeva fosse la strada. Non c'era pericolo di perdersi su quell'isola – doveva limitarsi a seguire il bordo della scogliera finché non fosse arrivato alla casa di Lucy.

Bisognava che escogitasse una bugia per spiegarle cos'era successo a suo marito. Poteva, naturalmente, dirle la verità: tanto lei non aveva la possibilità di farci nulla. Comunque, se diventava pericolosa avrebbe sempre potuto ucciderla; a quel punto, però, sentì crescere suo malgrado un'avversione a uccidere Lucy. Mentre guidava piano lungo la cima della scogliera attraverso la pioggia torrenziale e il muggito del vento, si stupì di questo nuovo sentimento dentro di lui, di questo scrupolo. Era la prima volta che provava un'avversione a uccidere. Non che fosse un amorale: tutto il contrario. Si era convinto che le sue uccisioni erano sullo stesso piano morale delle morti sul campo di battaglia, e i suoi sentimenti si erano piegati alla ragione. Gli restava sempre quella reazione fisica, il vomito, dopo che aveva ammazzato, ma questo era qualcosa di incomprensibile di cui non gli importava.

Allora perché non voleva uccidere Lucy?

Quel sentimento era uguale all'impulso che lo spingeva a mandare alla Luftwaffe indicazioni sbagliate per la cattedrale di St. Paul: il bisogno di proteggere una cosa bella. E Lucy era una creatura straordinaria, bella e preziosa, come un'opera d'arte. Faber poteva sopportarsi come assassino, ma non come iconoclasta. Era, lo capì ancor prima di pensarlo, un modo d'essere tutto speciale. Ma in fondo, le spie erano gente speciale.

Pensò a qualche spia che era stata reclutata dall'Abwehr nel suo stesso periodo: Otto, il gigante nordico che componeva delicate sculture di carta alla giapponese e odiava le donne;

Fredrich, lo scaltro piccolo genio matematico che trasaliva alle ombre e cadeva in una depressione che durava cinque giorni se perdeva a una partita di scacchi; Helmut, a cui piaceva leggere libri sulla schiavitù in America e che ben presto era finito con le SS... tutti uomini diversi, speciali. Se avevano qualcosa di più specifico in comune, lui non sapeva cosa fosse.

Gli sembrò di guidare sempre più piano, e che la pioggia e la foschia diventassero più impenetrabili. Cominciò a preoccuparsi dell'orlo della scogliera alla sua sinistra. Sentiva molto caldo, ma soffriva di attacchi di brividi. Capì di aver parlato a voce alta di Otto e Fredrich e Helmut; e riconobbe i segni del delirio. Fece uno sforzo per non pensare a niente ma c'era il problema di mantenere la jeep nella direzione giusta. Il rumore del vento acquistò come la cadenza di una nenia, ipnotica. Una volta si ritrovò fermo a fissare la distesa del mare, e non aveva nessuna idea di quanto fosse rimasto lì.

Gli sembrò che fossero passate delle ore quando intravide la casa di Lucy. Vi si diresse, pensando: devo ricordarmi di frenare prima di andare a sbattere contro il muro. C'era una figura in piedi sulla soglia, che lo guardava attraverso la pioggia. Doveva mantenere il controllo di se stesso abbastanza a lungo per dirle la bugia. Doveva ricordare, doveva ricordare...

Era pomeriggio inoltrato quando la jeep ritornò. Lucy era preoccupata di cosa poteva essere successo agli uomini, e nello stesso tempo arrabbiata con loro perché non erano tornati a casa per il pranzo che aveva preparato. Mentre il giorno volgeva alla fine aveva passato sempre più tempo alle finestre, scrutando fuori.

Quando la jeep venne giù dal leggero pendio verso la casa, fu chiaro che era successo qualcosa. Avanzava terribilmente piano, muovendosi a zig-zag sul sentiero, e dentro c'era una persona sola. Si avvicinò, e vide che il muso era tutto ammaccato e il fanale anteriore era andato in frantumi.

« Oh, Dio » mormorò.

L'auto si arrestò con un sussulto di fronte alla casa, e lei vide che la figura dentro era Henry. Lui non fece nessun gesto per uscire. Lucy corse fuori nella pioggia e aprì la portiera dalla parte di guida.

Henry sedeva lì con la testa piegata all'indietro e gli occhi semichiusi. Teneva la mano sul freno. La sua faccia era insanguinata e piena di lividi.

Lucy domandò: « Cos'è successo? Cos'è successo? ».

La mano di Henry scivolò via dal freno, e la jeep si mosse in avanti. Lucy si piegò sopra di lui e spense il motore.

Henry disse: « Ho lasciato David da Tom... ho avuto un incidente sulla strada di ritorno... ». Le parole sembravano costargli uno sforzo enorme.

Ora che Lucy sapeva cosa era successo, il panico l'abbandonò. « Vieni dentro » disse con decisione. La premura nella sua voce fece presa su Henry. Si girò verso di lei, mise un piede sul predellino per scendere, e subito cadde per terra. Lucy si accorse che la sua caviglia era gonfiata come un pallone.

Gli mise le mani sotto le spalle e lo tirò su, dicendo: « Fai forza sull'altro piede e appoggiati a me ». Si portò il braccio destro di lui intorno al collo e lo trascinò quasi di peso dentro casa.

Jo guardava ad occhi spalancati mentre lei aiutava Henry ad arrivare fino al sofà nel soggiorno e a stendersi. L'uomo rimase sdraiato sulla schiena ad occhi chiusi. I suoi abiti erano fradici e infangati.

Lucy disse: « Jo, va' di sopra e mettiti il pigiama, per piacere ».

« Ma non mi hai letto la mia storia. È morto? »

« Non è morto, ma ha avuto un incidente d'auto, e tu non puoi sentire la tua storia stasera. Va'! »

Il bimbo borbottò una protesta, e Lucy lo guardò minacciosamente. Se ne andò.

Lucy tirò fuori le grosse forbici dal cestino da lavoro e tagliò i vestiti di Henry: prima la giacca, poi la tuta, e infine la camicia. Aggrottò la fronte perplessa quando vide il coltello nel fodero legato con una cinghia all'avambraccio sinistro: ne dedusse che doveva essere un arnese speciale per pulire il pesce, o qualcosa del genere. Quando cercò di toglierlo, Henry le spinse via la mano. Lei si strinse nelle spalle, e rivolse la sua attenzione agli stivali. Il sinistro venne via facilmente, e anche

la calza; ma quando gli toccò il destro lui urlò per il dolore.
« Devo toglierlo » gli disse. « Dovrai essere coraggioso. »

Allora una specie di strano sorriso gli rischiarò la faccia, e annuì. Lei tagliò le stringhe, afferrò con entrambe le mani la scarpa delicatamente ma anche con fermezza, e la sfilò. Questa volta lui non fece nessun gemito. Lucy tagliò l'elastico della calza e sfilò via anche quella.

Jo entrò e disse: « È in mutande! ».

« I suoi abiti erano tutti bagnati. » Dette al bambino il bacio della buonanotte. « Mettiti a letto, tesoro. Verrò dopo a rimboccarti. »

« Bacia l'orsacchiotto, allora. »

« Buonanotte, orsacchiotto. »

Jo uscì. Lucy guardò di nuovo Henry. I suoi occhi erano aperti, e stava sorridendo. Disse: « Bacia Henry, allora ».

Lucy si piegò su di lui e gli baciò la faccia tutta pesta. Poi, con precauzione, gli tagliò le mutande.

Il calore del fuoco avrebbe asciugato subito la sua pelle nuda. Andò in cucina e riempì una ciotola con acqua calda e un po' di disinfettante per pulire le ferite. Trovò un rotolo di cotone idrofilo e ritornò nel soggiorno.

« Questa è la seconda volta che mi compari sulla soglia di casa mezzo morto » disse lei mentre si accingeva a curarlo.

« Il solito segnale » mormorò Henry.

« Che cosa? »

« Aspettano a Calais l'armata fantasma. »

« Henry, di che cosa stai parlando? »

« Ogni venerdì e lunedì. »

Lucy capì che delirava. « Non cercare di parlare » disse. Gli sollevò la testa piano per lavargli il sangue raggrumato intorno al bernoccolo.

Improvvisamente lui si sedette dritto, la guardò fuori di sé, e disse: « Che giorno è? Che giorno è? ».

« È domenica, calmati. »

« Va bene. »

Si calmò, e si lasciò togliere lo stiletto. Lei gli lavò la faccia, gli fasciò il dito dove aveva perso l'unghia, e gli bendò la caviglia. Quando ebbe finito rimase in piedi per un po' a guardarlo. Sembrava che stesse dormendo. Toccò la lunga cicatrice sul suo petto, e il segno a forma di stella sul fianco. La stella era una voglia, decise.

Frugò nelle sue tasche prima di gettar via i vestiti lacerati. Non c'era molto: degli spiccioli, i documenti, un portafoglio di pelle e una scatola di pellicole. Mise tutto assieme in un mucchietto sulla mensola del camino accanto al coltello da pesca. Gli avrebbe dovuto dare dei vestiti di David.

Lo lasciò e andò di sopra a vedere Jo. Il bambino era addormentato, sdraiato sull'orsacchiotto, con le braccia allargate. Lo baciò sulla guancia morbida e lo rimboccò. Poi uscì dalla casa e mise la jeep nel fienile.

Si preparò da bere in cucina poi si sedette a guardare Henry, desiderando che si svegliasse e facesse l'amore con lei di nuovo.

Era quasi mezzanotte quando Henry si svegliò. Aprì gli occhi, e la sua faccia mostrò la serie di espressioni che ormai le erano familiari: prima paura, poi l'occhiata sospettosa alla stanza, infine un senso di rilassamento. D'impulso, gli chiese: « Di che cosa hai paura, Henry? ».

« Non capisco cosa vuoi dire. »

« Sembri sempre spaventato quando ti svegli. »

« Non lo so. » Si strinse nelle spalle, e il movimento parve fargli male. « Dio, sono tutto rotto. »

« Non vuoi dirmi cosa è successo? »

« Sì, se mi darai un po' di brandy. »

Lei tirò fuori la bottiglia dalla credenza. « Puoi metterti dei vestiti di David. »

« Tra un minuto... a meno che tu non sia imbarazzata. »

Gli porse il bicchiere, sorridendo. « Temo proprio che mi piaccia. »

« Che ne è stato dei miei vestiti? »

« Ho dovuto tagliarteli via. Li ho gettati. »

« Non i miei documenti, spero. » Sorrise ma qualche altra emozione passò sotto la superficie.

« Sono sulla mensola. » Glieli indicò. « Suppongo che il coltello serva a pulire il pesce, o qualcosa del genere. »

La mano destra di lui andò all'avambraccio sinistro, dove c'era il fodero. « Qualcosa di simile » disse. Sembrò agitato per un momento, poi si rilassò con uno sforzo e sorseggiò il liquore. « È buono. »

Dopo un po' lei chiese: « Ebbene? ».

« Che cosa? »

« Come hai fatto a perdere mio marito e a fracassare la mia jeep? »

« David ha deciso di passare la notte da Tom. Ad alcune pecore è capitato un guaio in un posto che hanno chiamato la Gola... »

« Lo conosco. »

« ... e sei o sette sono rimaste ferite. Sono tutte nella cucina di Tom dove vengono bendate e fanno un baccano infernale. Comunque David mi ha incaricato di tornare a dirti che si sarebbe fermato là. Non so veramente come ho fatto ad avere l'incidente. Ma la macchina non mi è familiare, non c'è neppure una strada vera e propria, ho colpito qualcosa e ho sbandato, e la jeep si è rovesciata su un fianco. I particolari... » si strinse nelle spalle.

« Dovevi andare molto veloce, eri tremendamente conciato quando sei arrivato qui. »

« Penso di avere sbatacchiato un po' dentro la jeep. Ho battuto la testa, mi sono storto una caviglia... »

« E hai perso un'unghia, ti sei pestato la faccia, e quasi ti buscavi una polmonite. Devi essere uno che si attira gli incidenti. »

Lui posò le gambe sul pavimento, si alzò, e andò alla mensola del camino.

Lucy disse: « Le tue capacità di recupero sono incredibili ».

Si stava legando il coltello al braccio. « Noi pescatori siamo molto robusti. Che mi dicevi di quei vestiti? »

Lei si alzò e rimase accanto a lui: « Che bisogno hai dei vestiti? È ora di andare a letto ».

L'attirò a sè, stringendola contro il suo corpo nudo, e la baciò forte. Lei gli accarezzò le cosce.

Dopo un po' si staccò da lei. Raccolse le sue cose dalla mensola, la prese per mano, poi, zoppicando, la condusse di sopra a letto.

XXX

La grande autostrada bianca risaliva serpeggiando la vallata bavarese, verso le montagne. Sul sedile posteriore in pelle della Mercedes di servizio, il Feld-maresciallo Ger von Rundstedt era immobile e stanco. A sessantanove anni, sapeva di aver troppa dedizione per lo champagne e non abbastanza per Hitler. Nel suo viso fine e lugubre si rispecchiava una carriera più lunga e più insolita di quella di qualsiasi altro ufficiale di Hitler: era caduto in disgrazia tante volte che non se ne ricordava più, ma il Führer gli aveva sempre chiesto di tornare.

Mentre attraversava in automobile Berchtesgaden, un villaggio del sedicesimo secolo, si chiese come mai aveva sempre accettato di riprendere il suo posto di comando quando Hitler lo perdonava. Non era per denaro: aveva raggiunto il rango più alto possibile; le onorificenze non avevano nessun valore nel Terzo Reich; e non riteneva possibile farsi onore in quella guerra.

Era stato Rundstedt a chiamare per primo Hitler "il caporale da strapazzo". Quel piccolo ometto non sapeva nulla delle tradizioni militari tedesche né di strategia bellica. Altrimenti non avrebbe cominciato una guerra che non poteva vincere. Rundstedt era il più intelligente dei militari tedeschi, e lo aveva dimostrato in Polonia, Francia e Russia; ma non nutriva nessuna speranza nella vittoria.

Tuttavia non aveva nulla da spartire col piccolo gruppo di generali che – sapeva – stavano complottando per rovesciare Hitler. Aveva chiuso un occhio su di loro, ma il *Fahneneid*, il giuramento di sangue del guerriero germanico, era troppo forte in lui per permettergli di unirsi alla cospirazione. Ed era per questo che, supponeva, continuava a servire il Reich. Giusto o sbagliato che fosse, la sua patria era in pericolo, e non aveva altra scelta che difenderla. Sono come un vecchio destriero di cavalleria, pensò; se restassi a casa, mi vergognerei.

Comandava cinque armate sul fronte occidentale, ora. Aveva un milione e mezzo di uomini sotto di sé. Non erano un gran ché – certe divisioni erano uno spettacolo poco più edificante delle case di ricovero per gli invalidi del fronte russo, scarseggiavano i mezzi corazzati, e c'erano molti coscritti non tedeschi fra le truppe – ma Rundstedt avrebbe potuto ancora tenere lontani gli alleati dalla Francia se impiegava le sue forze con abilità.

Era di questo impiego che doveva discutere ora con Hitler.

L'automobile risalì la Kehlstemstrasse finché la strada non finì davanti a un grande portone di bronzo nel fianco della montagna Kehlstein. Una SS di guardia schiacciò un pulsante, il portone si aprì cigolando e l'auto imboccò un lungo tunnel di marmo illuminato da lanterne di bronzo. Alla fine del tunnel l'autista arrestò la macchina, e Rundstedt entrò nell'ascensore e si accomodò su uno dei sedili di pelle per l'ascensione di 120 metri che portava all'Adlerhorst, il Nido dell'Aquila.

Nell'anticamera Rattenhuber prese in consegna la sua pistola e lo lasciò lì a aspettare. Passò uno sguardo leggermente disgustato sulle porcellane di Hitler e ricapitolò mentalmente le parole che voleva dire.

Pochi minuti dopo la bionda guardia del corpo tornò per accompagnarlo nella sala delle conferenze.

Il posto gli fece pensare a un palazzo del diciottesimo secolo. Le pareti erano coperte di dipinti a olio e arazzi, c'era un busto di Wagner e un enorme orologio sormontato da un'aquila di bronzo. Il panorama dalla finestra di lato era veramente notevole: si potevano vedere le colline di Salisburgo e il picco dell'Untersberg, la montagna dove il corpo dell'imperatore Federico Barbarossa aspettava, secondo la leggenda, di risorgere dalla tomba per salvare la Patria. Nella sala, seduti sulle caratteristiche sedie rustiche, c'erano Hitler e solo tre ufficiali del suo staff: l'ammiraglio Theodor Krancke, il comandante della marina a occidente; il generale Alfred Jodl, capo di Stato maggiore, e l'ammiraglio Karl Jesko von Puttkamer, aiutante di campo di Hitler.

Rundstedt fece il saluto militare e gli fu fatto segno di sedere. Un valletto in livrea portò un piatto di tartine al caviale e un bicchiere di champagne. Hitler stava in piedi davanti alla grande finestra, guardando fuori, con le mani strette dietro la schiena. Senza voltarsi, disse di colpo: « Rundstedt ha cambiato opinione. Ora è d'accordo con Rommel che gli alleati invaderanno la Normandia. È quello che il mio istinto mi ha detto fin dal principio. Krancke, però, propende ancora per Calais. Rundstedt, dite a Krancke come siete arrivato alla vostra conclusione ».

Rundstedt inghiottì un boccone e tossì nel palmo della mano. Maledizione, Hitler non aveva proprio nessun riguardo: non dava nemmeno a un poveretto la possibilità di riprendere fiato.

« Ci sono due cose: una riguarda delle nuove informazioni e l'altra un nuovo tipo di ragionamento » cominciò Rundstedt. « Per prima cosa vediamo le informazioni. Gli ultimi resoconti dei bombardamenti alleati in Francia dimostrano senza ombra di dubbio che il loro obiettivo principale è di distruggere ogni ponte sulla Senna. Ora, se sbarcassero a Calais, la Senna sarebbe irrilevante nei piani di battaglia; ma se sbarcano in Normandia, tutte le nostre riserve dovranno attraversare la Senna per raggiungere la zona dei combattimenti.

« Secondo: il ragionamento. Ho cercato di pensare a come invaderei io la Francia se comandassi le forze alleate. La mia conclusione è che il primo traguardo dovrebbe essere quello di stabilire una testa di sbarco attraverso cui riversare rapidamente uomini e rifornimenti. L'attacco iniziale perciò dovrà avvenire in una regione dotata di un porto grande e spazioso. La scelta naturale cade su Cherbourg.

« Sia il carattere dei bombardamenti che le esigenze strategiche indicano la Normandia » concluse. Prese il bicchiere e lo vuotò, e il valletto si fece subito avanti per riempirlo di nuovo.

Jodl disse: « Tutte le nostre fonti dei servizi segreti indicano Calais... ».

« E infatti abbiamo appena giustiziato l'ex capo dell'Abwehr come traditore » lo interruppe Hitler. « Krancke, siete convinto? »

« No, mio Führer » disse l'ammiraglio. « Anch'io mi sono chiesto come avrei condotto l'invasione se fossi stato dall'altra parte... ma ho considerato nel ragionamento una serie di fattori di natura navale di cui Rundstedt può non aver avvertito l'importanza. Io credo che attaccheranno col favore dell'oscurità, al chiarore della luna, approfittando dell'alta marea per superare gli ostacoli sottomarini messi da Rommel, e lontano da scogliere, bassifondi e forti correnti. Normandia? Mai. »

Hitler scosse la testa in segno di disaccordo, disgustato. Jodl disse: « C'è un'altra piccola informazione che mi sembra significativa. La divisione corazzata delle Guardie è stata trasferita dal nord dell'Inghilterra a Hove sulla costa di sud-est, per unirsi al Primo Gruppo d'Armata degli Stati Uniti al comando del generale Patton. Lo abbiamo appreso dal controllo radio... era successo un gran pasticcio nelle salmerie durante il viaggio, le posate d'argento di un'unità erano finite a un'altra, e quei matti litigavano su questo per radio. Si tratta di una divisione britannica di gran classe, gente di sangue blu, comandata dal generale Sir Allan Henry Shafto Adair. Sono sicuro che non saranno lontani dal cuore della battaglia quando sarà il momento ».

Le mani di Hitler si mossero nervosamente e la sua faccia si torse in uno spasimo di indecisione. « Generali! » sbraitò. « O mi date consigli contraddittori o non me ne date nessuno! Devo dirvi tutto io... tutto! »

Con la sua tipica temerarietà, Rundstedt si buttò. « Mio Führer, avete quattro superbe panzer divisioni qui in Germania a non far nulla. Se ho ragione io, non arriveranno mai in tempo in Normandia per respingere l'invasione. Vi prego, mandatele in Francia e mettetele sotto il comando di Rommel. Se noi abbiamo torto e l'invasione comincia a Calais, saranno comunque abbastanza vicine per entrare in battaglia in uno stadio iniziale. »

« Io non so... non so! » Hitler dilatò gli occhi e Rundstedt si chiese se avesse osato troppo, ancora una volta.

Puttkamer parlò per la prima volta. « Mio Führer, oggi è domenica. »

« Ebbene? »

« Domani notte l'U-boat forse raccoglierà la spia, *Die Nadel.* »

« Ah sì! Finalmente uno di cui posso fidarmi. »

« Naturalmente, può fare il rapporto via radio in qualsiasi momento. Però può avere qualche motivo per non usare la radio; nel qual caso porterà personalmente le sue informazioni. Data questa possibilità, forse vorrete rimandare la vostra decisione di ventiquattr'ore, per vedere se si metterà in contatto con noi in un modo o nell'altro, oggi o domani. »

« Non c'è tempo di rimandare le decisioni » disse Rundstedt. « Sia gli attacchi aerei che le azioni di sabotaggio sono aumentati in modo drammatico. L'invasione può arrivare da un giorno all'altro. »

« Non sono d'accordo » ribatté Krancke. « Le condizioni meteorologiche non saranno adatte fino ai primi di giugno. »

« Non è tanto lontano! »

« Basta! » gridò Hitler. « Ho già preso la mia decisione. I miei panzer resteranno in Germania... per ora. Martedì, quando avremo ascoltato *Die Nadel,* riesaminerò la collocazione di queste forze. Se le sue informazioni faranno prevalere la scelta della Normandia – come credo che sarà – allora muoverò i panzer. »

Rundstedt chiese con tatto: « E se non fa rapporto? ».

« Se non lo fa, la riesaminerò lo stesso. »

Rundstedt assentì con un inchino. « Col suo permesso, torno al mio comando. »

« Molto bene. »

Rundstedt si alzò in piedi, fece il saluto militare e uscì. Nell'ascensore rivestito di rame, durante la discesa di centoventi metri fino al garage, si sentì rivoltare lo stomaco, e si chiese se la sensazione era provocata dalla rapidità della discesa o dal pensiero che il destino del suo Paese era nelle mani di un'unica, solitaria spia.

PARTE SESTA

XXXI

Lucy si svegliò, lentamente. Riemerse a poco a poco, languidamente, dal caldo oblio del sonno profondo, attraverso strati di incoscienza, riprendendo contatto con il mondo un po' per volta: prima il tiepido e duro corpo dell'uomo accanto a lei; poi la stranezza di quel letto stretto; il rumore della tempesta fuori, rabbiosa e incessante come il giorno prima e quello prima ancora; il lieve odore della pelle dell'uomo, il suo braccio sul petto di lui e la sua gamba sopra quella di lui, come per trattenerlo lì, i suoi seni stretti contro il fianco di lui, la luce del giorno che batteva alle sue palpebre; il respiro leggero e regolare che soffiava sulla sua faccia; e infine, tutta in una volta, come la soluzione di un puzzle, la coscienza di essere in flagrante adulterio insieme con un uomo che aveva conosciuto solo quarantotto ore prima, entrambi nudi sul letto nella casa di suo marito.

Aprì gli occhi e vide Jo.

Era in piedi accanto al suo letto nel suo pigiamino spiegazzato, con i capelli arruffati, una malconcia bambola sotto il braccio, che si succhiava il pollice e fissava con gli occhi spalancati la mamma e quell'uomo sconosciuto abbracciati teneramente proprio nel suo letto. Lucy non poté capire di più dalla sua espressione, perché a quell'ora del giorno il bambino fissava ad occhi spalancati tante cose, come se tutto il mondo fosse nuovo e meraviglioso per lui ogni mattina. Lo guardò a sua volta in silenzio, senza saper cosa dire.

Poi la voce bassa di Henry disse: « Buongiorno ».

Jo si tolse il dito di bocca e rispose: « Buongiorno ». Si voltò e uscì dalla camera.

« Accidenti, maledizione » disse Lucy.

Henry scivolò dal letto finché la sua faccia si trovò vicino a quella di lei, e la baciò. La sua mano scese in mezzo alle cosce di Lucy e vi si posò possessivamente.

Lei lo spinse via. « Per carità, basta. »

« Perché? »

« Jo ci ha visti! »

« E allora? »

« Può parlare, capisci. Presto o tardi dirà qualcosa a David. E io cosa farò? »

« Nulla. Così David saprà. Ha importanza? »

« Naturalmente che ce l'ha. »

« Non vedo perché. Lui ti ha trattato ingiustamente, e questa è la conseguenza. Non dovresti sentirti colpevole. »

Lucy allora si rese conto che Henry non aveva la minima idea del complesso groviglio di lealtà e obblighi che costituisce un matrimonio. « Non è così semplice » disse.

Scese dal letto e attraversò il pianerottolo per andare in camera sua. Si infilò le mutande, i pantaloni e un maglione, poi ricordò di aver buttato via tutti gli abiti di Henry e che doveva imprestargli alcuni di quelli di David. Trovò della biancheria e le calze, una camicia e un pullover col collo a V, e infine – in fondo a un baule – un paio di pantaloni che non erano stati tagliati e ricuciti al ginocchio. Il tutto mentre Jo la guardava in silenzio.

Portò gli abiti nell'altra camera. Henry era andato in bagno a farsi la barba. Lei gli gridò attraverso la porta: « I vestiti sono sul letto ».

Scese da basso, accese il fornello a legna in cucina e ci mise sopra una pentola d'acqua a scaldare. Decise di preparare uova sode a colazione. Lavò la faccia a Jo nel lavandino di cucina, lo pettinò e lo vestì in fretta. « Sei molto bravo stamattina » disse dandosi un tono allegro. Il bambino non rispose.

Henry venne giù e si sedette a tavola, con naturalezza, come se lo facesse da anni ogni mattina. Lucy trovava tutto molto strano: vederlo negli abiti di David, porgergli l'uovo a colazione, mettere una fetta di pane in tavola davanti a lui.

Jo disse all'improvviso: « Il mio papà è morto? ».

Henry lanciò al bambino un'occhiata sconcertata e non disse nulla.

Lucy disse: « Non essere sciocco. È a casa di Tom ».

Jo la ignorò e parlò rivolto a Henry: « Tu hai i vestiti del mio papà, e anche la mia mamma. Sarai tu il mio papà adesso? ».

Lucy brontolò: « In bocca ai bambini non... ».

Henry disse: « Non hai visto i miei abiti ieri sera? ».

Jo annuì.

« Bene, allora sai perché ho dovuto prendere in prestito alcuni dei vestiti del tuo papà. Glieli restituirò quando ne avrò altri. »

« E restituirai anche la mia mamma? »

« Naturalmente. »

Lucy disse: « Mangia il tuo uovo, Jo ».

Il bambino si concentrò sulla sua colazione, apparentemente soddisfatto. Lucy fissava il tempo fuori della finestra di cucina. « La barca non verrà oggi » disse.

« Sei contenta? » chiese Henry.

Lei lo guardò. « Non lo so. »

Lucy non aveva fame. Bevve una tazza di tè mentre Jo e Henry mangiavano. Dopo, Jo andò di sopra a giocare ed Henry pulì la tavola. Mentre ammucchiava le tazze nel lavandino disse: « Hai paura che David ti faccia del male, fisicamente? ».

Lei scosse la testa in segno negativo.

« Dovresti dimenticarlo » continuò Henry. « Stavi pensando di lasciarlo comunque. Perché preoccuparti se ora scoprirà o no? »

« È mio marito » disse lei. « Questo conta qualcosa. Il fatto che come marito si sia comportato in un certo modo... tutto quanto... non mi dà il diritto di umiliarlo. »

« Io credo che ti dia il diritto di non preoccuparti se si sente umiliato o no. »

« Non è una questione che si possa risolvere con la logica. Così è come la sento io. »

Lui fece un gesto di resa con le mani. « Farò meglio ad

andare da Tom a vedere se tuo marito vuole tornare. Dove sono i miei stivali? »

« Nel soggiorno. Ti darò una giacca. » Andò di sopra e prese dall'armadio una giacca sportiva. Era di un bel tweed grigio-verde molto elegante, sciancrata in vita e con i risvolti delle tasche di sbieco. Lucy aveva cucito delle toppe di pelle ai gomiti per non farli consumare: non si potevano acquistare più capi così oggigiorno. La portò giù in soggiorno, dove Henry si stava mettendo gli stivali. Si era già allacciato il sinistro, e ora stava infilando con precauzione il piede destro nell'altro. Lucy si inginocchiò per aiutarlo.

« Il gonfiore è diminuito » disse.

« Però fa ancora maledettamente male. »

Insieme infilarono lo stivale, ma lo lasciarono slacciato e tolsero le stringhe. Henry provò ad alzarsi in piedi.

« Va bene » disse.

Lucy lo aiutò a mettersi la giacca. Gli era un po' stretta alle spalle. « Non c'è un'altra mantella » disse.

« Allora mi bagnerò. » L'attirò a sé e la baciò con passione. Lei gli mise il braccio intorno al collo e si strinse forte a lui per un momento.

« Stai più attento a guidare, oggi » gli raccomandò.

Henry sorrise e annuì, le dette un altro bacio – breve stavolta – e uscì. Lucy lo guardò andare zoppicando nel fienile, poi mentre metteva in moto la jeep e si allontanava su per la salita, finché sparì alla vista. Quando non lo vide più, si sentì sollevata, ma anche come svuotata.

Cominciò a rimettere in ordine la casa, a rifare i letti e lavare i piatti, a pulire e a riassettare; ma non riusciva a provare nessun entusiasmo per quei lavori. Era depressa e inquieta. La preoccupava il problema di cosa fare della sua vita, e continuava a girare intorno ai soliti argomenti, incapace di pensare ad altro. La casa le dava un senso di claustrofobia invece che di conforto. Fuori di lì da qualche parte c'era un grande mondo, un mondo di guerra e di eroismo, pieno di colori, di passione e di persone, milioni di persone; e lei avrebbe voluto essere là fuori in mezzo a tutto questo, andare incontro a sensazioni nuove, vedere città e sentirne la musica. Accese la radio: un gesto futile, perché il bollettino delle notizie accrebbe e non diminuì il suo senso di isolamento. Una corrispondenza dal fronte italiano, le norme del razionamento che venivano un po' allentate, l'assassino dello stiletto di Londra ancora uccel di bosco, Roosevelt che aveva fatto un discorso. Sandy Macpherson cominciò una sonata d'organo, e Lucy spense. Nulla di tutto quello la toccava, perché lei non viveva in quel mondo.

Aveva voglia di piangere.

Sentì il bisogno di uscir fuori di casa, nonostante il tempo. Sarebbe stata solo una fuga simbolica, perché non erano i muri di pietra della casa che la tenevano prigioniera; ma anche un simbolo era meglio di nulla. Andò su a prendere Jo, separandolo con qualche difficoltà da un reggimento di soldatini, e gli mise l'impermeabile.

« Dove andiamo? » chiese il bambino.

« A vedere se arriva la barca. »

« Hai detto che oggi non arriverà. »

« Non si sa mai. »

Si misero i brillanti cappucci gialli in testa, allacciandoli sotto il mento, e si fermarono fuori alla porta.

La forza del vento sbilanciò Lucy fino a farla barcollare. In pochi secondi il suo viso si bagnò come se l'avesse immerso in un catino, e i ciuffi di capelli che spuntavano da sotto il cappello si appiccicarono sulle sue guance e sulle spalle della mantella. Jo gridava dal divertimento e saltò in una pozzanghera.

Camminarono lungo la scogliera fino alla fine della baia, e guardarono i giganteschi cavalloni del mare del Nord giù in basso che si rovesciavano frangendosi contro le rocce e sopra la spiaggia. La tempesta aveva sradicato la vegetazione sottomarina da chissà quali abissi di profondità e la scaraventava a mucchi sulla sabbia e gli scogli. Madre e figlio furono completamente assorbiti dalla vista delle onde che si susseguivano senza posa. Era già successo prima: il mare aveva un effetto ipnotico su tutti e due, e Lucy non ricordò mai con sicurezza, in seguito, per quanto tempo erano rimasti a guardare in silenzio.

L'incantesimo venne rotto, questa volta, da qualcosa che intravidero. All'inizio fu solo un balenio di colore ai piedi di un'onda, così fugace che Lucy non seppe nemmeno che colore fosse stato, così piccolo e lontano da dubitare subito dopo di averlo mai visto. Lo cercò ancora ma non vide più nulla, e il suo sguardo tornò alla baia e al piccolo pontile, dove i detriti venivano trascinati dalla corrente solo per essere spazzati via dall'ondata successiva. Passata la tempesta, nella prima giornata di bel tempo, lei e Jo sarebbero andati a setacciare la spiaggia per vedere quali tesori il mare avesse depositato, e se ne sarebbero tornati a casa con strane pietre colorate, pezzi di legno di misteriosa origine, conchiglie gigantesche e frammenti contorti di metallo arrugginito.

Poi vide di nuovo il balenio di colore, molto più vicino, e questa volta rimase visibile per alcuni secondi. Era un giallo brillante, il colore di tutte le loro mantelle di tela cerata. Si mise a scrutare attraverso le folate di pioggia, ma non riuscì a identificarne la forma prima che sparisse di nuovo. La corrente però lo spingeva sempre più vicino, assieme a tutto il resto nella baia, rovesciando i suoi rifiuti sulla sabbia come quando ci si svuota le tasche sulla tavola.

Era proprio una mantella di tela cerata: poté distinguerla bene quando il mare la sollevò sulla cresta di un'onda mostrandogliela per la terza e ultima volta. Henry era tornato senza, il giorno prima, ma come poteva essere finita in mare? L'onda si abbatté sul pontile e l'oggetto volò sulle assi di legno bagnate della passerella, e allora Lucy vide che non era la mantella di Henry, perché il suo proprietario era ancora dentro. Il gemito d'orrore che le sfuggì fu coperto dal vento. Chi era quel poveretto? Da dove veniva? Un altro naufrago?

Poi pensò che forse poteva essere ancora vivo. Doveva andare a vedere. Si chinò gridando nell'orecchio di Jo: « Tu resta qui, fermo... non ti muovere ». Poi corse giù per la passerella.

A metà strada sentì due passi dietro: era Jo che la seguiva. La passerella era stretta e scivolosa, molto pericolosa. Lucy si fermò, si voltò per prendere il bambino fra le braccia e lo rimproverò: « Piccolo disubbidiente, ti avevo detto di aspettare! ». Misurò con lo sguardo il dislivello tra il corpo giù sotto e la salvezza in cima alla scogliera, esitando un attimo in una penosa indecisione, ma capì che il mare avrebbe potuto riprendersi il poveretto da un momento all'altro, e ricominciò a scendere portando Jo con sé.

Un'onda meno grossa delle altre coprì il corpo, e quando si ritirò, Lucy era già abbastanza vicina per vedere che si trattava di un uomo: doveva essere rimasto in mare molto tempo, perché l'acqua l'aveva gonfiato e ne aveva sfigurato i lineamenti. Questo voleva dire che era morto. Perciò lei non poteva dargli nessun aiuto, e non avrebbe messo a repentaglio la vita sua e di suo figlio per salvare un cadavere. Stava per tornare indietro quando qualcosa di familiare nel viso gonfio la colpì. Lo guardò fisso, senza capire, cercando di confrontare i lineamenti con qualcosa che prendeva forma nella sua memoria; poi, tutt'a un tratto, vide la faccia per quella che era, e Lucy fu assalita da un terrore cieco e paralizzante e il suo cuore sembrò smettere di battere. Mormorò: « No, David, no! ».

Incurante del pericolo ora andò avanti. Un'altra onda meno forte la sommerse fino alle ginocchia, riempiendole gli stivali di acqua salmastra e spumeggiante, ma lei non se ne curò. Jo si divincolò tra le sue braccia per vedere, ma lei gli gridò nell'orecchio: « Non guardare! », e gli nascose la faccia sulla spalla. Il bambino cominciò a piangere.

Si inginocchiò accanto al corpo e toccò con la mano quella faccia orribile. Era proprio David. Non c'era dubbio. Era morto, e già da un pezzo. Mossa da qualche istinto profondo che la spingeva a cercare una certezza assoluta, sollevò il telo cerato della mantella e guardò i moncherini delle gambe.

La realtà della morte era sempre impossibile da accettare. Lucy aveva in qualche modo desiderato che lui morisse, ma i suoi sentimenti erano stati confusi dal senso di colpa e dalla paura che la sua infedeltà venisse scoperta. Angoscia, orrore, liberazione, sollievo: queste emozioni fluttuarono tutte insieme nel suo animo come uccelli che non trovavano pace.

Sarebbe rimasta lì, impietrita, ma l'ondata successiva fu troppo grossa. Riuscì a stento a tenere stretto Jo e a resistere sopra la passerella; e quando la risacca rifluì, si alzò in piedi e corse su lontano dal risucchio dell'oceano.

Fece tutta la strada fino in cima alla scogliera senza mai voltarsi. Quando fu in vista della casa, vide la jeep ferma fuori. Henry era tornato.

Sempre con Jo in braccio, si lanciò in una corsa disperata, ansiosa di dividere il suo dolore con Henry, di sentire le sue braccia intorno a lei e di avere il suo conforto. Respirava tra singhiozzi e singulti, e le lacrime si confondevano con la pioggia sul suo viso. Andò sul retro della casa, entrò di corsa in cucina e lasciò cadere Jo sul pavimento.

Henry disse: « David ha deciso di restare da Tom un altro giorno ».

Lei lo fissò, folgorata e incredula; poi, in un lampo d'intuizione, capì tutto.

Henry aveva ucciso David.

La conclusione arrivò per prima, come un pugno allo stomaco, lasciandola senza fiato; la spiegazione seguì una frazione di secondo dopo. Il naufragio, lo strano coltello a cui lui era così attaccato, l'incidente con la jeep, la notizia alla radio sull'assassino di Londra con lo stiletto: improvvisamente tutto combaciò, come i pezzi di un puzzle lanciati in aria alla rinfusa e ricaduti per un caso improbabile in un insieme ordinato.

« Non essere così sorpresa » disse Henry con un sorriso. « Hanno un sacco di lavoro da fare, e io non l'ho incitato a tornare. »

Tom. Ecco, doveva andare da Tom. Lui avrebbe saputo cosa fare; avrebbe protetto lei e Jo finché non fosse venuta la polizia; aveva un cane e un fucile.

La sua paura fu sopraffatta da un'ondata di desolazione, di dispiacere per l'Henry in cui aveva creduto e che aveva quasi amato; perché chiaramente quell'uomo non esisteva... era una invenzione della sua immaginazione. Invece di un amante appassionato, forte, affettuoso vide improvvisamente di fronte a sé un mostro che sedeva e rideva e le offriva impassibile messaggi inventati di suo marito, che lui aveva assassinato.

Soffocò un brivido. Tenendo per mano Jo, uscì dalla cucina, attraversò l'ingresso e lasciò la casa dalla porta sul davanti. Salì sulla jeep, fece sedere Jo accanto a lei e accese il motore.

Ma Henry era già lì, col piede appoggiato come per caso

sul predellino e col fucile di David in mano, che le diceva: « Dove vai? ».

Il cuore di Lucy fece un balzo. Se partiva, lui avrebbe potuto sparare – quale istinto gli aveva suggerito di portare il fucile a casa stavolta? – e se lei poteva correre il rischio, non aveva il diritto di mettere in pericolo la vita di Jo. Perciò disse: « Metto dentro la jeep ».

« E hai bisogno dell'aiuto di Jo per questo? »

« Gli piace andare in macchina. Non mi fare un interrogatorio. »

Henry scrollò le spalle e ritirò il piede.

Lei lo guardò per un momento; indossava l'elegante giacca sportiva di David e teneva il suo fucile con tanta naturalezza che si chiese se le avrebbe veramente sparato nel caso che fosse partita. Poi si ricordò di quella vena gelida che aveva avvertito in lui fin dall'inizio, e capì che quell'impegno supremo, quella spietata determinazione lo avrebbe convinto a fare qualsiasi cosa.

Con un senso di tremenda spossatezza, si arrese. A marcia indietro riportò la jeep nel fienile. Spense il motore, scese e tornò con Jo in casa. Non aveva idea di cosa avrebbe detto a Henry, di cosa avrebbe fatto in sua presenza, come gli avrebbe nascosto che sapeva... se già non si era tradita.

Non aveva fatto nessun piano.

Ma aveva lasciato la porta del fienile aperta.

XXXII

« Ecco il posto, Numero Uno » disse il capitano, e abbassò il cannocchiale.

Il tenente in prima aguzzò lo sguardo tra la pioggia e gli spruzzi delle onde. « Non è il posto ideale per una villeggiatura, vero, signore? Proprio desolato, direi. »

« In effetti. » Il capitano era un vecchio ufficiale di marina con la barba brizzolata che era già stato in mare durante la prima guerra mondiale. Tuttavia aveva imparato a perdonare il modo di parlare un po' frivolo del suo tenente in prima, perché il ragazzo si era rivelato – contro tutte le aspettative – un eccellente marinaio.

Il "ragazzo", che aveva già trent'anni e si poteva già considerare per quei tempi un vecchio lupo di mare, non aveva idea della magnanimità di cui beneficiava. Si tenne aggrappato al parapetto con tutte le sue forze mentre la corvetta si impennava lungo il ripido fianco di un'onda, si raddrizzava in cima alla cresta e poi precipitava giù. « Ora che siamo qui, signore, cosa facciamo? »

« Giriamo intorno all'isola. »

« Benissimo, signore. »

« E tieni gli occhi aperti se si vede un U-boat. »

« È improbabile che ne troviamo uno vicino alla superficie con questo tempo... e se anche ci fosse, non potremmo vederlo a meno che non venisse alla distanza di uno sputo. »

« La tempesta si calmerà stanotte... domani al massimo » Il capitano si mise a pigiare il tabacco nella pipa.

« Crede? »

« Ne sono sicuro. »

« Istinto di marinaio, suppongo. »

Il capitano fece un grugnito. « Quello e le previsioni meteorologiche. »

La corvetta girò intorno a un promontorio, e videro una piccola baia con un pontile. In alto, sulla cima della scogliera, c'era una casa, piccola e squadrata che sembrava piegata sotto il vento.

Il capitano indicò. « Sbarcheremo lì una squadra appena possibile. »

Il tenente in prima annuì. « Però... »

« Be'? »

« Ogni giro dell'isola ci porterà via un'ora circa, credo. »

« Allora? »

« Allora, a meno che non siamo così fortunati da trovarci per caso nel punto giusto e all'ora giusta... »

« L'U-boat emergerà, prenderà il suo passeggero e tornerà a immergersi senza che noi vediamo nemmeno un'increspatura d'acqua » concluse il capitano.

« Sì. »

Il capitano accese la pipa, con un'abilità che denotava una lunga abitudine a fare quell'operazione in mezzo a mari in tempesta. Sbuffò il fumo alcune volte, poi inspirò una boccata profonda. « Non tocca a noi chiederci perché », disse, e soffiò il fumo attraverso le narici.

« Una citazione piuttosto infelice, signore. »

« Perché? »

« Si riferisce alla famosa carica dei Seicento. »

« Oh, buon Dio! Non l'avevo mai saputo. » Il capitano soffiò il fumo con soddisfazione. « È uno dei vantaggi di non avere una cultura. »

C'era un'altra piccola casetta all'estremità orientale dell'isola. Il capitano la scrutò col cannocchiale, e notò che aveva una grande antenna radio, di tipo professionale. « Sparks! » gridò. « Vedi se puoi metterti in contatto con quella casa. Prova sulla frequenza del Corpo avvistatori di sua Maestà. »

Quando la casa fu passata di vista, l'operatore radio chiamò: « Nessuna risposta, signore ».

« Benissimo Sparks » disse il capitano. « Non era importante. »

Gli uomini dell'equipaggio della lancia guardiacoste erano tutti seduti sotto coperta, nel porto di Aberdeen, giocando a blackjack a mezzo penny la puntata e meditando sulla demenza che sembrava invariabilmente accompagnare gli alti gradi.

« Un'altra carta » disse Jack Smith, che era più scozzese di quanto apparisse dal nome.

Albert "Slim" Parish, un grasso londinese, gli passò un fante.

« Fuori » disse Smith.

Slim raccolse la posta. « Un penny, mezzo penny » disse con finta sorpresa. « Spero solo di vivere abbastanza per spenderlo. »

Smith passò una mano sull'oblò appannato e lanciò un'occhiata fuori alle barche che galleggiavano su e giù nel porto. « Dal modo in cui il capitano sparge il panico » osservò, « sembrerebbe di dover andare a Berlino, invece che all'Isola della Tempesta. »

« Non lo sapevi? Noi siamo la punta avanzata dell'invasione alleata. » Slim scoprì un dieci, prese un re e disse: « Paghi ventuno ».

« Ma chi è questo tizio, un disertore? » fece Smith. « Secondo me è un lavoro per la polizia militare, non nostro. »

Slim mescolò il mazzo. « Ti dico io cos'è: un prigioniero di guerra evaso. »

Ci fu un coro di proteste di incredulità.

« Benissimo, non ascoltatemi. Ma quando lo acciufferemo, fate attenzione al suo accento. » Mise giù le carte. « Sentite: che barche vanno all'Isola della Tempesta? »

« Solo il droghiere » rispose qualcuno.

« Allora se è un disertore, l'unico modo in cui può tornare indietro sulla terraferma è con la barca del droghiere. E quindi la polizia non deve far altro che aspettare il prossimo viaggio regolare di Charlie sull'isola e pizzicare il disertore quando mette un piede fuori della barca al ritorno. Non c'è motivo che noi stiamo qui seduti, in attesa di salpare l'ancora e precipitarci laggiù alla velocità della luce non appena si rimette il tempo. A meno che... » fece una pausa melodrammatica. « A meno che non abbia altri mezzi per lasciare l'isola. »

« Per esempio? »

« Un U-boat. »

« Ballista! » esclamò Smith sprezzante. Gli altri si misero semplicemente a ridere.

Slim servì un'altra mano. Questa volta vinse Smith, ma tutti gli altri persero. « Sono pieno di scellini » disse Slim. « Credo che mi ritirerò in quella bella casetta nel Devon. Non lo prenderemo, naturalmente. »

« Il disertore? »

« Il prigioniero di guerra. »

« Perché no? »

Slim si batté la testa. « Usa la zucca. Quando la tempesta finirà, noi saremo qui e l'U-boat sarà sul fondo della baia dell'isola. Perciò chi arriverà prima? I crucchi. »

« Allora perché stiamo qui? » chiese Smith.

« Perché quelli che hanno gli ordini non sono furbi come il tuo amico, Albert Parish. Ridete pure! » Servì un'altra mano. « Puntate, su. Vedrete se ho ragione. Cos'è quello, Smith, un penny? Accipicchia, non fare il matto. Vi dico una cosa, scommetto cinque a uno che ritorneremo dall'Isola della Tempesta a mani vuote. Nessuno ci sta? E se facessi dieci a uno? Eh? Dieci a uno? »

« Non ci sta nessuno » disse Smith. « Da' le carte. »

Slim servì le carte.

Il capo della squadriglia, Peterkin Blenkinsop (aveva cercato di abbreviare Peterkin in Peter, ma chissà come gli altri lo scoprivano sempre) stava in piedi impettito davanti alla carta geografica e si rivolgeva alla sala. « Voleremo in formazione per tre » cominciò. « I primi tre decolleranno non appena il tempo lo permette. Il nostro obiettivo... » toccò la carta con una bacchetta « è questo qui. L'Isola della Tempesta. Arrivati sopra, la sorvoleremo in circolo per venti minuti a bassa quota, per vedere se c'è traccia di un U-boat. Dopo venti minuti, torneremo alla base. » Fece una pausa. « Quelli di voi che hanno un briciolo di cervello avranno capito che, per consentire una copertura continua, la seconda formazione di tre apparecchi deve decollare precisamente venti minuti dopo la prima, e così via. Qualche domanda? »

L'ufficiale di volo Longman disse: « Signore? ».

« Longman? »

« Cosa facciamo se avvistiamo questo U-boat? »

« Attaccate, naturalmente. Sganciate un po' di bombe. Creategli difficoltà. »

« Ma noi voliamo sui caccia, signore... non possiamo fare granché per fermare un U-boat. Questo è un lavoro per la marina, non crede? »

Blenkinsop sospirò. « Come al solito, quelli di voi che hanno in mente soluzioni migliori per vincere la guerra sono pregati di scrivere direttamente al signor Winston Churchill, al numero dieci di Downing Street, Londra sud-est - uno. Dunque, c'è qualche domanda che non siano le solite critiche idiote? »

Nessuna domanda.

Gli ultimi anni della guerra avevano prodotto un tipo diverso di ufficiali della RAF, rifletteva Bloggs. Era seduto su una morbida poltrona nella sala d'attesa per il decollo del campo d'aviazione, vicino al fuoco, e ascoltava la pioggia che tamburellava sul tetto di lamiera, sonnecchiando di tanto in tanto. I piloti della battaglia d'Inghilterra erano sembrati degli incorreggibili buontemponi, con il loro gergo da universitari, il loro bere smodato, la loro instancabile resistenza e il loro cavalleresco disinteresse per la morte fiammeggiante che affrontavano ogni giorno. Quell'eroismo da studenti non era stato sufficiente a sostenerli negli anni seguenti, quando la guerra li aveva portati in posti lontani da casa, e l'accento si era spostato dall'impetuoso individualismo dei duelli aerei al duro lavoro meccanico delle missioni di bombardamento. Bevevano ancora e parlavano in gergo, ma apparivano più vecchi, più duri, più cinici. Bloggs si ricordò di ciò che lui stesso aveva fatto a quel povero ladruncolo nella prigione della polizia di Aberdeen, e pensò: "Ci è successo a tutti".

Erano molto tranquilli, seduti tutti intorno a lui: alcuni sonnecchiavano, come Bloggs; altri leggevano un libro o giocavano a carte. Un occhialuto ufficiale di rotta in un angolo stava imparando il russo.

Mentre osservava la stanza con gli occhi semichiusi, un altro pilota entrò e Bloggs immediatamente pensò: ecco uno che non è stato cambiato dalla guerra. Aveva un largo sorriso e la faccia sbarbata, come se non avesse bisogno di radersi più di una volta alla settimana. Aveva il giubbotto slacciato e portava il casco. Puntò dritto verso Bloggs.

« L'ispettore investigativo Bloggs? »

« Sono io. »

« Magnifico. Io sono il suo pilota, Charles Calder. »

« Bene. » Bloggs gli strinse la mano.

« L'aquilone è pronto, e il motore è dolce come un uccello. È un idrovolante, immagino che lo sappia. »

« Sì. »

« Ottimamente. Atterreremo sul mare, faremo flottare l'aereo fino a un chilometro dalla costa e poi la metterò su un canotto. »

« E mi aspetterai fino al ritorno. »

« Naturalmente. Bene, quel che ci manca è il bel tempo. »

« Sì. Senti, Charles, io sto dando la caccia a questo tipo per tutto il Paese da sei giorni e sei notti, perciò mi concedo un po' di sonno finché ne ho la possibilità. Tu non ti preoccupare. »

« Assolutamente no! » Il pilota si sedette e tirò fuori un grosso libro da sotto il giubbotto. « E io mi concedo un po' di cultura » disse. « *Guerra e pace.* »

« Ottimamente » fece Bloggs e chiuse gli occhi.

Percival Godliman e suo zio, il colonnello Terry, sedevano uno accanto all'altro nella sala delle cartine, bevendo caffè e scuotendo la cenere delle sigarette in un portacenere sul pavimento in mezzo a loro. Godliman si stava ripetendo.

« Non credo che possiamo fare altro » disse.

« L'hai già detto. »

« La corvetta è pronta laggiù, e i caccia sono a solo cinque chilometri di distanza, perciò il sottomarino sarà sotto tiro non appena emergerà in superficie. »

« Se lo vedono. »

« La corvetta sbarcherà una squadra appena possibile.

Bloggs sarà lì subito dopo, e la guardia costiera lo proteggerà alle spalle. »

« Ma nessuno è sicuro di arrivare in tempo. »

« Lo so » disse Godliman stancamente. « Abbiamo fatto tutto quello che è possibile, ma basterà? »

Terry accese un'altra sigaretta. « E gli abitanti dell'isola? »

« Oh, già. Ci sono solo due case. In una vivono un allevatore di pecore e sua moglie – hanno anche un bambino – e nell'altra un vecchio pastore. Il pastore ha una radio – è del Corpo avvistatori di sua Maestà – ma non riusciamo a metterci in contatto con lui: probabilmente tiene l'apparecchio pronto sul "trasmettere". È vecchio. »

« L'allevatore potrebbe essere più utile » disse Terry. « Se è un ragazzo in gamba, forse riuscirà a bloccare la tua spia. »

Godliman scosse la testa. « Il poveretto è su una sedia a rotelle. »

« Mio Dio, non abbiamo un briciolo di fortuna, vero? »

« No » disse Godliman. « Tutte le fortune toccano a *Die Nadel*. »

XXXIII

Lucy stava ritrovando la calma. Il nuovo stato d'animo si diffuse in lei a poco a poco, come l'effetto di un anestetico, smorzando le sue emozioni e acuendo le sue facoltà mentali. Divennero più rari i momenti in cui la paralizzava improvvisamente il pensiero di dividere la casa con un assassino, e fu invece posseduta da una fredda lucidità che la sorprese.

Mentre sbrigava le faccende domestiche, spazzando intorno a Henry seduto in soggiorno a leggere un romanzo, si chiese se e quanto si fosse accorto del cambiamento avvenuto in lei. Lui era un acuto osservatore: poche cose gli sfuggivano, e prima c'era stata un'evidente diffidenza, se non un vero sospetto, nella discussione intorno alla jeep. Doveva essersi accorto che era agitata da qualcosa. D'altra parte, lei era già stata sconvolta prima della sua partenza quel mattino, dopo che Jo li aveva scoperti a letto insieme: Henry forse avrebbe pensato che era solo questo che la turbava.

Lucy però aveva la strana sensazione che lui sapesse esattamente quel che le passava per la testa, ma preferisse fingere che andava tutto bene.

Appese il bucato ad asciugare allo stenditoio in cucina. « Mi dispiace » disse, « ma non posso aspettare in eterno che smetta di piovere. »

Lui guardò senza interesse i vestiti e disse: « Va benissimo ». Poi tornò in soggiorno.

Sparsi tra il bucato bagnato, Lucy appese dei vestiti puliti e asciutti per sé.

Preparò per la colazione un tortino di verdura seguendo una ricetta d'austerità. Chiamò Jo e Henry a tavola e servì.

Il fucile di David era posato in un angolo della cucina. « Non mi piace avere un fucile carico in casa, Henry » disse Lucy.

« Lo porterò fuori dopo pranzo » disse lui. « Buono questo tortino. »

« A me non piace » disse Jo.

Lucy prese il fucile e lo mise al sicuro, in alto sopra la credenza. « Almeno è meglio tenerlo lontano dalla portata di Jo. »

Il bambino disse: « Quando cresco sparerò ai tedeschi ».

« Questo pomeriggio voglio che tu faccia un sonnellino » gli disse Lucy. Andò in soggiorno e prese una delle pillole di sonnifero di David dalla bottiglietta nella credenza. Due pillole erano una dose forte per un uomo di ottanta chili, calcolò, perciò un quarto di pillola doveva essere sufficiente a far dormire per un pomeriggio un bambino di una ventina di chili. Mise la pillola sul tagliere e la divise a metà, poi la divise di nuovo. Ne mise un quarto su un cucchiaio, la schiacciò col dorso di un altro cucchiaio e versò la polvere in un piccolo bicchiere di latte. Dette il bicchiere a Jo e disse: « Voglio che tu lo beva fino all'ultima goccia ».

Henry osservò tutta la scena senza commenti.

Dopo il pranzo sistemò Jo sul sofà con un mucchio di libri. Il bambino non sapeva leggere, naturalmente; ma aveva sentito leggere quelle storie a voce alta tante volte che le sapeva a memoria, e quindi voltava le pagine guardando le figure e recitando a mente le parole del testo.

« Vuoi un caffè? » chiese Lucy a Henry.

« Vero caffè? » disse lui, sorpreso.

« Ne ho un po' da parte. »

« Certo, grazie! »

La guardò mentre lo preparava. Lucy si domandò se aveva paura che potesse dare anche a lui le pillole di sonnifero. Intanto sentiva la voce di Jo nella stanza accanto.

« "Ho detto, c'è qualcuno in casa?", gridò il folletto a voce altissima. »

« "No!" disse una voce. »

... e il bambino rideva di cuore, come faceva sempre quando giocava così. Oh Dio, pensò Lucy: non permettere che sia fatto del male a Jo.

Versò il caffè e si sedette di fronte a Henry. Lui allungò una mano sul tavolo e prese la sua. Rimasero seduti in silenzio, sorbendo il caffè e ascoltando il rumore della pioggia e la voce di Jo.

« "Quanto tempo ci vuole per dimagrire?" chiese Pooh ansioso. »

« "Una settimana circa, credo". »

« "Ma io non posso star qui una settimana!" »

La sua voce cominciò ad essere assonnata e poi si zittì del tutto. Lucy andò a stendergli sopra una coperta. Raccolse il libro che gli era scivolato di mano sul pavimento. Era suo di quand'era bambina, e anche lei conosceva quelle storie a memoria. Sul frontespizio c'era la dedica con la scrittura chiara e regolare di sua madre: "A Lucy, a quattro anni, con affetto da mamma e papà". Appoggiò il libro sul buffè.

Tornò in cucina. « Si è addormentato. »

« E...? »

Lei allungò una mano. Henry gliela prese. Lei tirò dolcemente, e lui si alzò. Lucy lo guidò di sopra in camera, chiuse la porta e si sfilò il maglione dalla testa.

Per un momento lui rimase fermo, guardandole i seni. Poi cominciò a svestirsi.

Entrando nel letto, Lucy pensò: Dio, dammi la forza. Quella era la parte che temeva di più, che non era sicura di poter reggere: fingere di ricevere piacere dal corpo di lui, mentre in realtà provava solo paura, disgusto e colpa.

Henry venne nel letto e l'abbracciò.

Un momento dopo lei scoprì di non dover fingere, dopotutto.

Per alcuni istanti rimase distesa, rannicchiata nell'incavo del suo braccio, chiedendosi come poteva un uomo uccidere così freddamente e amare con tanto calore.

Ma invece disse: « Vuoi una tazza di tè? ».

Lui fece un largo sorriso: « No, grazie ».

« Io sì. » Si liberò del suo abbraccio e si alzò. Anche Henry si mosse, ma lei gli posò una mano sul ventre piatto: « No, tu resta qui. Non ho ancora finito con te ».

Lui sorrise di nuovo. « Ti stai davvero rifacendo dei quattro anni perduti. »

Non appena fu fuori dalla stanza, il sorriso le si staccò dal volto come una maschera. Il cuore pulsava forte nel suo petto mentre scendeva le scale veloce e nuda. In cucina mise il bollitore sul fornello e fece tintinnare le tazze di porcellana, per rendere tutto più verosimile. Poi cominciò a vestirsi con gli indumenti che aveva nascosto in mezzo al bucato bagnato. Le tremavano talmente le mani che riuscì a stento ad abbottonarsi i pantaloni.

Sentì il letto di sopra cigolare, e si immobilizzò di colpo, tendendo le orecchie e pensando: resta lì! Ma Henry aveva solo cambiato posizione.

Adesso era pronta. Andò in soggiorno. Jo dormiva profondamente, digrignando i denti. Dio mio, fa' che non si svegli, implorò Lucy. Lo prese in braccio. Il bambino nel sonno borbottò qualcosa a proposito di Christopher Robin, e Lucy gli chiuse gli occhi e pregò che stesse calmo.

Lo avvolse ben bene nella coperta, poi tornò in cucina e prese dall'alto della credenza il fucile. Le scivolò di mano e cadde sulla mensola, rompendo un piatto e due tazze. Il rumore fu assordante, e lei si impietrì di nuovo.

« Cos'è successo? » chiese a voce alta Henry da sopra.

« Mi è caduta una tazza » gridò lei. Non riuscì a soffocare il tremore nella sua voce.

Il letto cigolò di nuovo e ci fu un rumore di passi sul pavimento di sopra. Ma ormai era troppo tardi per tornare indietro: Lucy raccolse il fucile, aprì la porta sul retro e stringendo Jo a sé corse al fienile.

Strada facendo ebbe un momento di panico: aveva lasciato le chiavi nella jeep? Sì, senz'altro: le lasciava sempre.

Scivolò nel fango e cadde sulle ginocchia. Scoppiò a piangere. Per un istante fu tentata di restar lì e lasciare che lui la uccidesse come aveva ucciso suo marito; poi si ricordò del bambino che teneva fra le braccia, e si rialzò e si rimise a correre.

Entrò nel fienile e aprì la portiera della jeep dalla parte

opposta al volante. Distese Jo sul sedile. Il bambino rotolò giù di fianco e lei singhiozzò: « Oh Dio! ». Ritirò su Jo, e questa volta non cadde più. Poi corse dall'altra parte della jeep e salì sopra, buttando il fucile sul pavimento, in mezzo alle gambe.

Girò l'accensione.

Il motore sussultò e si spense.

« Per piacere, per piacere! »

Girò di nuovo.

Il motore si accese rombando.

In quel momento Henry uscì di corsa dalla porta sul retro.

Lucy accelerò e ingranò la marcia. La jeep si slanciò fuori del fienile. Teneva la valvola dell'acceleratore tutta aperta. Le ruote girarono vorticosamente a vuoto nel fango per un secondo, poi fecero di nuovo presa sul terreno. La jeep stentava spasmodicamente ad acquistare velocità. Lucy sterzò per allontanarsi da Henry, che inseguiva la macchina correndo a piedi nudi nel fango.

Lucy capì che lui stava guadagnando terreno.

Spinse la levetta dell'acceleratore con tutte le sue forze, fino quasi a spezzarla. Si sarebbe messa a gridare dalla disperazione. Henry era solo a un metro o poco più da lei, quasi alla pari, e correva come un atleta con le gambe che pompavano come pistoni, i piedi nudi che pestavano il terreno, le guance gonfie e il petto nudo ansante.

Il motore emise un suono stridente, e il cambio automatico fece fare alla macchina un sobbalzo. Poi riprese più velocità.

Lucy guardò ancora di lato. Henry parve accorgersi che la stava perdendo. Si gettò a tuffo in avanti nell'aria: riuscì ad afferrare la maniglia della portiera con la mano sinistra, e poi anche con la destra. Trascinato dalla jeep, corse assieme alla macchina per alcuni passi, sfiorando quasi il terreno con i piedi. Lucy guardò fissa la sua faccia, così vicina: era rossa dallo sforzo, contorta dal dolore; le corde del collo forte erano tese allo spasimo.

Improvvisamente capì cosa doveva fare.

Staccò la mano del volante, l'allungò verso il finestrino aperto e a tradimento lo colpì nell'occhio con l'unghia dell'indice.

Henry lasciò subito la presa e cadde giù, coprendosi la faccia con le mani.

La distanza tra lui e la jeep aumentò rapidamente.

Lucy si accorse di piangere come una bambina.

A due miglia dalla casa vide la sedia a rotelle.

Stava in cima alla scogliera come un monumento, con l'intelaiatura di metallo e le grosse ruote di gomma impassibili sotto la pioggia incessante. Lucy la vide dall'alto di una lieve discesa, una sagoma nera contro il cielo grigio ardesia e il mare spumeggiante sullo sfondo. Dava l'impressione di una ferita aperta, come il buco lasciato da un albero sradicato o una casa con le finestre sfondate; come se il suo passeggero fosse stato strappato via di lì.

Le venne in mente la prima volta che l'aveva vista, all'ospedale. Era accanto al letto di David, nuova e brillante, e lui vi era scivolato dentro con destrezza ed era andato su e giù per la corsia, dando spettacolo. « È leggera come una piuma, è fatta con la stessa lega che si usa per gli aerei » aveva detto con fragile entusiasmo, e si era lanciato tra le file di letti. Si era fermato in fondo alla corsia, dandole le spalle, e dopo un minuto lei era andata dietro la sedia e aveva visto che piangeva. Allora si era inginocchiata davanti a lui e gli aveva preso le mani, senza dir nulla.

Era stata l'ultima volta che si era lasciato confortare da lei.

Là in cima alla scogliera, la pioggia e il vento salato avrebbero presto roso la lega di metallo, e alla fine si sarebbe arrugginita e sgretolata, la gomma si sarebbe consumata e il sedile di cuoio sarebbe marcito.

Lucy passò oltre senza rallentare.

Tre miglia più avanti, quando fu a mezza strada fra le due case, la benzina finì.

Lottò contro il panico cercando di ragionare con freddezza, mentre la jeep si fermava sussultando.

A piedi si possono fare quattro miglia all'ora, ricordava di aver letto da qualche parte. Henry aveva un fisico atletico, ma si era fatto male alla caviglia, e anche se sembrava essersi ripreso rapidamente da quello, l'ultima corsa di poco prima dietro la jeep doveva averlo ridotto a malpartito. Perciò lei aveva sicuramente un'ora di vantaggio.

(Non aveva dubbi che Henry l'avrebbe seguita: sapeva bene quanto lei che nella casa di Tom c'era una radio trasmittente.)

Aveva abbastanza tempo a disposizione. Dietro la jeep c'era una lattina di mezzo gallone di benzina per evenienze come quella. Scese dalla macchina, staccò la lattina e aprì il tappo.

Poi si rimise a pensare, e l'ispirazione che le venne la sorprese per la sua diabolicità.

Richiuse il tappo della lattina e andò davanti alla macchina. Controllò che l'accensione fosse spenta e aprì il cofano. Non aveva nozioni meccaniche ma sapeva identificare la calotta di distribuzione e rintracciare i fili che arrivavano al motore. Sistemò la lattina ben ferma accanto all'arcata della ruota e tolse il tappo.

C'era una chiave per le candele nella custodia degli attrezzi. Svitò una candela, controllò di nuovo che l'accensione fosse spenta e mise la candela nell'imboccatura della lattina di benzina, assicurandocela con un nastro adesivo. Poi richiuse il cofano.

Henry, arrivando, avrebbe certamente provato a mettere in moto la jeep. Avrebbe girato l'accensione, il motorino d'avviamento avrebbe cominciato a girare, e alla prima scintilla della candela il mezzo gallone di benzina sarebbe esploso.

Non sapeva esattamente quanto danno avrebbe provocato lo scoppio, ma sicuramente non lo avrebbe avvantaggiato.

Un'ora dopo si stava già pentendo della sua astuzia.

Trascinandosi nel fango, bagnata fradicia fin nelle ossa, col peso morto sulla spalla del bambino addormentato, non desiderava più nient'altro che stendersi e morire. La bomba trappola le sembrava, a ripensarci, di dubbia utilità e rischiosa: la benzina sarebbe bruciata, e non esplosa; se non c'era abbastanza aria nella bocca della lattina, poteva persino non prendere fuoco; peggio ancora, Henry avrebbe potuto sospettare la trappola, guardare sotto il cofano, versare la benzina nel serbatoio e ripartire con la macchina al suo inseguimento.

Considerò la possibilità di fermarsi per riposare, ma decise che se si fosse seduta non sarebbe più riuscita a rialzarsi.

Avrebbe dovuto essere ormai in vista della casa di Tom. Era impossibile che avesse perso la strada; aveva già fatto quel sentiero almeno una decina di volte, e comunque l'isola non era abbastanza grande per perdersi.

Riconobbe un boschetto dove una volta lei e Jo avevano visto una volpe. Doveva essere a un miglio circa dalla casa del pastore. Avrebbe potuto vederla se non fosse stato per la pioggia.

Passò Jo sull'altra spalla, e cambiò di mano anche il fucile, costringendosi a continuare a mettere un piede dopo l'altro.

Finalmente intravide la casetta attraverso la cortina di pioggia: si sarebbe messa a urlare dalla gioia. Era già più vicino di quanto pensasse... forse duecento metri o poco più.

Improvvisamente Jo sembrò più leggero, e anche se l'ultimo tratto era in salita – l'unica altura dell'isola – le parve di arrivare in cima in un lampo.

« Tom! » gridò, avvicinandosi alla porta sul davanti. « Tom, oh, Tom! »

Le rispose il latrato di Bob.

Entrò dalla porta principale. « Tom, presto! » Bob scodinzolò eccitato intorno alle sue gambe, latrando furiosamente. Tom non poteva essere lontano... forse nel gabinetto fuori. Lucy corse di sopra e mise Jo nel letto di Tom.

La radio era nella camera da letto, una complicata apparecchiatura piena di fili, quadranti e manopole. C'era un aggeggio che assomigliava a un tasto dell'alfabeto Morse: lo toccò per provare e fece un "bip". Qualcosa le riaffiorò nella mente dal profondo della memoria, una cosa che aveva letto in qualche storia gialla, quando era ragazza: l'alfabeto morse per l'SOS. Toccò di nuovo il tasto: tre punti, tre linee, tre punti.

Dov'era Tom?

Sentì un rumore e si precipitò alla finestra.

La jeep stava avanzando lungo la salita che portava a casa. Henry aveva scoperto la bomba trappola e usato la benzina per riempire il serbatoio.

Ma dov'era Tom?

Uscì di corsa dalla camera, decisa ad andare a bussare alla baracchetta fuori. In cima alla scala si fermò: Bob stava sulla soglia dell'altra camera, quella vuota.

« Vieni qui, Bob » disse. Ma il cane non si mosse e continuò ad abbaiare. Lucy si avvicinò chinandosi per tirarlo su.

Allora vide Tom.

Giaceva riverso sulla schiena, sul tavolato nudo della camera vuota, con gli occhi fissi al soffitto e il cappello sul pavimento accanto alla testa. Aveva la giacca aperta e sulla camicia c'era una piccola macchia di sangue. La sua mano era vicina a una cassa di whisky e Lucy fu colta da un pensiero assurdo, assolutamente senza senso: non sapevo che bevesse tanto.

Gli sentì il polso.

Era morto.

Non le ci volle molto a capire.

Il giorno prima Henry era tornato a casa di Lucy pieno di graffi e lividi, come se avesse lottato con qualcuno. Doveva essere stato quando aveva ucciso David. Quel giorno era tornato lì, a casa di Tom, "a prendere David" le aveva detto. Ma lui sapeva bene che David non era lì. Allora perché aveva fatto quel viaggio?

Per uccidere Tom, naturalmente.

Che cosa lo spingeva? Quale pazzesco proposito lo divorava tanto da farlo salire in macchina, percorrere quindici chilometri, piantare un coltello nel cuore di un vecchio e tornare indietro calmo e tranquillo come se fosse uscito solo a prendere una boccata d'aria? Lucy rabbrividì.

Adesso era proprio sola.

Prese il cane per il collare e lo trascinò via dal cadavere del suo padrone. D'impulso, ritornò un attimo indietro e abbottonò la giacca sopra il piccolo foro di stiletto che aveva ucciso il pastore. Poi richiuse la porta davanti al cadavere. Disse al cane: « Lui è morto ma io ho bisogno di te ».

Ritornò alla camera che dava sul davanti e guardò dalla finestra.

La jeep era arrivata di fronte alla casa e si era fermata; Henry saltò giù.

XXXIV

Il segnale di SOS di Lucy fu udito dalla corvetta.

« Capitano, signore » disse Sparks, « ho appena ricevuto un SOS dall'isola. »

Il capitano aggrottò la fronte. « Non siamo in grado di fare niente finché non possiamo sbarcare una scialuppa » disse. « Hanno detto qualcos'altro? »

« Niente, signore. Non è stato neppure ripetuto. »

Il capitano rifletté un po' più a lungo. « Non possiamo fare nulla » ripeté. « Manda un segnale alla terra ferma, avvertendoli. E continua a restare in ascolto. »

« Sì, sì, signore. »

L'SOS fu captato anche da un posto di ascolto dell'MI8 in cima a una montagna della Scozia. Il radio-telegrafista, un giovanotto con delle gravissime ferite addominali che era stato congedato dalla RAF per invalidità e che aveva solo sei mesi di vita, stava cercando di intercettare i segnali della marina tedesca provenienti dalla Norvegia, e ignorò l'SOS. Comunque, finì il suo turno di servizio cinque minuti dopo, e per caso ne fece parola al suo ufficiale in comando.

« È stato trasmesso una volta sola » disse. « Probabilmente un battello da pesca al largo della costa scozzese... potrebbe benissimo esserci una piccola nave isolata nei guai, con questo tempo. »

« Ci penso io » disse l'ufficiale. « Farò una telefonata alla marina. E credo sia meglio informare Whitehall. Il protocollo, sai. »

« Grazie, signore. »

Alla stazione del Corpo avvistatori di Sua Maestà ci fu un momento di panico. Naturalmente, l'SOS non era il segnale che ci si aspettava di ricevere da un avvistatore quando vedeva un aereo nemico, ma lì sapevano che Tom era vecchio, e chi poteva dire cosa avrebbe potuto trasmettere se era in preda all'eccitazione? Così fu suonato l'allarme aereo, e tutti gli altri posti furono messi in stato d'allerta, e furono tirate fuori le mitragliatrici antiaeree lungo l'intera costa orientale della Scozia, e l'operatore radio cercò freneticamente di mettersi in comunicazione con Tom.

Non arrivò nessun bombardiere tedesco, naturalmente; e il ministero della guerra volle sapere come mai era stato dato l'allarme generale visto che in cielo non c'era niente se non qualche oca fradicia.

Allora glielo dissero.

Anche la guardia costiera lo udì.

Avrebbero risposto, se il segnale fosse stato sulla frequenza giusta, e se fossero stati capaci di localizzare la radio trasmittente, e se questa si fosse trovata a una ragionevole distanza dalla costa.

Alla fine conclusero, per via del fatto che il segnale era sulla frequenza del Corpo avvistatori, che doveva provenire dal vecchio Tom; e si tennero pronti a fare tutto ciò che potevano riguardo a quella evenienza, qualunque essa fosse.

Quando la notizia arrivò al gruppo che giocava a carte sottocoperta sulla lancia nel porto di Aberdeen, Slim servì un'altra mano di blackjack e disse: « Vi dico io cosa è successo. Il vecchio Tom ha preso il prigioniero di guerra e ora sta seduto sulla sua testa ad aspettare che arrivi l'esercito e si porti via il bastardo ».

« Ballista » fece Smith, e ci fu un assenso generale.

E lo sentì l'U-505.

Il sottomarino era ancora a più di trenta miglia marine dall'Isola della Tempesta, ma Weissman si stava sintonizzando con le varie frequenze per vedere cosa poteva intercettare... e sperando, con poche probabilità, di sentire la musica di Glen Miller trasmessa dalla radio delle forze armate americane in Gran Bretagna. E così gli capitò di trovarsi sulla lunghezza d'onda giusta al momento giusto. Passò l'informazione al tenente colonnello Heer, soggiungendo: « Non è sulla frequenza del nostro uomo ».

Il maggiore Wohl, che era sempre lì intorno e irritante come non mai, esclamò: « Allora non significa niente ».

Heer non si lasciò scappare l'occasione di correggerlo. « Significa qualcosa » disse. « Significa che ci potrebbe essere del movimento sulla superficie quando emergeremo. »

« Ma è improbabile che ci crei fastidio. »

« Più che improbabile » convenne Heer.

« Allora non ha importanza. »

« È probabile che non ne abbia, ma non è sicuro. »

Litigarono su questo per tutto il viaggio fino all'isola.

Fu così che nello spazio di cinque minuti la marina, il Corpo avvistatori di Sua Maestà, l'MI8 e la Guardia costiera telefonarono tutti a Godliman per dirgli dell'SOS. E Godliman telefonò a Bloggs.

Bloggs finalmente si era profondamente addormentato di fronte al fuoco nella sala d'attesa. Allo squillo del telefono sobbalzò, e saltò in piedi, pensando che gli aerei stessero per decollare.

Un pilota sollevò il ricevitore e disse: « Sì » due volte, e porse la cornetta a Bloggs. « Il signor Godliman, per lei. »

Bloggs fece: « Ciao, Percy ».

« Fred, qualcuno sull'isola ha appena trasmesso un SOS. »

Bloggs scosse la testa per scrollarsi di dosso gli ultimi residui di sonno. « Chi? »

« Non lo sappiamo. C'è stato un unico segnale, non ripetuto, e pare che sull'isola non ricevano neppure. »

« Allora, non ci sono molti dubbi adesso. »

« No. È tutto pronto lì? »

« Tutto, tranne il tempo. »

« Buona fortuna. »

« Grazie. »

« Bloggs appese e si rivolse al giovane pilota che stava ancora leggendo *Guerra e pace*. « Buone notizie » gli disse. « Il bastardo è proprio sull'isola. »

« Ottimamente » fece il pilota.

XXXV

Henry chiuse la portiera della jeep e s'incamminò molto lentamente verso la casa. Indossava di nuovo la giacca sportiva di David. Aveva i pantaloni inzaccherati di fango, dove era caduto, e i suoi capelli bagnati erano appiccicati alla testa. Zoppicava leggermente sul piede destro.

Lucy si ritirò dalla finestra e corse fuori dalla camera e giù per le scale. Il fucile da caccia era sul pavimento nell'ingresso, dove l'aveva lasciato cadere. Lo raccolse. Improvvisamente lo sentì molto pesante. In effetti non aveva mai sparato con un fucile, e non aveva nessuna idea di come si facesse a controllare se era carico. Poteva arrivare a capirlo, avendo tempo; ma non c'era tempo.

Fece un sospiro profondo e spalancò la porta d'ingresso. « Fermo! » gridò. La voce fu un tono più alto di quanto intendesse, e suonò stridula e isterica.

Henry sorrise amabilmente e continuò a camminare.

Lucy gli puntò il fucile, tenendo la canna con la sinistra e la culatta con la destra. Il suo dito era sul grilletto. « Fermo o ti uccido! » urlò.

« Non essere sciocca, Lucy » disse lui dolcemente. « Come potresti colpirmi? Dopo tutte le cose che abbiamo fatto insieme? Non ci siamo amati, un po'...? »

Era vero. Si era detta che non poteva innamorarsi di lui, e anche questo era vero; ma qualcosa aveva provato, e anche se non era amore, era qualcosa di molto simile.

« Sapevi già tutto di me oggi pomeriggio » disse, ora era a

una trentina di metri, « ma non faceva nessuna differenza per te allora, vero? »

Per un attimo, Lucy vide con gli occhi della mente un vivido quadro di se stessa a cavalcioni su di lui, che teneva le sue mani calde sui suoi seni; e allora capì dove voleva arrivare...

« Possiamo fare qualcosa, Lucy, possiamo ancora amarci... »

... e lei premette il grilletto.

Ci fu un rumore assordante, e l'arma saltò nelle sue mani come una cosa viva, il calcio del fucile le urtò il fianco con il rinculo. Quasi cadde per il colpo. Non aveva mai immaginato che sparare con un fucile facesse quell'effetto. Rimase per un momento completamente sorda.

Il proiettile passò alto sopra la testa di Henry, ma ugualmente lui si abbassò di colpo, si girò e corse zigzagando alla jeep. Lucy fu tentata di sparare di nuovo, ma si fermò appena in tempo, perché capì che se lui avesse saputo che entrambe le canne erano scariche nulla gli avrebbe più impedito di voltarsi e tornare indietro.

Henry spalancò la portiera della jeep, balzò dentro, e sfrecciò giù per la collina.

Lucy sapeva che sarebbe tornato.

Improvvisamente si sentì felice, quasi allegra. Aveva vinto il primo round: l'aveva costretto a fuggire. Lei, una donna! Ma sarebbe tornato.

Tuttavia, lei aveva un vantaggio. Era in casa, e aveva il fucile. E aveva tempo per prepararsi.

Prepararsi. Doveva tenersi pronta. La prossima volta lui sarebbe stato più scaltro. Sicuramente avrebbe cercato di avvicinarsi a lei furtivamente.

Si augurò che aspettasse finché non fosse stato buio, perché questo le avrebbe concesso del tempo.

Per prima cosa doveva ricaricare il fucile.

Andò in cucina. Tom teneva di tutto in cucina – cibo, carbone, attrezzi, provviste – e aveva un fucile come quello di David. Sapeva che entrambe le armi erano uguali, perché David aveva esaminato il fucile di Tom e ne aveva ordinato uno identico. I due uomini si divertivano con lunghe discussioni sulle armi.

Trovò il fucile di Tom e una scatola di munizioni. Posò i due fucili e la scatola sul tavolo di cucina.

Era convinta che i meccanismi delle armi fossero semplici: era il timore, non la stupidità che rendeva maldestre le donne di fronte a un pezzo meccanico.

Maneggiò il fucile di David, la canna puntata lontano da sé, finché non si aprì la culatta. Poi scoprì come aveva fatto ad aprirlo e si impratichì ripetendo l'operazione un paio di volte.

Era incredibilmente semplice.

Caricò entrambi i fucili. Poi, per assicurarsi di aver fatto giusto, puntò l'arma di Tom al muro della cucina e premette il grilletto.

Ci fu una cascata di intonaco, Bob abbaiò come un matto, e lei si fece male al fianco e rimase assordata di nuovo. Ma era armata.

Doveva ricordarsi di premere il grilletto con delicatezza in modo da non far sobbalzare il fucile e rovinare la mira. Gli uomini probabilmente imparavano queste cose durante il servizio militare.

Qual era la cosa successiva da fare? Doveva rendere difficile a Henry entrare in casa.

Nessuna porta aveva la serratura, naturalmente: se una casa sull'isola veniva saccheggiata, si sapeva che il colpevole abitava nell'altra casa. Lucy frugò nella scatola degli attrezzi di Tom e trovò una lucente ascia dalla lama affilata. In piedi sulle scale comincio a dare colpi sulla balaustra.

Il lavoro le fece male alle braccia, ma in cinque minuti aveva sei piccoli pezzi di robusta quercia stagionata. Trovò un martello e dei chiodi, e fissò le sbarre di quercia di traverso sulla porta d'ingresso e su quella sul retro, tre sbarre su ciascuna, quattro chiodi per sbarra. Quando ebbe finito, aveva i polsi distrutti e il martello era pesante come il piombo, ma non aveva ancora finito.

Prese un'altra manciata di lucidi chiodi da dieci centimetri, e fece il giro di tutte le finestre della casa, inchiodandole.

Capì, con un senso di scoperta, come mai gli uomini si mettevano sempre i chiodi in bocca: era perché si aveva bisogno di entrambe le mani per lavorare e se si mettevano in tasca ti pungevano la pelle.

Quando ebbe finito, era buio. Tenne le luci spente.

Lui avrebbe potuto entrare ancora in casa; ma non poteva farlo in silenzio. Avrebbe dovuto rompere qualcosa e tradirsi – e allora lei sarebbe stata pronta con i fucili.

Salì di sopra, portandosi le armi, per controllare Jo. Era ancora addormentato, avvolto nella coperta, sul letto di Tom. Lucy accese un fiammifero per vedere la sua faccia. La pillola di sonnifero l'aveva davvero tramortito, ma aveva un colorito naturale, la temperatura sembrava normale, e il suo respiro era regolare. « Continua così, piccolo mio » sussurrò Lucy. L'improvviso slancio di tenerezza la fece sentire più furiosa nei confronti di Henry.

Perlustrò irrequieta la casa per un po', scrutando attraverso le finestre nell'oscurità, con il cane che la seguiva dovunque. Prese solo un fucile, lasciando l'altro in cima alle scale; ma agganciò l'ascia alla cintura dei pantaloni.

Si ricordò della radio, e batté l'SOS parecchie altre volte. Non aveva idea se qualcuno la stesse ascoltando, né se la radio funzionasse. Non sapeva di più dell'alfabeto Morse, perciò non poteva trasmettere nient'altro.

Le venne in mente che probabilmente nemmeno Tom conosceva l'alfabeto Morse. Di sicuro doveva tenere un libro da qualche parte. Se solo avesse potuto dire a qualcuno cosa stava succedendo lì! Setacciò la casa, usando dozzine di fiammiferi, spaventandosi tutte le volte che ne accendeva uno vicino a una finestra da basso; ma non trovò niente.

Forse Tom conosceva davvero l'alfabeto Morse.

D'altra parte che bisogno ne aveva? Doveva solo avvertire la terraferma che si avvicinavano aerei nemici, e non c'era nessun motivo perché quell'informazione non la potesse dare con le onde radio... qual era il termine che aveva usato David?... "*au clair*".

Ritornò in camera da letto e guardò di nuovo la radio. Su un lato dell'apparecchio, rimasto nascosto alla sua prima occhiata frettolosa, c'era un microfono.

Se lei poteva parlare, avrebbe potuto anche ricevere.

Il suono di un'altra voce umana – una normale, sana voce dalla terraferma – improvvisamente le sembrò la cosa più desiderabile del mondo.

Sollevò il microfono e cominciò a provare l'interruttore.

Bob ringhiò piano. Posò il microfono e allungò una mano verso il cane nell'oscurità. « Cosa c'è, Bob? »

La bestia ringhiò di nuovo. Poté sentire le sue orecchie rigide e dritte. Si spaventò terribilmente: la fiducia acquistata dall'aver affrontato Henry con il fucile, dall'aver imparato come si carica, dall'aver barricato le porte e inchiodato le finestre... tutto svanì a quell'unico ringhio di un cane all'erta.

« Da básso » bisbigliò. « In silenzio. »

Tenendo il collare, si lasciò condurre giù dalle scale. Nell'oscurità seguì la guida della balaustra, dimenticandosi di averla tagliata per barricarsi, e per poco non cadde. Riacquistò l'equilibrio e succhiò via una scheggia dal dito.

Il cane esitò nell'ingresso, poi fece un ringhio più sonoro e la trascinò con uno strattone in cucina. Lei lo sollevò e gli tenne il muso serrato per farlo star zitto. Poi avanzò strisciando nel vano della porta.

Guardò in direzione della finestra, ma non c'era niente davanti ai suoi occhi se non l'oscurità vellutata.

Tese l'orecchio. La finestra cigolò: prima molto piano, poi più forte. Henry stava cercando di entrare. Bob ringhiò minacciosamente, con un suono profondo di gola, ma sembrò capire l'improvvisa pressione che gli fece lei sul muso.

La notte si era fatta più silenziosa. Lucy capì che la tempesta stava calando, quasi impercettibilmente. Henry parve lasciar perdere la finestra della cucina. Lei andò in soggiorno.

Sentì lo stesso cigolio del vecchio legno che resisteva alla pressione. Ora Henry sembrava più deciso: ci furono tre colpi attutiti, come se stesse bussando allo stipite della finestra col palmo della mano.

Lucy mise giù il cane e sollevò il fucile. Avrebbe potuto quasi essere il frutto della sua immaginazione, quel che vedeva era solo la finestra come un quadrato grigio nella nera oscurità. Se lui avesse aperto la finestra, lei avrebbe sparato immediatamente.

Ci fu un colpo molto più violento. Bob perse il controllo e abbaiò forte. Lei udì uno stropiccio di piedi fuori.

Poi sentì la voce.

« Lucy? »

Si morse il labbro.

« Lucy? »

Aveva il tono di voce che usava a letto: profondo, dolce e carezzevole.

« Lucy, puoi sentirmi? Non aver paura. Non voglio farti del male. Rispondimi, per piacere. »

Lei dovette trattenere l'impulso di premere tutti e due i grilletti lì e in quel momento, solo per soffocare quella voce terribile e reprimere i ricordi che le tornavano alla mente contro la sua volontà.

« Lucy, tesoro mio... » credette di udire un singhiozzo soffocato. « Lucy, mi ha aggredito. Ho dovuto ucciderlo... ho ucciso per il mio Paese, non dovresti odiarmi per questo. »

Lei non riuscì a capire. Sembrava tutto pazzesco. Poteva essere pazzo, e averlo tenuto nascosto per due giorni passati in intimità? Era sembrato più equilibrato della maggior parte della gente – e allora ciò che aveva mormorato prima... a meno che non fosse vittima di un'ingiustizia... Dannazione. Stava cedendo, e questo doveva essere esattamente quello che lui voleva.

Ebbe un'idea.

« Lucy, parlami soltanto... »

La voce di lui si affievolì mentre lei andava in cucina in punta di piedi. Bob l'avrebbe avvertita se Henry avesse fatto qualcosa di più che parlare. Rovistò a tentoni nella scatola degli attrezzi di Tom e trovò un paio di pinze. Andò alla finestra di cucina e cercò con la punta delle dita le capocchie dei tre chiodi che vi aveva piantato. Con attenzione, più in silenzio che poteva, li tolse. Il lavoro richiese tutta la sua forza.

Quando vennero via, ritornò nel soggiorno ad ascoltare.

« ... non ostacolarmi, e ti lascerò... »

Senza far rumore aprì la finestra della cucina. Andò in soggiorno, prese il cane, e ritornò ancora una volta in cucina.

« ... farti del male, è l'ultima cosa al mondo... »

Lei fece una o due carezze al cane, e sussurrò: « Non lo farei se non fossi costretta, amico. » Poi lo lanciò fuori dalla finestra.

La richiuse subito, trovò un chiodo, e lo piantò in un punto diverso con tre colpi precisi.

Posò il martello, prese il fucile, e corse nella stanza sul davanti per stare vicino alla finestra, tenendosi a ridosso della parete.

« ... darti un'ultima possibilità... ah! »

Ci fu un correre precipitoso di piccoli piedi; un abbaiare raccapricciante che mai prima di allora Lucy aveva sentito fare a un cane pastore; un rumore di zuffa; e il tonfo di un grosso uomo che cade. Poteva sentire il respiro di Henry che ansava e grugniva; poi ci fu un altro scalpiccio di zampe; un grido di dolore; un'imprecazione in una lingua straniera; un altro latrato. Desiderò poter vedere ciò che succedeva.

I rumori divennero soffocati e più distanti, poi cessarono di colpo. Lucy aspettò, schiacciata contro la parete vicino alla finestra, tendendo le orecchie. Voleva andare a controllare Jo, voleva riprovare la radio, voleva tossire; ma non osava muoversi. Visioni sanguinose di ciò che Bob poteva aver fatto a Henry passarono nella sua mente, e desiderò ardentemente sentire il respiro nasale del cane alla porta.

Guardò la finestra. E allora si rese conto di guardare la finestra: riusciva a vedere, non solo un quadrato di grigio leggermente più luminoso, ma la traversa di legno dell'intelaiatura. Era ancora notte, ma non del tutto: sapeva che se avesse guardato fuori nel cielo ci sarebbe stato un leggero chiarore diffuso appena visibile, invece dell'impenetrabile oscurità. L'alba sarebbe spuntata da un momento all'altro. Allora sarebbe stata in grado di vedere i mobili nella stanza, e Henry non avrebbe potuto più a lungo sorprenderla nel buio.

Ci fu un fragore di vetri infranti a pochi centimetri dalla sua faccia. Sobbalzò. Sentì un dolore pungente sulla guancia, si toccò, e capì di essersi tagliata con un frammento di vetro. Imbracciò il fucile aspettando che Henry entrasse dalla finestra; ma non successe niente. Passarono uno o due minuti prima che si chiedesse cosa aveva rotto il vetro.

Scrutò il pavimento. Tra i frammenti di vetro c'era una grossa forma scura. Si accorse di riuscire ad osservarla meglio se la guardava da un lato anziché direttamente. Così, poté distinguere la sagoma familiare del cane.

Chiuse gli occhi, poi distolse lo sguardo. Fu incapace di sentire una qualsiasi emozione alla morte del fedele cane pastore. Il cuore le era diventato insensibile per via di tutti quei pericoli e quelle morti precedenti: prima David, poi Tom, infine quella tremenda tensione senza fine dell'assedio di una notte intera... Sentiva solo fame. Durante il giorno prima era stata troppo nervosa per mangiare, il che significava che erano passate trentasei ore dall'ultimo pasto. Ora, illogicamente, ridicolmente, provò un desiderio intenso di un panino al formaggio.

Qualcos'altro stava venendo dalla finestra.

Lo vide con la coda dell'occhio, poi girò la testa per guardare direttamente.

Era la mano di Henry.

La fissò, incantata: una mano dalle dita affusolate, senza anelli, bianca sotto lo sporco, con le unghie curate e una fascia in alto sull'indice; una mano che l'aveva toccata intimamente, che aveva maneggiato il suo corpo come un'arpa, che aveva conficcato un coltello nel cuore di un vecchio pastore.

La mano tolse un pezzo di vetro, poi un altro, allargando il buco nella finestra. Penetrò dentro fino al gomito, e annaspò lungo il davanzale, cercando il gancio per liberare il fermo.

Sforzandosi di essere completamente silenziosa, con una lentezza penosa, Lucy impugnò il fucile con la sinistra, mentre con la destra sfilò l'ascia dalla cintura, la sollevò in alto sopra la testa, e la calò con tutta la sua forza sulla mano di Henry.

Lui doveva aver avvertito il pericolo, o sentito lo spostamento d'aria, o visto un'ombra in movimento dietro la finestra; perché tutt'a un tratto si mosse una frazione di secondo prima che il colpo calasse.

L'ascia cadde con un tonfo nel davanzale di legno, rimanendovi conficcata. Per un istante Lucy pensò di averlo mancato: poi, da fuori, venne un urlo di dolore, e vide distese accanto alla lama dell'ascia sul legno verniciato, come fossero vermi, due dita mozzate.

Sentì lo scalpiccio dei piedi che correvano lontano.

Lucy vomitò.

Lo sfinimento la colse dopo, seguito da vicino da un'ondata di pietà per se stessa. Aveva già sofferto abbastanza, Dio santo, o no? C'erano poliziotti e soldati sulla terra per occuparsi di situazioni simili – nessuno poteva pretendere che una comune donna di casa e madre tenesse a bada indefinitamente un assassino. Chi poteva fargliene una colpa se mollava adesso? Chi poteva dire in tutta onestà che avrebbe agito meglio, resistito più a lungo, mantenuto il coraggio e la decisione e la resistenza per un altro minuto?

Aveva finito. Loro avrebbero dovuto assumersi la responsabilità: il mondo esterno, i poliziotti e i soldati, chiunque fosse dall'altra parte della radio. Lei non poteva fare di più.

Staccò gli occhi da quell'immagine grottesca sul davanzale e salì stancamente le scale. Prese il secondo fucile e portò con sé entrambe le armi in camera da letto.

Jo era ancora addormentato, beato lui. Si era a mala pena mosso in tutta la notte, completamente ignaro della tragedia che si stava svolgendo intorno a lui. Lucy però avrebbe giurato che non dormiva più così profondamente ora: qualcosa nell'aspetto della sua faccia e nel modo di respirare le fece capire che si sarebbe svegliato presto e avrebbe voluto la sua colazione.

Desiderava ardentemente quella vita semplice, adesso: alzarsi la mattina, preparare la colazione, vestire Jo, sbrigare le normali, noiose, innocue faccende domestiche come lavare, pulire, falciare l'erba del giardino e preparare il tè. Sembrava incredibile che fosse stata così insoddisfatta della mancanza d'amore di David, delle lunghe serate tediose, di quel desolato paesaggio senza fine, fatto di erba, erica e pioggia.

Non sarebbe mai ritornata, quella vita.

Aveva desiderato eccitazioni, città, musica, gente, idee. Ora il desiderio di quelle cose l'aveva abbandonata, e non riusciva a comprendere come le avesse tanto agognate. Le sembrò che la pace fosse tutto quello che un essere umano avrebbe dovuto chiedere.

Sedette di fronte alla radio e studiò gli interruttori e i quadranti. Avrebbe compiuto solo questo tentativo, poi si sarebbe fermata. Fece uno sforzo tremendo e si costrinse a pensare ancora per un po' con lucidità. Non c'erano tante combinazioni possibili tra interruttori e quadranti. Trovò una manopola con due posizioni, la girò e batté l'alfabeto Morse. Non ci fu nessun suono. Forse così stava a indicare che il microfono ora era in funzione.

Lo tirò a sé e ci parlò dentro. « Pronto, pronto, c'è qualcuno lì? Pronto? »

C'era un interruttore con scritto "Trasmettere" sopra e "Ricevere" sotto. Era spostato nella posizione di "trasmettere". Se gli altri dovevano risponderle, lei ovviamente doveva mettere l'interruttore in posizione di "ricevere".

Disse: « Pronto, qualcuno mi ascolta? » e girò su "ricevere".

Niente.

Poi: « Ricevuto, Isola della Tempesta, vi sentiamo forte e chiaro ».

Era una voce d'uomo. Sembrava giovane e forte, decisa e amichevole e rassicurante, viva e soprattutto normale.

« Ricevuto, Isola della Tempesta, è tutta la notte che tentiamo di comunicare con voi... dove diavolo siete stati? »

Lucy spostò l'interruttore su "trasmettere", cercò di parlare, e scoppiò in lacrime.

XXXVI

Percival Godliman aveva il mal di testa dal troppo fumo e dal troppo poco sonno. Aveva bevuto un po' di whisky per aiutarsi in quella lunga, tormentosa nottata nel suo studio, e questo era stato un errore. Tutto lo angosciava: il tempo, l'ufficio, il lavoro, la guerra. Per la prima volta da che era diventato un cacciatore di spie si trovò a desiderare ardentemente librerie polverose, manoscritti illeggibili, e latino medievale.

Il colonnello Terry entrò con due tazze di tè su un vassoio. « Nessuno dorme da queste parti » disse allegramente. Sedette. « Gallette? » Porse a Godliman un piatto.

Godliman rifiutò di mangiare e bevve il tè. Gli dette un sollievo temporaneo.

« Ho appena ricevuto una telefonata dall'uomo con il grosso sigaro » disse Terry. « Sta vegliando con noi. »

« Non riesco a immaginare perché » fece Godliman stizzosamente.

« È preoccupato. »

Squillò il telefono.

« Godliman. »

« È in linea il Corpo avvistatori di Sua Maestà di Aberdeen per lei, signore. »

« Sì. »

Una voce nuova subentrò, la voce di un giovanotto. « Qui, Corpo avvistatori di Sua Maestà di Aberdeen, signore. »

« Sì. »

« È il signor Godliman? »

« Sì. » Santo cielo, questi militari come se la prendevano comoda.

« Ci siamo messi in contatto con l'Isola della Tempesta, finalmente, signore. »

« Grazie a Dio! »

« Non è il nostro avvistatore regolare, per la verità è una donna. »

« Che cosa ha detto? »

« Ancora nulla, signore. »

« Che cosa intende dire? » Godliman represse l'impazienza rabbiosa che gli cresceva dentro.

« Sta solo... be', piangendo, signore. »

« Oh » Godliman esitò. « Può mettermi in contatto con lei? »

« Sì. Attenda. » Ci fu una pausa inframmezzata da numerosi clic e un ronzio. Poi Godliman sentì il pianto di una donna.

Disse: « Pronto, riesce a sentirmi? ».

Il pianto continuò.

Il giovanotto ritornò in linea per dire: « La donna non è in grado di sentirla finché non girerà l'interruttore su "ricevere", signore ... ah, l'ha fatto. Avanti. »

Godliman disse: « Pronto, signora. Quando avrò finito di parlare le dirò "chiudo", allora lei giri su "trasmettere" per rispondermi e dica "chiudo" quando ha finito. Mi capisce? Chiudo. »

La voce della donna proruppe. « Oh, grazie a Dio, finalmente una persona sana. Sì, capisco. Chiudo. »

« Allora » fece Godliman gentilmente, « mi dica che cosa è successo lì. Chiudo. »

« Un uomo ha fatto naufragio qui due, no, tre giorni fa. Credo che sia l'assassino con lo stiletto di Londra. Ha ammazzato mio marito e il nostro pastore, e ora è là fuori e io sono qui in casa col mio bambino ... Ho inchiodato le finestre, gli ho sparato con un fucile, ho barricato le porte, gli ho aizzato contro il cane ma lui ha ammazzato il cane, e io l'ho colpito con l'ascia quando ha cercato di entrare dalla finestra e non posso fare nient'altro, perciò vi prego, venite a salvarmi... Chiudo. »

Godliman mise una mano sul ricevitore. La sua faccia era bianca. « Povera donna » mormorò. Ma quando le parlò, assunse un tono deciso. « Deve resistere ancora un po' » cominciò. « Ci sono marinai e guardiacoste e poliziotti e ogni altra sorta di persone pronti a soccorrerla, ma non possono sbarcare finché la tempesta non finisce. Ora, c'è qualcosa che voglio che lei faccia, e non posso dirle il motivo perché potrebbero ascoltarci le persone sbagliate, ma posso assicurarle che è assolutamente essenziale. Mi sente chiaramente? Chiudo. »

« Sì, continui. Chiudo. »

« Deve distruggere la radio. Chiudo. »

« Oh, no, la prego ... devo? »

« Sì » fece Godliman, poi capì che lei stava ancora trasmettendo.

« Io non... non posso... » poi ci fu un grido.

Godliman disse: « Pronto, Aberdeen, cosa sta succedendo? »

Entrò in linea il giovane. « L'apparecchio sta ancora trasmettendo, signore, ma la donna non parla. »

« Ha gridato. »

« Sì, abbiamo sentito. »

« Dannazione. » Godliman rifletté per un minuto. « Com'è il tempo lassù? »

« Piove, signore. » Il giovane sembrava perplesso.

« Non sto facendo conversazione, ragazzo » scattò Godliman. « C'è qualche segno che la tempesta diminuisca? »

« Si è calmata un po' in questi ultimi minuti, signore. »

« Bene. Mi ripassi la donna subito se ritrasmette. »

« Molto bene, signore. »

Godliman si rivolse a Terry: « Dio solo sa che cosa sta passando quella ragazza lassù ». Scosse lievemente la forcella del telefono.

Il colonnello incrociò le gambe. « Se solo fracassasse la radio, allora ... »

« Già, tanto a noi che ce ne importa se la uccide? »

« L'hai detto tu. »

Godliman parlò al telefono. « Passami Bloggs a Rosyth. »

Bloggs si svegliò in un sussulto, e ascoltò. Fuori, era l'alba. Anche tutti gli altri nella baracca decollo stavano ascoltando.

Non sentivano niente. Questo era ciò che ascoltavano: il silenzio.

La pioggia aveva smesso di tamburellare sul tetto di lamiera.

Bloggs andò alla finestra. Il cielo era grigio con una striatura bianca sull'orizzonte a est. Il vento era calato all'improvviso, e la pioggia si era trasformata in un'acquerugiola leggera.

I piloti cominciarono a infilarsi giubbotti e caschi, ad allacciarsi gli stivali, ad accendere l'ultima sigaretta.

Suonò una sirena, una voce rimbombò fuori sulla pista: « Pronti a decollare! Pronti a decollare! ».

Squillò il telefono. I piloti lo ignorarono e si accalcarono alla porta. Bloggs sollevò il ricevitore: « Sì? ».

« Sono Percy, Fred. Ci siamo appena messi in contatto con l'isola. Ha ammazzato i due uomini. La donna lo sta tenendo a bada per il momento, ma certamente non resisterà ancora per molto. »

Bloggs disse: « Ha smesso di piovere. Decolliamo subito ».

« Fai presto, Fred. Arrivederci. »

Bloggs appese e si guardò intorno in cerca del suo pilota. Charles Calder si era addormentato sopra *Guerra e Pace*. Bloggs lo scrollò violentemente. « Sveglia, bastardo dormiglione, sveglia! »

Il giovane aprì gli occhi. Bloggs avrebbe potuto colpirlo. « Sveglia, sbrigati, stiamo partendo, la tempesta è finita. »

Il pilota balzò in piedi. « Ottimamente » fece.

Corse fuori dalla porta e Bloggs lo seguì.

La scialuppa di salvataggio cadde nell'acqua facendo un tonfo simile a un colpo di pistola e sollevando una gran massa d'acqua a forma di V. Il mare non era affatto calmo, ma lì al parziale riparo della baia non c'erano rischi per la solida barca in mano a marinai esperti.

Il capitano disse: « Avanti, Numero Uno ».

Il tenente stava in piedi accanto al parapetto con tre marinai semplici. Portava una pistola infilata nella fondina dell'impermeabile. Disse: « Andiamo, ragazzi ».

I quattro uomini si precipitarono giù dalla scaletta dentro

la barca. Il tenente si sedette a poppa e i tre marinai calarono i remi e cominciarono a vogare.

Per qualche minuto il capitano osservò la loro avanzata regolare verso il pontile. Poi ritornò sul ponte e dette gli ordini perché la corvetta continuasse a girare intorno all'isola.

Il suono stridulo di una campana pose fine alla partita a carte sulla lancia.

Slim disse: « Mi sembra che sia cambiato qualcosa. Non balliamo poi più tanto. Per la verità, siamo quasi fermi. Mi fa venire il mal di mare ».

Nessuno lo ascoltò: gli uomini stavano correndo ai loro posti; alcuni infilandosi i giubbotti di salvataggio mentre andavano.

I motori si accesero con un rombo, e la lancia cominciò a vibrare leggermente ma in modo sensibile.

Sul ponte di coperta Smith era in piedi a prua, che si godeva l'aria fresca e gli spruzzi sulla faccia dopo un giorno e una notte passati sotto.

Mentre la lancia lasciava il porto, Slim gli si avvicinò.

« Ecco, andiamo di nuovo » fece Slim.

« Lo sapevo che la campana avrebbe suonato » disse Smith. « Sai perché? »

« Dimmelo. »

« Sai cosa avevo in mano? Un asso e un re. »

« Ventuno di banco » disse Slim. « Chi l'avrebbe mai detto. »

Il vice comandante Werner Heer guardò l'orologio e disse: « Trenta minuti ».

Il maggiore Wohl annuì impassibile. « Com'è il tempo? » chiese.

« La tempesta è cessata» rispose Heer riluttante. Avrebbe preferito tenersi quell'informazione per sé.

« Allora dobbiamo emergere. »

« Se il nostro uomo fosse là, ci avrebbe mandato un segnale. »

« La guerra non si vince con le ipotesi, capitano » fece Wohl. « Io suggerisco fermamente di emergere. »

C'era stato un violento litigio, mentre l'U-boat era in immersione, tra l'ufficiale superiore di Heer e quello di Wohl; e quello di Wohl aveva vinto. Heer era ancora il capitano della nave, ma gli era stato detto in termini perentori che sarebbe stato meglio che avesse un motivo dannatamente valido la prossima volta che ignorava uno dei fermi suggerimenti del maggiore Wohl.

« Emergeremo alle sei in punto » disse.

Wohl annuì di nuovo e distolse lo sguardo.

XXXVII

Il rumore di un vetro rotto, poi un'esplosione come di una bomba incendiaria.

Vhuuuf.

Lucy lasciò cadere il microfono. Giù da basso stava succedendo qualcosa. Prese il fucile e corse di sotto. Il soggiorno era in fiamme. Il fuoco era stato originato da un barattolo rotto sul pavimento. Henry aveva fatto una specie di bomba con la benzina della jeep. Le fiamme si stavano propagando con violenza attraverso il logoro tappeto di Tom e lambivano le fodere del vecchio salotto da quattro soldi. Un cuscino di piume prese fuoco, e le fiamme si levarono alte verso il soffitto.

Lucy prese il cuscino e lo scagliò dalla finestra rotta, bruciacchiandosi una mano. Si strappò di dosso il cappotto e lo gettò sul tappeto pestandoci su con i piedi. Poi lo raccolse di nuovo e lo buttò sul divano a fiori. Stava per avere la meglio...

Ci fu un altro rumore di vetri.

Veniva da sopra.

Lucy gridò: « Jo! ».

Lasciò cadere il cappotto e corse su per le scale e dentro la camera sul davanti.

Henry stava seduto sul letto, con Jo sulle ginocchia. Il bambino era sveglio che si succhiava il pollice con gli occhi spalancati nel tipico atteggiamento del mattino. Henry gli accarezzava i capelli arruffati.

Henry disse: « Butta il fucile sul letto, Lucy ».

Le spalle di lei s'incurvarono sotto il peso della sconfitta, e ubbidì. « Ti sei arrampicato sul muro e sei entrato dalla finestra » disse Lucy in tono stanco.

Henry fece scendere Jo dalle ginocchia. « Va' dalla mamma. »

Jo corse da lei e Lucy lo prese in braccio.

Henry afferrò entrambi i fucili e andò alla radio. Teneva la destra sotto l'ascella sinistra, e aveva una larga macchia di sangue sulla giacca. Si sedette. « Mi hai ferito » le disse. Poi si concentrò sul trasmettitore.

Improvvisamente questo parlò: « Riceviamo, Isola della Tempesta ».

Henry alzò il microfono. « Pronto? »

« Solo un minuto. »

Ci fu una pausa, poi subentrò un'altra voce. Lucy riconobbe l'uomo di Londra che le aveva detto di distruggere la radio. Sarebbe stato scontento di lei. L'uomo disse: « Pronto, sono di nuovo Godliman. Riesce a sentirmi? Chiudo ».

Henry disse: « Sì, posso sentirla, professore. Ha visitato delle belle cattedrali di recente? ».

« Ma allora... »

« Sì. » Henry sorrise. « Come sta? » Poi il sorriso scomparve bruscamente dalla sua faccia, come se il tempo degli scherzi fosse finito, ed Henry si mise a cercare le frequenze sul quadrante della radio.

Lucy si girò e uscì dalla camera. Era finita, e lei aveva perso. Scese per le scale e andò in cucina indifferente a tutto. Non le restava altro che aspettare che lui la uccidesse. Non poteva correre via, non ne aveva la forza, e lui naturalmente lo sapeva.

Guardò fuori dalla finestra. La tempesta era cessata. La bufera ululante aveva lasciato il posto a una brezza rigida; non pioveva più, e il cielo a est era luminoso e prometteva una giornata di sole. Il mare...

Aggrottò la fronte e guardò di nuovo.

Sì, quello era un sottomarino.

"Distrugga la radio", le aveva detto il professore.

La notte prima Henry aveva imprecato in una lingua straniera.

“L’ho fatto per il mio Paese”, aveva detto.

E durante il delirio: “Aspettano a Calais un’armata fantasma”.

Perché un uomo dovrebbe portare un rollino di negativi fotografici durante una gita di pesca?

L’aveva sempre saputo fin dall’inizio che non era un pazzo.

Il sottomarino era un U-boat tedesco, Henry era una spia nemica, e stava cercando proprio in quel momento di mettersi in contatto con la nave via radio.

“Distrugga la radio”.

Sapeva cosa doveva fare. Non aveva il diritto di arrendersi, ora che aveva capito; perché non era solo la sua vita che era in gioco. Doveva fare quest’ultima cosa per David e per tutti gli altri giovani uomini che erano morti in guerra.

Sapeva cosa doveva fare. Non aveva paura del dolore – sarebbe stato molto doloroso, lo sapeva bene, e lui avrebbe potuto anche ucciderla – ma aveva provato il dolore del parto, e quello non avrebbe potuto essere peggiore.

Sapeva cosa doveva fare. Avrebbe preferito mettere Jo da qualche altra parte, dove non potesse vedere; ma non c’era tempo per questo, perché Henry avrebbe trovato la sua frequenza da un istante all’altro, e allora poteva essere troppo tardi.

Sapeva cosa doveva fare. Doveva distruggere la radio, ma la radio era di sopra con Henry, e lui aveva tutti e due i fucili e l’avrebbe ammazzata.

Sapeva cosa doveva fare.

Piazzò una sedia di cucina al centro della stanza, vi salì in piedi, allungò una mano e svitò una lampadina.

Scese dalla sedia, andò alla porta e girò l’interruttore.

« Stai cambiando la lampadina? » chiese Jo.

Lucy risalì sulla sedia, esitò un attimo, poi cacciò tre dita dentro la cavità piena di elettricità.

Ci fu uno scoppio, un istante di dolore lancinante, e poi l’incoscienza.

Faber sentì lo scoppio. Aveva trovato la frequenza giusta sul trasmettitore, aveva girato l’interruttore su “trasmettere”, e sollevato il microfono. Stava per parlare quando era arrivato il rumore. Immediatamente dopo le luci sui quadranti dell'apparecchio radio si spensero.

La sua faccia si colorò di rabbia. Lei aveva provocato un corto circuito interrompendo l'elettricità in tutta la casa. Non le aveva attribuito tanta intraprendenza.

Avrebbe dovuto ucciderla prima. Cosa diavolo gli succedeva? Non aveva mai esitato, mai, finché non aveva incontrato quella donna. Prese un fucile e scese da basso.

Il bambino stava piangendo. Lucy giaceva sulla soglia della cucina, svenuta. Faber notò il portalampade vuoto con la sedia sotto. Aggrottò la fronte sbalordito.

L'aveva fatto con la mano.

Faber esclamò: « Cristo onnipotente! »

Gli occhi di Lucy si aprirono. Era tutta dolorante.

Henry le stava sopra col fucile. Disse: « Perché hai usato la mano? Perché non un cacciavite? ».

Lei rispose: « Non sapevo che potevo farlo con un cacciavite ».

Lui scosse la testa incredulo. « Sei proprio una donna straordinaria » disse. Sollevò il fucile, glielo puntò contro, e lo abbassò di nuovo. « Dannazione a te! »

Dette un'occhiata fuori dalla finestra, e trasalì.

« L'avevi visto » fece.

Lei annuì.

Stette in piedi inquieto per un momento, poi si diresse alla porta. Trovandola inchiodata, la spaccò con il calcio del fucile e balzò fuori.

Lucy si rimise in piedi. Jo le circondò le gambe con le braccia. Non si sentiva abbastanza forte per prenderlo in braccio. Andò barcollando alla finestra e guardò fuori.

Henry stava correndo verso la scogliera. L'U-boat era ancora là, forse a mezzo miglio dalla costa. Henry raggiunse l'orlo della scogliera e si calò giù. Stava tentando di arrivare al sottomarino a nuoto.

Lucy doveva fermarlo.

Dio mio, basta, implorò.

Saltò dalla finestra, incurante delle grida di suo figlio, e corse dietro a Henry.

Quando raggiunse l'orlo della scogliera si sdraiò e guardò

sotto. Lui era a mezza strada tra lei e il mare. Alzò gli occhi e la vide, restò immobile per un momento, e poi cominciò a muoversi più veloce, pericolosamente veloce.

Il suo primo pensiero fu quello di scendere dietro a lui. Ma che poteva fare dopo? Anche se l'avesse preso, non poteva fermarlo.

Il terreno sotto di lei si smosse leggermente. Balzò indietro, impaurita che cedesse e la facesse cadere giù dalla scogliera.

Questo le dette un'idea.

Batté sul terreno roccioso con entrambi i pugni. La terra sembrò franare un po' di più, e apparve una fenditura. Con una mano si tenne all'orlo e ficcò l'altra nella crepa. Un pezzo di terreno gessoso grosso come un melone venne via nelle sue mani.

Guardò da sopra l'orlo e fissò Henry.

Prese attentamente la mira e lanciò la pietra.

Parve cadere molto lentamente. Lui la vide arrivare, e si coprì la testa con un braccio. Sembrò che la pietra l'avesse mancato.

Passò a pochi centimetri dalla sua testa, e lo colpì alla spalla sinistra. Lui si stava tenendo con la sinistra. Parve perdere la presa. Rimase in equilibrio precario per un attimo. Con la mano destra, quella ferita, cercò a tentoni un buco. Poi si sbilanciò in fuori, lontano dalla roccia, agitando freneticamente le braccia, finché i piedi non scivolarono via dalla stretta sporgenza e a un tratto rimase come sospeso a mezz'aria; e infine cadde come una pietra sulle rocce sottostanti.

Non emise nessun suono.

Si abbatté su uno scoglio piatto che sporgeva sopra il livello dell'acqua. Il rumore che il corpo fece sbattendo sulla roccia fu nauseante. Giaceva là sulla schiena simile a una bambola rotta, con le braccia allargate, e la testa rovesciata.

Qualcosa di orribile uscì da lui spargendosi sullo scoglio, e Lucy distolse lo sguardo.

L'aveva ammazzato.

Poi successe tutto in una volta.

Ci fu un rombo nel cielo e tre aerei con i cerchi della RAF

sulle ali sbucarono dalle nubi e si tuffarono bassi sopra l'U-boat, con le mitragliatrici fiammeggianti.

Quattro marinai risalirono la collina verso la casa a passo di corsa, con uno di loro che gridava « Sinistr-destr-sinistr-destr-sinistr-destr. »

Un altro aeroplano atterrò sul mare, comparve un canotto, e un uomo con un giubbotto di salvataggio cominciò a remare in direzione della scogliera.

Una piccola nave girò intorno alla punta e si diresse a tutto vapore verso l'U-boat.

L'U-boat si immerse.

Il canotto andò a sbattere contro le rocce ai piedi della scogliera, e l'uomo saltò giù ed esaminò il corpo di Henry.

Apparve un battello che lei riconobbe come la lancia guardacoste.

Uno dei marinai le si avvicinò e disse: « Tutto bene, tesoro? C'è solo una bambina nella casa che piange invocando la sua mamma ».

« È un bambino » disse Lucy. « Devo tagliargli i capelli. » E senza un motivo logico sorrise.

Bloggs diresse il canotto verso il corpo ai piedi della scogliera. La barca urtò di nuovo la roccia, e lui saltò fuori sulla piatta superficie dello scoglio.

Era *Die Nadel*.

Era proprio morto. Il suo cranio si era frantumato sbattendo contro la roccia come una sfera di vetro. Guardandolo più da vicino, Bloggs si accorse che l'uomo era stato ferito in qualche modo anche prima di cadere: aveva la mano destra mutilata e c'era qualcosa che non andava nella sua caviglia.

Bloggs esaminò il corpo. Lo stiletto era dove aveva immaginato che fosse: in un fodero legato con una cinghia all'avambraccio sinistro. Nella tasca interna della costosa giacca imbrattata di sangue, Bloggs trovò un portafogli, documenti, denaro, e una scatoletta di pellicola contenente ventiquattro negativi da 35 mm. Li tenne in alto contro luce: erano i negativi delle foto trovate nelle buste che Faber aveva consegnato all'ambasciata portoghese.

I marinai tirarono giù una fune dalla cima della scogliera.

Bloggs mise le cose di Faber nelle proprie tasche, poi legò la fune intorno al cadavere. Lo tirarono su, quindi ributtarono la fune per Bloggs.

Quando arrivò in cima uno dei marinai disse: « Ha lasciato il suo cervello sulla roccia, ma non importa ».

Il sottotenente si presentò, e s'incamminarono in direzione della casetta in cima alla collina.

« Non abbiamo toccato niente per paura di distruggere le prove » disse il marinaio di grado più elevato.

« Non si preoccupi troppo » gli disse Bloggs. « Non ci sarà un processo.»

Dovettero entrare in casa dalla finestra rotta della cucina. La donna sedeva al tavolo, con il bambino sulle ginocchia. Bloggs le sorrise. Non riuscì a pensare a niente da dire.

Dette un'occhiata veloce alla casetta. Era un campo di battaglia. Notò le finestre inchiodate, le porte barricate, i resti del fuoco, il cane morto, i fucili, la balaustra rotta e l'ascia conficcata nel davanzale della finestra con accanto due dita mozzate.

Pensò: "Che razza di donna è questa?".

Dette le direttive ai marinai: a uno di pulire la casa e schiodare porte e finestre; a un altro di aggiustare la valvola saltata; al terzo di preparare il tè.

Si sedette di fronte alla donna e la guardò. Indossava abiti maschili che non le si adattavano; aveva i capelli bagnati e la faccia sporca. Malgrado tutto ciò era veramente bella, con incantevoli occhi ambrati su un volto dall'ovale perfetto.

Bloggs sorrise al bambino e parlò molto gentilmente alla donna. « Quello che ha fatto è estremamente importante per la guerra » disse. « Uno di questi giorni le spiegherò quanto sia importante. Ma per adesso, devo farle due domande. Va bene? »

Lei lo fissò come per metterlo a fuoco, e dopo un momento annuì.

« Quel Faber è riuscito a mettersi in contatto radio con l'U-boat? »

La donna ebbe uno sguardo assente.

Bloggs pescò una caramella nella tasca dei pantaloni. « Posso dare un dolcetto al bambino? » chiese. « Sembra affamato. »

« Grazie » disse lei.

« Allora, Faber si è messo in contatto con l'U-boat? »

« Si chiamava Henry Baker » fece lei.

« Ah. Be', lo ha fatto, o no? »

« No. Ho interrotto la corrente provocando un corto circuito. »

« È stata una mossa intelligente » disse Bloggs. « Come ha fatto? »

Lei indicò il portalampade vuoto sopra di loro.

« Con un cacciavite, eh? »

« No. » Sorrise stentatamente. « Non sono stata così intelligente. L'ho fatto con le dita. »

Lui le lanciò un'occhiata piena di orrore. Il pensiero che lei deliberatamente... lo turbò. Era spaventoso. Scacciò quel pensiero dalla mente. « Bene. Crede che qualcuno sull'U-boat possa averlo visto scendere dalla scogliera? »

Sulla faccia della donna si lesse lo sforzo di concentrarsi. « Nessuno è uscito dal boccaporto » disse lei. « Forse potrebbero averlo visto dal periscopio? »

« No» le rispose con baldanza. « Questa è una buona notizia. Vuol dire che loro non sanno che è stato catturato e ... neutralizzato. Comunque... » Cambiò in fretta discorso. « Lei ha sofferto come un uomo al fronte. Manderemo lei e il bambino in un ospedale sulla terraferma. »

« Sì » fece la donna.

Bloggs si rivolse al marinaio di grado più elevato. « C'è qualche mezzo di trasporto qui in giro? »

« Sì. Una jeep sotto quella macchia d'alberi. »

« Bene. Vuole portarli al pontile e caricarli sul battello? »

« Certamente. »

« Li tratti con gentilezza. »

« Naturalmente. »

Bloggs guardò di nuovo la donna. Sentì un travolgente impeto di affetto e di ammirazione per lei. Sembrava fragile e indifesa, ora: ma lui sapeva che era coraggiosa e forte quanto era bella. D'impulso le prese la mano. « Quando sarà in ospedale da un giorno o due, comincerà a sentirsi terribilmente depressa. Questo è il segno che starà migliorando. Non sarò lontano, e i medici mi terranno informato. Voglio parlarle ancora. Ma non prima che si senta meglio. Va bene? »

Alla fine lei gli sorrise, e fu come la vampata di un fuoco. « Lei è gentile » disse.

La donna si alzò e uscì col bambino.

« Gentile? » mormorò Bloggs fra sé. « Per Dio, che donna. »

Andò di sopra alla radio e la sintonizzò sulla frequenza del Corpo avvistatori di Sua Maestà.

« Isola della Tempesta chiama, chiudo. »

« Ricevuto, Isola della Tempesta. »

« Passatemi Londra. »

« Attenda. » Ci fu una lunga pausa, poi una voce familiare. « Godliman. »

« Percy. Abbiamo preso il... contrabbandiere. È morto. »

« Splendido, splendido. » C'era trionfo nella voce di Godliman. « È riuscito a mettersi in contatto col complice? »

« Quasi certamente no. »

« Ben fatto, ben fatto! »

« Non congratularti con me » disse Bloggs. « Quando sono arrivato qui era già tutto finito e c'era solo da raccogliere i cocci. »

« Chi l'ha ucciso, allora? »

« La donna. »

« Be', che sia dannato. Com'è? »

Bloggs fece un largo sorriso. « È un'eroina, Percy. »

Godliman rise forte. « Credo di sapere cosa vuoi dire. »

XXXVIII

Hitler era in piedi davanti alla finestra panoramica che guardava le montagne. Indossava l'uniforme grigio-tortora, e sembrava stanco e depresso. Aveva chiamato il suo medico durante la notte.

L'ammiraglio Puttkamer salutò e disse: « Buongiorno, mio Führer ».

Hitler si girò e scrutò più da vicino l'aiutante di campo. Quegli occhi piccoli e luccicanti non mancavano mai di innervosire Puttkamer. Hitler chiese: « *Die Nadel* è stato prelevato? ».

« No. Ci sono stati dei guai all'appuntamento. La polizia inglese stava dando la caccia a dei contrabbandieri. Pare che *Die Nadel* non fosse là, comunque. Ha mandato un messaggio radio pochi minuti fa. » Gli porse un foglio di carta.

Hitler lo prese, s'infilò gli occhiali, e cominciò a leggere:

VOSTRO APPUNTAMENTO INSICURO IMBECILLI SONO FERITO E TRASMETTO CON LA SINISTRA PRIMO GRUPPO DI ARMATA STATI UNITI AMMASSATO EAST ANGLIA SOTTO PATTON ORDINE DI BATTAGLIA COME SEGUE VENTUNO DIVISIONI FANTERIA CINQUE DIVISIONI CORAZZATE CIRCA CINQUEMILA AEREI PIÙ RELATIVE NAVI TRASPORTO TRUPPE NELLA BAIA DI WASH ATTACCHERANNO CALAIS QUINDICI GIUGNO SALUTI A WILLI

Hitler riconsegnò il messaggio a Puttkamer e sospirò. « Allora è proprio Calais. »

« Possiamo essere sicuri di quest'uomo? » chiese l'aiutante.

« Assolutamente. » Hitler si girò e attraversò la stanza fino alla sedia. I suoi movimenti erano rigidi e sembrava sofferente. « È un tedesco fedele. Conosco la sua famiglia. »

« Ma il vostro istinto... »

« Ach... ho detto che mi sarei fidato del rapporto di quest'uomo, perciò mi fiderò. » Fece un gesto di congedo. « Dite a Rommel e a Rundstedt che non possono avere i loro panzer. E mandatemi quel dannato medico. »

Puttkamer salutò di nuovo e uscì per trasmettere gli ordini.

EPILOGO

XXXIX

Quando nel 1970 la Germania sconfisse l'Inghilterra nei quarti di finale del torneo di calcio della Coppa del Mondo, nonno divenne furioso.

Sedeva davanti al televisore a colori e bofonchiava attraverso la barba rivolto allo schermo. « Furbizia! » disse ai commentatori intenti in quel momento ad analizzare la partita in TV. « Furbizia e scaltrezza! Ecco il modo di sconfiggere gli Unni! »

Non si rabbonì finché non arrivarono i nipoti. La bianca Jaguar di Jo imboccò il vialetto d'accesso alla modesta casa di tre stanze, e il piccolo David corse dentro e si sedette sulle ginocchia del nonno e gli tirò la barba. Il resto della famiglia gli venne dietro con più calma: Rebecca, la sorella minore di David; poi Ann, la moglie di Jo; infine Jo stesso, dall'aspetto agiato nella sua giacca scamosciata. Nonna uscì dalla cucina per salutarli.

Jo chiese: « Hai visto la partita, papà? ».

« Terribile » disse nonno. « Siamo stati dei salami. » Da quando era andato in pensione dalla polizia e disponeva di più tempo libero, aveva preso interesse per lo sport.

Jo si lisciò i baffi. « I tedeschi sono stati più bravi » disse. « Giocano bene al pallone. Non possiamo vincere tutte le volte. »

« Non parlarmi di quei dannati tedeschi » esclamò il nonno.

Jo fece un largo sorriso. « Faccio molti affari con la Germania. »

La voce della nonna venne dalla cucina. « Non stuzzicarlo, Jo! » Fingeva di essere diventata sorda, ma poche cose le sfuggivano.

« Lo so » disse il nonno. « Perdonate e dimenticate, e andate pure in giro su una dannata Audi. »

« Sono delle buone macchine. »

« Furbizia e scaltrezza, ecco il modo di sconfiggere gli Unni » ripeté nonno. Si rivolse al nipote seduto sulle sue ginocchia, che non era proprio suo nipote, dal momento che Jo non era suo figlio. « Ecco il modo con cui gliele abbiamo suonate in guerra, Davy. Li abbiamo ingannati. »

« Come li hai ingannati? » chiese David, con la presunzione infantile che i suoi vecchi avessero fatto tutto loro nella storia.

« Be', vedi, facemmo creder loro... » il nonno fece la voce bassa e da cospiratore, e il bambino ridacchiò pregustando. « Facemmo creder loro che avremmo attaccato a Calais... »

« È in Francia, non in Germania. »

« Sì, ma i tedeschi avevano occupato tutta la Francia, allora. I francesi non si difesero così bene come noi. »

Jo disse: « Il fatto che l'Inghilterra sia un'isola non c'entra, naturalmente ».

Ann lo zittì. « Lascia raccontare al nonno le sue storie di guerra. »

« Comunque sia » continuò il nonno, « facemmo creder loro che avremmo attaccato a Calais, perciò piazzarono là tutti i loro carri armati e i soldati. » Usò un cuscino per indicare la Francia, un portacenere per i tedeschi, e un temperino per gli alleati. « Ma noi attaccammo in Normandia e non c'era nessuno là se non il vecchio Rommel e qualche scacciacani! Furbizia e scaltrezza, capisci? »

« Non riuscirono a scoprire l'inganno? » chiese David.

« Ci andarono vicini. In effetti ci fu una sola spia che lo scoprì. Ormai non restano in molti a saperlo, ma io lo so perché durante la guerra ero un cacciatore di spie. »

« Che cosa è successo alla spia? »

« L'abbiamo ammazzata prima che potesse parlare. »

« L'hai ammazzata tu, nonno? »

« No... è stata la nonna. »

Gli occhi di David si spalancarono. « L'ha ammazzata la nonna? »

La nonna entrò portando una teiera, e disse: « Fred Bloggs, stai spaventando i bambini? ».

« Perché non dovrebbero sapere? » brontolò. « La nonna ha anche avuto una medaglia, sai. Non mi vuol dire dove la tiene perché non le piace che la mostri ai visitatori. »

La nonna versava il tè. « È tutto finito ormai, è meglio dimenticare, come dice Jo. Comunque, non ne venne fuori granché di buono. » Porse tazza e piattino a nonno.

Lui le prese il braccio e la trattenne. « Qualcosa di buono ne è venuto fuori » disse. La sua voce diventò improvvisamente molto gentile, tutta la scontrosità di prima se n'era andata. « Ho incontrato un'eroina e l'ho sposata. »

Si guardarono l'un l'altra per un momento. I suoi bei capelli erano pepe e sale ora, e li portava raccolti in una crocchia. Si era appesantita. I suoi occhi però erano sempre gli stessi: grandi e ambrati e veramente belli.

Quegli occhi ricambiavano il suo sguardo, ora, e rimasero tutti e due assorti, ricordando com'era stato.

Poi David saltò giù dalle ginocchia del nonno e urtò la tazza del tè che cadde sul pavimento, e l'incanto si ruppe.

OSCAR BESTSELLERS

Follett, Il Codice Rebecca
Bevilacqua, La califfa
Follett, L'uomo di Pietroburgo
Ludlum, Il treno di Salonicco
Cruz Smith, Gorky Park
Krantz, La figlia di Mistral
Forsyth, Il giorno dello sciacallo
Follett, Triplo
Follett, La cruna dell'Ago
Tacconi, La verità perduta
Fruttero & Lucentini, Il palio delle contrade morte
Follett, Sulle ali delle aquile
Krantz, Princess Daisy
Forsyth, Il Quarto Protocollo
De Crescenzo, Così parlò Bellavista
Forsyth, L'alternativa del diavolo
Robbins H., Ricordi di un altro giorno
Forsyth, Dossier Odessa
Robbins H., I mercanti di sogni
Lapierre - Collins, Il quinto cavaliere
Forsyth, I mastini della guerra
Freeman, Illusioni d'amore
Bevilacqua, Il Curioso delle donne
Fruttero & Lucentini, A che punto è la notte
Lapierre - Collins, "Parigi brucia?"
Puzo, Il padrino
Lapierre - Collins, Gerusalemme! Gerusalemme!
Tacconi, Lo schiavo Hanis
De Crescenzo, Storia della filosofia greca. I presocratici
Le Carré, La spia che venne dal freddo
De Crescenzo, Storia della filosofia greca. Da Socrate in poi
Higgins, La notte dell'Aquila
Lapierre - Collins, Alle cinque della sera
Bevilacqua, La Donna delle Meraviglie
Krantz, Conquisterò Manhattan
Conroy, Gli intoccabili
Fruttero & Lucentini, L'amante senza fissa dimora

Salvalaggio, Il campiello sommerso
Drummond, Prigionieri d'amore
Anderson, La Pattuglia del Tempo
Gibson - Sterling, La macchina della realtà
Todisco, Rimedi per il mal d'amore
Farmer, Il labirinto magico
Filo Della Torre, Elisabetta II
Carmichael, Attrazione selvaggia
Angela, La straordinaria storia della vita sulla Terra
AA.VV., Stupidario giuridico
Iacchetti, Il pensiero bonsai
Baschera, Io ti guarirò
Petacco, La regina del Sud
Roe, Pratiche pericolose
Nizzi, Nick Raider. Squadra Omicidi
Wood, Vergini del Paradiso
Gibson, Giù nel Ciberspazio
Dolto, Il desiderio femminile
Willi, Che cosa tiene insieme le coppie
Hayslip - Wurts, Quando cielo e terra cambiarono posto
Vespa, Telecamera con vista
Angela, La straordinaria storia dell'uomo
Petacco, La principessa del Nord
Dé, Notti stellate
Tacconi, Il pittore del Faraone
Forattini, Il mascalzone
Bazzocchi, Incredibile ma vero...
Brooks, Il ciclo di Shannara
Venè, Mille lire al mese
Monduzzi, Manuale per difendersi dalla mamma
Asimov, Azazel
Mafai, Pane nero
Asimov, Lucky Starr e gli oceani di Venere
Asimov, Il libro di biologia
Asimov, Lucky Starr e il grande sole di Mercurio
Gìes, Si chiamava Anna Frank
Mosse, Intervista sul nazismo
Bonelli - Galleppini, Tex l'implacabile
Asimov, I robot e l'Impero
Tremonti, La riforma fiscale
Grisendi, Giù le mani, maschio
AA.VV., Gli aforismi del cinico
Rea, Ninfa plebea
Pasini, Il cibo e l'amore
Forsyth, Il pugno di Dio
Follett, Una fortuna pericolosa
Nolitta - Ferri, Zagor contro il Vampiro
Masini, Le battaglie che cambiarono il mondo
Pilcher, Le bianche dune della Cornovaglia
Norman, Stelle infrante
Castelli - Sclavi, Dylan Dog & Martin Mystère
Asimov, Il libro di fisica

Irving, Göring, il maresciallo del Reich

Weis - Hickman, La guerra dei gemelli

Pensotti, Rachele e Benito

Gerosa, Carlo V, un sovrano per due mondi

Sclavi, Tutti i mostri di Dylan Dog

Asimov, Le correnti dello spazio

Asimov, Neanche gli Dèi

Asimov, L'altra faccia della spirale

Buscaglia, Nati per amare

Ka-Tzetnik 135633, La casa delle bambole

Loy, Sogni d'inverno

Zecchi, Sillabario del nuovo millennio

Grisham, L'appello

AA.VV., Storie fantastiche di spade e magia (vol. I)

Castellaneta, Le donne di una vita

Resca - Stefanato, Il ritorno del maiale

Davis, Philadelphia

Sgorlon, Il regno dell'uomo

McBain, Kiss

Asimov, Tutti i racconti (vol. II, parte I)

Asimov, Tutti i racconti (vol. II, parte II)

Rendell, La morte non sa leggere

Benford, Il grande fiume del cielo

Farmer, Gli dei del fiume

Manfredi, Le paludi di Hesperia

Di Stefano, Stupidario medico

Collins L., Aquile nere

Daniele, Chi è felice non si ammala

August - Hamsher, Assassini nati. Natural Born Killers

Sgorlon, La fontana di Lorena

Ottone, Il tramonto della nostra civiltà

AA.VV., Storie fantastiche di spade e magia (vol. II)

Giacobini, La signora della città

Vespa, Il cambio

Ross, La camera chiusa

Petacco, La Signora della Vandea

Schelotto, Una fame da morire

Sgarbi, Le mani nei capelli

Disegni, Esercizi di stile

Sgorlon, L'armata dei fiumi perduti

Asimov, Lucky Starr, il vagabondo dello spazio

Fischer, Più importante dell'amore

Toscano, Morte di una strega

Fromm, L'arte di amare

García Márquez, Dell'amore e di altri demoni

Buscaglia, La via del toro

Salvalaggio, Vangelo veneziano

Cardella, Una ragazza normale

Olivieri, Villa Liberty

Thompson, L'angelo bruciato

Katzenbach, La giusta causa
Castellaneta, Progetti di allegria
Olivieri, Maledetto ferragosto
Villaggio, Fantozzi saluta e se ne va
Rendell, I giorni di Asta Westerby
Allegri, I miracoli di Padre Pio
Quilici, I Mari del Sud
Brooks, La sfida di Landover
Brooks, La scatola magica di Landover
Bocca, Il sottosopra
Follett, I pilastri della terra
Buscaglia, Vivere, amare, capirsi
Spaak, Un cuore perso
Giussani, I mille volti di Diabolik
Sgorlon, Il costruttore
Le Carré, Il direttore di notte
Sclavi, Tutte le donne di Dylan Dog
Medda, Serra & Vigna, Nathan Never. Memorie dal futuro
Lapierre, La città della gioia
AA.VV., Fantasex
García Márquez, Taccuino di cinque anni 1980-1984
Høeg, Il senso di Smilla per la neve
Donaldson, Lo specchio dei sogni
Borsa, Capitani di sventura
Bonelli - Galleppini, Tex, Sangue Navajo
Carr, L'alienista
AA.VV., Splatterpunk
Zorzi, Il Doge
Olivieri, La fine di Casanova
Dershowitz, Il demone dell'avvocato
Costanzo, Dove andiamo
Lovett, Legami pericolosi
Nasreen, Vergogna (Lajja)
Madre Teresa, Il cammino semplice
Weis - Hickman, Il sortilegio del serpente
Regan, Il Guinness degli aneddoti militari
Dick, Memoria totale
Rendell, La leggerezza del dovere
Willocks, Il fine ultimo della creazione
Regan, Il Guinness dei fiaschi militari II
Bonelli - Galleppini, Tex. Città senza legge
Clavell, Gai-jin
Weis - Hickman, Mare di fuoco
Zecchi, Il brutto e il bello
Castellaneta, La città e gli inganni
Krantz, Amanti
Dolto, I problemi dei bambini
Bocca, Il filo nero
Weis - Hickman, La mano del caos
James P.D., Morte sul fiume
Grisham, L'uomo della pioggia
Lagostena Bassi, L'avvocato delle donne

Pasini, A che cosa serve la coppia
Buscaglia, Autobus per il paradiso
De Filippi, Amici
Salvatore, Il mago di Azz
Vespa, Il duello
Cornwell, Insolito e crudele
Madre Teresa, La gioia di darsi agli altri
MacBride Allen, Il calibano di Asimov
Sclavi, La circolazione del sangue
Zavoli, Viva l'Itaglia
Smith, Nell'interesse della legge
Quilici, Il mio Mediterraneo
Boneschi, Poveri ma belli
Forattini, Berluscopone
Rendell, La notte dei due uomini
Friday, Donne sopra
Sgorlon, La poltrona
Monduzzi, Della donna non si butta via niente
Olivieri, L'indagine interrotta
Olivieri, Il caso Kodra
Sgorlon, L'ultima valle
Sclavi, Mostri
Allegri, A tu per tu con Padre Pio
Messaoudi, Una donna in piedi
Schelotto, Certe piccolissime paure
Hyde, Le acque di Formosa
Mafai, Botteghe Oscure, addio
Vergani, Caro Coppi
Curzi, Il compagno scomodo
Hogan, Lo stallo
Follett, Un luogo chiamato libertà
Zecchi, Sensualità
Ellroy, American tabloid
Barbero, Bella vita e guerre altrui di Mr. Pyle gentiluomo
Asimov, Fondazione anno zero
Gallmann, Il colore del vento
Rota, Curs de lumbard per terun
Høeg, I quasi adatti
Dick, Il disco di fiamma
Hatier (a cura di), Samsara
Manfredi, La torre della solitudine
Katzenbach, Il carnefice
Le Carré, La passione del suo tempo
Weis - Hickman, La sfida dei gemelli
Sclavi, Tutti i demoni di Dylan Dog
Bonelli - Galleppini, Tex. I figli della notte
Giussani, Diabolik. Le rivali di Eva
Gallmann, Notti africane
Asimov, Lucky Starr e i pirati degli asteroidi
Weis - Hickman, Il destino dei gemelli

25932
1998